Man muss loslassen, was war, um zu genießen, was ist …
Die Amerikanerin Alice zieht nach Paris, um ein neues Leben
zu beginnen. Aller Anfang ist schwer, und trotz ihrer Diplo-
me hagelt es auf der Jobsuche nur Absagen. Zudem leidet sie
unter Panikattacken und lässt kaum jemanden an sich heran.
Als sie endlich ein Jobangebot von einem kleinen Start-up
bekommt, sagt sie zu und landet zwischen hoffnungslosen
Romantikern und Computer-Nerds. Doch der Programmierer Jeremy berührt etwas in Alice, was sie so schon seit langem nicht mehr gefühlt hat. Und die Mauer, die sie um sich
herum gezogen hat, beginnt zu bröckeln …
Eine romantische Geschichte über eine junge Frau, die die
Vergangenheit nicht loslassen kann und doch den Mut besitzt, in Paris einen den Neuanfang zu wagen.

Marie Vareille wurde 1985 in Montbard, einer Kleinstadt im
Burgund, geboren. Sie hat in New York und Paris Management studiert und für ein kleines Start-up-Unternehmen gearbeitet. In Frankreich zählt sie inzwischen zu einer der be-
liebtesten und erfolgreichsten Unterhaltungsautorinnen und
führt neben dem Schreiben auch einen Blog über romantische Komödien. Nach »Manchmal ist es schön, dass du mich
liebst«, »Vielleicht ist es ja Liebe« und »Inselküsse unter Palmen« ist »Wir sehen uns morgen in Paris« ihr neuer Roman
bei Penguin.

Außerdem von Marie Vareille lieferbar:
Manchmal ist es schön, dass du mich liebst
Vielleicht ist es ja Liebe
Inselküsse unter Palmen

www.penguin-verlag.de

MARIE VAREILLE

Wir sehen uns morgen in Paris

Roman

Aus dem Französischen
von Gabriele Lefèvre

PENGUIN VERLAG

Die Originalausgabe erschien 2019
unter dem Titel »La vie rêvée des chaussettes orphelines«
bei Éditions Charleston, Paris.

Penguin Random House Verlagsgruppe FSC® N001967

1. Auflage
Copyright © der Originalausgabe by Charleston,
une marque des éditions Leduc, 2019
Copyright © 2024 der deutschsprachigen Ausgabe
by Penguin Verlag
in der Penguin Random House Verlagsgruppe GmbH,
Neumarkter Straße 28, 81673 München
Redaktion: Ingrid Ickler
Covergestaltung: www.buerosued.de
Covermotiv: www.buerosued.de
Satz: KCFG – Medienagentur, Neuss
Druck und Bindung: GGP Media GmbH, Pößneck
Printed in Germany 2024
ISBN 978-3-328-10727-9

www.penguin-verlag.de

Für Vincent,
die große Liebe in meinem kleinen Leben.

Es gibt keine Zufälle, nur Termine.

Paul Éluard

Erfolg besteht darin, von Fehlschlag zu Fehlschlag zu gehen, ohne seine Begeisterung zu verlieren.

Winston Churchill

Das Tagebuch von Alice

London, 20. August 2011

Heute Morgen hatte ich meinen ersten Termin bei einer Psychologin. Ebenso gern wäre ich in die Themse gesprungen. Ich war gestresst und habe vor dem schicken Gebäude ihrer Praxis in Notting Hill eine Zigarette geraucht. Die erste nach achtzehn Monaten. Danach habe ich das Päckchen weggeworfen und mich, wieder zu Hause, ordentlich parfümiert. Oliver sollte nichts davon merken.

Oliver ist gerade von der Arbeit zurück. Ich höre, wie er im Flur seinen Mantel auszieht. Ich rieche das Essen, Fisch und Chips, das er aus dem Pub gleich bei uns unten im Haus mitgebracht hat. Er nimmt es mit seiner Integration in London sehr genau. Seit wir hier eingezogen sind, meint er, alle Klischees der Touri-Guides erfüllen zu müssen, trinkt nur noch dunkles Bier, isst dreimal die Woche Fisch und Chips und trinkt seinen Tee um Punkt siebzehn Uhr mit einem Tropfen Milch. Fehlt nur noch sein Erscheinen in der Uniform der königlichen Garde zur Wachablösung im Buckingham Palace. Ich vermisse die USA. Oliver weiß nichts davon, aber es ist mein Traum, dorthin zurückzukehren.

Im Endeffekt war die Sitzung bei der Psychologin gar nicht so schlimm. Eigentlich brauche ich gar keine Therapie, aber wenn Olivier es für richtig hält ... Die Psychologin hat nicht viel gesprochen, nur gefragt, welches Problem mich zu ihr geführt habe, und zum guten Schluss meinte sie seltsamerweise, ich solle schreiben.

»Was soll ich denn schreiben?«, habe ich ratlos gefragt, »ich kann doch gar nicht schreiben ...«

»Alice, Sie sollen keinen Roman schreiben, sondern Dinge in einem Tagebuch notieren, erzählen Sie Ihr Leben.«

»Wozu?«

»Schreiben erleichtert und kann im Übrigen helfen, gewisse verborgene und verdrängte Gefühle ans Licht zu bringen.«

»Ich wüsste nicht, was ich schreiben soll, ich bin ein ganz normales Mädchen.«

»Was meinen Sie mit >normal<, Alice?«

»Mir passiert einfach nichts, nie.«

»Dann versuchen Sie es doch mit einer Art automatischem Schreiben, zählen Sie alles auf, was Ihnen so durch den Kopf geht, ohne nachzudenken. Zwei Seiten, Alice – für unsere nächste Sitzung.«

Also habe ich dieses Heft gekauft, nicht aus Überzeugung, sondern eher, weil ich den Umschlag niedlich fand, türkis mit gelben Punkten. Und ich mochte den Sinnspruch auf dem Deckel: »Es gibt keine Zufälle, nur Termine.«

Egal. Das ändert alles nichts an der Tatsache, dass ich nicht viel zu erzählen habe, denn es ist wirklich so: Mir passiert einfach nie irgendetwas Interessantes.

2018

Herbst

»I'm so tired of playing it nice,
Holding doors and being polite,
I'm not the sweet girl they want me to be
I'm sorry, Baby, but I need to break free«

SCARLETT S. R. UND THE BLUE PHOENIX, »SET ME FREE«

Der Zeiger des Weckers auf dem Nachttisch springt von 5:44 auf 5:45 Uhr. Ohne das Licht anzuknipsen, richte ich mich auf, recke und strecke mich (drei Sekunden), stöpsele mein Telefon aus (vier Sekunden), deaktiviere den Flugmodus (zwei Sekunden). Ich lege das Telefon auf den Nachttisch, direkt an den Rand, zwischen die Schlaftabletten und das Wasserglas, das genau zehn Zentimeter neben der Tube Handcreme steht. Ich greife nach dem Wasserglas … und … greife ins Leere, nicht nur einmal, sondern zwei-, dreimal. Kein Wasserglas, keine Handcreme.

Nicht die gewohnte Reihe.

Keine Ordnung.

Chaos.

Atme, Alice!

Der Lichtschalter ist auch nicht da, wo er sein sollte. Nervös taste ich in alle Richtungen und knipse schließlich die Lampe an. Das hier ist nicht mein Bett. Das ist auch nicht mein Nachttisch, und es ist schon gar nicht mein Zimmer. Meine Hände werden feucht. Einen Augenblick lang bin ich wie gelähmt und kann keinen klaren Gedanken fassen. Ich bekomme kaum Luft. Ich bin spät dran. Will ich um sieben Uhr im Büro sein, muss ich um 6:53 Uhr an der U-Bahn-Station Wall Street ankommen, und das klappt nur, wenn ich die Bahn um spätestens 6:32 Uhr erwische, und dafür muss ich um 6:24 Uhr aus dem Haus gehen. Und auch das ist nur dann möglich, wenn ich weniger als eine Minute an der Ampel Ecke William und Pine Street warten muss. Damit alles wie am Schnürchen läuft, muss ich unbedingt um 5:46 Uhr aufstehen.

Aber es ist bereits 5:47 Uhr.

Aus meiner Erinnerung taucht die weiche und beruhigende Stimme Angelas auf.

Atme, Alice!

5:48 Uhr. Die Panik verschwindet gleichzeitig mit den letzten Nebelschwaden im Gehirn, die mir die Schlaftablette beschert hat. Ich komme nicht zu spät. Nie. Zum ersten Mal in vier Jahren, sechs Monaten, zwei Wochen und vier Tagen komme ich vielleicht nicht um Punkt sieben Uhr im Büro an, sondern um 7:04 Uhr oder im schlimmsten Fall um 7:13 Uhr.

Automatisch umfasst meine linke Hand das rechte Handgelenk. Wenn ich das Armband mit seinen polierten Anhängern spüre, ist die Erinnerung an das Rauschen des Meeres und an die Wellen, die über den feuchten Sand streichen, plötzlich wieder da, genau wie der Geruch nach der salzigen Brise von Narragansett. Der Duft des verlorenen Glücks meiner Kindheit. Ich lausche dem Meer, dem Murmeln des Windes und den kreischenden Möwen, Geräusche, die vom Nebelhorn der Fähre nach Block Island übertönt werden. Ich atme tief durch und zähle langsam bis vier.

Wieder klingt Angelas beruhigende Stimme in meinen Ohren.

Atme, Alice, alles wird gut.

Eins. Ich atme ein.

Zwei. Ich erinnere mich. Ich bin im Hotel.

Drei. Ich bin dreitausendsechshundertdreiundzwanzig Meilen von New York entfernt.

Nein, hier rechnet man in Kilometern.

Ich bin etwa fünftausendachthundertvierunddreißig Kilometer von zu Hause entfernt: Ich bin in Paris.

Vier. Ich komme nicht zu spät zur Arbeit. Ich habe gar keine mehr.

Der Druck auf meiner Brust lässt nach. Meine Lunge füllt sich mit Luft. Ich öffne die Augen. Das Zimmer ist blitzsauber. Alles ist klar, weiß und an seinem Platz: der Stuhl vor dem Schreibtisch, die Menükarte für den Zimmerservice, der Notizblock und der gut gespitzte Bleistift akkurat parallel.

Alles ist gut.

Nein, ich komme nicht zu spät. Nirgends. Meinen einzigen Termin habe ich um zehn Uhr. Heute wird die Welt nicht in sich zusammenstürzen. Seit drei Wochen gab es keine Panikattacken mehr. Angela hatte recht, dieser überstürzte Aufbruch war gefährlich, zu viele Emotionen, zu viel Neues zu verkraften. Aber ich hatte keine andere Wahl, ich musste weg.

Sorgfältig mache ich das Bett und achte darauf, jede Falte glatt zu streichen. Die Kissen platziere ich akkurat und wische jedes vermeintliche Staubkorn von dem beigefarbenen Stoff. Das Zimmermädchen hätte es nicht besser machen können. Sie wird mich für beschränkt oder verrückt halten, und so ganz falsch läge sie damit nicht.

Du brauchst diese Rituale nicht, Alice. Ich muss allein mit meinen Panikattacken fertig werden. Ich muss mich beherrschen, will ich als normal durchgehen.

Es kostet mich unendliche Mühe, aber ich lege die Kissen wieder anders hin, schlage das Deckbett zurück und zupfe das Laken heraus. Besser, ich vermeide den Blick auf diesen Teil des Betts, der jetzt wie zerstört aussieht. Ich muss mein Leben neu erfinden. Genau aus diesem Grund habe ich den Atlantik überquert. Hier kann ich ein normales Mädchen sein, ein normales Mädchen, das nie etwas Besonderes erlebt hat.

10:04 Uhr. Die Person, mit der ich den Termin habe, hat vier Minuten Verspätung. Zweihundertvierzig Sekunden meines Lebens sind davongeflogen, tot, irgendwohin im Nichts dieser Welt verschwunden. Sechzig Minuten in einer Stunde, sechzig Sekunden in einer Minute.

Zum zehnten Mal richte ich meinen Pferdeschwanz. Ich verstehe es einfach nicht. Um pünktlich zu sein, reicht es doch, rechtzeitig aufzubrechen. Ich lebe doch nicht in einem anderen Raum-Zeit-Kontinuum als die anderen, und dennoch bin ich scheinbar der einzige Mensch auf dieser Erde, der dieses große Mysterium begriffen hat: Die Dauer eines Wegs setzt sich aus der Zeit, die man in einem Transportmittel verbringt + Fußweg + Zeitpuffer zusammen.

Manchmal habe ich das Gefühl, nur ich sei mit dieser unglaublichen Wahrheit vertraut. Unsere Zeit ist begrenzt. Wie gern würde ich jene warnen, die ihr vom Universum beschertes höchstes Gut, die Zeit, mit unnützen Handlungen verplempern: Keine Ahnung, ob du es weißt, aber eines Tages müssen wir sterben. Das Leben ist kurz, nichts ist von Dauer, jeder Augenblick zählt. Die Zeit schwindet, und es gibt kein Zurück. Was bleibt, ist Bedauern, wie ein paar vom Meer bei Ebbe am Strand zurückgelassene Muschelreste.

Stopp!

Einatmen!

An etwas anderes denken.

Es ist grau, der feine Regen erinnert an einen Braut-schleier, dennoch mache ich meinen Mantel auf.

Der Himmel über Paris ist bedeckt, aber die Tempe-ratur muss bei mindestens fünfzig Grad Fahrenheit lie-gen. Wie viel ist das in Celsius? Ich muss endlich lernen, in Celsius zu rechnen.

Ein Strom von Männern und Frauen quillt plötzlich aus dem Métro-Schacht der Station Belleville, Regen-schirme öffnen sich einer nach dem anderen wie graue Blumen. Eine Frau in Eile stolpert genau vor mir, ich kann sie gerade noch am Arm auffangen. Sie ist schwanger. Besorgt frage ich:

»Haben Sie sich wehgetan?«

»Nein, es geht, danke.«

In Panik und offensichtlich spät dran, bückt sie sich, um ihre Habseligkeiten aufzuheben, die aus ihrer Hand-tasche auf den Asphalt gefallen sind. Ich komme ihr zu Hilfe.

»Bücken Sie sich nicht, ich mache das schon.«

Ich hebe ihre Sachen auf, das Telefon, ein Päckchen Taschentücher, einen Füller und ein paar Münzen.

»Oh, danke«, sagt sie mit einem erleichterten Seuf-zer, »ich habe solche Rückenschmerzen ...«

Wir lächeln uns an, und für einen kurzen Moment fühle ich mich durch ihren warmen Blick getröstet. Ich halte meinen instinktiven Wunsch zurück, ihren runden Bauch zu berühren, angezogen von dem kleinen Lebe-wesen, das dort wächst. Nachdem sie mir einen schönen

Tag gewünscht hat, verschwindet sie in der Menschen-menge, und ich bin wieder allein. Unter meinen Füßen spüre ich das Vibrieren der Métro. Zwei Millionen und zweihunderttausend Einwohner. Paris rauscht, ist voller Bewegung und Gewimmel. Hierherzukommen war rich-tig. Dieser Ort ist ideal, um zu verschwinden, um in der gesichtslosen Menge unterzugehen, zu vergessen und vergessen zu werden.

»Alice Smith?«

Eine kleine Frau im beigefarbenen Regenmantel steht vor mir. Sie ist chic gekleidet und dürfte um die fünfzig sein. Das leicht ergraute Haar hat sie zu einem mit Haarspray fixierten Bananenknoten aufgesteckt. Ich reiche ihr die Hand.

»Guten Tag.«

»Marvelous. Ich bin Jane Thompson von der Agen-tur Field & Thompson«, sagt sie in perfektem Englisch, »wir haben telefoniert …«

»Freut mich.«

»Folgen Sie mir«, sagt sie in autoritärem Tonfall und öffnet einen Regenschirm mit Schottenkaros über mei-nem Kopf.

»Wie Sie feststellen werden, ist es nur zwei Schritte von der Métro-Station Belleville entfernt.«

Ich schlucke. Das war nicht gerade, worum ich sie gebeten hatte.

»Ich dachte eigentlich eher an die Viertel Marais oder Montmartre.«

Sie bleibt unvermittelt stehen und bricht in Gelächter aus.

»Warum nicht gleich Disneyland? Ich weiß, dass Amerikaner für das Marais und den Montmartre schwärmen, aber diese Viertel sind touristisch extrem überlaufen. Im Marais kommt man am Wochenende kaum voran, weil so viele Menschen auf den Bürgersteigen unterwegs sind. Montmartre liegt zwar etwas abseits der Stadtmitte, aber dort wimmelt es nicht nur von Touristen, sondern auch von Taschendieben. Und ehrlich gesagt, bei Ihrem Budget ist das ohnehin undenkbar ...«

»Ach so, verstehe.«

Ich verberge meine Enttäuschung hinter einem zerknirschten Lächeln. Ganz naiv hatte ich mir eine Wohnung mit freigelegten Holzbalken und Blick auf *Sacré-Cœur* vorgestellt, eine ziemlich klischeehafte und peinliche Vorstellung.

Wir passieren ein China-Restaurant, einen Waschsalon und ein griechisches Lokal, in dessen Schaufenster sich eine vor Fett triefende Fleischmasse an einem Spieß dreht. Ich denke an die Fotos der erleuchteten Fassade des Orsay-Museums oder an den von Arkadengängen umgebenen Park des Palais-Royal, über die wir im Französischkurs gesprochen hatten. Ich hatte das Wort »haussmannien« gelernt. Ich sehe noch mein amerikanisches Lehrbuch mit der Definition des Terminus unter der Abbildung eines majestätischen Gebäudes mit von schmiedeeisernen Gittern versehenen Fenstern und Balkonen vor mir: »... zahlreiche unter dem Präfekten von Paris, Baron Haussmann, ausgeführte Sanierungsarbeiten in der Mitte des 19. Jahrhunderts.«

Angesichts des post-apokalyptischen Zustands meiner Bankkonten kann ich die Rue de Rivoli, Montmartre und das Marais-Viertel vergessen und entschließe mich, Jane Thompson wohl oder übel zu vertrauen.

Sie bleibt vor einer ehemaligen Kutschen-Einfahrt eines zwischen einer orientalischen Zuckerbäckerei und einer Grundschule eingezwängten Hauses stehen. Sie tippt einen Code ein und hält mir die Tür auf, von der die Farbe abblättert.

»Die Wohnung befindet sich auf der Etage der ehemaligen Dienstbotenzimmer. Sie werden sehen, sie ist hell und sehr ruhig.«

Energisch schüttelt sie ihren Regenschirm über den gesprungenen Fliesen der Eingangshalle aus. Der Fahrstuhl bringt uns in das sechste und letzte Stockwerk, und wir betreten eine kleine möblierte Wohnung. Das Wohnzimmer ist mit einer vollständig eingerichteten Küche verbunden. »Hier nennt man das amerikanische Küche«, erklärt sie mir. »Vielleicht fühlen Sie sich ein wenig wie zu Hause.«

Seit der letzte Mieter ausgezogen ist, wurde alles renoviert. Die Möbel sind praktisch, es gibt zahlreiche Einbauschränke, ein Sofa, eine Stereoanlage und zwei Lautsprecher ... Durch das Dachfenster strömt trotz des regengrauen Wetters helles Licht ins Schlafzimmer. Das winzige, drei Quadratmeter kleine Badezimmer weist tatsächlich eine Badewanne auf! Die Wohnung ist klein, unpersönlich, weiß und sauber.

Im Wohnzimmer gibt es nur ein Fenster. Ich öffne es und werfe einen Blick nach draußen. Die Wohnung geht direkt auf den Schulhof der Grundschule hinaus. Neben dem Regenprasseln kann man die Stadt brummen und hin und wieder Autos hupen hören. Das lässt mich an die praktisch ununterbrochen heulenden Sirenen von Manhattan denken und an die surrenden Klimaanlagen im Sommer. Ich weiß nicht, ob ich diese Wohnung mag. Ihre Nüchternheit wirkt zwar beruhigend, aber auch kalt.

Plötzlich schrillt eine Klingel, und Kinder rennen auf den Pausenhof. Ihre bunten Kapuzen tief ins Gesicht gezogen, spielen sie im Regen. Die Symphonie ihrer fröhlichen Rufe, die bis zu mir dringen, entlockt mir ein Lächeln. Das erste seit meiner Ankunft. Und auf einmal erscheint mir die Wohnung viel einladender. Ob es am Kinderlachen auf dem Pausenhof liegt? Aber mir ist plötzlich, als dufte es nach heißer Schokolade.

Jane Thompson beobachtet mich aus den Augenwinkeln, während ich nochmals durch die Räume streife. Mein strenges schwarzes Kostüm und der perfekte Pferdeschwanz scheinen ihr Vertrauen einzuflößen.

»Wie viele Wohnungen haben Sie bis jetzt besichtigt?«

»Es ist die erste. Wäre es möglich, die Stereoanlage und die Lautsprecher aus dem Wohnzimmer zu entfernen? Sie brauchen viel Platz.«

»Ja, ich frage die Besitzerin. Ich kann mir nicht denken, dass sie etwas dagegen hat.«

»Ich habe ein Kätzchen. Ist das ein Problem?«

»Aber nein«, ruft sie und lächelt strahlend. »Die Besitzerin liebt Tiere, und ich auch. Wie heißt denn Ihre Katze?«

»David«, sage ich und schließe das Fenster.

Sie reißt erstaunt die Augen auf und fragt sich, ob es wohl eine Manie der Amerikaner ist, ihren Haustieren Menschennamen zu geben.

»Okay, ich will die Wohnung gerne haben, je früher desto besser. Wie hoch ist die Miete?«

»Tausendeinhundert Euro, inklusive Nebenkosten ... Ich weiß, das liegt über Ihrem Budget, aber Paris ist eine sehr teure Stadt und ...«

»Es passt.«

Das ist eine Lüge. Der Preis ist unverschämt hoch, und ich muss schnellstmöglich einen Job finden, aber ich werde schon zurechtkommen. Es muss vorangehen. Im Hotel zu bleiben, würde noch teurer werden, und ich will David schnellstens aus dem Tierheim holen. Im Hotel sind keine Katzen erlaubt.

»Gut, wenn Sie Ihren Pass dabeihaben, mache ich in der Agentur eine Kopie davon, die ist nur fünf Minuten von hier entfernt. Dann kann ich den Vertrag bis morgen fertig machen ...«

»Perfekt.«

»Allerdings ist man in Frankreich sehr streng, was Mietverträge angeht. Ich brauche Garantien, Ihre letzten Gehaltsabrechnungen, die Steuererklärung, Ihre Bankanschrift, einen Auszug Ihres Bankkontos und einen Kontakt zu Ihren ehemaligen Vermietern ...«

Und drei Edelweiß, ein Glas Lama-Milch und den Segen des Papstes ..., denke ich und blicke dennoch verständnisvoll drein.

»Ja, ich kann Ihnen Kontakte in New York geben ...«

»In Ordnung, und wenn Sie in verschiedenen Wohnungen gelebt haben, geben Sie mir so viele Kontakte wie möglich. Je mehr Garantien desto besser, und umso solider wird Ihre Bewerbung.«

Ich denke ein paar Sekunden nach.

»Vor ein paar Jahren habe ich in London gelebt und kann Ihnen die Anschrift meines ehemaligen Vermieters geben.«

»Ach ja, London, marvelous, gute Idee.«

Sie scheint erleichtert, als sei die geografische Nähe Englands als Garantie solider.

Mir hingegen zerreißt es das Herz, London auch nur zu erwähnen, aber ich beiße die Zähne zusammen und lächle höflich.

Das Tagebuch von Alice

London, 22. August 2011

7:05 p. m.

Gut.

Die Psychotherapeutin will, dass ich ein Tagebuch schreibe. Ich soll nur ein paar Worte aneinanderreihen. Nichts Unmögliches. Soll mir keiner sagen, dass ich nicht alles probiert habe.

Mein Dilemma: Soll ich mich an ein »liebes Tagebuch« wenden? Oder soll ich mir eine Freundin ausdenken, der ich alles erzählen kann? In diesem Fall brauche ich eine Bezugsperson, die mich inspiriert. Aber wer soll das sein? Gut, warum nicht »Liebe Frau McGonagall«?

Nein. Zu bedrohlich.

Jemand, der unheimlich gut aussieht? »Lieber Ryan Gosling ...« Oder ein Filmstar mit nettem Gesicht, einem Gesicht, das Vertrauen einflößt. »Lieber Bruce Willis ...«? Könnte ich Bruce Willis mein Leben erzählen? Sicher eher als Professor McGonagall.

Gerade lese ich die ersten Zeilen noch mal. Oliver hatte recht, mich zur Therapie zu schicken, ich brauche eine Analyse, völlig klar.

Hier endet das Tagebuch.

8:20 p. m.

Lieber Bruce Willis,

keine Panik, da bin ich wieder.

Ich liege in unserem Bett. Oliver arbeitet am Computer, wie jeden Abend, und ich habe mir einen Kräutertee gekocht. Bei Wikipedia habe ich »automatisches Schreiben« eingegeben und das hier gefunden: »Automatisches Schreiben bezeichnet eine Methode des Schreibens, bei der Bilder, Gefühle und Ausdrücke (möglichst) unzensiert und ohne Eingreifen des kritischen Ichs wiedergegeben werden.« Man soll demnach irgendetwas schreiben, egal was, egal wie. Und das liegt absolut im Rahmen meiner Möglichkeiten. Gut, dann beschreibe ich automatisch, also ohne nachzudenken, unbewusst und willenlos, tja, Bruce (darf ich dich Bruce nennen?), was aus meinem Leben geworden ist:

Mein Verbrauch an Schwangerschaftstests ist erheblich größer als der einer Familienplanungs-Beratungsstelle. Am Kühlschrank habe ich einen Kalender angebracht und mit einem roten Filzstift Herzchen an die Daten meines Eisprungs gemalt. Es ist zwar beschämend, aber Oliver soll wissen, an welchen Tagen wir miteinander schlafen sollten. Berichtigung: an welchem Tag wir ein Baby zeugen könnten. Jetzt haben wir keinen Sex mehr, wir machen ein Baby. Sex ist eine Strafe geworden, ein mühseliges Unterfangen mit stets enttäuschendem Ergebnis. Selbst der feurige Blick deines Kollegen Clive Owen, lieber Bruce, weckt nicht das geringste Verlangen in mir.

Meine Zeit teilt sich zwischen zwei Hauptbeschäftigungen: Entweder warte ich auf meinen Eisprung oder auf meine Regel. Da ich jedes meiner Symptome in alle verfügbaren Apps eingegeben habe, kann ich den Eintritt beider Ereignisse fast auf die Minute vorhersagen.

Ein völlig sinnloses Unterfangen, nebenbei bemerkt.

Phase 1: Während der Tage, die dem geplanten Sexualakt folgen, verfolge ich stellvertretend das Rennen eines Spermiums hin zu meiner Gebärmutter. Eine wahre Folter. Im Geiste rufe ich ihm wie eine zugedröhnte Cheerleaderin Aufmunterungen zu, stelle mir dabei vor, wie es mit dem Lätzchen mit der Startnummer 1 fibrillierend und geschmeidig in die Kurven rast, um seine Mitstreiter hinter sich zu lassen. Währenddessen hüpft mein blödes Ei im Eileiter hin und her und grinst dämlich, auf eine Spermaseelengemeinschaft hoffend, die sich einfach nicht einstellen will.

Phase 2: Ich erfinde Übelkeit, Müdigkeit, Gliederschmerzen und mitternächtliche Gelüste auf Schokokuchen mit Schlagsahne (dieser Punkt ist nicht unbedingt ein sicheres Anzeichen für eine Schwangerschaft, das sehe ich ein. Aber welche halbwegs normale Person fühlt nicht fast permanent das mehr oder minder intensive Bedürfnis nach Schokokuchen mit Schlagsahne?).

Phase 3: Ich bin überzeugt, schwanger zu sein, werde Oliver gegenüber unausstehlich (schuld sind die Hormone), esse für vier (falls es Drillinge werden) und kaufe mir keine Tampons mehr (in den nächsten neun Monaten brauche ich sie ja doch nicht mehr), und zwar bis zum Schwangerschaftstest am Tag vor dem Einsetzen der zu erwartenden Regelblutung (für die ich, verdammt und zugenäht, keine Tampons mehr habe).

Phase 4: Am letzten Tag des Zyklus stehe ich im Morgengrauen auf und schließe mich im Bad ein, ohne Oliver zu wecken. Nachdem ich höflich das Lächeln des Babys auf der

Packung erwidert habe, das wie ein Serienkiller regelmäßig meine Hoffnung tötet, entschuldige ich mich beim Test, weil ich ihn jetzt in Pipi tauchen muss. Ich versuche ihn zu betören, denn Schwangerschaftstests neigen zu Widerspruch. Sie sagen Ja, wenn man auf Nein hofft, und Nein, wenn man sich Ja wünscht. Ich folge den Anweisungen und warte drei Minuten, die in meiner Wirklichkeit Pi mal Daumen zweieinhalb Jahrhunderte dauern (dazu nicht die lustigsten, siehe 10. und 12. Jahrhundert, Stil *Game of Thrones*).

Ich sitze auf der Toilette, ziehe mir nicht einmal die Hose hoch, zähle die Sekunden, den Blick auf das kleine weiße Fenster geheftet, und bete zu allen Göttern des Universums, ein kleines Plus auf die Skala zu zaubern. Gerne auch hell oder unscharf. Ich will nur ein winziges Plus.

Kein Plus.

Noch einmal zähle ich bis zehn und werde schier rasend bei dem Gedanken an alle in diesem Augenblick auf der ganzen Welt ausgeführten Schwangerschaftstests - die positiven, die Tränen verursachen, wie auch die negativen, die Freudentänze auslösen. Das Leben ist ungerecht, wenn nicht völlig absurd. Oliver wartet hinter der Tür auf mich. Im Allgemeinen brauche ich ihm das Ergebnis gar nicht anzukündigen, denn wie üblich vergieße ich Hektoliter Tränen. Er nimmt mich in die Arme und versichert, dass es völlig egal sei, wir seien noch jung und hätten Zeit ... Sechsundzwanzig Jahre, das sei doch noch reichlich früh, um ein Kind zu bekommen. Das Problem ist nur, dass er zehn Jahre älter ist.

Manchmal krame ich den Test unter einer Bananenschale aus der Mülltonne hervor. Nur um zu sehen, ob sich das Ergebnis vielleicht nicht doch geändert hat.

Immer noch kein Plus.

Und zurück zu Phase 1.

Jetzt erlaube ich mir, eine Zigarette zu rauchen, nur eine (manchmal zwei, aber niemals drei), um mich zu trösten, und dann beginne ich den Zyklus von vorn. Jeden Morgen verfolge ich den Eisprung, schlucke Folsäure, mache Fruchtbarkeits-yoga und male ein rotes Herzchen auf den Kalender am Kühl-schrank.

Dann wieder lasse ich meinen Hormonhaushalt analysieren und Ultraschalluntersuchungen machen (ich erspare dir die medi-zinischen Details, Bruce), die allesamt besagen, dass keine Anomalie vorliegt. Da hatte es Oliver besser. Für seine Unter-suchungen bedurfte es nur einer Masturbationssitzung vor einem Bildschirm und einem Pornostreifen aus den Achtzigern. Der positive Aspekt meiner Experimente (Oliver sagt, dass jede Erfahrung ihren Wert hat) ist ein Panoramavideo meiner Gebärmutter, das wir in zehn Jahren im Kreise der Familie abspielen können.

Ich trinke keinen Alkohol, rauche (fast) nicht mehr, verzichte auf Kaffee und schwarzen Tee, verzehre keine Fast-Food-Pro-dukte, gehe um zweiundzwanzig Uhr schlafen und meditiere neuerdings. Zudem fülle ich mich mit Nachtkerzenöl ab, mit Folsäure, Eisen, Obst und verschiedensten Getreidekörnern. Gesünder als ich dürfte nur der Dalai Lama leben. Ich habe Physiotherapeuten, Osteopathen, Wunderheiler und sogar einen Spezial-Coach für Eileiter aufgesucht, der vorgibt, die Reinkarnation eines aztekischen Priesters zu sein. Ich habe gebetet und geheult. Nichts hilft. Seit siebzehn Monaten ver-suchen wir es nun, aber ich bin immer noch nicht schwanger.

Meine Bewerbung für die Wohnung wurde angenommen. Davids Reisekiste in der einen, meinen Koffer in der anderen Hand, fahre ich wieder mit der Métro bis zur Station Belleville. In New York haben die Straßen Nummern, entweder parallel oder quer verlaufend. Aufgeräumt. Hier verläuft keine Verkehrsachse gerade, in diesem Gewirr von Gassen und Straßen herrscht eine absurde Unordnung. Dennoch finde ich irgendwann meinen Weg und erreiche das Maklerbüro, wo der Mietvertrag nur noch auf meine Unterschrift wartet.

Jane Thompson empfängt mich mit einem breiten Lächeln.

»Alice, ich habe auf Sie gewartet! Hier haben Sie Ihren Pass zurück. Ich wusste nicht, dass Ihr vollständiger Name Smith-Rivière lautet … Gibt es eine Verbindung zu Scarlett Smith-Rivière?«

Die Frage ist mir unangenehm, und ich vermeide den Blickkontakt mit ihr.

»Wissen Sie, es gibt mehr als zwei Millionen Smiths allein in den Vereinigten Staaten, und Rivière ist fast genauso gängig in Frankreich, damit dürften mehrere Tausend Amerikaner den Doppelnamen Smith-Rivière tragen …«

»Ach so … Jedenfalls danke ich Ihnen, mir die Anschrift Ihres ehemaligen Vermieters in London gegeben zu haben, marvelous, dieser Mann! Ich habe ihm

Ihre neue Adresse gegeben. Er will Ihnen Post nach-schicken.«

Jane Thompson scheint nun sicher, dass ich nicht vorhabe, ein Drogenkartell in der Wohnung aufzuzie-hen, und ist ausgesprochen nett. Sie ist hellauf begeis-tert von David, der vor Freude schnurrt, während ich den Mietvertrag durchlese und unterschreibe. Sie hän-digt mir drei Schlüsselbunde für mein neues Zuhause aus.

Dort angekommen, packe ich schnell meine Hab-seligkeiten aus. Ich habe nur das Nötigste mitgebracht. Die meisten Sachen befinden sich noch in einem Con-tainer mitten auf dem Atlantik. Davids Kissen lege ich ans Fußende meines Betts, und seine Streukiste stelle ich unter das Fenster im Wohnzimmer. David schreitet wie eine Ballerina bedächtig durch die beiden Räume und sinkt dann mit Eleganz auf das Sofa. Ich kraule sei-nen Kopf und bin erleichtert, dass er so zufrieden wirkt.

»Ich hoffe, du wirst dich hier wohlfühlen, mein Kätz-chen.«

Unten im Supermarkt kaufe ich eine tiefgekühlte Lasagne und schiebe sie in die Mikrowelle. Das Essen ist genau in dem Moment fertig, als ich, in ein Badetuch gehüllt und mit gekämmtem, aber noch nassem Haar, aus dem Bad komme. Ich ziehe meinen Schlafanzug an, setze mich vor den Computer und lese die eingegange-nen E-Mails.

Viermal lese ich die E-Mail und versuche den Stress ab-
zuschütteln, den sie auslöst. Es ist nur eine Antwort. Ich
habe mehrere Bewerbungsgespräche geführt und noch
andere Eisen im Feuer. Nichts klappt je auf Anhieb. Ich
lese die anderen Nachrichten und lasse keine Werbung,
keinen Spam aus, studiere sogar die Abwesenheitsmel-
dungen von Anfang bis Ende. Ich sehe geradezu, wie
Angela die Augen verdreht, aber ich kann nicht anders.
Der Flügelschlag eines Schmetterlings in Tokio kann in
Texas einen Wirbelsturm auslösen, heißt es. Also, wenn
man mir etwas schickt, dann lese ich es auch. Sollte ich
eine hochwichtige Nachricht übersehen, könnte das
eine Kette von Folgen und fürchterliche Dramen irgendwo in der Welt auslösen. Als ich mir sicher bin, dass
sich tatsächlich nichts Lebenswichtiges in die Newslet-

ter eingeschlichen hat, schließe ich die Webseiten und gehe schlafen. Sorgsam lege ich Handcreme und Schlaftabletten auf den Nachttisch und stelle ein Glas Wasser dazu.

Es regnet nicht mehr, und ich habe das Dachfenster geöffnet, nehme jetzt eine Schlaftablette und lausche, schon im Dämmerzustand, den Geräuschen des Wohnhauses, die aus dem Hof zu mir aufsteigen, den Stimmen der Menschen, die zusammenleben, essen, streiten oder sich lieben. Traurigkeit überkommt mich. Und als hätte David gespürt, wie sich meine Einsamkeit im Mansardenzimmer ausbreitet, rollt er sich neben mir zusammen und reibt sein Näschen an meiner Wange. Dankbar schließe ich ihn in die Arme und summe ein Wiegenlied für ihn. Die Schlaftablette zeigt ihre Wirkung, und ich falle in einen traumlosen Schlaf.

Ich schließe die Wohnungstür hinter mir und seufze. In Frankreich werde ich wohl nur schwer Arbeit finden. Nachdem ich meine Schuhe ordentlich nebeneinandergestellt habe, lasse ich mich auf das Sofa fallen und ziehe mein schnurrendes Fellknäuel auf die Knie, um mich zu trösten.

Ein Dutzend Bewerbungen hatte ich schon aus New York abgeschickt, gerade komme ich von dem letzten Vorstellungstermin zurück. Man hat mich nicht einmal vorgelassen: In der Zwischenzeit habe man jemanden eingestellt und völlig vergessen, meinen Termin abzusagen, erklärte mir die Dame im Personalbüro mit verlegenem Lächeln. Ich schluckte die aufsteigenden Tränen hinunter und verbarg meine Enttäuschung hinter stolzer Haltung. Es sei nicht schlimm, sagte ich, man möge mich nur unbedingt anrufen, sollte ein anderer Posten frei werden. Erst draußen auf der Straße brach ich in Tränen aus.

Seit meiner Ankunft in Paris vor zehn Tagen hat es bislang lediglich Absagen gehagelt. Dieses Gespräch war meine letzte Hoffnung gewesen. Ich verberge mein Gesicht in Davids weichem Fell am Hals und seufze.

»Meinst du, jemand könnte mich eines Tages wollen, Kätzchen?«

Die Erschöpfung der letzten Wochen nimmt jetzt Besitz von mir. Es bedarf meiner ganzen Energie, mich auszuziehen und in ein heißes Bad sinken zu lassen. Ich versuche Ordnung in meine Gedanken zu bringen und spiele mit den Fingerspitzen im duftenden Schaum. Mein Herz krampft sich zusammen, wenn ich an New York und mein dort zurückgelassenes Leben denke. An meine Ersparnisse, ein kleines, in den vier Jahren meiner Karriere im Finanzsektor angehäuftes Vermögen, das sich vor meinem Aufbruch in Rauch aufgelöst hatte. Die Müdigkeit verdunkelt meine Stimmung noch mehr, und das bisschen Optimismus, das mir geblieben war, löst sich im Seifenwasser auf.

Zurück im Zimmer, eingehüllt in meinen Bademantel, höre ich ein Ping. Auf meinem Computer ist eine Nachricht eingegangen. Die Kopfschmerzen werden immer schlimmer, der Schmerz konzentriert sich zwischen den Augen und strahlt zu den Schläfen aus. Ich weiß ganz genau, dass eine Panikattacke droht, wenn ich die Müdigkeit zu groß werden lasse, aber eine eingegangene E-Mail will gelesen werden. Das ist die Regel. Und Regeln müssen respektiert werden. Immer. Die Nachricht erscheint auf meinem LinkedIn-Konto und stammt von jemandem, der mir völlig unbekannt ist.

Von: Christophe Lemoine
An: Alice Smith
Datum: 10. September 2018
Betreff: Bewerbung

Guten Tag, Alice,
ich sehe auf LinkedIn, dass Sie auf der Suche nach Arbeit

in Paris sind. Ich bin der Gründer eines Start-ups mit erheblichem Potenzial, wobei Firmenziel und Business-Modell noch nicht veröffentlicht wurden, weshalb ich sie Ihnen hier nicht erläutern kann. Ihr Profil könnte für uns und den Fortgang des Projekts durchaus von Interesse sein.

Sollten Sie immer noch verfügbar sein, so schlage ich Ihnen ein Treffen für morgen, 9:30 Uhr, im Co-Working-Space, 67 rue du Mail, 75002 Paris vor.

Mit freundlichem Gruß

Chris Lemoine

Ich lese die E-Mail wieder viermal. Keinerlei weitere Informationen, weder über die Firma noch über den Posten. Mein Lebenslauf im Netz gibt an, dass ich im Bereich Fusion und Akquise bei einer berühmten Investmentbank tätig war. Das bedeutet, dass ich keine Ahnung vom Finanzwesen einer kleinen Firma habe und noch weniger Ahnung von Start-ups. Mir ist nicht ganz klar, warum mein Profil einen Unternehmer wie Christophe Lemoine interessiert.

Aber er hat einen Termin anberaumt.

Zu einer bestimmten Uhrzeit.

An einem bestimmten Ort.

Wenn ich ablehne, bringe ich seinen Zeitplan durcheinander. Sollte er daraufhin seinen Tag umorganisieren müssen, kann die Störung der gewohnten Abläufe zu Chaos führen. Beispielsweise könnte ein Familienvater früher aus dem Haus gehen und genau dann in ein Taxi laufen, nur weil sein Termin verlegt worden war, er

wird überfahren, oder schlimmer, sein Baby im Kinderwagen ...

Stopp!

Aufhören!

Leichte Übelkeit befällt mich, und die Migräne breitet sich bis in meinen Nacken aus.

Das passiert doch alles nur in meinem Kopf. Nur
nicht darauf eingehen.

Keine Katastrophen ausmalen!

Wieder umgreife ich mein Handgelenk. Das Armband fehlt, ich hatte es vor dem Baden abgelegt. Ich
lege den Kopf in meine zitternden Hände. Ich darf die
Ordnung des Universums nicht stören. Man muss das
Vorgesehene respektieren. Immer. *Stimmt gar nicht. Das
Leben ist voll von Unvorhergesehenem,* flüstert mir die
ferne Stimme Angelas zu. Ich zähle langsam und atme
ein.

Eins, zwei, drei, vier.

Atme!

Ich brauche einen Job, egal was für einen, sonst muss
ich mir von Angela Geld leihen, und sie müsste sich um
mich sorgen. Sie zu ängstigen und ihr das Leben schon
wieder mit meinen Problemen schwer zu machen, ist
das Letzte, was ich möchte.

Von: Alice Smith
An: Christophe Lemoine
Datum: 10. September 2018
Betreff: Re: Bewerbung

Guten Tag, Christophe,
vielen Dank für Ihre Nachricht. Gerne nehme ich den Termin wahr.
Bis morgen
Alice Smith

Es ist erst 13:17 Uhr, aber ich kann mich vor Müdigkeit kaum auf den Beinen halten. Schwarze glänzende Punkte zerplatzen vor meinen Augen, als sei ich in einer Disco. Ich ziehe die Vorhänge zu, denn gleich wird es in der Schule unten zur Pause klingeln. Ich lege sorgsam meine Kleidung zusammen. Gleich viermal hintereinander, um Falten sicher zu vermeiden. Dann stelle ich den Stuhl an die Wand, rücke einmal, zweimal … *Stopp!* Ich verkrieche mich unter der Bettdecke, schlucke eine Schlaftablette, David kuschelt sich an mich.

Als ich aufwache, ist es bereits Nacht. Die Krise ist vorüber, sie war eher leicht, wenn auch bedenklich nah an der letzten schweren Attacke. Ich bestelle übers Internet einen Bacon-Cheeseburger und Fritten mit geschmolzenem Cheddarkäse. Dabei muss ich an Angela denken, die vier Jahre lang vergeblich versucht hat, mich von meinen schlechten Essgewohnheiten abzubringen. Aber ich habe seit gestern nichts gegessen und einfach Lust, mich wenigstens für die Dauer einer Mahlzeit nach Amerika versetzt zu fühlen.

Ist es nicht sonderbar, dass mir Chris Lemoine genau in dem Augenblick schreibt, in dem mich der Mut verlassen hat? Was für ein Zufall! Wenn man an Zufälle glaubt! Aber ich glaube nicht an Zufälle, auch nicht an

Glücksfälle. Ich glaube an eine Aneinanderreihung von Ereignissen, so wie sie das Universum vorgesehen hat, eine unabänderliche Ordnung der Welt, in der jedes Ineinandergreifen der Rädchen eine Rolle spielt und das kleinste Staubkorn die Mechanik durcheinanderbringen kann. Wie gesagt, der Flügelschlag eines Schmetterlings in Tokio kann irgendwo am anderen Ende der Welt eine Katastrophe auslösen. Und so weiter.

Ich koche mir einen Tee und suche Christophe Lemoine auf LinkedIn. Seltsamerweise brauchte er acht Jahre für seinen Bachelor, allerdings an einer berühmten Universität in Montreal. Seitdem hat er neunzehn Start-ups gegründet. Ich ziehe eine Augenbraue hoch, als ich diese eindrucksvolle Liste durchkämme. Eine nach der anderen google ich die Firmen.

Christophe Lemoine ist offenbar ein Erfinder, unter anderem ist er der Vater der faltbaren Reisekelle, von biologisch abbaubaren Bettlaken und einer App, die Wolkenformen interpretiert. Außerdem scheint er ein gutes Händchen fürs Scheitern zu haben. Seine neunzehn Firmen hat er samt und sonders in den Sand gesetzt. Da gab es technische, finanzielle, juristische Probleme, Probleme mit dem Business-Modell und Datenklau … Das einzige Start-up, das mit ein paar Artikeln in der seriösen Presse erwähnt worden war, hatte ein Programm für Datensicherheit entwickelt, doch die zu schützenden Daten waren irrtümlich per E-Mail anstelle des Newsletters an mehrere Tausend Kontaktpersonen geschickt worden. Unnötig zu erwähnen, dass besagte Artikel alles andere als Lobeshymnen waren. Ich muss über die Hartnäckigkeit dieses leidenschaftlichen Unternehmers lächeln. Leute, die nicht loslassen können, haben mich schon immer irgendwie gerührt.

Es klingelt. Ich mache die Tür auf, nehme den Papierbeutel mit meinem Burger entgegen und gebe dem Boten zum Dank Trinkgeld, worüber er sich überschwänglich freut. Dann setze ich mich wieder an den Computer, esse gewissenhaft alles bis zum letzten Krümel auf, und mit David als neugierigem Zaungast betrachte ich die Fotos des jungen lächelnden Unternehmers. Ich frage David: »Findest du ihn sympathisch?«

Statt zu antworten, rollt er sich auf meinem Schoß zusammen. Ich seufze. Es ist ja nicht so, dass ich es mir aussuchen könnte. Mit dem bisschen Geld, das ich noch hatte, musste ich die Miete bezahlen. Egal, was es mit diesem Posten auf sich hat, ich muss ihn haben.

Die Bürogemeinschaft »The Space« ist ein neues Pariser Co-Working-Center und in einer Werkhalle untergebracht, in der früher Heißluftballons hergestellt wurden. Die hölzernen Deckenbalken sind weiß gestrichen und stützen ein riesiges Glasdach. Die Einrichtung ist minimalistisch, hier ein paar Grünpflanzen, dort Design-Sofas, mir ist, als sei ich direkt in einem Instagram-Feed gelandet, ein munteres Durcheinander als Zugabe.

Angesichts des Mädchens mit dem Tretroller und des Youngsters in Jogginghose, die gerade vorbeigerast sind, dürfte die lächelnde Hostess – mindestens fünfundzwanzig Jahre alt – die Altersobergrenze des Hauses repräsentieren. Sie reicht mir einen leuchtend orangefarbenen Besucherausweis und behält dafür meinen amerikanischen Führerschein ein, für den Fall, dass mir der sonderbare Einfall kommen sollte, meinen Besucherausweis zu klauen und auf eBay zu verhökern.

Ich zupfe meinen Pferdeschwanz und die schwarze Weste meines Hosenanzugs zurecht und versuche mich auf dem unbequemen silberfarbenen Hocker einigermaßen aufrecht zu halten.

»Alice?«

Ich wende den Kopf und sehe vor mir einen freundlich lächelnden Mann stehen.

»Ja, das bin ich«, sage ich und reiche ihm die Hand.

»Freut mich, ich bin Christophe.«

Sein Händedruck ist fest, sein dunkelblondes Haar steht unordentlich ab, was aber kein Zufall, sondern der Look des perfekten Hipsters ist. Die Bluetooth-In-Ears stecken in seinen Ohren wie zwei kleine Antennen, seine Turnschuhe dürften so teuer sein wie Louboutin-Pumps, und seine Jeans ist vielleicht von einem buddhistischen Mönch in Nepal per Hand bleich gescheuert worden. Hinter der Brille mit imposantem Gestell sehen mich braune Augen an, die ebenso ehrlich wie freundschaftlich wirken, und sein umwerfendes Lächeln entspricht ganz und gar den Porträts im Netz. Ich vermute, dass er über einen gewissen Charme verfügt, dem ich jedoch wegen seiner elf Minuten Verspätung nicht erliege.

»Folge mir! Möchtest du einen Kaffee? Einen grünen Tee? Eine Cola Zero? Eine Litschi-Paprika-Limo?«

»Danke, ein Glas Wasser reicht.«

Ich folge ihm, während er irgendwas auf seinem Smartphone tippt. Meine Hände verkrampfen sich, ich umklammere den Bügel meiner Handtasche und bedaure, kein Beruhigungsmittel genommen zu haben. Ich habe bei allen Bewerbungsgesprächen versagt, weil ich solchen Anforderungen nicht gewachsen bin und meine Angst mich unnahbar wirken lässt. Wenn ich den Feedbacks der Personalbüros Glauben schenken kann, so hatten meine Ansprechpartner das Gefühl, meine »Persönlichkeit nicht ganz umreißen zu können«. Ein kühles und abweisendes Verhalten ist meine einzige Waffe gegen die Panikattacken.

»Danke, Alice, dass du so spontan gekommen bist.

Wir sind seit drei Wochen im Haus. Ist doch nett hier, oder?«

Ein durchsichtiger Aufzug bringt uns in die letzte Etage. Vor uns liegt ein weitläufiger offener Raum. Eine riesige Fensterfront bietet eine unglaubliche Aussicht bis zur Kirche *Sacré-Cœur,* die mich schon immer fasziniert hat. Dennoch versuche ich den Touristen-Enthusiasmus zu verbergen, der die Amerikanerin verrät, die ihre Ranch nie verlassen hat. Trotzdem verlangsame ich den Schritt, um dieses wunderbare Panorama zu bestaunen. Die meisten Büroräume mögen noch nicht eingerichtet sein, aber es herrscht bereits eine unbeschreibliche Unordnung. Kartons, Akten, einzelne Blätter, ein Pingpongschläger, eine Yogamatte und sogar eine Socke … Ich verstehe nicht, warum Leute nicht aufräumen. Es reicht doch, den Gegenstand nach Gebrauch wieder an seinen Platz zu bringen. Ist das denn so kompliziert? Statt auf das Chaos schaue ich lieber auf die geradlinigen, parallelen, regelmäßigen und damit beruhigenden Fensterumrahmungen aus Metall.

»Willkommen bei EverDream!«, ruft Christophe und öffnet die Tür zu einem Versammlungsraum mit dem Namen »Steve Jobs«-Saal.

Ich gehe hinein. Vier riesige Sofas stehen um einen Couchtisch herum. Auf einem der Sofas sitzt ein Mann vor einem Flachbildschirm und tippt, ohne den Blick zu heben, in rasender Geschwindigkeit auf der Tastatur. Seine Hände ziehen meinen Blick magisch an. Mich beeindruckt der Kontrast zwischen ihrer männlichen Kraft und der Eleganz der Finger, die über die Tasten gleiten wie die eines Pianisten. Ich werfe einen Blick auf den Bildschirm, wo sich auf schwarzem Hintergrund grüne Linien eines Programmcodes aufreihen, flüssig und regelmäßig wie eine Partitur.

»Jeremy Miller, mein Partner«, stellt Christophe vor und setzt sich.

»Guten Tag.«

»Guten Tag. Sie sind zu spät«, entgegnet dieser, ohne auch nur hochzuschauen.

Das ist schlichtweg der ungerechteste Vorwurf, der mir seit Ewigkeiten untergekommen ist. Ich spüre, wie sich meine Kehle zuschnürt, und höre mich säuerlich antworten: »Ich komme nie zu spät.«

Er hört auf zu tippen, hebt neugierig den Kopf und mustert mich. Sein stechender Blick macht mich verlegen. Das braunes Haar und der dunkle Dreitagebart betonen das glasklare Blau seiner Augen. Er trägt ein Jeanshemd und eine beigefarbene Hose, seine Kleidung ist viel schlichter als die seines Partners.

»Das ist ganz und gar meine Schuld«, gesteht Christophe und reicht mir eine Flasche Evian. »Ich habe Alice warten lassen. Weißt du, die Kreativen sind immer spät dran.« Er zwinkert mir zu.

Meine Rückenmuskeln entspannen sich, ich schiebe eine Haarsträhne hinter das Ohr und setze mich ebenfalls auf das Sofa.

»Ach so, Alice«, ruft Christophe plötzlich, »fast hätte ich das Wichtigste vergessen. Wir haben hier ein Bällebad.«

Er sieht mich strahlend und erwartungsvoll an. Ich

habe keine Ahnung, was ich darauf antworten soll, und er fügt erklärend hinzu: »Wie bei Ikea.«

Ich trinke einen Schluck Wasser, um Haltung zu bewahren. Wenn er nicht bald Fragen zu meiner Vita, meinen Kompetenzen und Charaktereigenschaften (starrsinnig, introvertiert, na ja, etwas ängstlich und von leichten Zwangssyndromen gequält ...), normale Fragen, die man bei einem Bewerbungsgespräch gewöhnlich stellt, dann überlebe ich diese Unterhaltung nicht. Fragen, auf die ich vorbereitet war. Mit Unvorhergesehenem komme ich nicht klar. Wieder einmal berühre ich mein Armband und streichle die Anhänger. Ich denke an Wellenrauschen. Tief einatmen! So leise wie möglich.

Ich drehe den Schraubverschluss der Flasche wieder zu und stelle sie auf den Couchtisch. Christophe überfliegt jetzt meinen Lebenslauf. In der Zwischenzeit lege ich zwei Stifte auf dem Tisch ordentlich parallel nebeneinander. Die Geste ist mir peinlich, denn mir ist, als habe sie der unangenehme Partner, Jeremy Miller, zur Kenntnis genommen. Ich muss mich besser unter Kontrolle haben. Ich brauche diesen Job, um Angela, wie bereits gesagt, nicht um Hilfe bitten zu müssen. Ich muss aktiv bleiben, damit man mich vergessen kann. Ich muss normal wirken. Ich *bin* normal!

»Du hast ein paar Jahre bei JP Morgan in London und dann bei Goldman Sachs in New York gearbeitet, und zwar ...?«

Ich antworte mechanisch: »Vier Jahre, sechs Monate, zwei Wochen und vier Tage.«

Er sieht mich verwirrt an, als hätte ich soeben angefangen, die amerikanische Nationalhymne zu rappen. Erneut unterbricht sein Partner die Arbeit und mustert mich erstaunt. Ich beiße mir auf die Lippen.

»Das sollte ein Witz sein«, füge ich schnell hinzu, »vier Jahre.«

Und wieder suchen meine Finger den beruhigenden Kontakt mit dem Armband. Der forschende Blick von Jeremy Miller folgt meiner Geste und hält an meinem Handgelenk inne. Sofort lasse ich meinen wertvollen Talisman los und versuche vergeblich, meine Nervosität zu verbergen.

Jetzt ist ohnehin alles egal. Ich springe ins kalte Wasser.

»Sie sagten, es sei noch vertraulich, aber ich würde doch gern wissen, was Ihre Firma eigentlich macht, Monsieur Lemoine.«

»Chris! Alice, hier sagt man nicht ›Monsieur‹. Wir sind cool. Die Geschichte mit der Vertraulichkeit«, erklärt er, »ist eine Taktik, um wissensdurstige Investoren anzuziehen, die gern Risiken eingehen. Ich will Leute mit einem anderen Profil. EverDreamers eben. Alice, eines musst du unbedingt begreifen, EverDream will groß werden, sehr groß! Mittelmäßigkeit akzeptieren wir nicht. Und du, Alice, akzeptierst du Mittelmäßigkeit?«

»Äh – nein …«

»Umso besser! Denn wir verfolgen ein großartiges, ein einzigartiges Projekt, dass das Leben der Menschheit revolutionieren wird. Wir entwickeln gerade eine geheime Software, die helfen wird, ein universelles Problem zu lösen und den Alltag von Millionen Menschen zu verbessern.«

Diese schwungvolle Rede erstaunt mich, und ich stelle vorsichtig die Frage: »Das hört sich aufregend an, um welches Problem geht es dabei?«

Hat er ein Wundermittel gegen Krebs, einen Weg zum Weltfrieden oder zur Abschaffung des Hungers gefunden? Jedenfalls leuchten seine Augen vor ansteckender Begeisterung, und seine Überschwänglichkeit gefällt mir.

Ich schaue staunend zu, wie er auf den Couchtisch steigt, tief einatmet und mit einer theatralischen Handbewegung deklamiert: »EverDream hat es sich zur Aufgabe gemacht, alle verwaisten Strümpfe wieder zu vereinen, und zwar weltweit.«

Zu diesem Zeitpunkt kann ich nicht ermessen, ob Christophe Lemoine verrückt ist, ungemein genial oder unter Drogeneinfluss steht. Ich bin sprachlos. Er muss meine Überraschung für Verständnislosigkeit halten, denn er erläutert mit einem triumphierenden Lächeln: »Weißt du, es geht um die Socken, die du mutterseelenallein nach dem Trockenzyklus in der Trommel deiner Maschine findest. In Zeiten des Recyclings und des Kampfs gegen Verschwendung musste sich jemand des Problems der verwaisten Strümpfe und dessen ökologische Bedeutung annehmen. Stell dir vor, auf der Webseite von EverDream kannst du ein Foto deines verwaisten Strumpfs posten, Größe, Marke und Farbe angeben. Die App stellt auf der Stelle einen Kontakt zu einer Person mit dem passenden Strumpf her, und so können sie zu einem neuen Pärchen vereint werden. Keine Socke soll mehr allein bleiben. Unsere Klientel? Die ganze Welt! Bis auf Einbeinige, natürlich, aber da bleiben immer noch eine Menge potenzieller Kunden.«

Ein leiser Zweifel beschleicht mich. Soll das ein Witz sein? Ich suche eine versteckte Kamera, eine Erklärung. Der schwungvollen Rede folgt tiefes Schweigen, das nur von Jeremy Millers Tippen untermalt wird. Christophe steht immer noch auf dem Couchtisch, verschränkt die Arme vor der Brust und grinst.

»Nun? Bist du bereit für dieses große Abenteuer, Alice? Nimmst du die Herausforderung des Unternehmens an? Lehnst du Mittelmäßigkeit ab?«

Ich öffne den Mund. Was soll ich sagen? Der Name EverDream bedeutet gar nichts, und die meisten Leute scheren sich wenig darum, ob sie eine Socke verloren haben oder wie sie recycelt werden könnte, dafür wäre es sicher an der Zeit, mit dem Grasrauchen aufzuhören, auch wenn es aus Bioanbau und Fair Trade von The Space stammt. Doch ein dünnes inneres Stimmchen erinnert mich daran, dass ich diesen Job brauche. Also räuspere ich mich und lasse verlauten: »Das hört sich hochinteressant an ... ein wirklich originelles Business-Modell ... Aber Ihnen ist bestimmt bewusst, dass ich davon nicht viel verstehe, weder von Webauftritten noch von Apps oder Ökologie und auch nichts von ... verwaisten Strümpfen ...«

»Ich weiß, aber du bist Amerikanerin, und dort liegt die Zukunft von EverDream. Schon im nächsten Frühling sind wir international unterwegs. Und dein Lebenslauf ist sehr eindrucksvoll! Du bist zweisprachig und hast ein Diplom der Brown University ... Dann JP Morgan in London, Goldman Sachs in New York ... Wenn wir demnächst das Funding organisieren, brauchen wir jemanden mit deinem Profil ...«

»Und was soll ich genau tun?«

»Alles, was mit Buchhaltung, Finanzwesen und ... den administrativen Abläufen zu tun hat.«

»Administrative Abläufe?«

»Ja. Ich bin kreativ, Jeremy kümmert sich um die Codierung, wir haben schon jemanden für das Marketing und das Community Management und so weiter. Aber niemanden, um diese ... Sachen zu stemmen.«

Er hält inne und hat wahrscheinlich in letzter Sekunde den Terminus »langweilig« vermieden.

Ich schlage liebenswürdig vor: »Meinen Sie aufwendig?«

»Ja, genau! Aufwendig. Du drückst dich wirklich perfekt aus, Alice. Und du hast fast keinen Akzent.«

»Ich habe beide Staatsbürgerschaften, eine französische Mutter und einen amerikanischen Vater.«

»Das finde ich super!«

Er stellt mir noch ein paar absurde Fragen, zum Beispiel nach meiner Lieblingsfarbe. Er zeigt mir Tintenflecke auf seinem iPad und will wissen, wie ich sie interpretiere (Möwe, Gitarre, Flugzeug), bevor er das Gespräch beendet.

»So, Jeremy, ich bin durch. Hast du noch Fragen?«

Es wäre mir sehr recht, würde dieser verneinen. Stattdessen schaut er von seinem Bildschirm auf und fragt: »Dein Lebenslauf sagt nichts darüber aus, was du 2013 das ganze Jahr über gemacht hast – nachdem du London verlassen und bevor du deinen Job in New York angetreten hast.«

Ich atme ein. Ich weiß, dass ich jetzt schwindeln muss. Trotz aller Lügen, die ich in den letzten Jahren erzählt habe, sträubt sich ein Teil von mir, die Wahrheit unterschlagen zu müssen.

»2013 habe ich eine Weltreise gemacht«, sage ich leise und halte den eisblauen, mich ausforschenden Augen stand. Ein Funke Neugier erhellt kurz seinen Blick, und ich habe den sehr unangenehmen Eindruck, dass er mir nicht glaubt.

»Oh, wie toll!«, ruft Christophe, »genau solche Leute wollen wir bei EverDream. Ich sehe, dass du verstanden hast, was es mit dem Kampf gegen Mittelmäßigkeit auf sich hat, Alice.«

»Warum hast du New York verlassen?«, schaltet sich Jeremy wieder ein. »Und warum willst du nach der Finanzbranche ins Web-Geschäft?«

»Ich habe immer von Paris geträumt ... Und was das Finanzwesen betrifft, wollte ich gern einmal etwas mehr ... Unternehmerisches versuchen.«

Ich vermute zahlreiche weitere Fragen hinter seiner äußeren unerschütterlichen Ruhe. *Bist du allein umgezogen? Bist du nicht verheiratet? Geschieden? Alleinstehend ohne Kinder? Hast du Familie in Paris? Freunde?*

»Super, Alice«, sagt Christophe und zieht sein vibrierendes Handy aus der Tasche, »du hörst sehr bald wieder von uns, jetzt habe ich einen Call-Termin mit Investoren.«

Einen Moment lang hatte ich geglaubt, ich hätte eine Chance, eingestellt zu werden, doch die abrupte Art, unser Gespräch zu beenden und mich abzufertigen, scheint kein gutes Zeichen zu sein.

Etwas überrumpelt schüttele ich mechanisch die dargebotene Hand und murmele: »Vielen Dank für den freundlichen Empfang.«

Jeremy Miller erhebt sich und bringt mich ins Erdgeschoss, ohne ein einziges Wort an mich zu richten. Verzweifelt suche ich nach Argumenten, die seine Meinung über mich ändern könnten. Aber er hat gesehen, wie ich in Panik geraten bin, wie ich an meinem Armband gefummelt und die Stifte geradegerückt habe. Im Grunde ist alles sonnenklar: Warum sollte man das Risiko eingehen und jemand einstellen, der so sonderbar ist wie ich?

Jeremy bittet die Hostess, meine Papiere auszuhändigen, die ich ihr als Pfand für den Besucherausweis überlassen hatte, und sie reicht ihm meinen Führerschein. Und in diesem Augenblick beginne ich auf ihn einzureden, auch wenn ich nicht sicher bin, dass meine Worte wirklich überzeugen: »Ich habe schon immer davon geträumt, beim Aufbau einer Firma mitzuhelfen, und bin wirklich motiviert. Bitte geben Sie mir eine Chance und lassen Sie mich für EverDream arbeiten!«

Offenbar von diesem unerwarteten Ausbruch überrascht, behält er den Führerschein in der Hand, statt ihn mir zu geben und dreht ihn zwischen den Fingern, betrachtet mich aufmerksam und antwortet: »Um ehrlich zu sein, verstehe ich nicht, warum du überhaupt auf die E-Mail von Chris geantwortet hast. Es geht hier um den Posten einer Verwaltungsassistentin, weit unter deinen Kompetenzen und Erfahrungen. Was das Gehalt angeht, so können wir dir kaum ein Drittel oder Viertel von dem zahlen, was du wahrscheinlich bis jetzt verdient hast. Du wirst Rechnungen bezahlen und die Bestände der Filzschreiber und des Druckerpapiers verwalten. Was die von Chris erwähnte Buchhaltung angeht, so kennt er den Unterschied zwischen Finanzwesen und Buchhaltung nicht, und ich vermute, die Normen der französischen Buchhaltung kennst du auch nicht ...«

Ich schlucke schwer, ziehe nervös an meinem Pferdeschwanz und antworte mit etwas zu viel Schwung, um die Verzweiflung in meiner Stimme zu verbergen: »Ich lerne schnell, und ich weiß, dass es anfangs immer undankbare Aufgaben gibt, aber ich glaube fest an Aufstiegsmöglichkeiten auf lange Sicht.«

»Tut mir leid, es wäre Verschwendung, dich einzustellen, und ich bin gegen die Verschwendung von Talenten.«

Er hält immer noch meinen Führerschein fest und wirft jetzt einen Blick darauf. Er scheint überrascht zu sein.

»Dein vollständiger Familienname lautet Smith-Rivière?«

»Ja, meine Mutter ist Französin, aber ich benutze nur noch den Namen Smith. Ich muss meine Papiere ändern lassen.«

»Aber Smith-Rivière ...«, sagt er und runzelt leicht die Stirn, »wie Scarlett Smith-Rivière?«

»Ja ...« (Ich lache nervös.) »Nein, keine Verbindung, in Amerika gibt es mehr als zwei Millionen Smiths, und Rivière ist ebenso geläufig in Frankreich, also gibt es statistisch mehrere Tausend Smith-Rivières in Amerika. Und dennoch, trotz aller Wahrscheinlichkeitsrechnungen verfolgt mich diese Frage seit dem Kindergarten.«

Er schweigt eine Weile und mustert mich eingehend mit seinen forschenden blauen Augen. Für meinen Geschmack ist der Mann viel zu schlau. Ich versuche regelmäßig zu atmen, um die Angst zu überspielen, die sie in mir ausgelöst haben.

»Zahlen und Statistiken sind dein Ding, oder? So ähnlich, wie Kulis ordentlich nebeneinanderzulegen?«

Ich zucke die Achseln. Dass er meine Geste bemerkt hatte, wusste ich ja, aber lieber wäre mir gewesen, er hätte sie nicht erwähnt.

»Ich mag Zahlen, da gibt es keine Zweideutigkeiten. Eine mathematische Formel lässt keinen Raum für Zufall, Glück oder Unvorhergesehenes. Keine Enttäuschungen, denn es gibt nur ein mögliches Ergebnis. Zahlen sagen immer die Wahrheit.«

»Im Gegensatz zu Menschen meinst du?«

»Genau.«

Er reicht mir den Führerschein, sein Gesichtsausdruck ist wieder neutral. »Ist schon eigenartig, dass die Wahrheit so wichtig für dich ist, denn ich glaube kaum, dass du wirklich an diesem Job interessiert bist, an deiner Weltreise zweifle ich ebenfalls, und ich finde es auch merkwürdig, dass du plötzlich in eine andere Branche wechseln willst.«

Trotz seiner Ruhe ist seine Betrachtung wie ein Schwall eiskaltes Wasser, und nach ein paar Sekunden, in denen ich mich von der Überraschung erhole, macht sich in mir Frustration breit. Wer ist er denn, dass er es wagen darf, Urteile über mein Verhalten zu fällen, ohne mein Leben zu kennen? Überhaupt bestehen alle Bewerbungsgespräche aus Täuschungsmanövern und der Kunst des Lügens, um sich selbst so positiv wie möglich darzustellen. Statt den Vormittag zu vergeuden, hätte ich besser daran getan, neue Bewerbungsschreiben abzuschicken. Ich stecke den Führerschein in meine Brieftasche, hebe den Kopf und blicke Jeremy direkt in die Augen.

»Sie wollen die Wahrheit? Also gut. Ich finde das Konzept Ihrer Firma absurd, der Name hat auf Englisch keinerlei Bedeutung, und es stimmt, ich bin zehnmal überqualifiziert für den Job, doch leider bin ich ohne Abfindung aus meiner letzten Firma geflogen und muss schnellstens Arbeit finden, einfach weil ich nicht auf der Straße landen möchte. Aber hätte ich Ihnen diese Wahrheit offenbart, wären Sie vermutlich erst recht nicht davon überzeugt, mich einzustellen. Ich bin intelligent, lerne schnell und liefere solide Arbeit, und es stimmt, ich ordne Kulis, wenn ich Angst habe. Ich brauche kein horrendes Gehalt und zähle nicht die Stunden, die ich im Büro sitze. Hätten Sie es sich anders überlegt und mir eine Chance gegeben, hätte ich Sie nicht enttäuscht. Ach, und noch etwas: 2013 bin ich tatsächlich nicht um die Welt gereist, stattdessen habe ich eine Depression auskuriert. Damit ist wohl alles gesagt. Guten Tag!«

Ohne seine Antwort abzuwarten, drehe ich mich auf dem Absatz um und gehe. Auch wenn das Gespräch nicht erfolgreich verlaufen ist, bin ich dennoch ganz zufrieden, denn jetzt ist er sprachlos.

Das Tagebuch von Alice

London, 1. September 2011

Hallo Bruce,
heute Morgen war ich bei der Therapeutin. Ich habe ihr die
ersten Seiten meines Tagebuchs übersetzt, und sie hat
gelächelt.
»Wie fühlten Sie sich, nachdem Sie das alles aufgeschrieben
haben?«
»Es fühlt sich eigenartig an ... über sich selbst zu schreiben, meine ich. Ich glaube, ich habe Angst, jemand könnte es
lesen und mich bewerten.«
»Ja, Schreiben ist sehr intim.«
»Und ich begreife immer noch nicht, wie es mir dabei helfen
soll, endlich schwanger zu werden.«
»Therapeutisches Schreiben hilft, negative Gefühle zu- und
herauszulassen. Indem Sie Ihre Gedanken zu Papier bringen,
bringen Sie das nach außen, was Sie quält. Fühlten Sie sich
nicht erleichtert, nachdem Sie über die Schwangerschaftstests geschrieben hatten?«
Ich zuckte die Achseln.
»Ein wenig ... Ich weiß nicht ...«
Sie schüttelte den Kopf und sagte abschließend: »Ich werde
Sie nicht mehr bitten, mir aus dem Tagebuch vorzulesen,
außer Sie selbst möchten es. Auf diese Weise sind Sie beim

Schreiben freier. Aber notieren Sie weiterhin täglich zehn bis zwanzig Minuten Ihre Gedanken und versuchen Sie von Ihrer Kindheit zu erzählen.«

Erneut zuckte ich die Achseln.

»Da gibt es nicht viel zu erzählen, meine Kindheit war normal ...«

»Eine Schwangerschaft oder der Wunsch nach einer Schwangerschaft bringt viele Fragen mit sich und fördert so manche Erinnerung an die eigene Kindheit zutage.«

»Aber ich wüsste gar nicht, womit ich beginnen soll ...«

»Wie bei fast allen Geschichten, Alice: mit dem Anfang. Sie werden sehen, es ist, wie an einem Faden zu ziehen. Haben Sie einmal begonnen, das Werk aufzuribbeln, können Sie nicht mehr aufhören.«

Gut. Meine Kindheit also.

Der Anfang.

Okay. Beginnen wir mit meinen Eltern:

1973 wollte es der Zufall, dass meine Mutter, Françoise Rivière, eine junge Austauschstudentin aus Frankreich an der Universität Rhode Island, in einem Club für Cineasten meinem Vater Matthew Smith begegnet ist. Während die beiden heiß über die Meisterwerke des Films der Dreißigerjahre diskutierten, gerieten sie sich beim Thema *Vom Winde verweht* heftig in die Haare. Françoise vertrat die Meinung, es handele sich zweifellos um das größte Meisterwerk in der Geschichte des Films, während ihn Matthew als kitschig, rassistisch und rückständig einschätzte. Ihre Meinungsverschiedenheiten waren dergestalt, dass sie unbedingt mit weiteren Gesprächen bei einem Milkshake ausgetragen werden mussten.

Eigentlich sollte meine Mutter nur drei Monate in den Staaten bleiben, aber sie hat das Ticket für ihren Rückflug nie in Anspruch genommen. Ein Jahr später waren die beiden, mit gerade Mal einundzwanzig Jahren, verheiratet.

Meine Eltern haben die folgenden elf Jahre damit verbracht, ein Kind zu zeugen (mich). Nach zahlreichen Untersuchungen stellte ein Gynäkologe und Statistikfan die Diagnose, Françoise Smith-Rivière (sie hatte ihren Mädchennamen dem meines Vaters hinzugefügt, nicht nur, um sich gegen das Patriarchat aufzulehnen, sondern auch, weil sie das englische Anhängsel chic fand) habe eine Chance von weniger als drei Prozent, schwanger zu werden. Die erste In-vitro-Fertilisation wurde in Amerika 1981 durchgeführt. Drei Jahre später wurde ich in einem Reagenzglas gezeugt und erblickte Anfang Januar 1985 das Licht der Welt. Meine Eltern hätten nie die Mittel gehabt, sich eine In-vitro-Fertilisation leisten zu können. Mein Vater war Mechaniker, meine Mutter freie Übersetzerin, aber sie hatten das Glück, an dem von einem Pharmakonzern finanzierten Forschungsprogramm teilnehmen zu dürfen.

Ich würde mich gern an die ersten Monate meines Lebens erinnern. Ich kann mir meine Eltern gut vorstellen, wie sie sich, nachdem sie zehn Jahre gewartet hatten, voller Freude über meine Wiege beugten und glückselig die ersten Laute, das erste Lächeln und das erste laute Gelächter verfolgten ...

Meine Schwester wurde im Dezember desselben Jahres geboren. Die politischen Überzeugungen meines Vaters hatten sich im Laufe der Jahre abgeschliffen, doch Maman war immer noch Fan des Films *Vom Winde verweht*.

Sie nannten meine Schwester Scarlett.

Seit drei Tagen warte ich ziemlich deprimiert darauf, endlich Antwort auf die Bewerbungsschreiben zu erhalten, die ich nach dem Fiasko bei EverDream abgeschickt hatte. Abgesehen von meinen ständigen Misserfolgen bei der Jobsuche bin ich traurig, weil auch Paris mich enttäuscht. Mit dem Paris der Postkarten hat die Hauptstadt Frankreichs, die ich als Kind so gern besucht hätte, wenig zu tun. In Wirklichkeit sind die Bürgersteige der Grands Boulevards voller Hundekötel, Clochards liegen frierend die ganze Nacht auf den Gittern der Luftschächte der Métro, wo Ratten über die Schienen rennen. Bäume sind ebenso selten wie lächelnde Gesichter, und ein Espresso kostet fast so viel wie eine Handtasche.

Als ich gerade mit David auf dem Bett spiele, ruft mich wider Erwarten Christophe Lemoine an. Ich lasse ihn seine Nachricht auf den Anrufbeantworter sprechen und höre sie hinterher ab.

»Hallo, Alice, hier Christophe Lemoine. Ich freue mich, dir mitteilen zu können, dass wir dich gern im Kreis unserer EverDreamers aufnehmen möchten, schon ab nächsten Montag, wenn es dir recht ist. Das Abenteuer wartet nicht. Ruf mich bitte schnell zurück, damit wir deinen Vertrag aushandeln können. Bis bald.«

Ich höre die Nachricht gleich dreimal ab und kann es kaum fassen. Habe ich in den Augen des jungen Direktors so gut abgeschnitten, dass er die zweifelsohne schlechte Meinung seines Partners über mich nicht berücksichtigt hat? Oder sie haben einfach keine anderen Bewerber für ihr verrücktes Projekt gefunden. Doch anstatt mir das Gehirn zu zermartern, rufe ich lieber gleich zurück. Christophe Lemoine ist entschlossen, mich einzustellen. Ich hätte Lust, ihn zu fragen, warum, aber ich halte mich zurück, um nicht alles zu verderben. Ich habe einen Job, und das ist das Einzige, was zählt.

Als sei es die Bestätigung, dass mein Leben nur noch hier stattfindet, treffen ein paar Stunden später auch die Habseligkeiten aus dem Container ein. Vieles hatte ich verkauft, meine Möbel zum Beispiel. Dementsprechend bringt die Umzugsfirma nur Kartons – etwa zwanzig Stück.

Die folgenden Tage verbringe ich mit Putzen und Staubsaugen. Ich probiere alles Mögliche aus, um meine ganzen Sachen unterzubringen. Die meisten Kartons öffne ich, andere hingegen rühre ich nicht an, vor allem die mit der Aufschrift London, und auch einen weiteren – größer als die anderen – lasse ich verschlossen. Seinerzeit hatte ich wütend mit schwarzem Filzschreiber ein simples P darauf gemalt. Sorgfältig stapele ich die Kartons an der Wand in einer Ecke des Wohnzimmers, nachdem ich den Stecker der Stereoanlage herausgezogen und die Anlage zur Seite geschoben habe. Noch ist niemand gekommen, um sie abzuholen. Ich hänge ein großes Stück gelb gemusterten afrikanischen Stoff über meine Konstruktion und stelle eine Lampe darauf. Das Ganze sieht zwar recht hübsch aus, doch um die Wahrheit über meine Vergangenheit zu verstecken, bräuchte es mehr als ein Stück Stoff.

Ich habe nichts mehr zu tun und überlege, EverDream anzurufen und zu fragen, ob ich nicht auf der Stelle anfangen könne, ändere jedoch meine Meinung, ziehe schließlich meine Turnschuhe an und gehe joggen.

Trotz des tristen Wetters stehen der Stadt die Herbstfarben gut. Auf Google Maps finde ich eine fünf Meilen lange Joggingstrecke (ich sollte endlich in Kilometern rechnen), und meine Schritte lenken mich zum Park Buttes-Chaumont. Unterwegs sehe ich eine alte Dame auf einer Bank, die Tauben mit Brotkrümeln füttert und mich anlächelt. Ich winke ihr diskret zu. Wäre ich mutiger, würde ich mich zu ihr setzen.

Der Teppich aus safranfarbenen Blättern unter meinen Füßen weckt Erinnerungen an die Wanderungen auf Rhode Island, wenn der Herbst die Ahornbäume rot und golden aufflammen ließ, ich liebte diese Momente. Im Wind färbten sich meine Wangen rosa, ich setzte mich in den Sand des ab Ende September menschenleeren Strands von Narragansett, um aufs Meer zu schauen. Ich halte an, plötzlich bekomme ich keine Luft mehr. Ohne es zu merken, hatte ich einen Sprint eingelegt, und mir ist die Puste ausgegangen. Meine ganze Jugend lang hatte ich alles versucht, um die nebelige Küste meiner Kindheit zu verlassen, doch jetzt würde ich alles geben, um dorthin zurückzukehren. Bei dem Gedanken, dass dies nun nicht mehr möglich ist, ist meine Kehle wie zugeschnürt. Nicht nach allem, was passiert ist. Nicht nach dem, was ich getan habe.

Das Tagebuch von Alice

London, 10. September 2011

Lieber Bruce Willis,

wie geht es dir? Da bin ich wieder. Nach der letzten
Sitzung mit der Therapeutin nehme ich mir das Tagebuch
wieder vor. Es ist ja nicht so, dass ich Besseres zu tun
hätte.

Ich stelle fest, dass ich instinktiv auf Französisch schreibe.
Vielleicht ist es einfacher für mich, in dieser Sprache, der
Sprache meiner Mutter, ehrlicher zu sein als auf Englisch,
der Sprache meines Vaters. Das ist eigentlich absurd, denn
selbst wenn du dieses Tagebuch in die Hände bekommen
würdest, würdest du kein Wort verstehen.

Von mir habe ich dir nicht viel erzählt, Bruce. Ich heiße Alice
Smith-Rivière, bin sechsundzwanzig Jahre alt und seit zwei
Jahren verheiratet. (Sollten wir uns jemals wirklich begegnen,
nimm bitte zur Kenntnis, dass ich im Grunde Junggesellin bin,
völlig frei und schon immer überzeugt davon, dass Haare auf
dem Kopf absolut überflüssig sind.)

Ich bin zweisprachig und schreibe deshalb auf Französisch.
Es beruhigt mich, zu wissen, dass Oliver nichts von dem Unsinn verstehen würde, der mir so durch den Kopf geht, sollte
er dieses Tagebuch finden. Vielleicht fehlt mir auch die französische Sprache. Das erinnert mich daran, dass ich Maman

anrufen sollte, sobald ich mit dem Schreiben fertig bin. Ich muss ihr mitteilen, dass Dakota schwanger ist.

Dazu Neues von der Front: Ich bin immer noch nicht schwanger. Oliver und ich streiten oft. Ich finde es unerträglich, dass auch er mir vorhält, was mir alle sagen: »Denk nicht ständig an die Schwangerschaft!« Aber zu denken, dass ich nicht daran denken darf, wenn ich daran denke, führt dazu, dass ich erst recht daran denke. Danke für den Ratschlag, aber lieber nicht, Meister Yoda. Auf meiner Tastatur fehlt definitiv ein weibliches Emoji, das sich wütend die Haare rauft und gleichzeitig ihren Eisprung notiert. (Einschub: Es gibt doch sicher Leute, die Emojis erfinden, oder?)

Gestern also hat mir Dakota über Skype mitgeteilt, dass sie ein Baby erwartet.

»Es war ein Unfall. Wir haben es nur einmal ohne Verhütungsmittel gemacht, und sofort ein Volltreffer, stell dir vor! Anfangs hatte ich Muffensausen, du weißt ja, dass ich nie Kinder haben wollte, aber jetzt sind wir überglücklich.«

»Herzlichen Glückwunsch, ich freue mich für euch«, antwortete ich, und mein Lächeln war so echt wie das eines Politikers am Vortag der Wahlen.

Soll heißen: Natürlich bin ich unendlich glücklich darüber, dass du, Dakota, ebenso fruchtbar bist wie ein mit Gentechnik geboostertes Brennnesselfeld, obwohl du mehr rauchst als ein Kohlekraftwerk. Und als du das letzte Mal deine Nichte gehütet hast, hast du sie in einem Apple Store vergessen, den ganzen Nachmittag über. Also wirklich!

Ich weiß, Bruce, das ist nicht nett. Obwohl ich wahrscheinlich die einzige Frau im ganzen Universum bin, die gerade nicht schwanger ist, sollte ich nicht so gemein sein und meine

Freundin verurteilen. Ich habe ein schlechtes Gewissen, weil ich so zynisch bin, denn im Grunde freue ich mich für sie. Ich möchte nur, dass mir das auch endlich passiert, und vorzugshalber bevor ich dreiundsiebzig bin.

Würde ich Olivers gute Ratschläge befolgen - im Sprücheklopfen ist er besser als im Kinderzeugen -, könnte ich die positiven Seiten dieser Erfahrung sehen und dürfte mehr Wein trinken, mehr Käse und mehr Aufschnitt essen!

Angeblich warten die meisten Leute die ganze Woche lang auf das Wochenende. Ich verbringe die Wochenenden damit, auf Montag zu warten. Arbeiten hält den Geist beschäftigt und ist somit besser als Grübeln. Ein effektiveres Mittel gegen meine Panikattacken habe ich nicht gefunden. Christophe hat mir zwar gesagt, ich solle um neun Uhr kommen, aber ich betrete The Space bereits um 8:20 Uhr mit der gleichen Energie, als hätte ich seit Weihnachten nicht mehr geschlafen. Ich will weniger Schlaftabletten nehmen. Das Ergebnis: Ich bin um drei Uhr morgens eingeschlafen und um 5:45 Uhr aufgewacht. Na, wunderbar. Ich hatte somit genügend Zeit, Angela zu schreiben, um ihr zu sagen, alles stünde zum Besten in der besten aller Welten und dass sie sich auf keinen Fall um mich sorgen solle. Zusätzlich blieb mir Zeit, um zu joggen, mir einen Cappuccino und einen Apfel-Pekannuss-Muffin aus dem Starbucks République zu holen, nach Hause zu rennen, zu duschen, Davids Streukiste zu säubern und in der ganzen Wohnung staubzusaugen. Ganz naiv hatte ich geglaubt, dass ich am Abend leichter einschlafen würde, nachdem ich mich ordentlich verausgabt hatte.

Das Mädchen am Empfang, Sarah, erkennt mich nicht wieder. Zu ihrer Entschuldigung kann ich anführen, dass mich niemand wiedererkennt, und das ist mir nur recht. Meine Erscheinung wird häufig mit Adjektiven wie »gewöhnlich« und »unscheinbar« bedacht. Es gibt Gesichter und Augen, die man nicht vergisst. Ich gehöre zu den Leuten, die sich häufig anhören müssen: »Ich freue mich, Ihre Bekanntschaft zu machen«, obwohl wir uns bereits zwei- oder dreimal getroffen haben. Ich bin dreiunddreißig Jahre alt und sehe auch so aus. Vielleicht wirke ich an einem guten Tag ein Jahr jünger. Es heißt, ich hätte eine schöne Stimme, aber was den Rest angeht: braune Augen, dunkelblondes welliges Haar, schulterlang, immer zu einem Pferdeschwanz gebunden, der zu streng ist, um sexy zu sein. Es gab eine Zeit, in der man mir nachsagte, das gleiche Lächeln wie Julia Roberts zu haben, aber ich lächle nur noch selten. Ich schminke mich gar nicht oder nur sehr wenig. Ich bin gewöhnlich. Einmal habe ich einen Kollegen über mich sagen gehört: »Alice könnte ganz nett aussehen.« *Ganz nett*, aber eben nicht bombig. Nicht gut und nicht schlecht. Genau zwischen schön und hässlich. Ein anderer Kollege fügte hinzu: »Sie macht nichts aus sich«, oder hatte er gesagt: »Sie gibt sich keine Mühe«? Ich weiß es nicht mehr. Offensichtlich hatte keiner der beiden bemerkt, dass ich in der Nähe am Büfett mit den Mini-Burgern stand. Wahrscheinlich haben sie mir vorgeworfen, nicht durchschnittlich fünfundvierzig Minuten täglich damit zuzubringen, mein unscheinbares Äußeres mit Make-up und Mascara aufzupeppen, nur um bei der Weihnachtsfeier das Adjektiv »ganz nett« von zwei dickbäuchigen Kollegen zu verdienen. (Das ergäbe fast zwölf ganze Tage im Jahr – und sollte ich achtzig Jahre alt werden, drei volle Jahre meines Lebens.)

In Wirklichkeit will ich niemandem gefallen, ich will in der Masse untergehen und auf keinen Fall wiedererkannt werden. Ich möchte mich am liebsten unsichtbar machen und im Schatten bleiben. Sollen doch diejenigen glänzen, die es verdient haben. Ich habe mir eine Art Arbeitsuniform zugelegt: schwarze oder graue Kostüme und Hosenanzüge, dazu weiße oder blaue Blusen. Am Wochenende trage ich Jeans und Sneakers. Meine Beschreibung passt auf die eines guten Drittels der Menschheit. Gut ist, dass Interpol mich im Fall eines Falles glatt übersehen würde, ich bräuchte nicht mal eine neue Frisur, was sich aufgrund meiner Vergangenheit als nützlich erweisen könnte.

Sarah führt mich in den obersten Stock, in einen für dieses Treffen vorbereiteten Versammlungsraum.

»Du bist die Erste«, sagt sie.

Bei der Gelegenheit stelle ich fest, dass ich nicht die Einzige bin, die hier heute einen Job antritt. Auf der Tafel lese ich »Willkommen bei EverDream«, und auf dem ganzen Tisch verteilt, reihen sich neben kleinen Wasserflaschen Kärtchen mit Vornamen auf. Ich setze mich an den mir vorbestimmten Platz.

Um 8:55 Uhr trifft Victoire Hernandez ein, vierundzwanzig Jahre alt, Roller unterm Arm. Ihre Haut hat die Farbe eines hellen Karamellbonbons, ihr Haar ist in viele dünne schwarze und knallrosa Zöpfchen geflochten, kleine goldene Ringe zieren die rechte Ohrmuschel. Ihre enge verwaschene Jeans und das leicht zerfledderte Top lassen den Bauchnabel mit einem Piercing frei. Sie hat sich viel Mühe gegeben, so auszusehen, als hätte sie sich keine Mühe gemacht. Komplett überflüssig, denn sie gehört zu der Art Frauen, die auch dann noch reizend aussehen, wenn sie für den McDonald's um die Ecke als gigantischer Bacon-Cheeseburger verkleidet Werbung machen.

»Ich heiße Victoire«, erklärt sie, »ich bin Webmaster-Praktikantin und Programmentwicklerin.«

»Ich bin Alice.«

»Hallo, Alice. Du fragst dich sicher gerade, wieso ich diesen altmodischen Namen einer Versailler Großbürgerbrut trage.«

Das habe ich mich bestimmt nicht gefragt, aber ihre spontane Art entlockt mir ein Lächeln. Aus ihrer mit Tipp-Ex bemalten Militärtasche zieht sie einen angeknabberten Kuli ohne Verschluss sowie einen bereits reichlich abgegriffenen Spiralblock und fährt fort: »Stell dir vor, meine Mutter hatte Toxoplasmose, als sie mit mir schwanger war, und die Ärzte meinten, ich käme schwer behindert auf die Welt.«

»Wirklich?«

»Ich weiß nicht, ob es da einen Zusammenhang gibt«, führt Victoire ernsthaft aus, »aber ich sag es dir lieber gleich. Es mag mit der Toxoplasmose zusammenhängen, mit meinem IQ von 138 oder mit meiner schlechten Erziehung, jedenfalls habe ich keine Filter. Ich bereite Kollegen lieber gleich darauf vor, weil meine direkte Art beleidigend wirken könnte, was beim Aufbau von gesunden sozialen und freundschaftlichen Kontakten nicht gerade hilfreich ist.«

Ihre Offenheit überrascht und belustigt mich.

»Keine Filter? Was soll das heißen?«

»Es bedeutet, dass ich theoretisch weiß, dass es Dinge gibt, die man den Leuten nicht ins Gesicht sagen darf, aber in der Praxis weiß ich nie, welche das sind. Die Logik sozialer Verhaltenscodes erscheint mir absurd und entzieht sich meiner hohen Intelligenz. Zum Beispiel weiß ich heute, dass ich dem technischen Leiter der letzten Firma, in der ich gearbeitet habe, nicht hätte sagen dürfen, dass es für seine Karriere als inkompetenter faschistischer Neonazi besser wäre, wenn er nie wieder ein Wort an mich richten würde.«

Sie kneift die Augen zusammen und mustert mich aufmerksam. Dann sagt sie: »Dank meiner Weiterbildung in Neurolinguistischem Programmieren kann ich die Körpersprache meines Gegenübers deuten und vermute, dass ich dir das alles nicht hätte erzählen sollen.«

Jetzt wirkt sie wirklich verstört, und ich lächele ihr erneut zu.

»Zumindest sagst du, was du denkst.«

»So hat noch niemand reagiert«, sagt sie nach einer nachdenklichen Pause. »Mir gefällt deine Art.«

Um 8:58 Uhr trifft Christophe ein, ein Beleg, dass er professioneller ist, als es der erste Eindruck vermuten lässt. Nach neunzehn hintereinander in den Sand gesetzten Start-ups sollte man wohl über ein Minimum an Solidität und Einsatzbereitschaft verfügen, oder?

»Hallo …«, sagt er zögerlich.

»Alice«, sage ich und deute auf das Kärtchen vor mir.

»Alice. Natürlich. Hoffentlich hattest du ein nettes

Wochenende. Was für ein Mistwetter. Wenn du im Herbst nach Paris kommst, kriegst du doch glatt Sehnsucht nach Amerika. Und du, Victoire, war dein Wochenende okay?«

Und schon erzählt er von seinem eigenen. Ich mag redselige Menschen. Sie übernehmen den ermüdenden Part, nämlich deinen Anteil an der Unterhaltung.

Um 9:27 Uhr, als Christophe die Vorstellung von EverDream auf dem Bildschirm beendet hat, der mitten auf einem großen Glastisch steht, öffnet sich die Tür, und Reda Chabbi tritt ein, achtundzwanzig Jahre alt, Zeichner, Webdesigner und Community Manager. Er geht etwas gebückt, vielleicht, um seine ein Meter neunzig und seine schlaksigen mageren Gliedmaßen zu überspielen. Er trägt eine Kappe der New York Yankees, entschuldigt sich wortreich und erklärt seine Verspätung nacheinander damit, dass er seinen Wecker nicht gehört habe, es ein Schlüsselproblem mit seinem Mitbewohner gab, die Métro ausgefallen sei und er sein Ticket vergessen habe.

Christophe, wegen dieser Flut von Entschuldigungen etwas befremdet, versichert ihm, es sei nicht schlimm, er solle seinen Computer einschalten.

»Den habe ich ganz vergessen«, gesteht Reda, »aber mal eine andere Frage, ab wann kann ich hier Urlaub nehmen?«

Christophe ignoriert ihn und erläutert uns stattdessen seinen eigenen Lebenslauf, mit erstaunlicher Aufrichtigkeit, was seine Misserfolge betrifft.

»Sicher fragt ihr euch, warum ich euch einstelle,

obwohl es die App noch nicht einmal gibt. Weil man von Anfang an groß denken muss. Die Dinge mit zu viel Zurückhaltung anzupacken, zeugt von Mittelmäßigkeit! Glaubt mir, bald ist EverDream international tätig, und wir alle werden Millionäre!«

Ein paar Minuten lang schwärmt er von der Zukunft und will dann wissen, ob es noch Fragen gebe. Reda hebt den Finger.

»Gibt es hier Essensbons?«

Um Punkt elf betritt Jeremy Miller den Raum und wirft ein kühles »Guten Tag« in die Runde. Die Hände in den Hosentaschen seiner Jeans, stellt er sich kurz vor und erinnert an die verlorenen Strümpfe, die immer wieder im Müll landen und der daraus folgenden Verschwendung, nennt Zahlen und spricht von Textilrecycling.

»Noch Fragen?«

Sein eisblauer Blick macht die Runde und stoppt den Bruchteil einer Sekunde bei meiner Person. Ist er erstaunt, mich hier zu sehen? Hat mich Christophe eingestellt, ohne ihn zu informieren? Victoire gähnt lautstark.

»Wann fangen wir mit der Arbeit an der Website an? Ich habe den Eindruck, dass dieses ganze Gelaber niemanden weiterbringt.«

»Heute Nachmittag«, erwidert Jeremy. »Und ich hoffe, du bist ebenso gut in Python, wie es dein Lebenslauf verspricht.«

Victoire verschränkt die Arme, lehnt sich zurück und verkündet großspurig:

»Python ist meine Muttersprache, und ich bin viersprachig mit Java, Javascript, C++ und PHP. Nur zur Info: In meinem Lebenslauf steht nicht einmal die Hälfte meiner Kompetenzen.«

Entgegen aller Erwartungen erntet Victoire trotz ihrer Frechheit ein kurzes Grinsen von Jeremy. Offenbar weiß er genau, wovon sie spricht, ganz im Gegensatz zu mir.

Der restliche Tag vergeht schnell. Christophe unterhält sich mit jedem unserer Gruppe einzeln, um weitere Fragen zu klären. Reda fragt, ob er sich als Personalrat aufstellen lassen könne und auf wie viele Stunden Arbeitszeitverkürzung die Angestellten ein Recht hätten.

Am Ende des Tages bittet uns Chris um einen gemeinsamen Termin für einen – wie er es nennt – Überraschungs-Onboarding-Abend der EverDreamers.

Ich muss unbedingt irgendeine Entschuldigung finden, um nicht dabei sein zu müssen. Auf dem Nachhauseweg raucht mir der Kopf, der Tag war doch sehr intensiv. Auch wenn ich dort keine Freundschaften schließen möchte, finde ich meine Kollegen recht nett. Nachdenklich gehe ich zu Bett. Warum sollte man denn nicht verwaiste Strümpfe zueinanderfinden lassen? Langsam erscheint mir dieses verrückte Projekt fast poetisch.

Von: Angela Srinivasan
An: Alice Smith
Datum: 10. September 2018
Betreff: News

Hallo, meine Alice im Wunderland!

Wie geht es dir? Ich bin so froh, dass du die ideale Wohnung in einem Viertel gefunden hast, das dir gefällt, und dazu noch einen interessanten Job. Dein neues Leben als Pariserin wirkt traumhaft. Was für ein Glück! Auf jeden Fall – ich sage es noch mal – bin ich immer für dich da, solltest du Geld brauchen, bis du dein erstes Gehalt bekommst.

Schicke mir doch bitte Fotos von deinem neuen Zuhause ... Dann kann ich mir vorstellen, wie du mit neuen Freundinnen entspannt Smoothies schlürfst und mich wie eine verwaiste alte Fairtrade-Socke aus Biobaumwolle ganz unten im Wäschekorb vergisst.

Hier sind die Bäume jetzt rot und gelb. Du weißt ja, wie sehr ich den Herbst in Brooklyn liebe, aber ohne dich ist es nicht mehr das Gleiche. Abbie ist nach Connecticut gefahren, um ihre Stiefmutter zu pflegen, die mit einer ominösen Windpocken-Erkrankung – so die Eigendiagnose – darniederliegt. Auf ihre eingebildeten Krankheiten brauche ich nicht weiter einzugehen. Sie schickt uns Artikel über die Gefahren von Windpocken im Erwachsenenalter. Wahrscheinlich hat sie drei Mückenstiche ...

Nun gut. Es ist die reinste Hölle, morgens erst die Jungs zur Schule zu bringen und dann arbeiten zu gehen. Hoffentlich finden wir bald ein neues Kindermädchen. Theo ist jetzt in der Vorschule, und ich finde ihn seitdem viel umgänglicher. Mit zwei Mamas in der Montessori-Schule in Brooklyn aufzutauchen, ist ungefähr so cool, wie in den Achtzigerjahren mit Walkman im Kindergarten zu erscheinen.

Bei der Bank nichts Neues, Andrew tut so, als hätte es dich nie gegeben. Ich hasse ihn. Ich denke immer ernsthafter darüber nach, auszusteigen und mich als selbstständige Ernährungsberaterin oder Yogalehrerin niederzulassen, doch muss ich gestehen, dass ich nicht so recht weiß, wie man ohne zwei regelmäßige Gehälter die Schule, die Wohnung usw. finanzieren soll.

Hier wie versprochen die E-Mail-Adresse meiner Cousine in Paris: saranya.godhwani@kmail.com. Ich habe ihr bereits angekündigt, dass du mit ihr Kontakt aufnehmen wirst. (Solltest du ihre Eltern treffen, erzähle nicht zu viel über mich, denn unter den Indern in Paris ist man für gleichgeschlechtliche Ehen noch weniger aufgeschlossen als in New York.)

Anbei ein paar Fotos der Jungs und das Rezept für Quiche Lorraine. Ausgeschlossen, dass du in deine alten schlechten Essgewohnheiten zurückfällst, sobald ich nicht mehr in deiner Nähe bin! Also, du ersetzt den Rahm und die Eier durch Sojamilch und den Speck durch geräucherten Tofu, den Käse durch Gewürze. Egal was die Jungs oder Abbie sagen, es schmeckt fantastisch und ist leicht, du wirst sehen.

Ich hoffe, dass du Weihnachten mit uns verbringen kannst. Die Jungs wären furchtbar enttäuscht, wenn du nicht mit dabei wärst. Das erste Weihnachten ihres Lebens ohne dich!

Miss you

Angela

PS: Ebenfalls anbei die Anschrift einer amerikanischen Psychotherapeutin, die in Paris lebt. Sie ist die Schwägerin eines Kollegen von Abbie. Du solltest sie aufsuchen. Hoffentlich bist du mir wegen dieses Ratschlags nicht böse. Du weißt, dass ich dich lieb habe.

»Alice Smith?«

Die von Angela empfohlene Psychiaterin ist eine kleine rundliche, stark geschminkte Frau. Sie lächelt freundlich, wie man Kinder und Leute wie mich anlächelt. Ein Lächeln, das einen fast überzeugen könnte, der kleine Haufen Asche, der anstelle des verbrannten Herzens übrig geblieben ist, könne zu neuem Leben erweckt werden.

»Guten Tag.«

»Doktor Leroy, freut mich.«

Sie drückt meine Hand und lässt mich das mit gebohnertem Parkett ausgelegte Wartezimmer durchqueren. Hier soll man sich wohlfühlen, es gibt Grünpflanzen, leise Fahrstuhlmusik und ein nach Vanille duftendes Raumparfum.

»Setzen Sie sich!«

Ich lasse mich auf dem Sofa nieder. Auf dem Couchtisch davor liegen ein paar schöne Reisebücher, wohl eher als Dekoration gedacht. Niemand wird neunzig Euro für eine Dreiviertelstunde zahlen, um die Herrlichkeiten Andalusiens auf Glanzpapier zu entdecken. Daneben steht eine Schachtel mit Taschentüchern. Ich frage mich, ob Leute hier tatsächlich zu weinen beginnen. Gewohnheitsmäßig rücke ich die Bücher gerade und die Schachtel mit den Taschentüchern parallel zum Tischrand. Als ich aufblicke, begegnet mein Blick ihren braunen Augen. Sie lächelt mich freundlich an. Sie hat es gesehen. Ich hätte mich beherrschen sollen.

»Darf ich Sie Alice nennen?«

»Ja.«

»Warum sind Sie heute zu mir gekommen, Alice?«

»Wenn ich ehrlich sein soll ...«

»Ja, bitte.«

»Ich bin gerade erst nach Frankreich gekommen. In den USA hatte ich ein Rezept für verschiedene Medikamente und hätte gern das Entsprechende auch hier. Ein praktischer Arzt wollte sie mir nicht verschreiben, weshalb ich zu Ihnen gekommen bin. Ich brauche keine Therapie, mir geht es gut.«

Um mein Anliegen zu bestärken, reiche ich ihr das amerikanische Rezept, das ich natürlich mitgebracht habe. Schweigend überfliegt sie die Liste, legt das Rezept zurück auf den Couchtisch und schiebt es zu mir hinüber.

»Ich kann Ihnen diese Medikamente nicht verschreiben, wenn Sie keine Therapie beginnen, Alice.«

»Ich habe doch bereits eine gemacht. Mir geht es gut. Ich möchte nicht noch einmal damit anfangen.«

»Wenn es Ihnen gut geht, warum soll ich Ihnen dann Lexotanil und Valium verschreiben?«

»Ich schlafe schlecht und habe hin und wieder Panikattacken. Aber das ist nicht schlimm. Wirklich, es geht mir gut.«

»Sie sagen jetzt zum dritten Mal, dass es Ihnen gut geht«, bemerkt sie sanft, »aber die Dosierung auf dem Rezept passt nicht zu einer Person, der es gut geht, Alice.«

Wieder lächelt sie mich freundlich an, und meine Finger krampfen sich um das Armband an meinem Handgelenk.

»Hören Sie, ich habe wenig Zeit und bin noch nicht lange in Paris.«

»Gerade in einer derartigen Umbruchphase ist eine psychologische Unterstützung wichtig. Haben sich die Angstzustände nicht verschlimmert, seit Sie in der neuen Umgebung sind?«

Ärgerlich beiße ich mir auf die Lippe. Sie wird nicht nachgeben. Ich sehe es an ihrem Augenausdruck, verständnisvoll, aber direkt, und ich höre es an ihrer Stimme, sanft, aber bestimmt.

»Wenn Sie schon einmal da sind, lassen Sie uns darüber sprechen, in Ordnung? Und am Ende unserer Unterhaltung können wir immer noch überlegen, wie wir weiterhin verfahren.«

Ich antworte nicht. Ich will nicht mit ihr sprechen. Ich will die alten Sorgen, meinen Kummer und meine Reue nicht vor ihr auf dem Glastisch mit dem Buch über Andalusien und dem knorrigen Bonsai ausbreiten. Ich kann nicht. Ich habe gelernt zu funktionieren. Es reicht aus, um mein Dasein zu organisieren. Ich habe ein Abkommen mit dem Universum. Ich respektiere es, und es lässt mich in Frieden. Solange ich die Vergangenheit nicht anspreche, geht alles gut. Solange ich schweige, ist nie etwas passiert.

»Ich kann Ihnen keine Medikamente verschreiben, ohne zu verstehen, warum Sie sie nehmen, Alice.« »…«

»Ist Ihnen klar, dass Sie diese Sitzung bezahlen müssen, egal, ob Sie sofort gehen oder die nächsten vierzig Minuten schweigen?«

Schließlich nehme ich mein Rezept wieder an mich, falte es sorgfältig zusammen, verstaue es in meiner Tasche, zücke meine Brieftasche und murmele: »Es war ein Irrtum, hierherzukommen. Was bin ich Ihnen schuldig?«

Sie zögert und betrachtet mich wortlos. Sie wirkt nicht hilflos, überrascht oder verletzt, nur nachdenklich.

»Nichts.«

»Nein, Sie haben recht. Sie haben diesen Termin für mich reserviert. Ich schulde Ihnen ein Honorar, darauf bestehe ich.«

»Und ich möchte den Leuten helfen, die zu mir kommen.«

Ich springe auf, und mir wird klar, dass ich nachgeben und dieser mir völlig unbekannten Person mein Leben erzählen könnte, weil sie nett zu mir ist. Sie begleitet mich bis zur Tür und reicht mir mit einem freundlichen Lächeln die Hand.

»Wenn Sie bereit sind und das Bedürfnis haben, sich auszusprechen, rufen Sie mich an.«

Das Tagebuch von Alice

London, 29. September 2011

Meine Stimmung ist im Keller. Als läge sie zwanzigtausend
Ellen tief am Meeresboden und unter fünf Tonnen Dreck begraben. Ich werde nicht noch mal schreiben, dass ich nicht
schwanger bin. Solange ich nicht sage, dass ich schwanger
bin, lieber Bruce, bin ich definitiv auch nicht schwanger.
Oliver ist geschäftlich unterwegs. In den letzten zwei Tagen
habe ich drei Lebensläufe abgeschickt. Ich kann mich nicht
den lieben langen Tag im Kreis drehen. Heute Morgen erhielt
ich einen begeisterten Anruf einer Bank. Morgen habe ich
dort ein Vorstellungsgespräch. Oliver habe ich noch nichts
davon erzählt. Warum, weiß ich auch nicht. Das Nicht-Baby
nimmt durch sein Fehlen derartig viel Platz ein, dass wir nicht
mehr miteinander reden. Im Moment fühle ich mich dir, Bruce
Willis, näher als ihm. Verstehst du, wie absurd diese Situation
ist? Vielleicht überwältigt mich das schlechte Gewissen.
Alle machen Babys, sogar aus Versehen, also warum geht
das nicht auch bei mir?
Heute Morgen war ich wieder bei der Therapeutin:
»Zum ersten Mal sprechen Sie von Ihrer Schwester. Warum?«
Ich zucke die Achseln.
»Scarlett dürfte wohl kaum etwas mit dem Problem zu
tun haben, das wir hier lösen wollen, nämlich die Tatsache,

dass ich nicht schwanger werde ... Sind Sie der Ansicht,
dass meine Schwester wichtig ist?«
»Das kann ich nicht beurteilen, aber wenn Sie das Bedürfnis
empfinden, über sie zu schreiben, dann tun Sie es.«
Ich weiß nicht, ob ich »das Bedürfnis verspüre«, über Scarlett zu schreiben. Scarlett gehört ganz und gar zu meinem
Leben und zu meiner Kindheit. Über mich zu schreiben, ohne
auch sie zu erwähnen, würde keinen Sinn ergeben. Abgesehen
davon ist es nicht einfach, nur mit den sechsundzwanzig
Buchstaben des Alphabets zu erklären, wer Scarlett ist und
welche Beziehung wir haben.
Meine kleine Schwester gehört zu den Menschen, von denen
man sagt: »Sie ist eine Persönlichkeit.« Jene Sorte Mensch,
die polarisiert und die man entweder liebt oder hasst. Sie
kann mehr Diskussionen auslösen als die Präsidentschafts-
wahlen in den USA oder die nächste Staffel von *Game of
Thrones*.
Wo fange ich an?
Immer wieder höre ich Eltern von einem »Unfall« sprechen,
wenn sie ein ungeplantes Baby in die Welt setzen.
Im Wörterbuch steht bei »Unfall«
1. Ein unerwartetes und plötzliches Ereignis, das auch
Schlechtes und Gefahr mit sich bringen kann.
Synonyme: Zwischenfall, Unglück, Missgeschick, Pech, Ärger,
Scherereien, Schicksalslaunen, Katastrophe.
Für Maman war Scarlett ein Unfall.
Etwa wie wenn sich jemand mit dem Auto auf der vereisten
Strecke zum Supermarkt im Zentrum von Queenstown zu
Tode fährt.
Ich habe eine besondere Vorliebe für solche ungeplanten

Kinder, denn sie erinnern mich an meine Schwester. Jedes Mal, wenn ein Vater oder eine Mutter in diesem Zusammenhang den Begriff »Unfall« verwendet, habe ich große Lust, die Kleinen in die Arme zu schließen und ihnen ins Ohr zu flüstern, dem Unsinn der Erwachsenen bloß nicht zuzuhören und dass kein Mensch, wirklich niemand, ein »Unfall« ist. Genau wie bei Scarlett, wenn sie mich als kleines Mädchen fragte, ob ich sicher sei, dass man sie nicht adoptiert habe.

Ich glaube, Maman hatte unbewusst bereits vor der Geburt der Kleinen beschlossen, dass dieses unvorhergesehene Baby stören würde. Vielleicht hatte Scarlett im Grunde nie wirklich eine Wahl, als diese Rolle zu verinnerlichen, denn schon bei der ersten Ultraschalluntersuchung wurde sie mit dem Etikett »Nervensäge« versehen. Auf die gleiche Weise habe ich vielleicht die Rolle der perfekten Tochter eingenommen, die man wie einen weiblichen Messias erwartet hatte.

Bevor mein Vater uns verließ, organisierten meine Eltern hin und wieder Abendessen mit Gästen. Scarlett und ich durften bis nach den Aperitifs aufbleiben, unter der Bedingung, dass wir die Teller mit Würstchen in Blätterteig, die Maman selbst gemacht hatte, und die von unserem Vater mit orangenem Käse dekorierten Cracker unter den Gästen herumreichten. (Maman, als waschechte Französin, hasste jeden Käse, der nicht aus Frankreich stammte, während mein Vater Cheddar liebte.) Immer noch sehe ich Scarlett in ihrem gepunkteten Schlafanzug und den vom Baden noch feuchten Haaren vor mir. An solchen Abenden ließ sich Maman über mein von der Schuldirektion hochgelobtes Gedicht aus, das eine im Teer gefangene Möwe zum Thema hatte, oder aber sie erzählte von dem Kätzchen, das ich vor dem Ertrinken gerettet hatte …

Immer neue Anekdoten erzählte sie über mich, immer sprach sie nur von mir, hob sie meine Talente hervor, sodass sie ganz vergaß, aus ihrem schon warm gewordenen Glas zu trinken. Scarlett, den Teller mit dem Gebäck in der Hand, lauschte den Erzählungen voller Bewunderung. Ich glaube, sie war als kleines, zurückhaltendes Mädchen stolz darauf, eine derart brillante Persönlichkeit wie mich in unserer Familie zu wissen. Dann lächelte sie wie unser Vater, dessen breites und strahlendes Lächeln die einzige genetische Hinterlassenschaft für uns war, ansonsten waren wir Maman wie aus dem Gesicht geschnitten.

Hin und wieder, wenn sie an Papa vorbeiging, schien er sich plötzlich an ihre Existenz zu erinnern, tätschelte ihren Kopf und versuchte auch etwas zu sagen. Schüchtern und kaum hörbar schaltete er sich in Mamans Monolog mit der Bemerkung ein, Scarlett sei gut in Mathe, dann aß er seinen Cracker. Während einer kurzen Phase, die alle angesichts dessen, was später passieren sollte, vergessen haben, hatte Scarlett die Nebenrolle, die sie in unserer Familie spielte, akzeptiert. Ich war die Ältere, sie folgte mir auf Schritt und Tritt, imitierte meine Gesten, und in ihren Augen lag die Bewunderung eines Kindes für sein Idol. Manchmal versuchte ich, sie loszuwerden, und warf ihr vor, ständig an mir zu kleben, aber ehrlich gesagt muss ich gestehen, dass mir diese gottgleiche Stellung ganz gut gefiel. Manchmal nutzte ich die Situation auch aus, indem ich von ihr verlangte, mir das einzige Spielzeug zu geben, das sie zu Weihnachten bekommen hatte, Cookies aus der Küche zu holen, nur weil ich zu faul war, aufzustehen. Ich diktierte ihr meine Hausaufgaben, und wenn nötig log sie für mich Maman an.

Nachdem ich einen französischen Roman über Piraten gelesen hatte, fragte ich Maman, was »sonner la charge« bedeutete. Zum Angriff blasen! Daraufhin hatte ich beschlossen, dass Scarlett mein Erscheinen vor jeder Mahlzeit mit einem Trompetenstoß anzukündigen hatte. Stocksteif, aber lächelnd stand sie im Türrahmen und blies die Melodie der Universal Studios für meinen Auftritt auf einer imaginären Trompete. Maman befahl ihr streng, mit dem Unsinn aufzuhören und sich gefälligst die Hände zu waschen, während ich unsere kleine Küche betrat wie Beyoncé die Bühne des Madison Square Garden. Das war meine Karriere als größenwahnsinnige Diktatorin, Bruce, die aber nicht lange währte.

Die Lage änderte sich, als ich etwa acht Jahre alt war. Scarlett saß auf ihrem Bett, ihr dunkelblondes Haar umrahmte ihr blasses, nachdenkliches Gesicht. Sie wandte sich zu mir und fragte traurig:

»Warum kündigt mich denn niemand mit einem Trompetenstoß an?«

»Weil du nicht die Ältere bist«, antwortete ich, als sei das eine offensichtliche Tatsache.

Wenig später kam mein Vater auf die glorreiche Idee, ohne das Wissen meiner Mutter die Werkstatt zu verkaufen und sich mit dem Geld sowie der Fahrerin des gelben Busses, mit dem wir normalerweise jeden Morgen zur Schule fuhren, aus dem Staub zu machen.

Er hatte einen Brief auf dem Küchentisch hinterlassen, in dem er Maman erklärte, er sei nicht für dieses spießige Leben gemacht, er habe von jeher gefühlt, dass er für wichtigere Dinge geschaffen sei, und könne nun nicht länger diesen falschen Weg weitergehen und seine eigentliche Bestimmung verpassen. Großzügig (hierzu ist zu bemerken, dass er immer für die Demokraten gestimmt hatte) überließ er Maman das Haus, das sie noch fünfzehn Jahre abzahlen musste, und die Kinder.

Scarlett und ich fanden und lasen den Brief, bevor Maman ihn entdeckte. Jahre später haben wir darüber gesprochen. Scarlett wusste noch immer jedes Wort auswendig, während ich mich nur an ihre Reaktion erinnern konnte: »Mir wäre lieber gewesen, Papa wäre geblieben und Maman wäre mit der Busfahrerin durchgebrannt.«

Maman hat nie wieder über unseren Vater gesprochen, und wir haben nie wieder etwas von ihm gehört. Eine Woche lang konnten wir nicht mehr zur Schule gehen, denn zunächst musste ein neuer Busfahrer gefunden werden. Und das war ein durchaus positiver Aspekt der Situation. Wie man sieht, war ich damals viel besser als heute in der Lage, das Glas eher halb voll als halb leer zu sehen.

Ich glaube, ich war mir bewusst, dass Scarlett mehr unter dem Weggang unseres Vaters litt als ich. Ich hatte ja noch Maman, unter deren tagtäglichen Liebkosungen und Lobeshymnen ich schier erstickte. Scarlett hatte nur Papas Kopftätscheln gehabt, wenn er abends nach Hause kam. Für ein so kleines Mädchen war das ziemlich wenig Zärtlichkeit, aber nach Papas Verschwinden war es auch damit vorbei.

In den folgenden Wochen kuschelte ich mich an sie, wenn sie abends in ihr Kopfkissen schluchzte, und streichelte im Dunkeln ihr Haar, bis sie endlich einschlief.

Eines Abends, wir aßen gerade in der Küche Spaghetti bolognese, telefonierte Maman mit einer ihrer Freundinnen und rief plötzlich aus:

»Bist du verrückt? Du solltest mindestens vier Jahre zwischen zwei Geburten warten. Finanziell ist es kompliziert und auch sonst schwer, das kann zum Risiko für deine Ehe werden. Sieh mich an! Scarlett war nicht geplant, und das Ergebnis ist: Matt hat mich verlassen.«

Scarlett war wie versteinert, die Spaghetti, die sie gerade einsaugen wollte, blieb ihr am Kinn kleben. Ihre Wangen waren dunkelrot, entweder es war die Sauce oder ihre Gesichtsfarbe. Ihre braunen Augen unter den langen Wimpern weiteten sich vor Schreck. Dann, ohne ein Wort, räumte sie ihren Teller ab und ging die Treppe zu unserem Zimmer hinauf. Maman kam wieder an den Tisch, Scarletts Abwesenheit fiel ihr nicht weiter auf.

An diesem Abend weinte Scarlett zwar nicht, lag aber noch lange wach. Wenn man acht Jahre lang mit der gleichen Person in einem Zimmer schläft, kennt man die Atemzüge der anderen genau. Ich schlüpfte in ihr Bett, nahm sie in die Arme, drückte sie an mich und murmelte:

»Wenn du willst, blasen wir morgen für dich zum Angriff.«

Ich glaube, das war der Tag, an dem wir die Rollen tauschten. Ich begriff, dass ich mich ab jetzt um sie kümmern musste, weil sie sonst niemanden mehr auf der Welt hatte.

Jetzt arbeite ich seit drei Wochen bei EverDream, habe eine gewisse Routine, bin gut durchorganisiert und habe den regelmäßigen Rhythmus, der mir guttut. Genau wie es Jeremy Miller vorausgesagt hat, bin ich Sekretärin. Christophe vertraut mir einfache Aufgaben an wie das Suchen einer Zusatzversicherung für die Angestellten, die Installation der Telefonanlage oder der Einkauf von Büromaterial. Ich verwalte seinen Arbeitsplan und seine Termine, kümmere mich um die Buchhaltung, beantworte Telefonanrufe und zahle Rechnungen. Ich denke nicht nach und bin beschäftigt, was mir ausgesprochen genehm ist.

Die restlichen Beruhigungsmittel hebe ich mir für Notfälle auf. Schlafmittel nehme ich nur alle drei Tage, an den anderen Tagen schlafe ich nur eine oder zwei Stunden. Noch komme ich gut zurecht, trotz der Müdigkeit. Über meinen praktischen Arzt in New York könnte ich mir einen kleinen Vorrat beschaffen, was allerdings sehr teuer wäre. Bis ich eine Lösung in Paris gefunden habe, spare ich wie ein Eichhörnchen vor dem Winterschlaf.

Ich bin um neun Uhr morgens im Büro und immer die Erste. Meine Uniform, Erinnerung an die Jahre im Finanzwesen, bestehend aus Kostüm, Bluse und Pferdeschwanz, behalte ich bei. Um dreizehn Uhr kaufe ich mir ein Sandwich, das ich allein vor meinem Computer esse. Jeden Tag bietet mir Christophe an, gemeinsam mit ihm, Victoire und Reda mittagessen zu gehen. Manchmal ist auch Jeremy dabei, der anscheinend ebenso verschlossen ist wie ich. Ich lehne jedes Mal höflich ab.

Samstags besuche ich den Waschsalon, putze die Wohnung und gehe einkaufen, skype mit Angela, räume auf und kümmere mich um David. Sonntags übe ich mithilfe von vier Büchern, die mir in der Buchhandlung Gibert Joseph in Saint-Michel empfohlen wurden, französische Buchhaltung.

Mein Versuch, den Onboarding-Abend von EverDream zu vermeiden, scheitert kläglich. Zuerst habe ich einen Arzttermin, dann eine Geburtstagseinladung und schließlich eine erfundene Wohnungseinweihung vorgeschoben, aber Christophe hat den Termin jedes Mal verlegt, ohne dass in seinen lächelnden Augen hinter der Hipster-Brille auch nur eine Spur von Gereiztheit angesichts meines offensichtlich fehlenden guten Willens zu entdecken war. Letztendlich habe ich zugesagt, denn dass der Abend meinetwegen immer wieder verschoben wurde, war mir dann doch peinlich.

Ich bin gerade dabei, die Gründungssatzung der Firma zu lesen, als Christophe aus seinem Büro tritt. Er trägt eine Jeans und ein kanariengelbes Sweatshirt mit der Aufschrift »Träume nicht dein Leben, sondern lebe deine Träume«.

»Auf geht es zu unserem Onboarding-Abend, ihr EverDreamers!«, ruft er vergnügt durch das Großraumbüro.

»Ich komme gleich nach«, sage ich, »ich lese nur schnell die Satzung zu Ende.«

»Gut, aber lass uns nicht zu lange warten! In der Zwischenzeit gehen wir unten etwas trinken.«

»Sollen wir etwas für dich bestellen?«, fragt Reda und zupft an seiner Yankee-Kappe, die er nie absetzt.

»Nein, danke, lieb von euch«, entgegne ich, »wenn ich komme, suche ich mir etwas aus.«

Sie verlassen das Büro, und ihre Stimmen verhallen allmählich.

Ich tauche wieder in meine Lektüre ein. Die Finanzstruktur der Firma ist anders als gedacht. Jeremy hält praktisch alle Anteile von EverDream, Christophe besitzt nur neunzehn Prozent. Mit ein paar Klicks im Internet erfahre ich, dass sich Jeremy Miller, ein ehemaliger Senior-Entwickler bei Google, selbstständig gemacht, verschiedene Projekte umgesetzt und in erfolgreiche Start-ups investiert hat. Darüber hinaus erfahre ich anhand eines Artikels auf TechCrunch, dass er ein kleines Vermögen mit einer App verdient hat, die Kindern mit autistischen Störungen beim Kommunizieren hilft. Mir ist schleierhaft, wie sich Jeremy, ein begnadeter Entwickler, mit einem Verlierer wie Christophe zusammentun konnte, und ich verstehe auch nicht, warum er sich derartig für EverDream einsetzt, wo doch die Aussichten auf Rentabilität gleich null sein dürften. Abgesehen davon hat die Firma so gut wie nichts eingenommen, und ohne eine Kapitalerhöhung dürfte sie angesichts des Kassenstands gerade noch sechs bis sieben Monate überleben. Diese Bedenken habe ich

Christophe gegenüber geäußert. Er hingegen hat mir versichert, dass wir bis dahin Millionäre sein würden und uns gar keine Sorgen zu machen bräuchten ...

Es versetzt mich in Angst und Schrecken, wenn ich an den bevorstehenden Abend denke, der möglicherweise ewig dauern wird, an die von Christophe angekündigten Überraschungen und überhaupt an alles Unvorhergesehene.

Mit Unvorhergesehenem kann ich nicht umgehen und schon gar nicht mit Überraschungen.

Ich fahre meinen Computer herunter und sehe mich in dem leeren Großraumbüro um. Jedem ist es gelungen, seinen Schreibtisch in einen persönlichen Bereich zu verwandeln. Bei Victoire steht das Foto ihres Freundes zwischen einer Tube Handcreme, ihrem Handyladegerät und einem Vorrat an Twix. Bei Reda stehen ein Kaffeebecher mit der Aufschrift »I love New York« neben einer Sammlung verschiedener Teesorten und einer Moleskine-Kladde mit dem roten Aufkleber der Gewerkschaft CGT. Auch wenn sie jetzt nicht da sind, hat jeder etwas von sich selbst hinterlassen. Es sticht mir ins Herz, wenn ich daran denke, dass ich auch so gewesen bin, mit einem normalen Leben und echten Zielen. Ich war unordentlich, kam immer zu spät, war leidenschaftlich und so in meiner Kreativität versunken, dass ich auch schon mal einen Termin vergaß.

Ich muss wieder an die E-Mail von Angela denken. Wie oft hatte sie mir geraten, einen Psychiater aufzusuchen. Wie sollte ich ihr klarmachen, dass ich keinen Psychiater brauchte, sondern einen Priester, am besten

Gott persönlich, um mir zu vergeben. Selbst Angela konnte ich nur einen Teil der Wahrheit erzählen. Schließlich hat sie selbst Hilfe bei einem Psychologen gesucht, um herauszufinden, warum ich solche Angstzustände hatte und was es mit meinen Neurosen auf sich haben könnte. Sie, die ausgeglichenste Person, die ich je kennengelernt habe, hatte sich die Zeit genommen und gleich dreimal einen Psychologen aufgesucht, nur um mir zu helfen. Im Anschluss hat sie mir erklärt, dass ich lernen müsse, nach und nach ohne die Rituale auszukommen, die ich in Stresssituationen ausführte. Deshalb riet sie mir, einen Gegenstand auszusuchen, den ich liebte, der in mir beruhigende Erinnerungen hervorrief und den ich berühren konnte, sobald sich eine Krise anbahnte. Ich wählte mein Bettelarmband. Dank Angela ging es mir in New York besser, bis mich die Vergangenheit einholte und ich gezwungen war, bis ans andere Ende der Welt zu flüchten. Angela hatte mich mit offenen Armen aufgenommen, und sie konnte mir zurückgeben, was ich verloren hatte: das Gefühl, zu einer Familie zu gehören.

»Ich muss jetzt abschließen. Bist du fertig?«

Ich erschrecke, Jeremy Miller steht plötzlich vor mir, die Büroschlüssel in der Hand. Mir war nicht aufgefallen, dass er nicht mit den anderen vorgegangen war. Seit dem Bewerbungsgespräch haben wir kein Wort mehr miteinander gewechselt. Er geht auf den Ausgang zu, ich laufe ihm hinterher und knöpfe dabei meinen Mantel zu. Während er abschließt, räuspere ich mich verlegen.

»Ich wollte nur sagen … Es tut mir leid, dass ich bei

meinem Vorstellungsgespräch ziemlich unausstehlich war, aber ich hatte einige persönliche Sorgen und war sehr nervös ... Wie dem auch immer sei, mir ist klar, dass mich Christophe sicherlich ohne dein Wissen eingestellt hat, aber da wir nun mal im selben Büro arbeiten, möchte ich mich entschuldigen.«

»Ist okay.«

Er steckt die Schlüssel in die Tasche und geht zum Fahrstuhl. Etwas perplex folge ich ihm.

»Okay, und nicht böse?«

»Okay, weil ich nie auf jemanden böse bin, wenn er ehrlich sagt, was er denkt, auch nicht, wenn er sich irrt.«

Jetzt verstehe ich besser, wie er mit Victoire zusammenarbeiten kann, selbst wenn sie über keine Filter verfügt.

Neugierig frage ich:

»Bedeutet das, dass du nie lügst?«

Er zuckt die Achseln und drückt auf den Fahrstuhlknopf.

»Sagen wir, ich schummele nicht. Was ich sage, denke ich auch.«

Sein offener, leidenschaftsloser Blick gleitet über mein Gesicht, und ich kann mich des Gefühls nicht erwehren, dass er ganz genau weiß, dass ich im Gegensatz zu ihm schummele und lüge.

Schweigend gehen wir zur Weinbar direkt gegenüber von The Space. Der Abend ist kühl, aber die Gäste sitzen an runden Tischen auf der beheizten Außenterrasse und trinken ihren Aperitif. Drinnen warten unsere Kollegen rund um eine Platte mit Käse und Wurst. Eine Weinflasche steht auf der rot-weiß karierten Tischdecke. Das alles sieht so richtig französisch aus, und ich mache ein Foto, setze es in einen zufällig gewählten Rahmen und poste es auf Instagram, damit Angela auf der anderen Seite des Atlantiks daraus schließen kann, dass es mir gut geht, ich mich integriere, und nicht mehr denkt, ich müsse einen Psychiater aufsuchen.

»Komm, setz dich, Alice«, begrüßt mich Christophe und zieht einen Barhocker zurück.

Ich spitze die Ohren, denn das Lied, das gerade gespielt wird, kenne ich. Als Teenager konnte ich den Text auswendig, dabei kann ich mich jetzt nicht einmal mehr an den Namen der Gruppe erinnern.

»Alice?«

Ich tauche aus meinen Gedanken auf und stelle fest, dass mir Victoria bereits ein Glas Wein hinhält. Ich zucke zurück, meine Hand stößt gegen das Glas, der Wein ergießt sich über die Käseplatte.

»Oh, das tut mir leid … ich trinke keinen Alkohol, ich …«

Zu meinem Entsetzen muss ich feststellen, dass meine Reaktion völlig übertrieben ist. Meine Kollegen betrachten mich neugierig.

»Nie?«, fragt Victoire erstaunt.

Ich schüttele stumm den Kopf. Reda und Jeremy trocknen mit Papierservietten den Käse ab. Ich sollte ihnen helfen und kann es nicht. Unter dem Tisch klammern sich meine Finger an das Armband wie an einen Rettungsring.

»Ich auch nicht«, versichert Reda freundlich, »möchtest du ein Glas Perrier, Alice?«

»Ja, danke, sehr gern. Ein Glas Perrier, bitte!«

Reda erhebt sich, und das Gespräch geht in eine andere Richtung. Zerstreut lausche ich. Ich belege mein Brot mit einem Stück Comté-Käse und beiße hinein. Es schmeckt hervorragend. Ich entspanne mich.

Um einundzwanzig Uhr steht Christophe auf und sagt:

»So, ich bezahle jetzt, es ist Zeit für die Überraschung.«

»Ich muss leider nach Hause«, teile ich Christophe mit, als er zum Tisch zurückkehrt: »Ich bin müde …«

»Kommt nicht infrage, dass du das Schiff verlässt. Alice, jetzt zu gehen, bedeutet, dass du dich der Mittelmäßigkeit hingibst. Wir brauchen dich, um die Ehre von EverDream zu verteidigen.«

Er spricht wie ein autoritärer Chef, aber seine Augen blitzen wie die eines Kindes zu Weihnachten.

Eine Viertelstunde später befinden wir uns in einem kleinen dunklen Raum im Untergeschoss. Uns steht das Zweitschlimmste nach der Erfindung der Atombombe bevor: Karaoke.

»Das ist eine beschissene Idee«, meldet sich Victoire gelassen.

»Victoire, statt zu meckern, geh lieber Cocktails holen!«, ruft Christophe und steigt auf eine Bank. »Ich bin im Saturday Night Fever. Ich sag euch, gleich geht hier richtig was ab! Komm, Jeremy, wir fangen an.«

»Kommt nicht infrage«, brummt Jeremy.

Reda, der zunächst seinen Unwillen bekundet hat, wenn auch weniger überzeugend als Victoire und Jeremy, reißt Christophe den Songkatalog aus der Hand.

»Na gut, ich opfere mich.«

So schlimm scheint das Opfer nicht zu sein. Zu zweit singen sie das erste Lied, Reda hat den Schirm seiner Kappe nach hinten gedreht, die Musik ist brüllend laut. Ich bin völlig verkrampft und würde mich am liebsten irgendwo verstecken. Auf keinen Fall werde ich singen!

Jeremy sitzt in einer Ecke und tippt auf seinem Smartphone, während Christophe und Reda »Baby One More Time« von Britney Spears brüllen, als ginge es um ihr Leben. Ihr französischer Akzent macht aus dem gesamten Liedtext ein unverständliches Kauderwelsch.

»Alice, danach bist du dran!«, ruft Christophe und tanzt nach einer Choreografie, die an den Paarungstanz eines epileptischen Huhns auf Speed denken lässt.

»Ich kann nicht singen, ich kann nicht …«

Mein Einwurf ist im allgemeinen Stimmengewirr untergegangen. Niemand kümmert sich darum. Umso besser. Victoire, deren Verachtung für Karaoke sich verabschiedet hat, seit sie mit den Getränken zurückgekommen ist, wählt ein Lied und drückt mir das Mikro in die Hand.

»Oasis, ›Wonderwall‹! Sag mir nicht, dass du den Song nicht kennst!«

Meine Hand krampft sich um das Mikro, das heiß und vom Schweiß der vorigen Sänger feucht geworden ist. Die Gitarre wimmert die ersten Noten. Es klingt schrecklich vertraut. Mir wird schwindlig, als würde ich rückwärts ins Wasser fallen. Alles, nur nicht dieses Lied! Der ganze Globus scheint auf meinem Brustkorb zu liegen. Mir fällt das Mikro aus der Hand.

»Es geht mir nicht gut.«

Ich bin gerade noch klar genug, um die Treppe hinaufzulaufen und die Tür zur Straße aufzureißen. Die eiskalte Luft ist wie eine Ohrfeige.

»Geht es Ihnen nicht gut, Mademoiselle?«, fragt mich ein Passant.

Ich krümme mich auf dem Boden zusammen und antworte nicht. Mein Gesicht ist tränenüberströmt, und ich zittere am ganzen Leib. Der Kontakt mit meinem Armband bringt keine Erleichterung, keine Beruhigung. Meine Atmung in den Griff zu bekommen, ist unmöglich.

»Alice! Was ist los, Alice?«

Christophes Stimme dringt durch das Wasser, in dem ich gerade ertrinke, sie kommt von weither und klingt erstickt.

»Ich sterbe. Ich kann nicht mehr atmen.«

Ich weiß genau, was jetzt passieren wird. Er wird mir nicht glauben und sagen, das alles passiere nur in meinem Kopf und dass ich nicht sterben muss. Er wird versuchen, mir beim Aufstehen zu helfen, und das Gefühl, nicht verstanden zu werden, wird alles nur noch schlimmer machen. Die Luft scheint ein fester Körper zu sein, der nicht mehr bis zu meiner Lunge vordringen kann. Meine Brust schmerzt, die Lungenflügel sind verkrampft. Schwarze Flecken schwimmen vor meinen Augen. Mein letzter Gedanke ist, dass ich jetzt und hier auf diesem

unbekannten Pflaster sterbe, allein und dreitausendsechshundertdreiundzwanzig Meilen von zu Hause entfernt.

Ich war halb bewusstlos, bis man mir eine Sauerstoff-maske über das Gesicht stülpte. Immer noch hatte ich das Gefühl, ein Zementsack drückte mir die Brust ein, doch wie durch ein Wunder drang trotzdem ein wenig Luft in meine Lunge. Ich lag in einem Krankenwagen, Christophe saß im Fond, in seinem quietschgelben Sweatshirt wirkte er leichenblass.

An das, was danach passierte, erinnere ich mich nur sehr dunkel, entweder weil ich unter Schock stand oder weil man mir Beruhigungsmittel gegeben hatte. Ich weiß es nicht mehr genau. Im Krankenhaus habe ich mit einem Psychiater gesprochen. Es folgte ein regel-rechtes Verhör. Ob ich regelmäßig solche Panikattacken hätte. Seit wann? Wie häufig und wie stark? Ob ich Medikamente nehme. Ob ich schon einmal daran ge-dacht hätte, es mit einer Therapie zu versuchen.

Meine Antworten waren mehr oder minder ehrlich, aber realistisch genug, um das Krankenhaus mit einem Rezept zu verlassen. Dieses Rezept verstaute ich mit mehr Sorgfalt in meinem Portemonnaie als einen Fünf-hunderteuroschein und warf die Visitenkarte des Psy-chologen, den aufzusuchen ich versprochen hatte, in die nächste Mülltonne. Gegen sieben Uhr morgens ließ man mich gehen.

In der Halle, in der Gestalten in weißen oder grünen

Kitteln im Laufschritt unterwegs sind, treffe ich ausgerechnet Christophe. Seine bläulichen Augenringe, der verstörte Gesichtsausdruck und die in alle Richtungen abstehenden Haare belegen seine Verzweiflung. Sobald er mich sieht, springt er auf.

»Alice! Geht es dir besser?«

Dass er die ganze Nacht auf mich gewartet hat, rührt mich ungemein, gleichzeitig ist es mir unangenehm.

»Ja, viel besser. Du hättest nicht hierbleiben müssen. Das war doch nur eine kleine Panikattacke ... Das passiert mir äußerst selten.«

»Ach ja? ... Okay ...«

Er scheint keine Ahnung zu haben, was er antworten soll. Wieder fährt er mit den Fingern nervös durchs Haar, jetzt stehen sie ihm erst recht zu Berge.

»Hast du jemanden ...? Kommt dich jemand abholen?«

»Ich nehme ein Taxi, es geht schon. Es tut mir so leid«, entschuldige ich mich, »morgen bin ich wieder im Büro.«

Er zögert, sucht nach Worten, und die Angst schnürt mir die Kehle zu. Ich bin immer noch in der Probezeit, jetzt könnte er sagen, dass ich nicht mehr zu kommen brauche. Wer will schon mit einer Person arbeiten, die ausrastet, nur weil sie einen Song von Oasis hört?

»Heute ist Freitag«, entgegnet er, »du musst dich jetzt erholen, heute brauchst du nicht ins Büro zu kommen. Ich bringe dich nach Hause.«

»Nein, wirklich nicht nötig, ich komme allein ...«

»Alice, das ist ein Befehl!«, unterbricht er mich.

Am folgenden Montag bin ich wieder die Erste in der Firma. Eine völlig unnötige Vorsichtsmaßnahme, aber der Gedanke, vor allen Kollegen in Panik geraten zu sein, lähmt mich. Eine solche Krise hatte ich im beruflichen Kontext nur einmal und bin prompt entlassen worden. Abgesehen von meiner Freundschaft mit Angela, die damals meine Büronachbarin war, hatte ich Job und Privatleben schon immer strikt getrennt.

Jeremy, Christophe und Reda treffen nacheinander ein und fragen wie jeden Morgen: »Hallo, wie geht's?« Die Pause nach ihren Worten und der fragende Blick lassen mich allerdings ahnen, dass die Frage diesmal nicht nur eine Floskel ist. Ich nicke, als sei nichts geschehen. Victoire ist natürlich erheblich direkter.

»Wie geht es dir heute, Alice?«, fragt sie und legt ihren Tretroller zusammen. »Wann bist du denn aus dem Krankenhaus gekommen?«

»Freitag.«

»Ich habe eine Freundin, die Angstzustände hatte. Das war schlimm. Willst du die Telefonnummer ihres Psychiaters? Der hat ihr unheimlich gut geholfen und sieht auch noch klasse aus. Wie Jon Snow in *Game of Thrones*.«

Gerade überlege ich noch, wie ich Victoire beibringen soll, dass ich nicht die geringste Lust habe, einem Doppelgänger von Jon Snow meine Geschichte zu erzählen, als Jeremy aus seinem Büro kommt und ihr zuruft:

»Victoire, du hast nicht alles erledigt, worum ich dich wegen des Moduls zum Foto-Upload gebeten habe.«

Ich vermute einen Augenblick lang, dass er nur deshalb aus seinem Büro gekommen ist, um dieser peinlichen Unterhaltung ein Ende zu setzen. Victoire antwortet unbeeindruckt: »Ich wollte es erst auf meine Art probieren, aber ich hätte auf dich hören sollen.«

»Genauso ist es«, seufzt er. »Komm, ich zeige dir, wie es geht.«

Victoire erhebt sich, klemmt sich ihren Laptop unter den Arm und begibt sich zu meiner Erleichterung in Jeremys Glaskastenbüro.

»Ich werde Chris bitten, ein Kontaktformular für Notfälle einzurichten«, sagt Reda ernst. »Er akzeptiert mich als Arbeitnehmervertreter, ich war ja auch der einzige Kandidat. Ich werde ab jetzt darauf achten, dass sich alle sicher fühlen.«

Jetzt beugt er sich zu mir hinüber und flüstert in vertraulichem Ton:

»Wenn du Probleme in Bezug auf die Arbeit oder ein Burn-out hast oder gemobbt wirst, kannst du dich gern an mich wenden, ich informiere dann die Direktion. Ich habe bereits um einen diesbezüglichen Termin gebeten.«

Ich bedanke mich höflich und lehne wieder einmal die Einladung zu einem gemeinsamen Mittagessen ab. Ich kaufe mir lieber ein Sandwich, esse an meinem Schreibtisch und schreibe Angela eine E-Mail. Selbstverständlich verschweige ich meinen kurzen Aufenthalt im Krankenhaus.

Etwas später bittet mich Chris auf Redas Anraten, eine Liste mit den Namen aller Mitarbeiter und der ihnen nahestehenden Personen aufzustellen, die man im Notfall anrufen kann.

»Da hat Reda recht«, erklärt er, »das ist eine sehr gute Initiative.«

Ich antworte nicht und schicke allen Kollegen eine E-Mail, um ihre Kontaktpersonen und Notrufnummern zu erfragen, und erstelle eine Tabelle mit unseren Namen in der ersten Spalte. Ich bin erstaunt, wie rasch alle antworten, und mir wird das Herz schwer. Man ist sich nicht unbedingt im Klaren darüber, wie wertvoll es ist, auf Anhieb zu wissen, wen man im Notfall kontaktieren kann. Ich betrachte die leere Spalte neben meinem Namen. Sie verhöhnt mich geradezu. Ich weiß, wie albern es wäre, Angela einzusetzen, zumal sie Tausende Meilen von Paris entfernt lebt. Aber wen habe ich sonst noch in meinem Leben?

Wie traurig das alles doch ist.

Früher hatte ich viele Freunde, das Telefon klingelte ständig, abends ging ich aus und war jedes Wochenende irgendwo zum Brunch eingeladen. Vergaß ich mal meinen Schlüssel, gab es genügend Leute, die mich beherbergen konnten. Es war einfach so. Natürlich konnte niemand wissen, dass ich eines Tages die mir nahestehenden Menschen verlieren würde. Ich vertage das Problem mit der Liste. Mit ein paar Münzen, die ich aus meinem Portemonnaie genommen habe, gehe ich zum Kaffeeautomaten und treffe Reda, der das Getränkeangebot studiert.

»Nach dem Karaoke habe ich mich erkältet«, erklärt er und drückt auf die Taste »Cappuccino«. »Ich werde mich wohl nächsten Freitag krankmelden.«

Er trägt einen dunklen Rollkragen, der seine schwarzen Augen betont. Jetzt deute ich auf seine Yankees-Kappe und frage:

»Baseball-Fan?«

Es ist gut, mit Leuten ins Gespräch zu kommen, und der Anblick seiner Kappe löst in mir Heimweh nach den USA aus. Er mustert mich überrascht.

»Nein ... eher Basketball.«

»Aber ... deine Kappe? Du weißt sicher, dass die verschlungenen Buchstaben N und Y das Logo des New Yorker Baseball-Teams sind, der Yankees.«

»Nein, keine Ahnung«, antwortet er erstaunt, »ich dachte, das bedeutet einfach nur New York.«

Dann bricht er in Gelächter aus, und auch ich muss lächeln. Ich stecke eine Münze in die Maschine.

»Ich habe schon immer davon geträumt, nach New York zu gehen«, gesteht er, »dort zu leben. Die USA fehlen dir, was?«

Ich täte besser daran, wieder an meinen Schreibtisch zurückzukehren und meine Arbeit zu beenden, aber ich bleibe und seufze nostalgisch.

»Ja, sehr.«

»Was fehlt dir denn am meisten?«

Ich greife nach meinem Becher, trinke einen Schluck und denke nach, doch dann sprudeln die Worte wie von allein heraus, als hätten meine Gefühle nur auf diese Gelegenheit gewartet.

»Englisch sprechen und hören, die New Yorker Polizeisirenen ... das Essen und der Filterkaffee, den ihr hier Plörre nennt, die Hotdogs für einen Dollar, die man an jeder Straßenecke kaufen kann, und die Bagels am Morgen, bevor man zur Arbeit geht, oder die Kraft Mac und Cheese aus der Packung ... Das alles ist nicht wirklich gut, aber es erinnert mich an meine Kindheit.«

»Hier gibt es doch auch Bagels ...«

»Aber nicht die echten, im Wasser gekochten New Yorker Bagels, die man mit Frischkäse isst, meistens bekommt man sie klassisch oder mit Mohn. Am liebsten mochte ich die Variante mit Zimt und Rosinen, die habe ich hier nicht gefunden.«

Er wirft seinen Pappbecher in den Mülleimer, und ich stelle fest, dass auch ich meinen Kaffee bereits ausgetrunken habe.

»Sag mal ... würde es dir etwas ausmachen, mit mir ein wenig Englisch zu sprechen«, fragt er plötzlich. »Ich weiß, dass du in der Mittagspause arbeitest, aber wir könnten einfach einen Kaffee zusammen trinken und uns so zehn Minuten am Tag auf Englisch unterhalten ... Das wird dich kaum an die Vereinigten Staaten erinnern, mein Akzent ist fürchterlich, aber ich möchte gern Fortschritte machen und kann mir keinen Sprachkurs leisten. Wie eine Zigarettenpause ... ohne Kippe.«

Jetzt wäre eigentlich der Zeitpunkt gekommen, um den Stacheldraht hochzuziehen und eine Schranke zwischen uns zu errichten, aber ich vermisse die englische Sprache so sehr, dass ich mich nach einer Pause sagen höre:

»Na gut, wenn du willst.«

Sein Gesicht hellt sich auf wie das eines Kindes, dem man ankündigt, dass es gleich Kuchen gibt.

»Prima, welche Uhrzeit wäre dir recht?«

Ich zucke die Achseln.

»Weiß nicht ... vielleicht sechzehn Uhr?«

»Super! High Five!«

Er hebt die Hand, und ich schlage – leicht überrumpelt – ein. Mit einem vollkommen unverständlichen englischen Satz beschließt er unsere Unterhaltung, was mich beim Thema Konversation allerdings etwas nachdenklich stimmt.

Das Tagebuch von Alice

London, 29. November 2011

Hallo Bruce,

ich habe lange nichts in dieses Tagebuch eingetragen. Viel
Zeit habe ich nicht mehr, seit ich wieder arbeite. Es ist eher
angenehm, nicht mehr den ganzen Tag lang allein zu sein und
nichts weiter zu tun, als über meine Eisprünge zu berichten.
Ich werde dir jetzt ein peinliches Geheimnis verraten, Bruce:
Ich liebe das Finanzwesen. Natürlich hänge ich das nicht an
die große Glocke, denn das ist ähnlich sexy, wie auf ein Dach
zu steigen und zu brüllen, dass ich zum Frühstück am liebsten Zwiebelringe esse. Aber Zahlen in Excel-Tabellen einzutra-
gen, hat einfach etwas Beruhigendes.
Ich sitze im Green Park und schreibe. Ich vermute, du kennst
ihn. Manchmal gehe ich dort samstagnachmittags nach
meinem Fruchtbarkeitsyogakurs spazieren. Ich beobachte
Kinder, die durch das Herbstlaub rennen, während Céline Dion
»All by Myself« in meinen Kopfhörern singt. Oliver weigert
sich standhaft, mich zu diesen »Sitzungen des Selbstmit-
leids«, wie er sie nennt, zu begleiten, unter dem Vorwand, sie
nützten ohnehin nichts und würden mir nicht helfen, die
Dinge positiv zu sehen.
Oliver gehört zu den Menschen, die auf die Mitteilung, dass du
auf einem Hundehaufen ausgerutscht bist und dir beide Arme

und Beine gebrochen hast, mit einem breiten Grinsen erwidern: »Super, jetzt kannst du mit deinem Rollstuhl alle in der Warteschlange überholen.«

Theoretisch ist Optimismus eine feine Sache. Allerdings muss ich gestehen, dass er mir in der Praxis langsam auf die Nerven geht.

Ich beobachte, wie Kinder streiten, spielen, hinfallen, zu ihrer Mama rennen und ihr erzählen, dass sie sich wehgetan haben. Manchmal rollt mir ein Ball vor die Füße, und ein Knirps rennt auf mich zu, um ihn wieder zu holen. Ich gebe ihm den Ball zurück, und seine Mama schenkt mir ein dankbares Lächeln.

Ich weiß, was du denkst, Bruce. Du findest mich albern, und es ist durchaus möglich, dass du damit nicht verkehrt liegst.

Maman hat mich gestern per Skype angerufen. Sie war aus irgendeinem Grund mit Scarlett in die Wolle geraten und wirkte auf dem Bildschirm ziemlich erschöpft. Dann sagte sie folgenden sonderbaren Satz:

»Vielleicht habe ich nicht alles richtig gemacht, aber sie war derartig schwierig, während du immer so umgänglich warst … Und abgesehen davon erinnerte mich ihr Grinsen in all den Jahren ständig an euren Vater. Täglich führte sie mir vor Augen, dass er mich verlassen hat. Das war schwer zu ertragen.«

Die Dinge sind selten so einfach, wie sie aussehen, Bruce. Scarlett versagte in der Schule seit der ersten Klasse, und das blieb so, bis sie mit siebzehn vom Gymnasium abging. Ich habe nie verstanden, warum, denn sie war immer das intelligenteste Kind in ihrer Altersgruppe. Uns trennten kaum elf Monate, und dennoch behandelte uns Maman immer wie Gleichaltrige, ohne das je infrage zu stellen.

Es heißt, Kinder, um die man sich besonders kümmert, hätten es leichter als andere Kinder. Ich glaube hingegen, dass Scarlett gerade deshalb so lebendig und lebensklug wurde, weil sich unsere Mutter viel weniger um ihre Erziehung gekümmert hat als um meine. Scarlett hat ihre ganze Kindheit über versucht, alles zu lernen, was ich bereits wusste, und wollte unbedingt mit mir mithalten. Ich sprach zwar vor ihr, aber sie tat es mir mit nur neun Monaten gleich. Fünf Monate später als ich machte sie ihre ersten Schritte, und nur wenige Wochen nach mir brauchte auch sie keine Windeln mehr. Noch bevor sie vier wurde, konnte sie lesen. Maman hatte keine Mühe, die Lehrerin in der Vorschule von Queenstown davon zu überzeugen, Scarlett und mich gleichzeitig in ihrer Klasse aufzunehmen, obwohl meine kleine Schwester eigentlich erst im folgenden Jahr hätte eingeschult werden sollen. Aber da Maman für unseren Lebensunterhalt Tag und Nacht arbeiten musste, war es für sie praktischer, uns beide zusammen einzuschulen.

Scarlett war also stets von älteren Kindern umgeben und wurde mehr gefordert, als es für ihr Alter passend gewesen wäre. Sie war sehr neugierig und interessierte sich für alles. Zudem hatte sie viel mehr Freiheiten als ich. Manchmal verschwand sie stundenlang mit ihrem Fahrrad, ging auf »Erkundungsreise«, wie sie es nannte. Schon in der Grundschule schwänzte sie den Unterricht und beobachtete lieber die Gezeiten oder die Hummerfischer, wenn deren Schiffe im Hafen einliefen. Sie umging Verbote und erlaubte sich straflos so manche Dummheit, entschuldigte sich dann aber damit, einen »fucking good plan« gehabt zu haben, wie sie es auf Englisch ausdrückte, obwohl wir unter uns ausschließlich

Französisch sprachen. Im Diktatschreiben war sie eine Null, aber sie konnte eine Unmenge ziemlich nutzloser Informationen im Gedächtnis behalten, wie die Lebensdauer eines Käfers, das Rezept von Pad Thai oder das genaue Alter von Patrick Swayze. Sie interessierte sich eine Zeitlang für bestimmte Aktivitäten, klemmte sich mit Leidenschaft dahinter und gab sie ein paar Wochen später auf, ohne sich je wieder darum zu kümmern. Maman hatte mich stets als das kreativste Familienmitglied vorgestellt, dabei zeigte sich Scarlett viel talentierter als ich, sobald Fantasie ins Spiel kam.

Bis zum Alter von acht oder neun Jahren zeichnete ich viel. Maman unterstützte mich, und ich glaube, ich hatte ein solides Zeichentalent. Auch heute noch kann ich ein Bild abzeichnen oder mit nur ein paar Bleistiftstrichen eine Landschaft skizzieren. Scarlett zeichnete gar nicht gern. Ihr fehlte die Geduld. An den meisten Samstagnachmittagen packte ich mein Zeichenzeug in einen Rucksack, und wir radelten bis zum Strand von Narragansett, ein paar Kilometer entfernt. Damals konnten Kinder noch allein mit den Rädern losfahren, ohne ihren Eltern alle drei Minuten eine SMS mit ihrem Standort schicken zu müssen, für den Fall, sie könnten von einem Psychopathen entführt werden. Ich setzte mich auf die Terrasse des Beach Cafés, eine aus allen möglichen Holzresten zusammengezimmerte Hütte zwischen schwarzen Felsblöcken und Myriaden verschiedener Muscheln, ganz am Ende der Bucht. Jimmy - seinen Familiennamen weiß ich bis heute nicht - war ebenso lang wie breit und hatte das freundliche Gesicht eines Schmuse-Teddys. In jedem Schaltjahr strich er die Hütte neu, immer leuchtend türkis.

Die Farbe blich mit der Sonneneinstrahlung aus, sie litt unter den salzigen Böen und den strengen Wintern in Rhode Island. Nach vier Jahren hatte sich das Türkis in ein hübsches Pastellblau verwandelt und bröckelte ab. Es sah aus, als wären kleine Stückchen Himmel in den weißen Sand gefallen.

Außer in den Monaten Juli und August, wenn das Beach Café von Touristen in Badekleidung überfüllt war, durfte ich mich an einen freien Tisch setzen, auch wenn ich kein Geld hatte, um etwas zu bestellen. Während ich zeichnete, watete Scarlett bei jedem Wetter im Meer und sammelte Muscheln. Sie konnte selten still sitzen, war aber in der Lage, stundenlang am Strand zu hocken und auf das Spiel der Wellen zu starren. Manchmal begleitete ich sie, um herauszufinden, was Scarlett so daran faszinierte. Es ist mir nicht gelungen.

Regen war für unsere Ausflüge kein Hindernis, wir zogen Regenjacken an und traten bergab weniger in die Pedale, denn bei feuchtem Wetter funktionierten die Bremsen nicht so gut. Eines Tages im Oktober - es regnete in Strömen - holte Jimmy mich ins Holzhaus und ging dann zum Strand, um Scarlett zu holen. Er musste ihr eine Tasse warme Schokolade versprechen, um sie davon zu überzeugen, sich unterzustellen.

Das Café war menschenleer. Jimmy brachte uns zwei riesige rote Tassen mit heißem Kakao, Sahnehäubchen und winzigen Marshmallows obendrauf. Drei Dollar kostete das Getränk laut Karte.

»Den spendiere ich euch!«, sagte er mit seiner tiefen, etwas gruseligen Stimme, die allerdings nie jemanden ängstigte, weil auch seine Freundlichkeit herauszuhören war.

Bis der Regen nachließ, malten wir beide, ich hatte Scarlett einen Zeichenblock und Buntstifte geliehen, und wir tranken unseren Kakao. Ich sehe immer noch ihr begeistertes Lächeln und das Vibrieren ihrer langen Wimpern, während sie ihre rote Tasse zum Mund führte. Ein paar Regentropfen fielen aus ihrem Haar auf den rosa Pullover. Scarlett trug stets meine abgelegte Kleidung auf. Sie war immer etwas kleiner als ich, ihr etwas Neues zu kaufen, sei Verschwendung, fand unsere Mutter.

Etwas später zeigte mir Scarlett ihr Bild. Sie hatte den Strand von Narrangansett festgehalten, den Himmel rosa und voller Papierdrachen gemalt, den Sand blau. Anstelle einer kleinen verlassenen Blockhütte hatte sie eine majestätische Villa mit Türmchen und Veranda gezeichnet.

»Was ist das für ein Haus?«, fragte ich sie erstaunt. Meine eigene Zeichnung stellte nur das dar, was auch in der Realität existierte, es wäre mir nie in den Sinn gekommen, etwas anderes zu malen als das, was auch wirklich da war.

»Das ist das Haus, das ich am Strand baue, wenn ich reich bin, und dann schenke ich es Maman. Dort gibt es ein riesiges Spielzimmer, ein Bällebad in unserem Zimmer und eine Rutsche direkt in die Küche, wo wir jeden Tag Pfannkuchen essen.«

»In einem so großen Haus könnte jede ihr eigenes Zimmer haben«, gab ich zu Bedenken …

Scarlett kaute nachdenklich an ihrem Buntstift und antwortete schließlich kategorisch:

»Nein, ich will immer mit dir zusammen in einem Zimmer wohnen.«

Als wir am Abend pitschnass wieder nach Hause kamen, ließ uns Maman zunächst warm duschen. Als ich danach in die

Küche kam, wo es verlockend nach Spaghetti mit Käse duftete, sah ich Maman Scarletts Bild genau studieren.

»Wunderschön, Alice«, sagte sie und schien aufrichtig beeindruckt, »dieser rosa Himmel und das Schloss am Strand ... Das ist eine deiner schönsten Zeichnungen. Ich denke, ich werde sie rahmen.«

Ich war wie vor den Kopf geschlagen und riss ihr das Bild aus der Hand.

»Nein, lieber nicht!«

Ich steckte es in den Zeichenblock zu meinem Bild, das sie kaum eines Blickes gewürdigt hatte, und stieg zutiefst beleidigt die Treppe hinauf.

Als ich unser Zimmer betrat, war Scarlett gerade dabei, ihr feuchtes Haar zu kämmen.

»Findest du nicht auch, dass wir heute den herrlichsten Nachmittag überhaupt verbracht haben, Alice? Ich finde das Meer im Regen am schönsten.«

Ihr glückliches Lächeln beschämte mich wegen meiner kleinlichen Geste.

»Ja, es war richtig schön. Übrigens fand Maman deine Zeichnung besonders schön.«

Freudestrahlend ließ sie die Strähne, die sie gerade entwirrte, aus ihren Fingern gleiten.

»Wirklich? Und hast du ihr gesagt, dass das Haus für sie ist?«, fragte sie hoffnungsvoll.

»Nein, ich wusste nicht, ob du sie überraschen wolltest«, murmelte ich und errötete.

Die Bilder und die Zeichensachen habe ich in ein Regal geräumt und nie wieder angerührt. Ich glaube, ich wollte mich bestrafen, weil ich unsere Mutter daran gehindert hatte,

Scarletts Zeichnung einzurahmen. Noch heute werfe ich mir vor, meiner kleinen Schwester dieses winzige Stück von Mamans Liebe nicht gegönnt zu haben, das sie Scarlett unabsichtlich geschenkt hatte.

Ich warte jetzt seit dreiundvierzig Minuten. Gut, dass ich meinen Laptop mitgebracht habe. Nervös hämmere ich auf die Tasten und versuche mich nicht vom Blick auf die Uhr ablenken zu lassen. Auf Angelas Druck hin habe ich mich breitschlagen lassen und mit Saranya, ihrer Cousine, deren Anschrift sie mir geschickt hatte, einen Termin für einen gemeinsamen Kaffee vereinbart. Sich gegen Angela aufzulehnen, wenn sie sich einmal etwas in den Kopf gesetzt hat, ist ungefähr so hoffnungslos, wie einer hundertjährigen Eiche Ukulele-Spielen beibringen zu wollen. Man kann es immer wieder versuchen, aber die Chancen sind gering. Ich habe vor, Saranya zu fragen, ob ich sie in der Firma als Kontaktperson für Notfälle angeben darf. Mehr will ich gar nicht. Ich brauche ein organisiertes, wohlgeordnetes Leben, ein unauffälliges Leben, neue Freunde brauche ich nicht. Ich darf mich weder an Menschen noch an bestimmte Orte oder an die Vergangenheit binden. Ich muss mich schützen, mir vorstellen, wie ich eine Barriere aus Stacheldraht um mich herum hochziehe, um alle zu vertreiben, die mir zu nahe kommen. David reicht mir. Er verurteilt niemanden und will mich allem Anschein nach auch nicht verlassen. Sollte Saranya mir ein weiteres Treffen vorschlagen, werde ich zu viel Arbeit vorschützen. Problem gelöst.

Angelas Cousine hat mich in eine kleine Teestube in

der Rue des Rosiers bestellt, im Herzen des Marais. Ich bin zu Fuß gelaufen und habe einen Schlenker über die farbenfrohen Ufer des Canal Saint-Martin gemacht. Nachdem ich etwas zu früh dran war, schlenderte ich gemütlich durch die schmalen kopfsteingepflasterten Gassen mit den schiefen Häuschen im romantischsten Viertel von Paris, dort, wo eine amerikanische Touristin wie ich am liebsten gewohnt hätte, wenn sie denn über die notwendigen finanziellen Mittel verfügt hätte.

Seit mehr als einer halben Stunde sitze ich an einem Tisch in der Teestube Le rêve sucré. Die Fußgängerzone, die ich von meinem Platz aus gut überschauen kann, ist belebt, und ich sehe die Spaziergänger vor den Schaufenstern der kleinen Boutiquen stehen bleiben. Um mich herum an den Tischen stehen große Ledersessel neben ganz unterschiedlichen Küchenstühlen. Die Wände sind mit alten Werbeplakaten und vergilbten Seiten der Zeitschrift *ELLE* aus den Fünfzigerjahren tapeziert. Das ganze Durcheinander soll wahrscheinlich einen gewissen antiken Charme verströmen, der mir natürlich vor allem Furcht einflößt.

Ich konzentriere mich auf den Tisch in der Mitte des Raums, auf dem alle möglichen appetitlichen Kuchen auf geblümten Porzellantellern thronen. Für den Zitronenkuchen mit der dicken, einer Wolke gleichenden Schicht Baiser-Masse würde ich sofort meine Seele verkaufen. Auf einer Schiefertafel an einem geblümten Band über dem Büfett steht mit Kreide geschrieben: »Alle Kuchen sind hausgemacht«, und darunter: »Das Leben ist kurz, man sollte immer mit dem Nachtisch beginnen.« Sobald sich ein Kunde nähert, präsentiert ein Mann um die fünfzig, rosa Schürze vor dem Bauch und mit Messer und Kuchenschaufel bewaffnet, das Gebäck. Er schneidet ein Stück des gewünschten Kuchens ab und erklärt seinem Gegenüber mit überschwänglicher Begeisterung das Rezept.

Die Tür öffnet sich mit dem Klingeln eines Glöckchens, und eine junge Frau, offensichtlich indischer Abstammung, tritt ein. Der Mann mit der Kuchenschaufel verteilt mit einer etwas zu vehementen Geste Baiser- und Kuchenkrümel um sich herum und berieselt damit einen Mann, der gerade telefoniert und nichts davon bemerkt.

»Hallo, mein Engel!«

»Grüß dich, Léon!«

Gerade will ich ihr ein diskretes Zeichen geben, als sie so laut in die Runde ruft, dass alle zusammenzucken:

»Ich suche eine Alice!«

Ihre Art, sich bemerkbar zu machen, bringt mich in Verlegenheit, und erst nach einer Weile hebe ich schüchtern die Hand. Ein junges Mädchen, bestimmt noch keine zwanzig, hat sich gleich bei Saranya gemeldet, obwohl sie mindestens so überrascht sein dürfte wie ich. Saranya stürzt direkt auf sie zu. Mir fällt auf, wie klein sie trotz der hohen Absätze ist. Ein strahlendes Lächeln erhellt ihr Gesicht und scheint den ganzen Raum zu erwärmen, während sie sich ihren Weg zu dem jungen Mädchen bahnt und sich gleichzeitig bei den Gästen entschuldigt.

Sie knöpft ihren Mantel auf und beginnt den etwa drei Kilometer langen, großmaschigen beigefarbenen Schal von ihrem Hals zu rollen, dabei spricht sie wie ein Wasserfall auf das junge Mädchen ein.

»Ich freue mich, dich kennenzulernen, Alice. Bin ich zu spät? Wahrscheinlich, ich hatte ganz vergessen, wann wir uns treffen wollten. Zehn Uhr? Elf Uhr? Ich bin *hopeless*, ich weiß nicht, was Angela dir über mich erzählt hat, aber es wird schon stimmen, aber *may be not*, wer weiß? Was hat sie denn gesagt?«

Ich stehe auf und gehe zu ihr hin, um den Irrtum aufzuklären, aber sie lässt sich auf dem Stuhl gegenüber der anderen Alice nieder und seufzt geräuschvoll.

»Wie dumm von mir! Du sprichst sicher lieber Englisch, oder?«, fragt sie, ohne jedoch die Sprache zu wechseln.

»Stell dir vor, ich hatte gestern ein ›Date‹, mit einem Franzosen. Verrückt, sage ich dir! Die Pariser haben es in sich. Er wollte mich um 19:30 Uhr treffen. Wer trifft sich um 19:30 Uhr, noch dazu an einem Freitag? Wer wohl? Logisch, ein Loser. Genau! Ich habe schließlich ein Leben, um 19:30 Uhr kann ich nicht ausgehen! 19:30 Uhr? Das ist Kaffee- und Kuchenzeit. Seit wann reißt man eine Frau auf, indem man sie zu Kaffee und Kuchen einlädt? Nix da. Jetzt die Hot News, mein Guter: Wir sind nicht mehr in der Vorschule. Du hast keinen Schimmer, wie unerzogen dieser Kerl reagiert hat.« Ohne der anderen Alice auch nur die Chance für eine Reaktion zu geben oder zu bemerken, dass ich mich neben ihr bereits dreimal geräuspert habe, um auf mich aufmerksam zu machen, fährt sie fort: »Er ist gegangen. Und als ich eintreffe, ihn anrufe und frage, wo er denn stecke, was glaubst du wohl, was er geantwortet hat? Was hat er gesagt, Alice?«

Sie kippt ihre Handtasche auf dem Tisch aus, das Smartphone landet mitten in einem unglaublichen Chaos, nur Mary Poppins hätte all das in eine so kleine Tasche zwängen können. Erneut versuche ich, mich bemerkbar zu machen:

»Pardon ...«

»Ich nehme eine heiße Schokolade, bitte«, antwortet sie, offenbar in dem Glauben, ich sei die Bedienung, dann hält sie ihr Handy in die Höhe: »Ich werde dir sagen, was er geantwortet hat, dieser Blödmann.«

Sie entsperrt hastig das Telefon und liest triumphierend: »›Es ist 22:17 Uhr ...‹ Es ist 22:17 Uhr, mit drei Auslassungspunkten. Der Mann ist doch verrückt. Was soll das heißen? Er versetzt mich und macht eine Zeitansage? Habe ich ihn danach gefragt? Nein. Ein Psychopath, sage ich dir. Auf Tinder sind dreiundzwanzig Prozent der Typen Psychopathen, das ist statistisch gesichert, ich habe mich schlaugemacht.«

Routinemäßig ziehe ich meinen Pferdeschwanz fest, und etwas in mir flüstert, dass ich gerade noch Zeit habe, mich aus dem Staub zu machen. Doch dann erinnere ich mich wieder an mein Versprechen.

»Ich bin Alice«, sage ich lauter, »Angelas Freundin.«

Sie unterbricht abrupt ihren Redefluss, mustert mich von oben bis unten, wendet sich dann dem jungen Mädchen zu, das aussieht wie ein Kaninchen im gleißenden

Scheinwerferlicht eines Dreiunddreißig-Tonners. In diesem Augenblick bricht Saranya in ein vergnügtes Gelächter aus, das die andere Alice noch mehr durcheinanderzubringen scheint.

»Warum hast du das denn nicht gleich gesagt? An welchem Tisch sitzt du?«, fragt sie, indem sie sich mir zuwendet und sich mir gegenüber an meinen Tisch setzt. Mantel, Pullover und Schal stapelt sie hinter sich.

»Stimmt, das Mädel wirkte doch ein wenig zu jung, um du zu sein.«

Sie entlockt mir ein Lächeln. Die Situation ist derartig absurd, dass ich mich entspanne. Saranya trägt ein knallrotes ultrakurzes Pulloverkleid, dazu schwarze hochhackige Lederstiefel. Ihr langes schwarzes glänzendes Haar wellt sich in einem perfekten Pferdeschwanz, und ihre großen Rehaugen wirken durch die Umrandung mit Kajal noch riesiger und ausdrucksvoller. Ein winziger Diamant in einem ihrer Nasenflügel scheint goldene Punkte in ihre Augen zu zaubern.

»Du musst unbedingt den Kuchen probieren«, fügt sie hinzu, »ich bin leider auf Diät. Ich bereite mich auf den Pariser Halbmarathon im März vor. Ich kann dich auch einschreiben, dann trainieren wir zusammen.«

»Rennen ist nicht so mein Ding.«

»Prima, dann schreibe ich dich ein.«

»Nein, nein, ich …«

»Du, ich empfehle dir die Zitronen-Tarte, ein Gedicht, aber es wäre schade, den Schokocreme-Kuchen nicht zu kosten. Wer mag den nicht! Und die Schoko-Birnentorte ist schlichtweg umwerfend, verdammt, ich habe gar nicht gesehen, dass es heute Rhabarber-Streusel gibt. Warte, ich schaue mal nach.«

Noch bevor ich irgendeinen Wunsch äußern kann, ist sie bereits aufgestanden und spricht mit dem Mann mit der Tortenschaufel, den sie vorhin Léon genannt hatte. Immerhin brauche ich mir keine Sorgen um unsere Unterhaltung zu machen, sie hat dafür die volle Verantwortung übernommen ... Ein paar Minuten später kommt sie mit zwei Löffeln und einem riesigen Teller zurück, auf dem von jeder Gebäcksorte jeweils ein Stückchen liegt. Sofort macht sie sich über die Köstlichkeiten her, die Diät scheint vergessen. Mit vollem Mund sagt sie:

»Ich vertraue dir ein Geheimnis an: Ich bin Französin, in Frankreich geboren und aufgewachsen, eine echte Pariserin. Der Beweis: Allen Leuten, die auf der linken Seite der Rolltreppe stehen, würde ich am liebsten den Kopf abhacken. Trotzdem verstehe ich die Manie der Europäer nicht, Vorspeise, Hauptspeise und Dessert nacheinander und für jeden einzeln zu bestellen. Es ist doch viel netter, alles gleichzeitig auf der Tischmitte anzurichten und zu teilen ... So kann jeder von allem probieren!«

Dafür müsste sie mir wenigstens ein bisschen übrig lassen, was aber angesichts der beeindruckenden Effektivität, mit der sie den Kuchenteller leert, nicht sicher ist. Ich bekomme gerade noch ein Stückchen Streuselkuchen ab und lasse mir den Zucker auf der Zunge zergehen.

»Und?«, fragt sie lächelnd.

»Wunderbar ...«

Die Bedienung bringt uns die bestellten Getränke, einen Kakao mit Sahnehaube für Saranya, die wohl eine Unterzuckerung befürchtet, und einen koffeinfreien Kaffee für mich. Jetzt will sie wissen, was es bei Angela Neues gibt, bombardiert mich mit Fragen, ohne mir Zeit für eine Antwort zu lassen, wobei sie sich beklagt, dass ich gar nichts erzähle. Ich schaffe es tatsächlich, ihr zu erklären, dass ich Angela bei der Arbeit kennengelernt habe und jetzt nach Paris gezogen bin. Nach einer Stunde bin ich genauestens über das ganze Leben von Saranya informiert. Zusammen mit ihren Schwestern lebt sie noch bei den Eltern, die ein indisches Restaurant im 10. Arrondissement betreiben, sie selbst arbeitet in einem Altersheim. Nacheinander lädt sie mich zum Tee bei ihrer Familie, dann zu *Diwali*, dem Lichterfest Anfang November, und jeden Sonntag zum Joggen ein. Sie nickt, hört mir offenbar gar nicht zu und macht sich über den letzten Kuchenhappen her. Da sie jetzt nichts mehr zu tun hat, schaut sie nach der Uhrzeit auf ihrem Handy.

»Oh, ich muss los, ich habe einen Termin um zwölf am anderen Ende von Paris« (es ist bereits 12:14 Uhr), »mit einem Typen, den ich auf Happn oder AdopteUn-Mec kennengelernt habe, keine Ahnung mehr, welches Datingportal es war. Du ahnst ja nicht, wie viel Zeit man braucht, um diese ganzen Dates zu organisieren. Vielleicht sollte ich einen PR-Berater anstellen, im Zweifelsfall sogar ein Jahr Auszeit nehmen, um einen passenden Typen zu finden.«

»Einen PR-Berater?«

»Ja, jemanden, der die verschiedenen Beziehungen verwaltet, die du im Netz hast. Es kommt vor, dass ich mit einem Dutzend Männern chatte. Ich verwechsele sie alle, es ist eine Katastrophe.«

»Sag mal«, unterbreche ich sie brüsk, »würde es dir etwas ausmachen, wenn ich dich als Kontaktperson in meiner Firma angebe, falls ich ein Problem habe? Ich kenne sonst niemanden in Paris.«

»Kein Problem! Du bist eine Freundin von Angela, also gehörst du zur Familie. Und falls du einen Herzinfarkt hast, versuche ich, pünktlich zur Stelle zu sein.«

Ihre freundliche Offenheit berührt mich, doch sofort denke ich an meinen selbstgebauten Stacheldraht-Kerker. Ich habe erreicht, was ich wollte, und brauche die Beziehung zu ihr nicht zu vertiefen. Saranya hat ihre Verabredung offenbar vergessen und erkundigt sich nach meinem Liebesleben. Ich antworte ausweichend, was sie erst recht neugierig macht. Sie will unbedingt die Rechnung bezahlen, bittet mich nochmals um meine Handynummer, fügt mich bei Facebook- und Instagram hinzu und wundert sich, dass ich weder ein Twitter- noch ein Snapchat-Konto besitze. Sie redet ununterbrochen, nudelt sich ihren ellenlangen Schal um den Hals und küsst mich zart auf beide Wangen.

»Ich freue mich so, dich kennengelernt zu haben, Alice, bis ganz bald! Ich kümmere mich um alles und melde dich zum Halbmarathon an. Wir treffen uns Sonntag im Tuilerien-Garten um vierzehn Uhr, beim Carrousel.«

Sie lässt mir keine Gelegenheit, ihr zu erklären, dass

ich viel Arbeit und leider keine Zeit für ein Wiedersehen habe ... Da ist sie schon davongestöckelt, begleitet von einem Hauch ihres Fliederparfums und dem Eindruck, ein Wirbelsturm sei über mich hinweggefegt. Saranya ist gegen Stacheldraht augenscheinlich immun.

Das Tagebuch von Alice

London, 30. November 2011
6:05 Uhr

Hi Bruce,
heute Nacht konnte ich nicht schlafen. Ich musste immer
wieder an Mamans Satz denken: »Scarlett war derartig
schwierig, während du immer so umgänglich warst.« Ich finde
es ungerecht, so etwas zu behaupten, vor allem von unserer
Maman, und ich möchte nicht, dass du einen falschen Eindruck von meiner kleinen Schwester bekommst, Bruce. Lange
Zeit war Scarlett ein sehr artiges Mädchen. Ob nun artig
oder unerträglich, ich glaube, Scarlett hat vor allem versucht, Mamans Aufmerksamkeit auf sich zu lenken. Erst als
sie etwa neun war, änderte sie ihre Strategie.
Ich ahne, was du denkst, Bruce. Du denkst, ich halte mich
jetzt für Freud, weil ich eine Therapie begonnen habe. Aber
stell dir vor, als ich mich im Bett herumwälzte, habe ich mich
an den Tag erinnert, an dem meine Schwester wirklich so
»schwierig« wurde, wie Maman es nannte.
Scarlett hasste Fisch. Wir lebten an der Küste, und man
konnte direkt am Hafen oder in den umliegenden Restaurants
jede Menge Fisch - gegrillt oder gebraten -, aber auch am
selben Tag gefischte Meeresfrüchte, ganze Hummer und
Krebse zu lächerlichen Preisen kaufen. Damals aß ich liebend

gern Lobster Rolls, eine lokale Spezialität, die aus einer Art Hotdog-Brötchen besteht, belegt mit Hummerstücken, ordentlich industriell hergestellter Mayonnaise und zwei Salatblättern. Jeden Mittwochabend bereitete Maman es für uns zu. Mit grünlichem Gesicht verbrachte Scarlett Stunden damit, das Brötchen, das sie in Mayonnaise getränkt hatte, mühsam runterzuschlucken. Bei jedem Happen musste sie würgen. Trotzdem durfte sie den Tisch erst verlassen, nachdem sie alles aufgegessen hatte.

»Man muss lernen, von allem zu essen«, sagte Maman.

Sonntagabends gab es Lasagne, die wir beide gern aßen. Bis zu dem Tag, an dem meine beste Freundin, ein kleines, fantasiebegabtes Mädchen aus meiner Klasse behauptete, Lasagne bereite man aus dem Fleisch von Ratten aus der Bostoner U-Bahn zu. Scarlett konnte mir zehnmal erklären, wie absurd das sei, denn Maman machte die Lasagne selbst und kaufte dafür Rinderhack beim Metzger. Doch am selben Tag bin ich nach Hause gekommen und habe verkündet, dass ich in meinem Leben nie mehr Lasagne essen würde.

Am folgenden Sonntag hatte Maman statt der traditionellen Lasagne panierten Fisch gebraten. Stirnrunzelnd starrte Scarlett auf ihren Teller.

»Wieso gibt es heute keine Lasagne? Es ist Sonntag ...«

Maman löste gerade ein Kreuzworträtsel an einer Ecke des Esstischs, die Brille auf der Nasenspitze, und antwortete kurz angebunden:

»Alice mag sie nicht mehr.«

»Und ich mag keinen Fisch!«, entgegnete Scarlett, ihr kleines Gesicht verzerrt vor lauter Verständnislosigkeit, »und trotzdem essen wir jeden Mittwoch Lobster Rolls!«

»Man muss lernen, von allem zu essen.«

»Und warum isst Alice dann keine Lasagne?«

Maman seufzte und löste weiter ihr Kreuzworträtsel.

»Sei nicht immer so kapriziös, Scarlett!«

Statt Unverständnis drückte Scarletts Gesicht nun eine
Mischung aus Kummer und Erschütterung aus. Währenddessen
aß ich schweigend meinen panierten Fisch und verstand ihre
Reaktion nicht. Ich war die Erstgeborene und wurde deshalb
immer bevorzugt behandelt, was Scarlett selbstverständlich
akzeptiert hatte.

Hätte Maman uns Hühnchen vorgesetzt, hätte Scarlett vielleicht gar nicht reagiert. Ich denke, sie konnte Fisch tatsächlich nicht ausstehen. Wortlos nahm sie ihren Teller,
leerte ihn über Mamans Zeitschrift aus und zerdrückte das
Essen auf dem Kreuzworträtsel. Unter unseren verblüfften
Blicken stand sie vom Tisch auf und verschwand in ihrem
Zimmer. Genau von diesem Tag an begann es mit Scarlett
tatsächlich problematisch zu werden, Bruce.

Ich konzentriere mich auf den Computerbildschirm und schrecke hoch, als mein Handy vibriert.

> **SARANYA GODHWANI**
> Aliiiice! Kannst du mir einen Gefallen tun?
> Es geht um Leben und Tod.

Das wöchentliche Joggen mit Saranya gehört inzwischen zu meiner vertrauten Routine. Ich konnte es nicht verhindern. Diese Frau hat die außergewöhnliche Gabe, nur das zu hören, was ihr in den Kram passt. Außerdem tut Joggen mir gut. Ich schlafe besser und habe mich an das permanente fröhliche Geplapper meiner Mitjoggerin gewöhnt.

Belustigt betrachte ich die Reihe voller Smileys, die Verzweiflung und Selbstmordgedanken ausdrücken, bevor ich kurz antworte:

> **ALICE SMITH**
> Ja, natürlich.

> **SARANYA GODHWANI**
> Hast du ein Auto oder kennst du jemanden, der eins hat und es dir Samstag leihen würde?

SARANYA GODHWANI
(Entschuldige das unzusammenhängende
Zeug. Gestern habe ich zu viel Pastis
getrunken.)

SARANYA GODHWANI
Mein Kopf explodiert gleich. Ich habe
meiner Mutter geschworen, dass ich
für Diwali einkaufen würde, aber
mein Tinder-Date (mit Auto) hat mich
abserviert. Anscheinend rede ich zu viel.
Wie dem auch immer sei ...HILFE!!!!!

Ich muss an New York und an eine Einladung von Angela zu Diwali denken, dem indischen Lichterfest. Und ich weiß, wie ungemein wichtig es für die indische Gemeinschaft New Yorks ist. Leider kenne ich noch so gut wie niemanden in Paris, und dann noch mit Auto ... Chris. Chris hat ein Auto. Ich habe ihn sagen hören, er sei mit seiner Freundin mit dem Auto in die Normandie gefahren, um seine Eltern zu besuchen. Natürlich ist es mir etwas peinlich, meinen Chef zu fragen, ob er mir sein Auto leihen kann, aber bei seinem ganzen Gerede über die »große Familie der EverDreamers« wird er mir diesen Gefallen sicher tun.

ALICE SMITH
Ich verspreche nichts, aber ich
versuche ein Auto aufzutreiben.

Es folgen reihenweise bunte Herzchen, vor Rührung weinende Smileys und ein etwas sonderbares Emoji, das eine Krake darstellt, ein Tippfehler?

Jedenfalls habe ich mir geschworen, heute mit Chris zu sprechen. Die Konten der Firma sind eine einzige Katastrophe, er muss unbedingt seine Ausgaben herunterfahren.

Um mir Mut zu machen, hole ich mir einen Kaffee, dann stecke ich den Kopf durch die halb offene Bürotür unseres jungen Generaldirektors. Der Raum sieht aus wie ein buddhistischer Tempel nach einem Atombomben-Angriff: Ein Bonsai balanciert auf einem schwankenden Stapel Bücher über Persönlichkeitsentfaltung, eine gepunktete, natürlich verwaiste Socke hängt aufgespießt an einem Kaktus, und ein fröhliches Gewirr von Ladekabeln für sämtliche elektronischen Geräte schmückt den Hals eines lächelnden Buddhas.

Chris sitzt barfuß im Schneidersitz auf seiner Yogamatte, seinen halb geöffneten Lippen entschlüpft ein sonderbar vibrierender Ton. Offenbar meditiert er gerade. Sofort will ich kehrtmachen, als er ein Auge öffnet und mich bemerkt.

»Komm doch rein, Alice, ich bin fertig! Namaste!«

»Namaste«, antworte ich, weiß aber nicht genau, ob er mich oder den Fairtrade-Teppich ansieht.

Während er in einem halb unter einem iPad verborgenen Miniatur-Zen-Garten nach seiner Brille tastet und sie putzt, habe ich Muße, die gerahmten, vor der Kulisse verschneiter Gebirge angebrachten Sinnsprüche an der Wand zu betrachten. »Alle, die bei Tage träumen, wissen von vielen Dingen, die denen entgehen, die nur den Traum der Nacht kennen.« Edgar Allan Poe.

»Wer nicht weiß, wohin er geht, wird sich wundern, wo er ankommt.« Pierre Dac.

»Ich habe eine gute Neuigkeit!«, ruft er, »ich habe jeden Donnerstagmittag eine Meditationssitzung für die ganze Firma organisiert.«

»Chris, hast du die elf E-Mails nicht gesehen, die ich dir letzte Woche mit dem Kostenvoranschlag für den Steuerberater geschickt habe, den ich gefunden habe? Du hast auf keine davon geantwortet …«

»Ja, ja …«, murmelt er, als würde ich ihn mit etwas völlig Unwichtigem belästigen. »Hör mal, E-Mails liest keiner, das ist total 1990. Wenn du eine Frage hast, stell sie auf Slack. Aber ich vertraue dir, Alice, du beherrschst dein Metier.«

Genau darum geht es, es ist eben nicht mein Metier, das muss er doch wissen. Trotzdem hat seine Naivität etwas Rührendes. Freundlich versuche ich es ihm zu erklären:

»Da liegt genau das Problem, Christophe, du kannst nicht zu allem Ja und Amen sagen, ohne den Preis der Dinge geprüft zu haben. Du weißt sicher auch, dass EverDream mit Jeremys und deinem Investment – in Anbetracht der laufenden Ausgaben – gerade noch ein paar Monate überleben kann. Es kann passieren, dass die Firma pleitegeht, noch bevor ihr eine funktionstüchtige App gefunden habt ...«

»Jeremy hat mir versprochen, dass die App in einem Monat im Store steht.«

Ich habe keine Ahnung, wie ich ihm beibringen soll, dass die Firma ohne die App überhaupt nicht existiert. Reda, der sich eigentlich ums Marketing kümmern soll, hat kein Produkt anzubieten. Er langweilt sich und verbringt den lieben langen Tag mit Chatten auf Facebook oder spielt Candy Crush.

»Du musst mit Jeremy sprechen. Solange die App nicht steht, kommt kein Geld rein. Er muss sich unbedingt ernsthaft an die Arbeit machen.«

Chris antwortet mit der Grimasse eines Kindes, dem man gerade die Leviten liest.

»Hör auf, dich zu sorgen, Alice, es wird zehntausend Downloads im ersten Monat geben, du hast ja den Businessplan gesehen, oder? Etwas anderes anzupeilen, wäre Mittelmäßigkeit, und bei EverDream akzeptieren wir keine Mittelmäßigkeit: Wir bekämpfen sie!«

Seine Worte wirken auf mich nicht gerade beruhigend. Das, was Chris einen Businessplan nennt, ist nichts anderes als eine Vorlage mit zufälligen Zahlen in einer unleserlichen Grafik. Überflüssig zu sagen, dass kein Investor das Ding ernst nehmen würde.

»Das ist keine Mittelmäßigkeit, das ist gesunder Menschenverstand, Chris ... Die Ausgaben müssen eingeschränkt werden, wenigstens bis zur offiziellen Vorstellung der ersten korrekt funktionierenden App, okay?«

»Na gut, Mama«, macht er sich in freundlichem Ton über mich lustig, »sonst noch etwas?«

Ich zögere und fühle mich nicht wohl in meiner Haut.

»Könntest du mir einen Gefallen tun …? Könntest du mir vielleicht nächsten Samstag ein Auto leihen? Eine Freundin organisiert ein Fest und muss ziemlich viele sperrige Einkäufe transportieren …«

»Tut mir leid, ich habe kein Auto, aber ich hätte meine Freundin fragen können, sie hat eins, aber sie ist gerade in der Normandie …«

Chris klopft zweimal auf seinen rechten Bluetooth-Kopfhörer, das Signal, dass er einen Anruf beantwortet.

»Hallo? Chris Lemoine hier.«

Unsere Unterhaltung ist offenbar beendet, und ich ziehe mich zurück.

Am Ende des Vormittags trudelt Jeremy in Begleitung eines kleinen Mädchens im Büro ein – sie mag vielleicht fünf oder sechs Jahre alt sein und hat ebenso hellblaue Augen wie Jeremy. Sie müssen Vater und Tochter sein. Er durchquert das Großraumbüro, eine Hand in der Tasche seiner Bomberjacke, an der anderen hält er das vergnügt schnatternde Mädchen. Er setzt die Kleine mit einem Buch in eine Ecke und geht in sein Büro.

Da Chris sich nicht belehren lässt, habe ich keine andere Wahl, als mit Jeremy zu sprechen, der gerade telefoniert. Durch die offene Tür bekomme ich ungewollt das Gespräch mit. Seine Stimme klingt nicht tief und ruhig wie sonst, sondern aggressiv und ärgerlich.

»Das ist nicht das Problem, du darfst einfach keine leeren Versprechungen machen. Sie ist sieben, verdammt! Versuch doch mal zu verstehen, was in ihr vorgeht, wenn du ihr versprichst, mit ihr in die Ferien zu fahren, und dann zwei Wochen lang von der Bildfläche verschwindest, ohne uns Bescheid zu geben. Natürlich ist sie unglücklich!«

Seine Kiefer mit dem Schatten eines Drei-Tage-Barts sind vor Wut verkrampft, und die hellen Augen sind plötzlich einen Tick dunkler. Einen solchen Gefühlsausbruch erlebe ich bei ihm zum ersten Mal und trete einen Schritt zurück. Ich schäme mich, dieses private Gespräch mitgehört zu haben, aber schon hat er sich zu mir umgedreht und mich durch die Glaswand bemerkt.

»Du willst mich sprechen?«, fragt er und nimmt das Telefon vom Ohr.

»Es ist nicht dringend, ich komme später wieder.«

»Nein, warte!« Er spricht wieder ins Telefon: »Vergiss es, ich lege jetzt auf, ich muss arbeiten.«

Dann drückt er das Gespräch weg und lässt das Telefon auf den Schreibtisch fallen.

Ich gehe auf ihn zu, und er mustert mich mit diesem direkten Blick, der mich regelmäßig verunsichert. Das ist der falsche Moment, aber ich räuspere mich und sage rasch:

»Ich muss unbedingt wissen, ob die App wirklich in einem Monat fertig ist.«

»Ich hatte Chris heute Morgen am Telefon. Er hat mich davon in Kenntnis gesetzt, dass du der Ansicht bist, ich müsse mich endlich ernsthaft an die Arbeit machen.«

An seinem ironischen Unterton merke ich, dass mein Vorgehen falsch war und ihn verstimmt hat. Das war ungeschickt, und ich beiße mir auf die Lippe.

»Ich wollte nichts hinter deinem Rücken unternehmen, aber ich weiß nicht mehr weiter. Hier wird viel zu viel Geld ausgegeben, und solange wir die App nicht haben, gibt es keine Einnahmen. Wir haben nicht die Mittel für Karaoke-Abende oder Yogakurse in der Mittagspause ...«

»Ich verstehe deine Frustration, Alice, aber es kommt nicht auf die Minute an. In einem Start-up geht es anders zu als in einer Investmentbank.«

Es kostet ihn offensichtlich Mühe, ruhig zu bleiben, seine Kiefer sind seit dem Telefongespräch immer noch bedrohlich angespannt. Ich versuche zu lächeln.

»Mag ja sein, aber egal, ob es sich nun um eine Bank oder ein Start-up handelt, wenn kein Geld mehr da ist, geht die Firma unter. Chris betet mir vor, ich solle geduldig sein, aber ...«

»Chris ist dein Boss«, unterbricht er mich, »und du tust, was er dir sagt, so läuft es nun einmal.«

Ich balle die Fäuste, um meinen Ärger nicht zu zeigen.

»Vielleicht habt ihr, Chris und du, die finanziellen Mittel, noch eine Firma in den Sand zu setzen, das freut mich für euch, aber was geschieht mit Reda und Victoire, wenn sie in sechs Monaten wieder arbeitslos sind?«

Sein herrischer Tonfall hat mich getroffen, deshalb ist meine Antwort härter ausgefallen als geplant. Er zieht lediglich ärgerlich eine Augenbraue hoch, aber bei diesem sensiblen Thema mildert er seinen Ton:

»Victoire arbeitet an der App, aber sie ist weniger erfahren, als sie ursprünglich behauptet hat, und ist deshalb im Verzug.«

»Und du kannst dich nicht darum kümmern?«

»Ich habe anderes zu tun.«

Wieder greift er nach seinem Telefon und blickt auf eine Nachricht. Zwischen den Augenbrauen bildet sich eine Falte. Sein übertrieben desinteressiertes Verhalten entlockt mir ein ungläubiges Lachen.

»Wofür wirst du hier eigentlich bezahlt?«

Es ist mir einfach so herausgerutscht. Wieder balle ich die Fäuste. Mir ist klar, dass diese Unterhaltung nicht gut ausgehen kann. Ich sollte den Raum verlassen, solange ich noch Zeit dazu habe, denn ich habe Angst, diesen Job zu verlieren. Er legt sein Telefon wieder hin und verdreht die Augen.

»Also, für ein As in Finanzfragen scheinst du ziemlich schlecht informiert. Ich bin Partner und vom Prinzip her halte ich dementsprechend Anteile an der Firma. Bis der Laden läuft, werde ich nicht bezahlt. Du wirst mir somit hoffentlich nachsehen, dass ich nebenbei noch andere Projekte verfolge.«

»Jeremy«, sage ich und versuche meine Wut unter Kontrolle zu halten, »das hier ist nicht mein Sektor, aber eine App zu entwickeln, mit der man Sockenpaare vereinen kann, ist nicht gerade mit der Erfindung eines neuen Mittels gegen Krebs zu vergleichen. Eure App müsste doch längst stehen.«

»Und seit wann bist du Expertin in Sachen Smartphone-Apps?«

»Ich habe mich umgehört.«

Er sieht mich ruhig an, faltet die Hände und sagt:

»Am Tag deines Vorstellungsgesprächs sagtest du, das Firmenprojekt sei völlig idiotisch, warum hast du dir plötzlich in den Kopf gesetzt, das sinkende Schiff zu retten?«

Zunächst bin ich sprachlos, doch dann fällt es mir wie Schuppen von den Augen: Jeremy sind die verwaisten Strümpfe völlig egal. Was auch immer der Grund für sein Investment in diese Firma sein mag, an das Projekt glaubt er nicht. Seine Frage ist berechtigt, zumal auch mir das Projekt im Grunde einerlei ist. Diesen Job habe ich nur aus der Not heraus akzeptiert. Ich hätte jeden Job angenommen. Ich fand die Idee von Anfang an blödsinnig. Aber jetzt habe ich Chris, Reda und Victoire kennengelernt und fühle mich für sie verantwortlich. Ohne mir selbst darüber im Klaren zu sein, habe ich mich mehr eingebracht, als ich je gedacht hätte. Meine Gefühle scheinen mir ins Gesicht geschrieben zu sein, denn Jeremy beobachtet mich aufmerksam, als versuche er herauszufinden, was sich in meinem Kopf abspielt.

»Ich kann keine halben Sachen machen«, erkläre ich, »und wenn ich schon mal da bin, dann will ich auch, dass alles wie am Schnürchen läuft. Vielleicht ist die Idee doch nicht so idiotisch, wie sie klingt: Derzeit interessiert sich alle Welt für das Thema Ressourcenverschwendung und versucht, übermäßigen Konsum zu vermeiden. Man kauft immer mehr Secondhandkleidung und recycelt ... Ich verstehe das nicht: Du bist schließlich der Hauptaktionär bei EverDream und hast eine Menge zu verlieren, wenn ihr das Projekt verbockt. Und wenn du selbst nicht daran glaubst, was machst du dann hier? Du wirst das alles doch hoffentlich nicht nur deshalb tun, weil du es lustig findest, Chris' Hoffnungen zu zerstören!«

Ich verschränke die Arme, fest entschlossen, mich nicht abservieren zu lassen. Ein Funke flackert in Jeremys Augen auf, wie vorhin, als er am Telefon seine Tochter verteidigte, und ich spüre, dass ich einen wunden Punkt getroffen habe.

Doch als er antwortet, ist seine Stimme völlig neutral:

»Dir ist hoffentlich klar, dass ich es war, der dir hier eine Chance gegeben hat, und nicht Chris. Meine Entscheidung kann ich jederzeit rückgängig machen.«

Dieser Satz lässt mir das Blut in den Adern gefrieren, als würde mir etwas die Luft abdrücken. Ich kann es mir nicht leisten, noch einmal einen Job zu verlieren. Ich umklammere mein Handgelenk, taste nach dem Armband, mein Atem stockt. Er muss gesehen haben, dass es mir nicht gut geht, denn sofort fährt er mit aufrichtiger Sorge fort:

»Das war ein Scherz, Alice, ich habe nicht vor, dich zu entlassen.«

Ich stammle irgendetwas Unverständliches und stürze aus dem Raum.

»Hallo, Alice, wollen wir unsere *Coffee*-Pause machen?«, fragt Reda, als ich an ihm vorbeirase.

»Später!«, kann ich ihm gerade noch zurufen.

Ich renne zu den Toiletten, betrete die erstbeste, werfe die Tür hinter mir ins Schloss und lehne mich an die Wand. Ich atme langsam und zähle.

Eins. Einatmen.

Zwei. Ausatmen

Drei. Durchatmen.

Vier. Alles ist gut.

Ein merkwürdiges Geräusch schiebt sich vor meine Ängste. Reflexartig spitze ich die Ohren. In der Toilette nebenan weint jemand. Nach kurzem Zögern frage ich durch die Trennwand:

»Ist da jemand?«

Stille. Dann ein unterdrücktes Aufschluchzen.

Es ist ein Kind. Sofort hören meine Hände auf zu zittern, als könnte die Notwendigkeit, zu handeln, meine eigenen Gefühle in den Hintergrund drängen.

»Es wird alles wieder gut«, sage ich so sanft wie möglich. »Was ist denn los?«

Eine Stimme wimmert:

»Ich bin eingesperrt.«

»Du kriegst die Tür nicht mehr auf?«

»Ja.«

»Wie heißt du?«

»Zoé.«

Es muss sich um Jeremys Tochter handeln. Na, prima. Jetzt muss ich ihn wohl holen und ihm erklären, dass seine Tochter in der Toilette festsitzt.

»Ok, Zoé, ich heiße Alice. Keine Bange, ich hole deinen Papa.«

»Nein!«

Dieses Nein klingt so überzeugend, dass ich zusammenzucke. Nach kurzem Schweigen frage ich:

»Warum?«

»Immer wenn ich ein Problem habe, sagt Maman, dass es kompliziert ist, sich um mich zu kümmern, und geht weg.«

Ich würde gern die richtigen Worte finden, aber ich bleibe stumm. Die traurige Melodie eines anderen Kinderkummers überkommt mich. Untröstlich. *Maman kümmert sich lieber um dich als um mich. Maman hat mich nicht lieb. Maman sieht mich gar nicht.* Ohne Vorwarnung schießen mir Tränen in die Augen. Zoé hat wieder zu weinen begonnen. Ich hole tief Luft.

»Okay, Zoé, keine Bange, ich komme!«

Ich ziehe meine Pumps aus, stelle sie ordentlich nebeneinander an die Wand und lege sorgsam meine zusammengefaltete Kostümjacke darauf, schließe den Klodeckel, klettere hinauf und ziehe mich an der nicht bis zur Decke reichenden Trennwand zwischen den beiden Toiletten hoch, indem ich mich am Spülkasten festhalte. Ich werde versuchen, durch die Öffnung in die andere Toilette zu klettern. Ich stehe auf dem Spülkasten und kann nach unten schauen. Zoé sitzt auf den Fliesen, den Kopf auf die Knie gestützt. Ihr braunes Haar liegt auf den bebenden Schultern.

»Zoé?«

Sie hebt den Blick und sieht mit ihren großen, hellen,

von dem zu langen Pony halb verdeckten Augen mit dichten, tränennassen Wimpern zu mir auf. Das Erscheinen meines Gesichts dort oben setzt Zoés Tränenstrom in Sekundenschnelle ein Ende.

»Setz dich in die andere Ecke«, sage ich, »damit ich nicht auf dich falle.«

»Aber du wirst runterfallen!«, ruft sie und beginnt noch heftiger zu weinen.

»Aber nein, da brauchst du keine Angst zu haben, ich ... bin ein Kletter-Champion!«

Und um sie zu beruhigen, muss ich mir etwas einfallen lassen:

»Mein Vater war Wärter im Zoo vom Central Park, und als ich noch ganz klein war, hatte ich einen besten Freund, einen Schimpansen. Der hat mir alles beigebracht.«

Während ich mit Zoé spreche, schwinge ich ein Bein über die Trennwand. Es ist eng, und meine Hüften sind eingeklemmt. Zoé weint nicht mehr. Als sie beobachtet, wie ich mich, das Hinterteil verdrehend, durch die Öffnung quetsche, ist sie so verblüfft, dass sie ganz vergisst zu weinen.

Plötzlich vernehme ich ein beängstigendes Geräusch.

»Scheiße!«

R. I. P, Kostümrock!

»Du hast Scheiße gesagt«, bemerkt Zoé.

»Da hast du recht. Entschuldige!«

»Mach dir nichts draus, ich sag's nicht weiter«, beruhigt sie mich.

»Danke.«

»Du sprichst so komisch. Hast du einen Akzent?«

Schon wieder ein Krachen. Diesmal ist es die Strumpf-hose.

»Fuck!«

»Was hast du gesagt? Fack?«

Ich sitze jetzt rittlings auf der Trennwand.

»Vergiss es ... Das ist Englisch.«

»Bist du Engländerin?«

»Nein, Amerikanerin.«

»Dann ist Fack Amerikanisch? Und was bedeutet das?«

Ich lasse mich seufzend die Trennwand hinuntergleiten, bis ich breitbeinig über der Toilette stehe.

»Das heißt Kuckuck«, antworte ich, »aber dieses Wort kennen nur wenige, deshalb braucht man es gar nicht erst zu benutzen. Verstehst du?«

»Ja, in Ordnung.«

Ich stehe jetzt sicher auf den Fliesen. Zoé weint nun überhaupt nicht mehr, sondern mustert mich neugierig und ist froh, nicht mehr allein zu sein.

»Alles okay?«, frage ich.

»Ja. Aber du erzählst niemandem, dass ich in der Toilette eingesperrt war, nicht wahr?«

»In Ordnung.«

»Versprochen?«

»Versprochen!«

Die Tür ist tatsächlich nicht leicht zu entriegeln, aber nach drei Versuchen öffnet sie sich. Kaum treten Zoé und ich aus der Toilette, kommen Jeremy, Victoire, Chris und Reda in den Raum und halten überrascht inne.

»Zoé!«, ruft Jeremy, blass vor Sorge. »Ich habe dich überall gesucht. Was ist denn passiert?«

Alle schauen mich an. Ich will gern erklären, was los ist, doch dann spüre ich den Händedruck des kleinen Mädchens. Ich hatte doch etwas versprochen …

»Ich konnte leider die Toilettentür nicht öffnen, Zoé hat mir geholfen.«

Tiefes Schweigen folgt dieser lächerlichen Erklärung, und alle schauen mich mit aufgerissenen Augen an. Erst jetzt drehe ich mich um, erhasche mein Spiegelbild und erstarre. Mein Pferdeschwanz ist halb aufgelöst, die Strumpfhose hat eine dicke Laufmasche bis zum Oberschenkel, was nicht zu übersehen ist, da mein Rock bis zur Taille aufgerissen ist.

»Man kann deinen Hintern sehen«, murmelt Zoé hinter mir mit ihrer dünnen Kinderstimme.

Doch dann bricht sie in Gelächter aus. Und wider Erwarten geht es mir ähnlich, meine Lippen zucken, eine unüberwindbare Lust zu lachen überkommt mich.

»Jetzt reicht's, Zoé, komm her!«, brummt Jeremy, der das offenbar gar nicht lustig findet.

Sie hüpft auf ihn zu und legt ihr Händchen in seine Hand. Bevor sie den Raum verlässt, dreht sie sich zu mir um: »Wie hieß doch gleich dein bester Freund im Zoo, Alice?«

»Hm … Abraham Lincoln«, lasse ich verlauten, was nichts als Kopfschütteln erntet.

»Ein Schimpanse, der Abraham Lincoln heißt!«, flötet Zoé fröhlich, bevor sie mit ihrem Vater verschwindet.

Etwas später, ich trage eine von Chris geliehene Yogahose und ein viel zu großes Sweatshirt, sitze ich wieder an meinem Schreibtisch. Reda lächelt mir zu, er findet die Situation sehr amüsant. Dann werfe ich einen Blick ins Büro von Jeremy, der gerade mit Sorgenfalten im Gesicht auf Zoé einredet, die wiederum trotzig auf den Teppichboden starrt.

»Ich denke, dass Jeremy herausbekommen möchte, ob du nicht vielleicht in Wirklichkeit eine pädophile Kindesentführerin bist, die es auf seine Tochter abgesehen hat«, gibt Victoire allen Ernstes zu bedenken.

Ich beiße mir auf die Lippe.

»Verdammt, meinst du das ernst?«

»Ganz sicher«, bestätigt Victoire.

»Möglich ist es«, sagt Reda nickend.

Und beide brechen in Gelächter aus.

»Kommst du heute mit uns zum Mittagessen?«, fragt Victoire übergangslos.

Ich bin überrascht, denn im Gegensatz zu Chris oder Reda hatte sich Victoire nie besondere Mühe gegeben, sich mir zu nähern.

»Tut mir leid, ich habe Arbeit …«

»Ach was«, unterbricht sie mich, »seit drei Monaten sitzt du uns gegenüber und hast nicht ein einziges Mal Zeit gehabt, mit uns essen zu gehen. Das ist statistisch gesehen mehr als unwahrscheinlich. Reda sagt, du bist cool, aber ich finde dich gar nicht cool, und wenn es stimmt, dass du pädophil bist, dann noch weniger … das ist alles andere als cool. Das weiß sogar ich.«

»Lass sie in Ruhe«, mischt sich Reda ein und zuckt die Achseln. »Sie ist schüchtern, das ist alles.«

Victoire achtet nicht auf ihn und fährt fort:

»Warum sagst du nicht einfach, was du denkst? ›Nein, ich habe keine Lust, mit euch abzuhängen, ich finde euch öde und/oder nervig, und ich ziehe mir lieber Katzenvideos auf meinem Computer rein, als meine Zeit mit euch zwei Nullen zu verschwenden.‹«

Zunächst bleibt mir angesichts ihrer Heftigkeit die Spucke weg, doch dann antworte ich ehrlich:

»Ich schaue mir keine Katzenvideos an, und ich denke absolut nicht, was du da aufgezählt hast.«

»Meinem Kurs in Neurolinguistischem Programmieren zufolge drückt deine Körpersprache eher das Gegenteil aus.«

Die Frau mit dem von Zöpfchen eingerahmten Gesicht beobachtet mich aufmerksam und erwartet wohl eine glaubwürdige Antwort. Ich sehe nur noch eine Möglichkeit, mein heute zur Genüge ruiniertes Ansehen zu retten. Ich seufze.

»Na gut, ich würde mich freuen, mit euch zum Mittagessen zu gehen.«

Auf ihrem Gesicht zeichnet sich ein kurzes Lächeln ab.

»Perfekt«, antwortet sie, »dienstags essen wir Pizza. Wir gehen um Punkt zwölf. Komm nicht zu spät! Und wenn du schüchtern bist, brauchst du nichts zu sagen. Reda redet sowieso die ganze Zeit.«

»Das stimmt doch gar nicht …«, beginnt Reda.

»Das ist eine Tatsache«, unterbricht sie ihn. »Ich habe die Zeit gestoppt: Du bestreitest durchschnittlich dreiundachtzig Prozent der Konversation. Und du schuldest mir zehn Euro. Ich habe dir ja gesagt, dass ich sie überreden kann, mit uns essen zu gehen.«

Reda wirft mir einen leicht zerknirschten Blick zu. Ich bin nicht sicher, ob es gut ist, der Gegenstand von Wetten zwischen den beiden zu sein. Wortlos gehe ich wieder an die Arbeit.

Dieses Mittagessen unterbricht meinen normalen Tagesablauf. Tatsächlich bestreitet Reda die Unterhaltung mehr oder minder allein und redet von seinem Lieblingsthema, den Vereinigten Staaten von Amerika. Genau wie bei unseren »*Coffee*-Pausen«. Nebenbei bemerkt ist sein Englisch tatsächlich eine Katastrophe.

Gegen Ende des Nachmittags geht Jeremy – Zoé an der Hand – an meinem Platz vorbei. Zoé winkt mir zu und ruft fröhlich quer durch das ganze Büro: »Fuck, Alice!«

Jeremy steht wie versteinert da, und ich setze ein verständnisloses Grinsen auf. Ich weiß nicht, ob ich etwas erklären, mich entschuldigen oder so tun soll, als habe ich damit nichts zu tun. Zoé sieht die Erschütterung ihres Papas und erklärt ihm beflissen: »Das bedeutet Kuckuck auf Amerikanisch. Hat Alice mir beigebracht. Aber nicht viele Leute wissen das.«

Jeremy atmet tief durch und wirft mir einen bösen Blick zu.

»Komm, wir gehen jetzt nach Hause, mein Krümel«, sagt er, »und dieses Wort kann man gar nicht benutzen.«

Reda und Victoire schütteln sich hinter ihren Computern vor Lachen. Und ich denke, dass sich meine Beziehung zu Jeremy Miller so bald nicht verbessern wird.

Das Tagebuch von Alice

Hi Bruce!

Alles fit?

Ich bin sicher, dass du hocherfreut bist, zu erfahren, dass heute Morgen meine Regelblutung eingesetzt hat. Mit zwei Tagen Verspätung. In achtundvierzig Stunden habe ich wahrscheinlich so viel wie das BIP von China für Schwangerschaftstests ausgegeben. Ich hatte sie im Mülleimer versteckt, damit Oliver sie nicht zu Gesicht bekommt. Alle negativ – selbstverständlich.

»Was empfinden Sie dabei?«, hat mich die Psychotherapeutin gefragt.

Am liebsten hätte ich ihr einen Stinkefinger gezeigt.

Ich spreche immer noch lieber über meine Kindheit als über Schwangerschaften. Ehrlich gesagt, ich kann einfach nicht mehr. Ich habe derartig viele Bücher und Artikel über das Thema gelesen, dass ich mich glatt selbst zur Gynäkologin ernennen könnte.

Übrigens bin ich befördert worden und habe eine stattliche Gehaltserhöhung bekommen. Ich sollte mich darüber freuen, aber es ist mir egal. Es wäre mir tausendmal lieber gewesen, rauszufliegen und schwanger zu sein. So habe ich es auch Oliver gesagt. Seine Antwort:

»Du könntest auch nicht schwanger sein und trotzdem raus-
fliegen.«

Fucking-scheiß-positives-Denken.

Kommen wir wieder zu Scarlett. Ich bin sicher, Bruce, du
interessierst dich eher für Scarlett als für mich. Die ganze
Welt interessiert sich mehr für sie als für mich.

Reden wir über den Augenblick, in dem Scarletts Leben umge-
krempelt wurde. Es war im November 1995, als sich das Blatt
plötzlich wendete: Sie hatte sich zum ersten Mal verliebt.
Wie es kam, weiß ich nicht, aber ich hatte damals das Gefühl,
dass etwas geschehen würde. Thanksgiving stand ins Haus,
und Scarlett langweilte sich. Ich war elf Jahre alt und meine
kleine Schwester ein vorpubertäres, rebellisches Mädchen, in
permanenter Fehde mit allem, was von fern oder nah als
Zwang gewertet werden konnte. Doch am schlimmsten traf
es die Erwachsenen. In der Schule musste Scarlett häufig
nachsitzen, ihre Noten waren katastrophal. Immer noch
waren wir in der gleichen Klasse. Auch wenn ich meine
Schwester sehr lieb hatte, konnte man sich eine unerträg-
lichere Schülerin kaum vorstellen. Scarlett kam ständig zu
spät. Das war umso absurder, weil wir den gleichen Schulweg
hatten und ich immer pünktlich war. Irgendwie schwebte sie
wie ein Schmetterling bis zum Klingeln hierhin und dorthin
und stattete der Cafeteria einen Besuch ab, nur um die
Schüler der neunten Klasse – drei Köpfe größer als sie –
zu ärgern. Den Lehrern gegenüber war sie pampig, störte den
Unterricht mit unverschämten Bemerkungen und schlief an
ihrem Pult ein. Gleichzeitig war sie der Klassenclown. Unsere
Französischlehrerin quälte sie ganz besonders. Da wir zweisprachig waren, korrigierte Scarlett lauthals die Fehler von

Madame Gervais. Damit verlor die arme Frau ihren Schülern gegenüber jede Glaubwürdigkeit, und ihre Lippen bebten nervös, sobald meine Schwester den Finger hob und sich zu Wort meldete.

Zu dieser Zeit sprach Scarlett häufig über unseren Vater. Sie fragte sich, ob er seine großen Vorhaben erreicht haben mochte, von denen er in seinem Abschiedsbrief geschrieben hatte.

»Auch ich«, tönte sie mit kindlicher Arroganz, »werde Queenstown verlassen und Großes leisten, ich muss mir nur noch überlegen, was.« Geduld war nicht gerade ihre Stärke. In ihrem Leben musste endlich etwas geschehen. Um uns herum pubertierten alle Freundinnen. Carry verbrachte die Wochenenden in New York bei ihrem geschiedenen Vater und verkündete, sie wolle zum Jahresende eine Fete organisieren. Dakota hatte ihre erste Regelblutung, und Ashley gab vor, einen Großen aus der siebten Klasse in den Duschen bei der Turnhalle geküsst zu haben. Bei uns hingegen passierte gar nichts, zumindest nicht mehr als üblich: College unter der Woche, mit Käse überbackene Makkaroni und eine im Video-Club Blockbuster im Einkaufszentrum geliehene VHS-Kassette am Samstagabend.

Eines Morgens teilte mir Scarlett beim Aufstehen ernsthaft mit:

»Alice, da ich meine Zeit, Großes zu leisten, nicht vergeuden will, habe ich mir einen fucking good plan für mein Leben zurechtgelegt.«

»Und das wäre?«

»Schon mal eines: Ich werde ab sofort mit meiner Pubertätskrise beginnen.«

Und da sich Scarlett nicht mit halben Dingen abgab, trat sie eine Pubertätskrise los, explosiver als eine Stange Dynamit. Von diesem Tag an geisterte sie durchs Haus wie eine verlorene Seele, eine Ekelfalte über der Stupsnase zur Schau tragend, als würde sie ständig von einem widerlichen Geruch belästigt, dem Geruch der Mittelmäßigkeit unseres bescheidenen Daseins. Sie war ständig genervt oder brach in Tränen aus, sobald sie die Nachrichten im Fernsehen sah. Selbst ich konnte sie nicht mehr aufheitern. Ihr zufolge war alles nur schrecklich, lächerlich und klein: Unser Leben habe keinen Sinn. Sie ertrug niemanden mehr und ließ sich zu ungeheuren Wutausbrüchen hinreißen, zerbrach Geschirr und brüllte Maman an, sie wolle lieber sterben, als so zu werden wie sie, bedauernswert und ohne jeden Ehrgeiz. Ihre Sätze klangen wie Werbeslogans und waren so überzeugend, dass niemand ihr zu antworten vermochte. Je weniger Maman sie beachtete, desto wütender wurde sie.

An einem Samstag, an dem Scarlett schon beim Frühstück unser »schäbiges Leben« bemängelte (es war kein Frischkäse mehr da), entschloss sich Maman, uns in ein Restaurant einzuladen – sie hatte für die Übersetzung einer Serie erotischer Romane einen größeren Scheck erhalten –, um mein fantastisches Zeugnis zu feiern. Ihre französische Herkunft zeigte sich in ihrem Geschmack für gute Küche. Ganz Queenstown beneidete uns um die üppigen Diners, die Maman trotz knapper Kasse zu Thanksgiving zuzubereiten pflegte. Ihre Kritik an dem schlechten und ungesunden amerikanischen Essen war streng, und sie hatte keines der Fast-Food-Lokale im Einkaufszentrum mit ihrer Gegenwart beehrt. Nur vier Etablissements in ganz Queenstown fanden ihre Anerkennung:

ein italienisches Restaurant mit gutem Ruf, eine auf Meeresfrüchte spezialisierte Gaststätte am Hafen, ein Steak-
House im Zentrum und schließlich Bob's Burgers an der Nationalstraße, gleich am Ortseingang, ein typisch amerikanischer
»Diner«, der Mamans Wohlwollen in Wirklichkeit nur deshalb
verdiente, weil Bob sich heimlich in Maman verliebt hatte, was
natürlich allgemein bekannt war.

Maman nahm uns mit zu Bob's. Das Restaurant erinnerte an
jenen Diner, in dem die Protagonisten des Films Grease ihre
Milkshakes schlürften, und es gab sogar eine Jukebox. Bob
hatte das Lokal von seinem Großvater geerbt. Die sich in den
Nischen gegenüberstehenden Polsterbänke aus rotem Leder
stammten aus den Fünfzigerjahren und waren zerschlissen.
Der Fernseher oberhalb der Theke lief ständig. Ich erinnere
mich an den jungen als Sandwich verkleideten Mann, der an
diesem Abend vor dem Eingang einen riesigen roten Pfeil
schwenkte, um den Autos auf der Nationalstraße den Weg ins
Restaurant zu weisen. Er trug auf dem Bauch und auf dem
Rücken je die Hälfte eines überdimensionalen Burger-Bröt-
chens aus Pappe.

Wir setzten uns in eine Nische und studierten die Karte.
Maman bestellte einen Salat und Scarlett einen Bacon-
Cheeseburger ohne Zwiebeln mit Süßkartoffel-Fritten und
einen Erdbeer-Milkshake. Es ist schon eigenartig, dass ich
mich immer noch an ihre Bestellung erinnere, während ich
meine vergessen habe.

Im Fernseher lief MTV, und der Ton war laut genug, dass wir
die Musik hören konnten. Es gab einen kurzen Moment der
Stille, als die Stimme von Joan Osborne ausgeklungen war,
und wir blickten auf den Bildschirm, überrascht, weil die Musik

so plötzlich stoppte. Das Bild war nun schwarz-weiß, ein einfacher Plattenspieler stand auf dem Betonfußboden einer
leeren Halle, und dann begann ein britischer Musiker in
schwarzer Lederjacke, der wie ein Beatle aussah, Gitarre zu
spielen. Liam Gallagher war nicht gerade eine Schönheit:
In seinem karierten Hemd erinnerte er eher an einen verlorenen Teenager, aber selbst in dem Schwarz-Weiß-Film schienen
seine unendlich traurig dreinblickenden Augen so blau, dass
man meinte, den Ozean darin zu sehen.

Jedes Mal, wenn ich seither »Wonderwall« höre, sehe ich in
Gedanken, wie in Scarletts Gesicht die Sonne aufgeht, wie
sie die großen Augen vor Bewunderung aufreißt und strahlt
wie ein Kind zu Weihnachten. Dieses Strahlen erinnerte mich
an unseren Vater. Der Song wird für immer mit meiner
Schwester verbunden sein und mit allem, was in der Folge
passierte. Liam Gallagher, der Sänger von Oasis, war damals
dreiundzwanzig Jahre alt. Die Gruppe hatte sich zwar in England bereits einen Namen gemacht, aber in Amerika war sie
noch unbekannt, und wir hörten sie zum ersten Mal. Es war
Liebe auf den ersten Blick. Wie konnte es anders sein? Scarlett hatte sich an diesem Tag unsterblich verliebt. Und genau
am selben Tag beschloss meine kleine Schwester, mit offenem Mund und triefendem Burger in der Hand, schlicht und
ergreifend ein Rockstar zu werden.

Und jetzt, da ich es aufschreibe, höre ich wieder ihre Stimme
und sehe, wie sie die Augen verdreht:

»Das ist doch kein Rock 'n' Roll, Alice, das ist Punk!«

Kurz vor zwanzig Uhr sind wir nach Hause gefahren. Für gewöhnlich aßen wir gegen achtzehn Uhr. Scarlett hatte
während der ganzen Mahlzeit geschwiegen. Auf der Heimfahrt

erzählte uns Maman von ihrer Jugend in Frankreich. Sie stammte aus der Bretagne und hatte in Paris studiert, bevor sie anlässlich eines Austauschprogramms nach Amerika ging. Diese Unterhaltung ist mir im Gedächtnis geblieben, denn Maman sprach selten über ihre Jugend. Manchmal kam es mir so vor, als hätte ihr Leben erst mit ihrer Ankunft in Amerika begonnen. Vielleicht, weil sie jeden Kontakt mit ihrer französischen Familie abgebrochen hatte, die nicht guthieß, dass sie sich am anderen Ende der Welt mit einem wenig vertrauenswürdigen Mann niedergelassen hatte. Was diesen Punkt anging, zeigte sich, dass die Familie nicht ganz unrecht gehabt hatte.

Da der Abend noch jung war, schlug Maman vor, einen Film anzusehen. Für den Fernsehabend am Wochenende hatte sie bereits den Teig für Cookies mit Pekannüssen angerührt, die ich besonders liebte. Scarlett aber sagte, sie sei müde, wolle schlafen gehen, und schloss sich in unserem Zimmer ein.

Wir wohnten in einem blau gestrichenen Holzhaus, typisch für Neuengland. Im Winter konnte der Schnee bis an die Erd-geschossfenster mit der horizontalen Schiebevorrichtung reichen, im Sommer indes verbrachten Scarlett und ich, von der Hitze erschlagen, Stunden in der Hängematte. Kopf an Fuß lagen wir dort im Schatten auf dem überdachten Vorbau, wo auch die amerikanische Flagge wehte.

Trotz des dicken Teppichs, der den Boden der oberen Etage bedeckte, hörte man jedes Geräusch durch die dünnen Wände, sogar das Schnarchen unseres Vaters auf der gegenüberlie-genden Flurseite, bevor er sich mit der Schulbusfahrerin aus dem Staub gemacht hatte.

Maman ließ mich eine Kassette aussuchen, während sie die

Cookies in den Backofen schob, und wir schauten uns *Flash-dance* an, aneinander gekuschelt unter einer karierten Decke, den Teller mit Cookies auf den Knien.

Scarlett ist nicht mehr gekommen, aber wir hörten sie über unseren Köpfen rumoren, der Beweis, dass sie nicht schlafen gegangen war. Irgendwann kam sie kurz ins Wohnzimmer, fragte dann von der Küche aus, wo die Schere sei, und verschwand gleich wieder im oberen Stock. Jennifer Beals, die sich wie wild auf dem Bildschirm verrenkte, ignorierte sie. Als ich nach dem Film in unser Zimmer kam, saß Scarlett auf ihrem Bett vor dem Mansardenfenster inmitten von Pappschnitzeln. Ich ließ die Jalousien herunter und beobachtete sie.

»Was machst du da?«

»Ich will Musik machen«, antwortete sie, ohne aufzublicken. Sie hatte Rechtecke auf Pappstücke gemalt, zusammengeklebt und Klaviertasten gebastelt, nach einer Zeichnung in einem alten Kinderbuch zum Notenlernen, das wohl Maman früher gehört hatte, denn es war auf Französisch.

»Willst du Klavier spielen?«

»Ja, zumindest am Anfang, weil es im Musikraum im College ein Klavier gibt. Dann, wenn ich genug Geld habe, kaufe ich mir eine Gitarre, lerne Gitarrespielen und Singen, und dann werde ich ein Star wie der Sänger von Oasis. Ist das kein fucking good plan?«

Was sollte ich darauf antworten? Lieber ging ich artig Zähne putzen. Als ich im gestreiften Schlafanzug wieder in unser Zimmer kam, war Scarlett gerade hoch konzentriert dabei, die Halbtontasten schwarz anzumalen, wobei ihre rosa Zungenspitze zwischen den Zähnen zu sehen war. Jetzt hob sie den Blick und schaute mich mit zusammengezogenen Brauen an, als würde sie mich zum ersten Mal sehen, und fragte mich allen Ernstes:

»Oder möchtest du lieber, dass wir zu zweit eine Band aufziehen? Aber dann bin ich der Boss, weil es meine Idee war, auch wenn du die Ältere bist.«

»Nein, ich werde Tänzerin«, entgegnete ich.

Natürlich hatte mich die Leistung von Jennifer Beals in *Flashdance* beeindruckt, aber vor allem war ich beleidigt, weil Scarlett meine Rolle der Erstgeborenen infrage stellte und mir einen untergeordneten Posten anbot.

»Cool«, sagte sie und machte sich wieder an die Arbeit, »dann kannst du in meinen Clips tanzen.«

Das Leben besteht aus winzigen Entscheidungen. Bei jedem Schritt, jeder Handlung, jeder Wahl, gehen wir den einen oder den anderen Weg. Wir wissen, worauf wir uns einlassen, aber wir wissen nie, was wir verpassen. Die einfache Antwort auf eine scheinbar kindliche Frage kann den Verlauf eines Lebens beeinflussen. Noch heute frage ich mich, was aus meinem Leben geworden wäre, hätte ich Scarletts Angebot angenommen.

Zunächst hat sie niemand für voll genommen, auch ich nicht. Wie fast alles, wofür sie sich bis dahin begeistert hatte, hätte auch diese plötzliche Leidenschaft in kurzer Zeit ihr Ende finden müssen, wären die Klaviertasten aus Pappe auf einem Regal in der Garage verschimmelt, und sie hätte etwas anderes gemacht. Aber nein, es reichte, Scarlett überzeugen zu wollen, dass ein bestimmtes Unterfangen unmöglich sei, damit sie sich erst recht dahinterklemmte. Natürlich fand Maman diese neue Leidenschaft von Anfang an absurd und sparte nicht mit entsprechenden Bemerkungen. Aber meine kleine Schwester war rebellisch bis in die Tiefen ihrer Seele, Expertin in Sachen verlorene Liebesmüh und hoffnungslose Herausforderungen. Gerade weil es keinerlei Grundlage für ihre Musikleidenschaft gab, hatte sie sich in den Kopf gesetzt, genau das zu machen: Musik.

In der Junior High School von Queenstown gab es ein Klavier für die Schüler. Scarlett hatte sich bei der Direktion erkundigt, ob sie es benutzen dürfe. Als Antwort erhielt sie die Auskunft, der Musikraum sei nur für die Schüler der Oberstufe reserviert. Sie könne aber versuchen, sich von Miss Hamilton, der Musiklehrerin, eine Sondererlaubnis geben zu lassen.

Miss Hamilton war eine alte Jungfer mit einer Vorliebe für Bach und trug einen strengen grauen Haarknoten. Sie wirkte, als sei sie bereits mit einer Brille auf der Nase zur Welt gekommen. Energiegeladen durchschritt sie den Klassenraum mit schwungvollen Gesten. Sie liebte klassische Musik, doch natürlich interessierte sich kein einziger Schüler dafür. Wenn sie jemanden abgrundtief hasste, so war es Scarlett, die drei Wochen zuvor den Stuhl der Lehrerin mit extrastarkem Klebstoff beschmiert hatte.

Ich sehe noch Miss Hamilton, wie sie versuchte, sich diskret und mit kleinen ruckartigen Bewegungen von ihrem Sitz zu erheben, wobei ihre Perlenohrringe auf und ab hüpften, bis sie begriff, dass ihr wollener Schottenrock am Holz festklebte.

»Wer war das?«, fragte sie mit Grabeskälte.

Scarlett meldete sich und antwortete patzig:

»Tut mir leid, aber es ist einfach nicht mitanzusehen, wie Sie ständig herumhampeln.«

Natürlich haben alle gelacht - bis auf Miss Hamilton, versteht sich.

»Es ist mir eine Freude festzustellen, dass Sie, Mademoiselle Smith-Rivière, Ihre Streiche mit dem gleichen Mangel an Intelligenz und Einfallsreichtum ausführen wie Ihre Arbeit für die Schule. Anstatt die Meisterschaft in Dummheit und Nichtsnutzigkeit anzustreben, sollten Sie sich ein Beispiel an Ihrer Schwester nehmen, die im Gegensatz zu Ihnen das Zeug für ein erfolgreiches Leben hat.«

Ich saß neben Scarlett und sah, wie sich Scarletts Kiefer verspannte und ihr freches Grinsen gefror. Am Stuhl festgeklebt, fuhr Miss Hamilton mit ihrer Unterrichtstunde fort. Ich legte meine Hand auf den Arm meiner kleinen Schwester: »Die ist doof«, murmelte ich.

Schweigend schüttelte sie meine Hand ab, und ich hasste Miss Hamilton.

Drei Wochen später ging Scarlett dennoch todesmutig auf Miss Hamilton zu, um eine Sondergenehmigung für den Musikraum zu erhalten, und entschuldigte sich auf meinen Rat hin ein wenig halbherzig für die Klebstoffgeschichte. Miss Hamilton lehnte ab, was nicht verwunderlich war. Ich konnte nie herausfinden, mit welchen Worten sie meine Schwester abgefertigt hatte, aber Scarlett weinte an diesem Abend lange in ihr Kopfkissen.

Also übte sie weiterhin auf ihrem Pappklavier. YouTube gab es nicht, und wir hatten auch kein Internet. Scarlett lieh sich in der Schulbibliothek Bücher zum Notenlernen aus und arbeite täglich an ihrem Pappklavier, ohne jemals eine Note zu hören. Im folgenden Monat lernte ich jeden Abend auf dem Bett liegend für Klassenarbeiten oder las alte Romane meiner Mutter auf Französisch. Damals wollte ich Übersetzerin werden wie sie. Im Hintergrund hörte ich das rhythmische Tappen von Scarletts Fingern auf der Pappe und die Noten, die sie leise vor sich hin brummte, immer und immer wieder. Es musste doch schrecklich langweilig sein, ständig im Rhythmus auf Pappe zu klopfen, und Scarlett sang die Noten nicht, sondern sprach sie. Dabei war sie so konzentriert, als müsse sie eine Bombe entschärfen. Jeden Moment erwartete ich, dass sie die Sache aufgäbe, aber nein, sie hielt durch.

Eines Tages fragte ich sie:

»Was lernst du da? Ein richtiges Musikstück?«

»Ja. ›Für Elise‹.«

»Was ist das?«

»Meine einzige Partitur. Ich habe sie in einem Karton in der Garage der Nachbarn gefunden.«

»Aber wie willst du wissen, dass du nichts Falsches spielst? Du hörst doch gar nichts.«

Sie schaute erstaunt zu mir auf und antwortete:

»Natürlich höre ich die Musik in meinem Kopf, ich spiele wirklich.«

Und enttäuscht fügte sie hinzu:

»Ich dachte, du hörst sie auch.«

Noch hörte ich zwar nichts, aber ich wollte gern hören. Deshalb ging ich am nächsten Tag in Miss Hamiltons Büro. Sie empfing mich mit offenen Armen und bot mir sogar Cookies mit Rosinen an.

»Miss Hamilton, Sie müssen unbedingt Scarlett auf dem Klavier im Musikraum üben lassen.«

»Es tut mir leid, Alice, aber der Musikraum ist für die Schüler der Oberstufe reserviert.«

»Können Sie denn keine Ausnahme machen?«

»Scarlett ist viel zu undiszipliniert, ich vertraue ihr nicht. Dir hätte ich den Schlüssel anvertraut, aber bei ihr weiß man nicht, welchen Unsinn sie als Nächstes anstellt.«

Ich überlegte ein paar Sekunden lang.

»Dann bleibe ich mit Scarlett zusammen. Geben Sie mir den Schlüssel, und ich verspreche, ihn jedes Mal eigenhändig zurückzubringen.«

»Alice, es ist rührend, wie du deine Schwester verteidigst, aber Scarlett ist unzuverlässig und unreif. Selten werden Ausnahmen für den Musikraum gemacht und ...«

»Es geht hier um Leben und Tod, Miss Hamilton!«

Das hatte ich sehr ernst von mir gegeben und ihr fest in die Augen geschaut, so intensiv, wie ich es zu Scarletts Verteidigung gelernt hatte, für mich selbst jedoch nur selten fertigbrachte. Ich war elf Jahre alt und eine fleißige, zuverlässige Schülerin, von den Erwachsenen geschätzt und von den Kindern für langweilig befunden. Miss Hamilton nahm ihre Halbmondbrille ab, die an einem Kettchen hing, putzte sie am Ärmel ihres anisfarbenen Pullovers und setzte sie wieder auf die Nase. Sie versuchte aus dem flehenden Gesichtsausdruck meine tiefsten Gedanken herauszulesen, vielleicht dachte sie an eine Art Familiendrama, vielleicht war sie auch von dem festen Willen, meiner kleinen Schwester zu helfen, beeindruckt. Jedenfalls seufzte sie ausgiebig und sagte dann:

»Wenn es auch nur das kleinste Problem ...«

»Es wird keine Probleme geben, Miss Hamilton.«

Am folgenden Dienstag bat ich Scarlett, nach der Geschichtsstunde auf mich zu warten. Ich holte den Schlüssel aus Miss Hamiltons Büro und zog die meckernde Scarlett –

sie habe keine Zeit – hinter mir her bis zum Musikraum. Vor
der verschlossenen Tür blieb sie still stehen, und ich zauberte
den Schlüssel aus meiner Jeanstasche. Sie öffnete den Mund
und strahlte, fast so wie an dem Tag vor einem Monat, als
sie den »Wonderwall«-Clip im Fernsehen gesehen hatte.
»Wie hast du das fertiggebracht?«
»Ich hatte einen fucking good plan«, erwiderte ich grinsend.
Sie fiel mir um den Hals und drückte mich ganz fest an sich.
»Danke, Alice, du bist die Einzige, die mich versteht«, flüsterte sie mir ins Ohr.
Ich öffnete die Tür, und Scarlett betrat den Raum. Einen
Augenblick lang blieb sie unbeweglich stehen. Die Jalousien
waren wegen der Sonne heruntergelassen, die jetzt im Mai
schon kräftig schien. Ein Sonnenstrahl fiel auf das geschlos-
sene Klavier. Es war ein einfaches, altes, nicht gerade wert-
volles Klavier, dennoch näherte sich Scarlett ihm mit größ-
tem Respekt, so wie man sich dem Altar in einer stillen
Kirche nähert.
Ich betrat das Zimmer nach ihr, stellte meinen Rucksack auf
einen Stuhl und erschrak, als ich Miss Hamiltons Schatten in
der Tür entdeckte. Ich hatte nicht hinter uns abgeschlossen.
Miss Hamilton lächelte mir zu, doch als sie sich Scarlett zu-
wandte, wurde ihr Gesichtsausdruck streng. Sie öffnete den
Mund, um etwas zu sagen, wahrscheinlich wollte sie meine
Schwester warnen, überlegte es sich jedoch anders und wartete ab. Scarlett wirkte wie ein kleines Kind, das zum ersten
Mal voller Entzücken das Meer sieht. Sie strich vorsichtig
über den Klavierdeckel und klappte ihn auf. Ihr Gesicht spiegelte eine Mischung aus Respekt und einer ungewohnten
Scheu wider.

»Es tut mir leid, ich habe die Partitur nicht dabei«, murmelte sie.

Es war klar, dass sie nicht zu mir, auch nicht zu Miss Hamilton sprach, deren Gegenwart sie gar nicht bemerkt hatte, sondern zum Klavier. Sie setzte sich auf den für sie zu niedrigen Hocker und begann »Für Elise« zu spielen, langsam, aber wie Miss Hamilton uns später mitteilte, fehlerfrei. Plötzlich stoppte Scarlett, drehte sich zu mir um und sah mich fragend an.

»Das war hübsch«, sagte ich, »aber es endet etwas abrupt.«

»Ich habe beim einundzwanzigsten Takt aufhören müssen, die folgenden Seiten waren rausgerissen.«

Drei Dienstage hintereinander kam Miss Hamilton und hörte zu, wie Scarlett »Für Elise« immer wieder bis zum einundzwanzigsten Takt spielte. Ich muss gestehen, mir ging es langsam auf die Nerven, immer die gleichen Noten zu hören. Am dritten Dienstag war Miss Hamilton bis zum Schluss geblieben, und als Scarlett die wertvolle Partitur in ihren Rucksack packte, bemerkte sie Miss Hamilton, schien jedoch nicht überrascht zu sein.

»Hast du ›Für Elise‹ wirklich allein gelernt? Möchtest du Klavierstunden nehmen?«, fragte Miss Hamilton.

Scarlett zögerte und fragte sich, welche Falle sie ihr wohl stellen wollte.

»Ich möchte Gitarre spielen und singen lernen«, antwortete sie endlich, »ich will nämlich eine Rockband gründen.«

»Rock 'n' Roll ist etwas für Ganoven, aber das eine schließt das andere nicht aus«, entgegnete Miss Hamilton und fügte autoritär hinzu: »Ab nächsten Dienstag gebe ich dir Klavier- und Gesangsunterricht.«

Damit war ich meiner Rolle als Aufpasserin enthoben. Ich ver-
spürte eine Mischung aus Erleichterung und Kummer, als sich
die Tür hinter Scarlett und Miss Hamilton zur ersten Musik-
stunde schloss. Ich fühlte mich ausgeschlossen.

Nach sechs Monaten kam Miss Hamilton nach der Schule zu
uns nach Hause und sprach in der Küche lange mit Maman.
Auch wenn wir in unserem Zimmer am Boden lagen und horch-
ten, verstanden wir kein Wort.

Am kommenden Samstag fuhren wir mit dem Bus nach Providence, und Scarlett bekam ihre erste Gitarre. Maman gab ihr
zu verstehen, dass dies ihr Geschenk für Weihnachten und
die Geburtstage der nächsten drei Jahre sein würde. Das war
die Strafe dafür, dass Maman den Wunsch nach der Gitarre
nicht hatte ablehnen können, weil er ihr über die Lehrerin zu-
getragen worden war.

Es handelte sich um eine klassische Gitarre von minderer
Qualität. Scarlett taufte sie Hamilton. Und mit dem Geld,
das sie seit Monaten gespart hatte, um sich das Instrument
ihrer Träume leisten zu können, kaufte sie einen riesigen Blumenstrauß für unsere Musiklehrerin.

Am Tag nach dem Toilettenfiasko mit Zoé bin ich wie immer die Erste im Büro. Jeremy trifft – die Hände in den Hosentaschen – um zehn Uhr ein. Victoire erhebt sich, um wie jeden Morgen in seinem Büro den Tag zu besprechen, aber er gibt ihr ein Zeichen, sie solle sich wieder setzen.

»Alice, kannst du bitte kurz zu mir kommen?«

Ich schrecke hoch und begegne seinem Blick, genauso blau und undurchdringlich wie immer.

»Ja«, antworte ich so unbeteiligt wie möglich.

Ich zittere vor Angst. Jeremys Büro ist erheblich nüchterner als das von Chris. Der einzige persönliche Gegenstand ist ein Foto seiner Tochter in einem Rahmen aus Knetmasse mit der Inschrift aus Nudelhörnchen »Alles Gute zum Vatertag Papa-Chéri«. Hätten wir einen besseren Start gehabt, wäre mir seine warmherzige Art, Vater zu sein, sicher sympathisch gewesen.

»Setz dich.«

Er zieht die Jacke aus, legt sie über die Stuhllehne und schließt die Tür, was er nie tut, wenn Victoire in sein Büro kommt. Meine Angst wird größer, und ich berühre mein Bettelarmband.

Er setzt sich mir gegenüber und sagt:

»Ich denke, zwischen uns sind die Dinge von Anfang an schiefgelaufen. Deshalb möchte ich mich bei dir entschuldigen.«

Vor Überraschung bin ich sprachlos. Ich hätte alles erwartet, nur das nicht. Er interpretiert mein Schweigen als Aufforderung, fortzufahren:

»Zoé hat mir erzählt, was wirklich gestern in der Toilette vorgefallen ist. Danke, dass du ihr geholfen hast. Sie ist ein sehr sensibles kleines Mädchen.«

Zögerlich antworte ich:

»Okay … Es tut mir auch leid. Ich hätte Chris nicht hinter deinem Rücken ansprechen sollen, ich habe nicht nachgedacht. Es ist nur so, dass … (ich seufze), wenn ich etwas anfange, will ich es auch zu Ende bringen und stürze einfach drauflos.«

»Deine Entschlossenheit kann man dir schlecht zum Vorwurf machen, die ist gut. Und wenn du die Wahrheit wissen willst: Die Basis-App ist schon lange fertig.«

»Und warum bringen wir sie dann nicht heraus?«

»Weil Chris immer wieder neue unsinnige Funktionen einbauen möchte, Schnickschnack wie das Speichern einer Erinnerung an eine Socke oder die Verleihung eine Medaille für besonders seltene oder alte Socken …«

»Kann man die Basis-App denn nicht gleich veröffentlichen und nach und nach die Zusatzfunktionen hinzufügen?«

»Ja, aber Chris möchte das nicht.«

»Warum denn nicht?«

Jeremy zuckt die Achseln.

»Aus Angst vor Misserfolg, vielleicht sogar vor Erfolg? So unwahrscheinlich es klingen mag – ich weiß nicht … diese Geschichte mit den verwaisten Strümpfen liegt Chris sehr am Herzen. Wie auch immer, wenn du es schaffst, ihn zu überzeugen, die App herauszubringen – sie steht ab sofort zur Verfügung.«

»Er hört nicht auf mich ...«

»Er tut nur so, die finanzielle Lage der Firma kennt er ganz genau ... Anderes Thema: Er hat gesagt, du bräuchtest ein Auto?«

»Hm, ja ... Um am Wochenende mit einer Freundin Einkäufe für ein Fest zu machen.«

»Ich kann dich und deine Freundin Samstag früh fahren.«

Ich zögere. Auf diesen Vorschlag war ich nicht vorbereitet. Der Gedanke, einen Vormittag gemeinsam mit Jeremy einkaufen zu gehen, kommt mir sonderbar vor. Doch wenn ich an Saranyas verzweifelte SMS von gestern Abend denke, wäre es illoyal, abzulehnen und sie hängen zu lassen.

»Okay ...«, sage ich zögernd, »das ist echt nett ...«

»Im Gegenzug möchte ich dich bitten, meiner Tochter keine unanständigen englischen Worte mehr beizubringen.«

Sein Ton ist ernst, aber mir ist, als verkneife er sich ein Grinsen.

»Ich will versuchen, mich zu beherrschen ...«

»Kommt Samstag gegen zehn Uhr bei mir vorbei. Ich schicke dir meine Adresse.«

Das Tagebuch von Alice

London, 5. Januar 2012

Hello Bruce,

da gibt es so einiges, was ich dir erzählen kann. Zunächst einmal: Entweder habe ich während der Festtage drei Kilo zugenommen, oder jemand Böswilliges hat den Spiegel im Hausflur gegen einen ausgetauscht, in dem man dicker aussieht (ich vermute, Letzteres trifft zu).

Und zweitens: Ich bin so verzweifelt, dass ich wieder Tagebuch schreibe. Ich weiß nicht, ob ich jemals wieder zu der Psychotherapeutin gehe. Sie hat mir gestern eine Frage gestellt, die mich vollends durcheinandergebracht hat. Und seitdem dreht sich in meinem Kopf alles wie ein Karussell auf dem Jahrmarkt. Als ob das nicht reiche, habe ich mich auch noch mit Scarlett gestritten. Sie hat mich gestern um Mitternacht angerufen. Die Zeitverschiebung zwischen Amerika und England zu berücksichtigen, ist offenbar zu kompliziert für meine kleine Schwester. Ich habe ihren Anruf entgegengenommen, auch wenn Oliver genervt gestöhnt hat. Er hatte bereits das Licht ausgemacht. Drei Wochen lang hatte ich von Scarlett nichts gehört, keine SMS, nichts!

Im Schlafanzug hockte ich mich auf die Fliesen im Bad, um mit ihr zu skypen. Unter ihren mandelförmigen Augen mit den langen Wimpern lagen bläuliche Ringe. Sie war ungeschminkt,

ihre platinblond gefärbten Haare hatte sie zu einem un-
ordentlichen Gebilde von zweifelhafter Schönheit zusammen-
gewurschtelt, eine Mischung aus Knoten und Pferdeschwanz.
Allerdings war ich gerührt, sie in dem alten dunkelblauen
Hoodie mit der Aufschrift »Brown University« zu sehen, den
ich ihr zu Studienzeiten geschenkt hatte.
»Du hast abgenommen«, stellte ich fest, als ich ihr Gesicht
auf dem Bildschirm studierte. »Isst du auch genug?«
»Ich esse gerade«, antwortete sie lachend und hielt einen
Pappbecher, gefüllt mit Reisnudeln in einer bräunlichen Soße,
in die Kamera. Mit Stäbchen schob sie sich eine Portion in
den Mund, und ich verdrehte die Augen.
»Kannst du dir nicht was kochen, statt dich mit Fast Food
vollzuschlagen?«
»Geht nicht, ich arbeite Tag und Nacht.«
»Was machst du?«
»Ich arbeite an einem Album, und stell dir vor, ich habe einen
festen Job gefunden, in einer Bar im Meatpacking District.
Ich singe dort jeden Mittwoch, allerdings suchen sie die Songs
aus. Nicht gerade Rock 'n' Roll, eher ziemlicher Scheiß, aber
ich bekomme dreihundert Dollar schwarz pro Abend ...«
»Cool ...«
»Und der Laden wird gerade reichlich trendy, vielleicht treffe
ich ja jemanden, der jemanden kennt, verstehst du?«
»Ja, verstehe. Und sonst, geht es dir gut?«
Bruce, ich bin ehrlich: Ich habe gar nichts verstanden. Ashley
und Dakota sind überzeugt davon, dass Scarlett ihr Leben
mit Ansage verpfuscht, und der Ansicht, ich sollte ihr ihren
Kindertraum ausreden. Ich gestehe, dass ich nicht recht weiß,
was ich von all dem halten soll. Scarlett drehte konzentriert

ihre Nudeln auf die Stäbchen, so geschickt, dass man meinen könnte, sie sei Stammgast in einem Chinarestaurant unten im Haus.

»Ja, ja, alles gut ... Ich habe einen Typen.«

»Wie heißt er? Wie lange schon?«

»Alejandro, Spanier ... Drei Wochen.«

Seit Scarlett fünfzehn ist, »hat sie Typen«. Es sind keine wirklichen Beziehungen. Sie trifft sie, verbringt ein paar Nächte in ihren Betten und verlässt sie, um unter allen Umständen die Art Beziehung zu vermeiden, die sich eher in Monaten als in Tagen ausdrückt. Deshalb muss ich mir den Namen Alejandro nicht merken, der – Pech für ihn – sehr bald das Verfallsdatum erreicht haben dürfte.

»Du wirst es nicht glauben«, rief sie plötzlich, »ich habe mir eine Katze zugelegt.«

»Eine Katze! Echt?«

Sie bückte sich und hob ein feuerfarbenes Kätzchen vor die Kamera, rieb ihre Wange an seinem weichen Fell, und die Katze schnurrte. Ein glückliches Lächeln erhellte Scarletts Gesicht, und für einen kurzen Augenblick erinnerte sie mich an das kleine Mädchen, das sie damals in Queenstown gewesen war.

»Er heißt David Bowie.«

»Ich könnte nie eine Katze haben.«

»Sag das nicht. Wenn ich sterbe, musst du dich nämlich um sie kümmern.«

»Ach was, du stirbst nicht.«

»Doch, mit siebenundzwanzig, wie Kurt Cobain und jeder andere Rockstar, der etwas auf sich hält. Ich habe alles geplant.«

Sie klang durchaus ernst und wirklich besorgt um David

Bowies Zukunft, also versprach ich ihr hoch und heilig, das Kätzchen nach ihrem Tod zu adoptieren. Scarlett wirkte so erleichtert, dass ich nicht wagte, ihr zu sagen, die Lebenserwartung ihrer Katze sei voraussichtlich um einiges kürzer als ihre eigene, und ein Tier zu halten, bedeute viel Verantwortung, und dass sie es nicht nach drei Tagen davonjagen konnte wie den armen Alejandro.

»Und der Job?«

»Mein Job im Café Why? Vorbei!«, gab sie mit vollem Mund zurück.

»So ein Mist! Warum?«

»Ich habe gekündigt, weil der Job meine Kreativität zu sehr beeinträchtigt hat. Die neuen Lieder – sie sind ...« (Ich sah auf dem Bildschirm, wie sie die Stirn runzelte, als suche sie nach Worten.) »Bis jetzt habe ich geübt, alle Demoaufnahmen, die ich gemacht habe, waren irgendwie nicht authentisch. Diesmal schaffe ich es, denke ich, aber ich muss mich darauf mehr konzentrieren.«

Ich war bestürzt, Bruce. Scarlett arbeitete seit fast zwei Jahren als Kellnerin im Café Why, bekam ein gutes Gehalt für flexible Arbeitszeiten, was ihr nicht nur erlaubte, ihre Musik zu machen, sondern sich auch ein Zimmer in einer Wohngemeinschaft in Brooklyn zu leisten, anstatt mal hier, mal dort bei irgendwelchen Leuten zu übernachten und zu Maman zurückzukehren, wenn sie sonst nirgends unterkam. Und jetzt hatte sie diesen festen Job aufgegeben, um sich »voll auf ihr Album zu konzentrieren«. Ich hörte Oliver schon über die Unreife meiner Schwester schimpfen. Ihm zufolge ging ihr jeder Sinn für die Realitäten des Lebens ab. Er wolle sie nicht am Hals haben, wenn sie irgendwann obdachlos wäre.

»Das hättest du nicht tun sollen«, seufzte ich, »wie willst du jetzt deine Miete bezahlen?«

»Genau ... momentan bin ich etwas knapp, und ich wollte wissen, ob du mir Geld leihen könntest?«

Sie kramte ihr »Julia-Roberts-Lächeln« hervor und klimperte mit den Wimpern. Normalerweise ist mir das egal. Ich verdiene genug, von Olivers Einkommen ganz zu schweigen, und ich könnte meiner Schwester helfen, aber ich war müde und genervt, und sie hatte sich seit drei Wochen nicht mehr gemeldet.

»Hör zu, Oliver regt sich immer öfter darüber auf, dass ich dir Geld gebe, und sollten wir ein Kind haben, müssen wir aufpassen und dürfen unsere Ersparnisse nicht für irgendwelchen Blödsinn aus dem Fenster werfen.«

»Ich zahle dir alles zurück, wenn ...«

»Wenn du reich geworden bist, ja, ich weiß. Das Problem ist nur, dass du mir das seit Jahren erzählst, seit Jahren überweise ich Geld auf dein Konto, und inzwischen fällt es mir schwer, Oliver davon zu überzeugen, dass du uns das Geld eines Tages wirklich zurückgibst.«

Ich weiß nicht, welcher Teufel mich in diesem Moment geritten hat, so spreche ich sonst nie mit Scarlett. Vielleicht waren die Müdigkeit und das Gespräch mit der Psychotherapeutin dafür verantwortlich.

Ich fuhr fort:

»Weißt du, was die Therapeutin heute gesagt hat?«

Scarlett verdrehte die Augen.

»Du brauchst keine Psychotherapeutin, Alice, ich weiß nicht, warum du dich von Oliver beeinflussen lässt ...«

»Sie hat mich heute gefragt, ob ich vielleicht deshalb nicht schwanger werde, weil mein Unterbewusstsein Angst hat, dich zu verraten und du dich im Stich gelassen fühlst.«

Schweigen. Ich sah auf dem Bildschirm, wie Scarlett die Augenbrauen zusammenzog und die Stäbchen in den Pappbecher legte.

»Warum sprichst du mit der Therapeutin über mich?«

»Darum geht es doch nicht. Die Frage ist, warum du nach drei Wochen Funkstille plötzlich wiederauftauchst, als wäre nichts gewesen, und Geld von mir willst.«

Scarlett verzog das Gesicht, doch der Gedanke, sie oder zumindest diese Abhängigkeit sei an allem schuld, ließ mich nicht los. Immer musste ich mich um Scarlett kümmern, unsere Mutter hatte sie aufgegeben. Und abgesehen davon war sie nun einmal völlig verantwortungslos.

»Wie viele Jahre sollen diese Kindereien noch weitergehen, Scarlett? Wie viel Zeit willst du noch verlieren und deinen Träumen nachjagen? Wie lange muss ich mich um dich sorgen, statt mich um meine eigene Familie zu kümmern?«

»Gut«, erwiderte Scarlett ruhig, »ich wusste nicht, dass ich dir ein solcher Klotz am Bein bin. Ich werde dich nicht mehr um Geld bitten. Ich komme schon klar.«

Ich spürte, wie sehr ich sie verletzt hatte, und fuhr in versöhnlichem Ton fort:

»Es geht doch nicht um Geld, Scar, sondern um dein Leben, du musst dir etwas Handfestes aufbauen, eine Karriere, eine Wohnung, eine Familie. Meinst du nicht, dass du bereits ein Rockstar wärst, wenn das deine Bestimmung gewesen wäre? Du bist keine zwölf mehr, du kannst dich nicht mehr benehmen wie ein kleines Mädchen. Du solltest deinen Fokus auf andere Ziele ...«

»Fokus, Ziele?«, unterbrach sie mich, ihre braunen Augen blickten mich erst verständnislos und dann zornig an.

»Du erzählst mir was über Ziele? Dein einziges Ziel ist es doch, deinem Mann eine liebe kleine Frau zu sein und Kinder auszubrüten. Das nenne ich kein großes Ziel. Und ich mache keinen Rock, sondern Punk!«

»Nur weil Oliver eine der wenigen Personen ist, die nicht deinem Charme erliegen, brauchst du nicht so über ihn zu reden. Und selbst wenn du morgen Joan Jett wärst, meinst du wirklich, du wärst dann glücklicher?«

»Und mit welchem Recht urteilst du über meine Ziele, nur weil sie sich von deinen unterscheiden? Seit Jahren kämpfe ich und opfere alles dafür, also komm mir nicht mit diesem Quatsch, ich sei verantwortungslos. Dass der reiche Erbe Oliver, der nie in seinem Leben um etwas kämpfen musste, seinen Senf dazugibt, ist echt das Letzte.«

Jetzt explodierte ich:

»Stell dir vor, nicht nur du kämpfst für ein Ziel. Wie es mir geht, fragst du erst gar nicht. Alle werden schwanger, nur ich nicht. Auch ich kämpfe, und das seit Jahren, für ein Ziel, das erheblich wichtiger ist als Gitarre zu spielen, aber das ist dir ja egal, du denkst nur an dich.«

Ich sah auf dem Bildschirm, dass Scarlett sich wie eine Muschel verschloss. Sie ließ mich reden, die Worte kamen von ganz allein. Das Schlimmste ist, dass ich fest an Scarletts Talent glaube. Doch wegen der Frage der Psychotherapeutin wiederholte ich alle Kommentare von Oliver und Bemerkungen meiner Mutter. Als ich endlich fertig war, sagte Scarlett ganz ruhig:

»Ich werde dich nicht mehr anpumpen. Aber ich möchte, dass

du weißt, dass ich dich nie um etwas gebeten hätte, wenn ich gewusst hätte, dass du dich deshalb einschränken musstest. Aber bitte, Alice, verdrehe die Geschichte nicht! Deine Probleme sind mir nicht egal, aber du willst ja nie etwas Konstruktives hören und regst dich sofort auf, sobald man das Thema Schwangerschaft anschneidet.«

»Das stimmt nicht!«

»Wenn du meinst ... Aber stell dir vor, ich habe mich informiert, weil dich diese Situation belastet und mir das unendlich leidtut. Ich habe viel über Unfruchtbarkeit und Empfängnisschwierigkeiten gelesen. Und ich bin erstaunt, dass du nie medizinische Hilfe gesucht hast ... Künstliche Befruchtung, zum Beispiel? Darüber hast du nie gesprochen. Warum nicht?«

»Ich will, dass wir auf natürliche Weise ein Kind zeugen.«

»Was ändert das denn? Entweder du willst wirklich ein Kind, oder du willst es nicht. Auch mit medizinischer Hilfe bleibt es dein und Olivers Kind. Yoga praktizieren, Körner und Sojakeime essen sind beileibe nicht das Maximum, was du tun kannst, und das weißt du ebenso gut wie ich.«

»Du verstehst das einfach nicht!«, rief ich wütend aus, »du willst sowieso keine Kinder und keine Familie, da brauche ich deine guten Ratschläge nicht.«

Und dann habe ich aufgelegt.

Scarlett hat versucht, mich zurückzurufen. Dreimal. Ich bin nicht mehr ans Telefon gegangen.

Seit gestern kann ich an nichts anderes mehr denken. Heute Morgen habe ich deshalb geweint. Oliver trank gerade seinen Kaffee und fragte mich:

»Was ist denn jetzt schon wieder mit deiner Schwester los, mein Liebling?«

Ich habe ihm das Ende unserer Unterhaltung wiederholt. Er schien erstaunt, trank einen Schluck und sagte dann nach kurzem Zögern:

»Da hat sie nicht unrecht: Es stimmt, wir könnten uns nach Methoden für eine künstliche Befruchtung erkundigen.«

Ich bin wütend aus dem Raum gestürzt und habe mit solcher Wucht die Tür zugeknallt, dass ich die Klinke herausgerissen habe. Soll ich dir sagen, was mich am meisten geärgert hat? Warum ich in diesem Augenblick alle beide gleichermaßen hasste, Bruce? Weil ich zu der erschreckenden Schlussfolgerung gekommen bin, dass sie wahrscheinlich recht haben.

Das alles deprimiert mich. Ich frage mich, wie man mich momentan überhaupt noch ertragen kann. Dass ich Hysterosalpingografie und Spermatogramm vorwärts und rückwärts buchstabieren kann, findet niemand mehr zum Lachen. Früher war ich nicht so. Ich war witzig, fröhlich, großzügig. Ich freute mich mit anderen über ihr Glück. Jetzt bin ich verbittert, traurig, neidisch. Babys in Kinderwagen entlocken mir kein Lächeln mehr, schwangere Frauen bringen mich schier zur Verzweiflung. Wie kommt es, dass alle Frauen Kinder bekommen können, nur ich nicht?

Das Einzige, was ich jetzt vorhabe, ist dieses Tagebuch weiterzuführen. Dumm für dich, Bruce, aber ich gehe lieber dir mit meinen Sterilitätsgeschichten auf den Geist als dem Rest der Menschheit.

Ich komme aus der Métro und überprüfe die Adresse, die mir Jeremy gestern per SMS geschickt hat. Rasch finde ich die richtige Straße und klingele. Er wohnt in der obersten Etage eines eleganten Wohnhauses, der Aufzug ist kaputt, und ich steige die sechs Etagen zu Fuß hinauf. Für Saranya hatte ich den Termin auf 8:45 Uhr vorverlegt, um eine kleine Chance zu haben, dass sie vor Mittag auftaucht. Um 9:58 Uhr klingele ich an der Wohnungstür und hoffe inständig, dass Saranya bereits da ist. Die Aussicht, mit dem wortkargen Programmierer allein zu sein, ist wenig verlockend.

»Alice, komm rein«, sagt er und macht die Tür weit auf.

»Hallo …«

Ganz offensichtlich kommt er gerade aus der Dusche, sein dunkles Haar ist noch feucht, und er hat sich gerade noch schnell ein T-Shirt übergezogen. Die Diele öffnet sich direkt zum Wohnzimmer. Mit einer vagen Handbewegung bietet er mir einen Platz auf dem Sofa an.

»Setz dich! Entschuldige mich kurz, ich bin in zwei Minuten fertig.«

Die Wohnung ist groß und hell. Ich erinnere mich an die Artikel, die ich über Jeremys Investments gelesen habe. Beim Anblick seiner Wohnung glaube ich sofort, dass es ihm nicht an Geld mangelt. Ich würde gern wissen, was ihn dazu verleitet hat, in ein so verrücktes

Start-up wie EverDream zu investieren. Ich setze mich auf das Ledersofa und betrachte meine Umgebung. Auf einem Regal stehen Unmengen Comics und Bücher über Codierung mit für mich unverständlichen Titeln wie *Programmierung: HTML, CSS, JavaScript, Java und C++.* Hier und da hängen Kinderzeichnungen. Ein Plattenspieler und eine Kiste mit Schallplatten stehen auf dem Boden.

Ein leichter Duft nach Kaffee und Nikotin liegt in der Luft. Auf dem Couchtisch haben Gläser Ringe auf dem blanken Holz hinterlassen, es sieht aus, als habe man ihn in aller Eile abgeräumt und die Spuren eines langen Abends verwischt. Ich widerstehe dem Drang, ihn abzuwischen, und konzentriere mich lieber auf das Durcheinander auf dem Regal. Dort stehen eine Menge Familienfotos. Jeremy, seine Tochter Zoé und eine junge blonde Frau, ein wenig Stil Grunge, Zoés Mutter, vermute ich. Urlaubsfotos, aus denen Glück und Kinderlachen sprechen.

Neugierig knie ich mich neben die Kiste und stöbere durch die Platten. Klassiker: Nirvana, Led Zeppelin, Rolling Stones ... Und dann wie ein Stich: »Sisters« von Scarlett Smith-Rivière. Rosa und platinblonde Strähnen, tiefschwarz geschminkte Augen, ein ganz mit Tätowierungen bedeckter Arm, der eine elektrische Gitarre gen Himmel streckt, und dieses triumphierende Lächeln, so kraftvoll, dass es die Bühne des Madison Square Garden erhellte. Ein idiotisches Gefühl steigt in mir auf.

»Möchtest du einen Kaffee, während wir auf deine Freundin warten?«

Ich schrecke hoch, und die Platte gleitet mir aus den Fingern. Jeremy hat einen schwarzen Pullover über sein T-Shirt gezogen. Er beobachtet mich. Ich habe den flüchtigen Eindruck, dass er meinen Gefühlsausbruch bemerkt hat.

»Entschuldige, ich wollte nicht indiskret sein …«

Er zuckt die Achseln.

»Ich war ein großer Fan …«, erklärt er mit einer Kinnbewegung in Richtung Platte.

So wie man über berühmte Menschen recht unbeteiligt sprechen kann – es ist, als seien sie nicht aus Fleisch und Blut und ihre Existenzen und Emotionen nicht mehr als das, was ihre Fotos auf dem Glanzpapier der Klatschpresse preisgeben –, fügt er hinzu:

»Schade, sie ist zu jung gestorben.«

Ich hebe die Platte auf, um sie wieder in die Kiste zu stellen, dabei drehe ich ihm den Rücken zu und bin froh, einen Grund zu haben, um ihn nicht anzusehen, bis ich mich wieder gefangen habe. Ich stelle die Platte zwischen »Highway to Hell« von AC/DC und »The Dark Side of the Moon« von Pink Floyd, damit sie in guter Gesellschaft ist.

Ein paar Minuten später ist Jeremy mit einem Kaffeebecher in der Hand zurück.

»Und du, magst du Rockmusik?«, fragt er und trinkt einen Schluck.

Ich zwinge mich zu einem Lächeln.

»Nein, Musik ist nicht mein Ding.«

»Stimmt ja! Dein Ding sind Mathe und Statistiken.«

»Genau. Und Stifte nebeneinanderlegen.«

Ein amüsierter Funke erhellt seine blauen Augen, und ich finde ihn fast sympathisch. In diesem Augenblick klingelt es, und Jeremy öffnet die Tür. Wenige Minuten später kommt Saranya herein.

»Hallo! Ich vermute, du bist Jeremy«, ruft sie und küsst ihn herzhaft auf jede Wange. »Es ist so nett von dir, uns mitzunehmen, aber sechs Etagen ohne Aufzug ... ehrlich, das ist ein stolzer Preis für die Fahrt zum Großmarkt. Oh, Alice, du bist ja schon da!«

Sie nimmt mich in die Arme, als sei ich ihre beste, seit zehn Jahren verschollene Freundin. Ihre Zuneigung wärmt mir das Herz.

»Ich muss dir tausend Sachen erzählen«, kündigt sie an, »du ahnst ja nicht ...«

»Lasst uns gehen«, sagt Jeremy.

Er stellt die Kaffeetasse ab, schnappt sich die Autoschlüssel und steckt sie in die Tasche seiner Jeans.

»Nimmst du denn keinen Mantel mit?«, fragt Saranya. »Ich warne dich, es ist verdammt kalt. Und da faseln sie von Erderwärmung.«

»Das hat damit nichts zu tun«, erwidert er, »die globale Erwärmung kann sich auch im Absinken der Temperaturen in Europa zeigen.«

»Ich will nicht, dass du dich meinetwegen erkältest. Dann müsste ich vor schlechtem Gewissen noch einmal die sechs Etagen hochklettern und dir Suppe und heißen Kakao bringen.«

Ohne zu zögern, nimmt sie einen Schal vom Garderobenständer und wickelt ihn entschieden um seinen Hals.

»So. Man kann sich nämlich sehr leicht erkälten, wenn man mit freiem Hals herumläuft.«

Jeremy ist zwar überrumpelt, lässt es aber geschehen. Saranya plappert unentwegt, während wir zur Garage laufen.

»Alice hat mir gesagt, du bist ein Nerd und dass du deine ganzen Tage damit verbringst, Codierungen aneinanderzureihen«, meint Saranya und betrachtet Jeremy wie eine Schokotorte in der Auslage einer Patisserie. »Ich habe mir Nerds immer klein, mit Glatze und Brille vorgestellt. Da sieht man mal wieder, wie sehr man sich bei Klischees vorsehen muss.«

Es ist mir furchtbar peinlich, dass sie meine Beschreibung ausplaudert. Jeremy lächelt, also findet er ihre Betrachtungen eher lustig, als dass er schockiert wäre.

Ich setze mich nach hinten, und natürlich bestreitet Saranya während der Fahrt neunundneunzig Prozent der Unterhaltung. Sie erzählt Jeremy von ihrer Arbeit im Altersheim.

»Es ist schon schlimm«, teilt sie uns mit. »Das Problem der Alten ist im Grunde nicht das Alter, sondern die Einsamkeit. Ich kenne Leute, die ihren Lebenswillen aufgeben, weil ihre Familien sie nicht mehr besuchen kommen und sie das Gefühl haben, für ihre Lieben nur noch eine Bürde zu sein. Ich verstehe nicht, wie sich Kinder nicht um ihre Eltern kümmern können, das finde ich schockierend.«

Ich würde ihr gern erwidern, dass sie die Familiengeschichte ja nicht kennt, und denke kurz an meine Mutter, mit der ich seit fünf Jahren kein Wort mehr gewechselt habe. Ich frage mich, ob sie immer noch jeden Sonntagmorgen am Strand sitzt und den Wellen zuschaut, immer noch ein Glas Wein trinkt, wenn sie abends zu später Stunde an einer Übersetzung sitzt, und ob sie immer noch an ihrem Daumennagel nagt, wenn sie nach dem richtigen Wort sucht. Ich frage mich, ob es ihr gelingt zu überleben. Anders als ich.

»Ist es auf die Dauer nicht deprimierend?«, frage ich vom Rücksitz aus, um mich aus meinen eigenen schwarzen Gedanken zu retten.

»Es ist schon manchmal hart, aber auch sehr befriedigend, weil ich ihnen mit meinen Mitteln helfen kann. Ich bin beispielsweise die Partnervermittlung der Bewohner.«

Saranya holt ihr Puder aus der Tasche, dreht den Rückspiegel zu sich, beginnt sich zu schminken und erklärt:

»Ich habe für meine Alten einen umfangreichen Fragebogen mit mehr als hundertzwanzig Fragen ausgearbeitet: Was magst du? Was magst du nicht? Hast du lieber Hunde oder Katzen? Isst du lieber süß oder salzig? Gehen dir deine Enkel auf den Geist, oder sind sie deine ganze Freude? Lauter solche Sachen. Ich lasse alle meine Schützlinge die Fragebogen ausfüllen und gleiche die Antworten ab. Das ist viel Arbeit. Und wenn ich feststelle, dass zwei ein passendes Profil haben, dann schreite ich zur Tat und sage zum Beispiel zu Robert, dass Yvette findet, er ähnele Marlon Brando, und zu Yvette, dass Robert ständig von ihren schmalen Fesseln schwärmt.«

Jeremy bringt den Rückspiegel wieder in die richtige Position.

»Nimm doch bitte den Spiegel in der Sonnenblende, wir bauen sonst noch einen Unfall.«

»Man muss genau sein und seine Fantasie walten lassen, wenn man Komplimente erfindet«, fährt Saranya fort und dreht den Rückspiegel zurück, als hätte sie Jeremys Worte nicht gehört. »In ihrer Jugend konnten sie nicht mal eben auf Snapchat schreiben: ›Du bist eine Bombe.‹ Anfangs tun meine Alten so, als sei es ihnen egal, aber ich merke, dass ihnen Komplimente guttun, die werden ab siebzig nämlich rar. Und dann werfen sie sich Blicke zu, streichen umeinander herum wie Jugendliche auf einer Fete, versuchen am gleichen Bridgetisch zu sitzen, und Bingo! Meine Erfolgsquote liegt bei neunzig Prozent, zwölf Pärchen in fünf Jahren, drei davon gay.«

Mit dem Pinsel fährt sie über ihr braunes Gesicht und mustert sich im Rückspiegel, den Jeremy in fünfzehn Sekunden bereits dreimal wieder in seine Position gedreht hat.

»Was ist das eigentlich für eine Party, die du da organisierst?«, erkundigt er sich.

Saranya haut ihm mit ihrer Puderdose auf den Arm und sieht ihn vorwurfsvoll an.

»Das ist doch keine Party! Das ist Diwali. Bravo, von wegen Multikulti! Das ist, als würdest du mir sagen, dass du noch nie etwas von Weihnachten gehört hast. Diwali ist das Fest der Lichter und der Freude, gleichzeitig das Neujahr der Hindus. Es dauert fünf Tage, und jeder Tag hat eine besondere Bedeutung und Tradition. Am ersten Tag wird alles sauber gemacht, und du kaufst neue Sachen, um den Neubeginn zu feiern. Du musst in neuer Kleidung und mit neuem Schmuck *Lakshmi* empfangen, die Göttin des Reichtums. Das bedeutet Shopping im großen Stil. Danach zeichnet man ihr zu Ehren Fußspuren auf den Boden. Am zweiten Tag schmückst du das Haus mit *Kolams*.«

Jeremy zieht die Augenbrauen hoch.

»Was ist das denn?«

»Mehr oder minder reich gestaltete Blumenbilder aus gefärbtem Pulver, Sand, Reis oder Gries. Dann werden *Diyas*, kleine Öllampen, angezündet, die man auch vor die Tür stellt, um Lakshmi willkommen zu heißen. Überall werden Leuchtgirlanden aufgehängt, dann kochst du Berge von indischen Gerichten, und du lädst alle Bekannten und Verwandten ein, um zu feiern. Der vierte Tag ist *Padwa*, der offizielle Neujahrstag, der Tag, an dem Geschenke und gute Wünsche ausgetauscht werden. Schließlich der fünfte und letzte Tag, *Bhau Beej*, der den Brüdern und Schwestern geweiht ist. Die Brüder besuchen ihre Schwestern und bringen ihnen Geschenke. Habt ihr Brüder und Schwestern?«

»Ich habe einen jüngeren Bruder«, antwortet Jeremy.

Schweigen. Saranya dreht sich strahlend lächelnd zu mir um. Ich bin wie versteinert. Ausgerechnet jetzt hat sich Saranya aufs Zuhören verlegt, sie stellt mir nicht nur diese unangenehme Frage, sie wartet zu allem Überfluss auch noch länger als drei Sekunden auf die Antwort. Ameisen scheinen über meine Hände zu krabbeln, und mir geht die Luft aus. Ich taste nach dem Bettel-armband. Erst die Schallplatte und jetzt diese Frage, das ist zu viel an einem Tag.

»Nicht wirklich ...«

Die Worte sind mir rausgerutscht und brennen in meinem Hals, als hätte ich den schlimmsten Verrat begangen. Eines Tages werde ich sicher dafür bestraft, die Realität zur Fiktion verzerrt zu haben. Nach und nach werde ich an meinen Lügen ersticken, an den kleinen Sätzen, die so unscheinbar klingen, den unbedeutenden Gesten, dieser falschen Wahrheit, die ich für mich erfunden habe. Oder noch schlimmer, irgendwann kann ich zwischen Wahrheit und Lüge nicht mehr unterscheiden. Ich möchte die Erinnerung auslöschen, um meine Schuld nicht mehr ertragen zu müssen. Im Rückspiegel sehe ich den fragenden Blick in Jeremys hellen Augen.

»Alles okay?«, fragt er, »du bist ganz blass.«

Mein Hals ist wie zugeschnürt, und ich kann nicht antworten. *Alles okay?* Ich hasse diese beiden Worte, diese rein rhetorische Frage, die im Französischen wie im Englischen automatisch und ohne nachzudenken mit Ja beantwortet wird. Und weil sie so häufig gestellt wird, unterstreicht sie, dass eigentlich gar nichts okay ist und es so bald auch nicht sein wird.

Jemand hupt, es wird scharf gebremst, und Saranya schreit vor Schreck auf. Ein Taxi hat uns überholt, und der Fahrer gestikuliert wütend.

»Also ehrlich«, schimpft Jeremy, »ich brauche den Rückspiegel, wir wären beinahe mit dem Taxi kollidiert.«

Die beiden beachten mich nicht mehr, und ich kann mich auf die Anhänger meines Bettelarmbands konzentrieren. In mir steigt die Erinnerung an das Murmeln der Wellen auf, ich sehe den Glanz, den die Wellen am Strand hinterlassen haben, und die Fußspuren meiner Schwester, die vor mir über den feuchten Sand läuft, höre das dumpfe Geräusch unserer Schritte. Mit der Zunge fahre ich mir über die trockenen Lippen und genieße den Salzgeschmack der Luft und den frischen Wind. Heimlich entschuldige ich mich für meinen Mangel an Aufrichtigkeit und diesen neuerlichen Verrat. Indem ich mir vergegenwärtige, dass sie mir immer verziehen hat, kann ich wieder richtig durchatmen.

Jetzt schwärmt Saranya von ihren Schwestern, um die sie sich oft gekümmert hat. Sie nimmt sich gern anderer Menschen an und vor allem jenen, die niemanden mehr auf der Welt haben, das ist auch der Grund, weshalb sie im Altersheim arbeitet. Der Klang ihrer Stimme beruhigt mich immer mehr.

Jeremy und Saranya verstehen sich wider Erwarten gut. Sie ergänzen sich. Jeremy hört zu, Saranya redet. Und so geht es in einem fort, bis wir beim Großmarkt ankommen und ich mich wieder im Griff habe.

Die Einkäufe verlaufen chaotisch. Saranya scheint den ganzen Laden mitnehmen zu wollen. Jeden von uns lässt sie einen Wagen schieben und bringt alle beide innerhalb von zwanzig Minuten mit Nahrungsmitteln zum Überlaufen. Jeremy zeigt sich unerschütterlich und holt aus den oberen Regalen, was Saranya nicht erreichen kann. Sie nennt ihn jetzt »Jerem« und klopft ihm freundschaftlich auf den Rücken, hievt gleichzeitig dicke Reissäcke in die Einkaufswagen und schnattert dabei pausenlos.

»Man fragt sich, wann sie mal zu Atem kommt«, wundert sich Jeremy, und sein Blick folgt Saranya, die gerade auf einen Verkäufer zustürzt und sich nach Einweggeschirr erkundigt. »Ich mag Quasselstrippen«, fügt er nachdenklich hinzu, »da hat man keinen Stress, dass das Gespräch ins Stocken geraten könnte.« Seine Worte überraschen mich, denn ich denke genau das Gleiche.

Nach dem Einkaufen brauchen wir eine gute Viertelstunde, um die Unmengen an Waren im Auto zu verstauen. Saranya schnappt sich Jeremys Telefon, gibt ihre Adresse ein und beklagt sich gleichzeitig, dass er kein iPhone besitzt wie alle anderen Leute. Das Restaurant von Saranyas Eltern, Les jardins du Taj Mahal, befindet sich im 10. Arrondissement. Wir helfen Saranya beim Ausladen. Sie lädt uns auf einen Kaffee ein. Ich nehme an, Jeremy lehnt höflich ab.

»Ich muss meine Tochter bei ihrer Mutter abholen.«

Dieser einfache Satz hat ein Trommelfeuer von siebzehn Fragen zur Folge. Wie alt ist sie? Wie heißt sie? Ist er geschieden, getrennt, warum usw.?

»Ich muss leider los«, entschuldigt sich Jeremy, offensichtlich will er sich diesem Verhör entziehen.

Er wendet sich mir zu:

»Wenn du willst, setze ich dich ab, Alice ...«

»Nein, danke. Ich fahre mit der Métro nach Hause.«

»Dann, ein schönes Wochenende!«

Er steigt in sein Auto.

»Jeremy?«

Er hebt fragend den Kopf, und ich lächele ihm zum ersten Mal wirklich aufrichtig zu.

»Danke.«

»Gern geschehen«, antwortet er.

Ich biete Saranya an, mit ihr gemeinsam die Einkäufe auszupacken, stattdessen lädt sie mich in ihre kleine Einzimmerwohnung über dem Restaurant ein, um dort Kaffee zu trinken. Die Unordnung, die dort herrscht, müsste bei mir eigentlich einen Herzstillstand verursachen, aber ich beginne, mich an Saranyas Eigenheiten zu gewöhnen. Bei ihr brauche ich keinen Schutzwall aus Stacheldraht. Sie schiebt den Kleiderhaufen auf ihrem Bett beiseite, zupft hastig das geblümte Federbett zurecht und bietet mir dann dort einen Platz an.

»Setz dich!«

Auf der Kommode, zwischen einem Topf mit Schminkutensilien und einem Stapel Taschenbücher, fischt sie Kaffeekapseln hervor.

»Du kommst doch zum Diwali-Fest, nicht wahr?«

»Oh, ich weiß nicht so recht …«

»Doch, doch, du musst kommen, ich würde mich wirklich sehr freuen.«

Auf allen vieren kriecht sie nun am Boden und versucht, die Kaffeemaschine in einen hinter dem Schrank eingeklemmten Mehrfachstecker zu stöpseln. Die Schranktüren stehen offen, und in seinem Inneren sind große unordentliche Haufen bunter Kleidung zu sehen. Sie findet irgendwo zwei angeschlagene Kaffeebecher und spült sie in der winzigen Nasszelle nebenan aus.

»Ist zwar nicht groß«, ruft sie laut, um den Lärm der Kaffeemaschine zu übertönen, »aber hier bin ich mehr oder minder unabhängig. Mit meinem Gehalt könnte ich mir keine Wohnung in Paris leisten, aber lieber sterbe ich, als in einen Vorort zu ziehen. Magst du Paris? Bis du froh, hier zu sein? Möchtest du Zucker in deinen Kaffee?«

Sie reicht mir den Becher, der endlich mit Kaffee gefüllt ist. Ich vermute, dass sie weitersprechen wird, ohne eine Antwort abzuwarten, doch sie führt ihre Tasse zum Mund und betrachtet mich mit ihren großen Rehaugen.

»Meine Mutter war Französin«, erkläre ich nach einem Moment des Schweigens und puste auf den heißen Kaffee, »und ich habe immer von Paris geträumt, habe Reiseführer gelesen und gespart, um mir eines Tages den Flug zu finanzieren ... Aber ich hoffte, unter besseren Umständen herzukommen. Kurzum ... du denkst, du hast alle Zeit der Welt, und plötzlich wachst du auf, und es ist zu spät.«

Saranya trinkt einen Schluck und runzelt die Stirn:

»Weißt du, bei der Arbeit mit meinen Senioren habe ich zwei grundlegende Dinge gelernt. Das Erste, man sorgt sich den lieben langen Tag um irgendwelche Sachen, die man in einem Jahr völlig vergessen hat, und an unserer Lebenserwartung gemessen, sind sie gar nicht wichtig. Und das Zweite ist, dass Altwerden ein Glück ist, das nicht jeder hat, deshalb sollte man die Projekte, die einem am Herzen liegen, sofort angehen, weil man ja nie weiß, wann das alles ein Ende hat.«

Ich kann mir nicht verkneifen, einen Pullover, der

zusammengeknautscht auf dem Bett liegt, sorgfältig zusammenzufalten.

»Kann ich dir beim Aufräumen helfen? Unordnung stresst mich ein bisschen.«

Sie bricht in Gelächter aus.

»Wenn es dir Freude macht, nur zu!«

Ich stelle meinen Kaffeebecher ab und lege ihre herumliegende Kleidung zusammen, mache ihr Bett, reihe die Bücher auf ihrem Nachttisch säuberlich auf und stelle die Schuhe paarweise auf dem Teppich zusammen. Saranya hilft halbherzig und plappernd mit, bis sie sich zu mir umdreht und mich mit ihren schwarz umrandeten Augen, die jetzt noch dunkler als sonst wirken, intensiv anblickt.

»Alice, ich wollte mich entschuldigen: Meine Frage nach Brüdern und Schwestern tut mir leid. Angela hatte mir gesagt, dass du deine Schwester verloren hast ...«

Ich stehe unter Schock und antworte nicht. Dass Saranya meine Lüge bereits im Auto erkannt hat, ist nicht das Schlimmste, aber dass Angela ihr mein Leben erzählt hat, empfinde ich als Verrat.

»Ich wollte dir nicht wehtun und dich nicht an furchtbare Ereignisse erinnern«, setzt sie hinzu, »manchmal sage ich etwas, ohne nachzudenken.«

Warm und freundlich lächelt sie mich an, sie wirkt tatsächlich besorgt. Ich bin ihr nicht böse, dennoch stehe ich abrupt auf.

»So ... dramatisch ist es nun auch wieder nicht. Da fällt mir ein ... Ich habe noch etwas vor. Ich muss leider gehen.«

Sie bringt mich zur Tür, und mir ist klar, dass ihr dieser Vorfall echten Kummer bereitet, aber ich will diese Unterhaltung nicht fortsetzen, vor allen Dingen will ich die Intimsphäre meiner Vergangenheit nicht preisgeben. Kaum trete ich durch die Tür, hält Saranya mich zurück:

»Macht es dir etwas aus, mir Jeremys Telefonnummer zu geben?«

»Nein … nicht im Geringsten.«

Ich hole mein Handy hervor und öffne die einzige von Jeremy erhaltene SMS, in der er mir seine Anschrift mitgeteilt hatte, diktiere Saranya die Nummer und mache mich auf den Weg. Sie wirft mir eine Kusshand zu und schließt die Tür hinter mir.

Ich gehe zu Fuß zurück. Es wird langsam Abend, und ich schlendere durch die Straßen, bis ich zu Hause ankomme. Es duftet nach heißen Maronen. Ich muss noch ein wenig einkaufen und lasse mich von einer appetitlichen Tartelette mit Himbeeren im Schaufenster einer Patisserie verführen. Insgesamt finde ich, dass ich seit Langem zum ersten Mal einen schönen Tag verlebt habe. Aber Angelas Verrat hinterlässt einen bitteren Nachgeschmack. Sie kennt mich doch so gut. Wie konnte sie ihr Wissen an Saranya weitergeben, ohne mich zu informieren? Ich werde ihr schreiben, um das zu klären.

Bei meiner Heimkehr finde ich einen dicken Briefumschlag aus London im Briefkasten. Überrascht öffne ich ihn. Darin befindet sich ein kleinerer, auf dem mit schwarzem Filzstift geschrieben steht, »Post für Alice Smith«, dazu ein kaum leserlicher, offenbar in aller Hast geschriebener Brief auf Englisch, den ich im Fahrstuhl überfliege:

Liebe Alice,
von Ihrem Makler erfuhr ich, dass Sie wieder in
Europa sind. Ich habe Ihre Wohnung in London
nach Ihrem Auszug übernommen und etwas Post
für Sie erhalten. Ein weiterer Brief ist gerade letzte
Woche gekommen, und ich erlaube mir, Ihnen jetzt
alles zuzuschicken.
Ich hoffe, es geht Ihnen gut, und wünsche Ihnen
einen angenehmen Aufenthalt in Paris.
Mit freundlichen Grüßen
John Foster, Ihr ehemaliger Vermieter

In der Wohnung angekommen, lege ich die Post auf den Glastisch. David reckt und streckt sich auf dem Sofa und miaut. Er braucht jetzt Ansprache.

»Ich habe keine Lust, diese Post zu lesen, Kätzchen«, sage ich zu ihm und ziehe ihn auf meinen Schoß.

Er brummt, ein Zeichen dafür, dass ihm das reichlich egal ist. Also fülle ich sein Schälchen mit Milch. Dann stelle ich den Wasserkocher an und warte ein paar Minuten, bevor ich das Wasser über den Teebeutel gieße. Meine Tasse steht nun auf dem Tisch neben dem Briefumschlag, und ich kaue auf meiner Unterlippe. Als ich die Wohnung in West Hampstead aufgelöst habe, hatte ich den DSL-Anschluss, die Elektrizitäts- und Wasserversorgung gekündigt, aber auf einen Nachsendeauftrag bei der Post verzichtet.

Ich könnte den Brief wegwerfen, bis jetzt habe ich ja auch gelebt, ohne den Inhalt zu kennen. Aber was, wenn er eine existenziell wichtige Information enthält? Und konnte letzte Woche, so lange nach der Wohnungsauflösung, noch Post eintreffen? Ich glaube nicht an Zufälle. Wenn mich diese Schreiben erreicht haben, muss ich sie auch lesen.

Ich trinke einen Schluck Tee. Zu heiß. Vorsichtig schneide ich den kleineren Briefumschlag auf und finde ein Dutzend Briefe vor. Eine Stromrechnung, Werbung für den Black Friday bei Sainsbury's, ein paar Anzeigen und ein weißes Kuvert mit der Aufschrift »Vertraulich«. Der Poststempel zeigt, dass der Brief erst kürzlich aufgegeben wurde.

Was immer er enthält, er gehört in die Vergangenheit. Und die Vergangenheit tut weh. Die Vergangenheit ist unerträglich. Dennoch öffne ich den Brief. In der einen Hand halte ich die Tasse und puste auf den aufsteigenden Dampf, mit der anderen falte ich das dreifach geknickte A4-Blatt auseinander. Als ich den Briefkopf lese, weicht mir das Blut aus dem Gesicht.

Ich knalle die Tasse auf den Tisch. Der heiße Tee ergießt sich über meine zitternde Hand, aber ich fühle keinen Schmerz. Ohne es wirklich zu wollen, lese ich die Zeilen, und mein Herz in der zugeschnürten Brust scheint in tausend Stücke zu zerspringen.

Sehr geehrte Mrs. Smith-Rivière,
mit diesem Schreiben teile ich Ihnen mit, dass Ihre
Gynäkologin im Queen Victoria Private Hospital,

Dolores Taylor, in Rente gegangen ist. Sie können
sich ab jetzt an mich für alle weiteren Informatio-
nen wenden, sollten Sie noch einmal eine künstliche
Befruchtung in die Wege leiten wollen.
Darüber hinaus teile ich Ihnen mit, dass die im
Queen Victoria Private Hospital am 28. März 2012
für eine In-vitro-Fertilisation eingefrorenen Embry-
onen nach britischem Recht und unserer Verwah-
rungspolitik am 28. März 2022, zehn Jahre nach
dem Einfrieren, vernichtet werden.
Im Namen des Queen Victoria Private Hospital
danke ich für Ihr Vertrauen und verbleibe mit bes-
ten Grüßen
Dr. Timothy Stone

Ich lese den Brief gleich dreimal hintereinander, ohne
Luft zu holen, doch dann schießen mir die Tränen in
die Augen, und ich muss so sehr weinen, dass mich
selbst der traurig schnurrende David, den ich an mich
drücke, nicht trösten kann.

Von: Angela Srinivasan
An: Alice Smith
Datum: 10. Oktober 2018
Gegenstand: News

Hallo, liebes Wunder im Alice-Land,
ich finde deine E-Mail ungerecht, sogar verletzend,
Grund genug, dir umgehend zu antworten, auch wenn
dadurch mein Avocado-Chia-Salat kalt wird. Stimmt,
ich habe meiner Cousine ein wenig von dir erzählt. Aber
nicht, um zu »klatschen«, wie du es mir vorwirfst, sondern um sie vorzuwarnen, weil du – verzeih meine Aufrichtigkeit – zu Anfang nicht sehr zugänglich bist.
Der Gedanke, dich ganz allein auf der anderen Seite des
Globus zu wissen, behagt mir gar nicht, selbst wenn es
sich theoretisch um die schönste Stadt der Welt handelt
und du dir immer erträumt hast, dort zu leben. Ich bin
felsenfest davon überzeugt, dass ihr, Saranya und du,
euch sehr gut verstehen könnt, aber ich beobachte dich
jetzt seit fast fünf Jahren und weiß, dass du hohe Mauern um dich hochgezogen hast, aus Angst, du könntest
dich an jemanden binden oder jemand an dich. Deshalb
befürchtete ich, du könntest Schwierigkeiten haben,
neue Freunde zu finden. So, nun weißt du Bescheid. Ich
wollte sichergehen, dass du zumindest eine Verbündete
bei deiner Ankunft hast, und aus diesem Grund erschien
es mir wichtig, Saranya ein paar Zusammenhänge zu erklären. Nicht, damit sie Mitleid mit dir hat, wie du in deiner E-Mail schreibst, sondern damit sie deine Verschlos-

senheit versteht. Du bist wie ein Autorenfilm oder ein hoch literarisches Werk, meine Alice: Kompliziert und genial, aber man muss sich in dich hineinversetzen, um dich wirklich zu schätzen.

Es stimmt, du hattest mich gebeten, bestimmte Ereignisse nicht zu erwähnen, und seit ich dich kenne, habe ich mein Wissen, von Abbie einmal abgesehen, an niemanden weitergegeben. Großes Ehrenwort! Auch im Job weiß niemand Bescheid. (Sicher freut es dich, zu erfahren, dass Abbies Mutter nicht an Windpocken im Erwachsenenalter gestorben ist. Es waren Mückenstiche, und jetzt befürchtet sie, den Zika-Virus erwischt zu haben.)

Andrew hat dein Büro diesem Mistkerl Tom übergeben. Im Vorbeigehen spüre ich jedes Mal einen kleinen Stich im Herzen, wenn ich anstelle deines hübschen, konzentrierten Gesichts seine Glatze sehe. Der Central Park hat sein Winterkleid angelegt. Jetzt gehe ich dort dienstagmittags allein essen, setze mich auf unsere Bank, denke an dich und schaue den Eichhörnchen zu. Letzte Woche habe ich sogar einen dieser ekligen Hotdogs mit Ketchup für einen Dollar bei deinem fliegenden Händler gekauft, nur um mit jemandem über dich zu sprechen. Gegessen habe ich den Hotdog nicht, sondern einem Clochard geschenkt. Der Verkäufer erinnert sich gut an dich und lässt dich grüßen.

Jetzt weißt du Bescheid. Wie ich dich kenne, bist du mir nicht lange böse. Wer ist dieser Kollege, der euch bei den Einkäufen für Diwali begleitet hat?

Pass gut auf dich auf!

Love
Angela

PS: Anbei ein Rezept für eine Schokocremetorte ohne
Gluten: Du ersetzt die Eier, die Butter und die Sahne
durch Mandelmilch und das raffinierte Mehl durch Mais-
stärke. Köstlich und gut bekömmlich.

Das Tagebuch von Alice

London, 15. Januar 2012

Hello Bruce,

von Scarlett habe ich seit unserem Streit nichts mehr gehört. Oliver hat mir Massagen in einem Spa spendiert. Sicher glaubt er, dass ich mich entspannen muss. Wir haben wieder über unser Romantik-Wochenende in Paris gesprochen.
Ich würde so gern dorthin fahren. Und wenn Oliver keine Zeit hat, dann fahre ich eben allein. Als wir noch Kinder waren, Scarlett und ich, haben wir immer von Paris geträumt ...
Wir waren damals geradezu besessen davon. Wir konnten uns keine Markenkleidung wie unsere Freundinnen leisten, für uns gab es keine Frühlingsferien in Florida, keine schicken Restaurants in Boston oder Providence, aber wir hatten die französische Staatsangehörigkeit, und das war besser als alle schicken Nachthemden von Victoria's Secret, die Ashley besaß. Wir hatten beschlossen, dass unsere französische Staatsangehörigkeit unser Trumpf in diesem mitleidlosen Dschungel des Colleges werden müsse, um uns beliebt zu machen. Ich habe dann sämtliche französischen Romane gelesen, die Maman besaß, während Scarlett französische Chansons lernte. Wir erträumten uns Spaziergänge durch die Hauptstadt und blätterten so oft in Mamans Reiseführer, bis er fast auseinanderfiel. Wir hatten noch kein Internet zu

Hause, so stellten wir unsere Recherchen auf dem Computer der Schulbibliothek an, offiziell für einen Vortrag im Bio-Unterricht, in Wirklichkeit, um den Pariser Métro-Plan und ziemlich unscharfe Schwarz-Weiß-Fotos von Sacré-Cœur oder Notre-Dame auszudrucken, die wir zu Hause in der Mansarde über unsere Betten pinnten.

Maman hatte keinen Kontakt mehr zu ihrer Familie. Ihre Eltern waren nicht lange nach meiner Geburt gestorben, und da sie bereits mit Scarlett schwanger war, konnte sie auch nicht zur Beerdigung fahren. Sie war Einzelkind, und somit hatten wir weder Cousins, Onkel oder Tanten, die wir eines Tages hätten besuchen können, was wir sehr bedauerten. Doch dann interessierte sich Scarlett nicht mehr für Frankreich, sie hatte nur noch ihre Musik im Kopf. In jeder freien Minute spielte sie Gitarre. Das war ihre neue Leidenschaft, und nur die Musik zählte. Seit drei Jahren gab ihr Mrs. Hamilton nun Unterricht. Sie war der Ansicht, dass meine Schwester einen Gitarren-Lehrer bräuchte, während sie ihr weiterhin Gesangsunterricht geben wollte. Zu ihrem Leidwesen musste sie sich damit abfinden, dass sie Scarlett weder für klassische Musik noch fürs Klavier erwärmen konnte, obwohl sie offenbar gerade dafür sehr begabt war. Noch einmal begab sich unsere Musiklehrerin zu Maman, und noch einmal unterhielten sie sich leise in der Küche, dann gab sie Maman die Visitenkarte eines Gitarren-Lehrers. Doch trotz Mrs. Hamiltons beharrlicher Fürsprache lehnte Maman es unumwunden ab, Unterrichtsstunden zu bezahlen. Scarlett war nun vierzehn oder fünfzehn Jahre alt und hatte sich in einem Fischrestaurant am Hafen beworben, wo sie abends und am Wochenende kellnern und Geld für ihren Unterricht verdienen konnte. Fisch war für sie ein Gräuel, und abends kam sie nach Meerestieren stinkend heim.

Damals zeichneten wir Songs, die wir mochten, direkt aus dem Radio auf Kassetten auf. Manchmal mussten wir die Bänder mit einem Bleistift wieder aufrollen, wenn sie sich verheddert hatten. Scarlett besaß eine ganze Reihe davon, sorgfältig beschriftet und alphabetisch geordnet. Die Texte schrieb sie in ein kleines blaues Spiralheft, das sie immer bei sich trug. Sie brachte es fertig, die ganze Nacht lang Radio zu hören und auf einen Song zu warten, den sie ganz besonders mochte, um ihn aufzunehmen.

Bei allem, was mit Musik zu tun hatte, zeigte sich Scarlett erstaunlich sorgfältig und diszipliniert. Auf allen anderen Gebieten war sie »Künstlerin«, Bruce [wie du]. Will heißen: Ihre Hälfte unseres Zimmers sah aus wie ein Basar nach einem Wirbelsturm, pünktlich zu sein, lag außerhalb ihrer Möglichkeiten, sie vergaß den Unterricht, den Stundenplan, wechselte ihre Meinung öfter als die Unterwäsche, und ihr ganzes Wesen war so aufgewühlt wie das Meer im Dezember.

Ich für meinen Teil gehörte weder zu den Cheerleadern oder anderen beliebten Mädchen noch zu den ausgegrenzten, die man in den Fluren anrempelte oder denen man fiese Bemerkungen auf die Schrankfächer schmierte. Über die Einfallslosigkeit der Peiniger bin ich heute noch verwundert. Ich wollte in der Masse untergehen und bewegte mich in der neutralen Zone derer, die man in Frieden lässt, weil sie niemandem weiter auffallen. Im Gegensatz dazu war Scarlett schon mit dreizehn eine Rockerin, und diesen Stil behielt sie bei. Ihre Augen schminkte sie übertrieben und tiefschwarz, trug mit einem Cutter eigenhändig zerfetzte Jeans und eine Lederjacke, für die sie einen ganzen Sommer lang auf den im Hafen liegenden Jachten der Touristen geputzt hatte. Als kleine Mädchen sahen wir uns sehr ähnlich, nur dass ich mein Haar stets zusammengebunden trug, während Scarlett es offen ließ. Als wir aber Teenager wurden, waren unsere Stile so unterschiedlich, dass uns niemand mehr verwechselte. Selbst zu zweit waren wir eher zu dritt, denn Hamilton, Scarletts Gitarre, war unsere ständige Begleiterin. Wir verbrachten die meiste Zeit gemeinsam. Rückblickend sage ich mir, dass wir denkbar schlecht zusammenpassten: ich mit artigem Pferdeschwanz und Brille, Stil Klassenbeste, Scarlett mit Vintage-Doc-Martens an den Füßen und der Gitarre am Körper wie ein zusätzliches lebenswichtiges Organ.

Scarlett nahm eine Sonderstellung ein. In der Oberstufe war alles, was sich vom Diktat der Leader abhob, augenblicklich dem sozialen Tod geweiht, weshalb Scarlett eigentlich nicht hätte überleben dürfen, aber sie hatte einen Joker im Ärmel: Was die anderen dachten, war ihr egal. Übrigens war ihr alles egal, was nicht mit Musik zu tun hatte. So egal, dass man sie dafür bewundern musste. Nie wirkte sie charismatischer, als wenn sie durch die Gänge des Gymnasiums lief - Kopfhörer auf den Ohren -, ohne je auf die Provokationen oder Gemeinheiten zu reagieren, die man ihr nachrief. Natürlich hatte auch sie ihre Schwachstellen und Zweifel, aber wenn ich an damals denke, bewundere ich noch immer ihre geistige Unabhängigkeit. Dakota, Ashley und ich verloren viel Zeit damit, Jungs und Mittel gegen Akne zu vergleichen. Darüber hinaus beschränkten sich meine Erfahrungen mit der Liebe auf Spaziergänge Hand in Hand mit einem gewissen Will. Wir trennten uns, als ich die Hoffnung aufgab, dass er es jemals wagen würde, mich zu küssen. Wie alle Mädchen im College - vielleicht auch ein paar Jungs - war ich in Joshua Richardson verliebt. Ich vermute, auch in eurer Schule gab es so einen Joshua Richardson, Bruce: den Prototyp des Trottels, in den sich die Mädels so blind verknallen, als würden sie in ein tiefes Loch fallen. Sechs Fuß geballte Blödheit, versteckt hinter einem charmanten Lächeln, so ansteckend wie Grippeviren in einem geschlossenen Raum, dazu mit einem Waschbrettbauch ausgestattet, der Weltkulturerbe hätte werden können. Er war siebzehn, und allein diese Tatsache verlieh ihm den Status des reifen und unendlich anziehenden Mannes - zumindest in meinem dreizehneinhalbjährigen Gehirn.

Abgesehen von seinem Aussehen, hatte er noch zwei weitere Vorzüge: Erstens war er in der Abschlussklasse, zweitens Kapitän des Football-Teams. Ich mochte Tag und Nacht von ihm träumen, hätte aber nie daran gedacht, dass er sich wirklich für mich interessieren könnte. Mit der erstaunlichen Präzision, mit der man sich an einschneidende Ereignisse im Leben erinnert, hat sich mir der Tag ins Gedächtnis gebrannt, an dem Joshua Richardson von seinem leuchtenden Sockel herabstieg oder besser die von den Toiletten der Oberstufe herabführenden Treppenstufen, um mich anzusprechen. Zwischen zwei Schulstunden stand ich gerade vor meinem Schließfach, tauschte das Biologiebuch gegen das Geschichtsbuch aus und summte »Truly Madly Deeply« von Savage Garden vor mich hin. Das war mein Lieblingslied, nicht nur weil der Clip in Paris gedreht worden war, sondern auch weil ich einen miserablen Geschmack hatte. Die Fotos der Backstreet Boys, die ich ganz ungeniert innen an die Schließfachtür geklebt hatte, waren der klare Beweis dafür.

»Alice?«

Ich brauchte fünfzehn Sekunden, um zu reagieren, fünfzehn
lange Sekunden intensiver Überlegung und größter Konzentra-
tion, um mit einer piepsigen, mir unbekannten Stimme aus
zugeschnürter Kehle diese vier Worte hervorzubringen:

»Du kennst meinen Namen?«

Diese Frage ließ mich zwar nicht unbedingt hochintelligent
erscheinen, aber sie war auch nicht unberechtigt und überraschte ihn nicht.

»Offensichtlich. Willst du nach der Schule mit mir bei Bob's
etwas trinken gehen?«

(Zehn Sekunden Nachdenken, Schweißausbruch.)

»Okay.«

»Siebzehn Uhr? Wir treffen uns vor der Sporthalle, ich
nehme dich mit.«

(Fünfzehn Sekunden Nachdenken, schwere Atemnot.)

»Okay.«

Und schon hatte er auf dem Absatz kehrtgemacht. Es war
zehn Uhr vormittags, also lagen noch sieben Stunden vor mir,
um mich auf dieses Rendezvous vorzubereiten, das wahrscheinlich mein ganzes Leben auf den Kopf stellen würde.

Die Lage war ernst. Innerhalb kürzester Zeit musste Kriegs-
rat gehalten werden. Da es noch keine Smartphones oder
Internet gab (man schrieb das zwanzigste Jahrhundert),
musste ich auf die Mittagspause warten, um in der Kantine
Dakota, Ashley und Scarlett an unserem angestammten
Tisch zu treffen.

Ashley und Dakota wirkten eher skeptisch:

»Bist du sicher, dass er nicht betrunken oder bekifft war?«

»Bist du sicher, dass er dich nicht mit einer anderen ver-
wechselt hat?«

Scarlett sagte gar nichts und knabberte an ihrem Sandwich
mit Erdnussbutter, während wir über die eventuelle Notwendigkeit diskutieren, ob ich nicht besser den Nachmittags-
unterricht schwänzen sollte, um mich zu Hause umzuziehen.
Würde er bemerken, dass ich nicht mehr die gleiche Kleidung
trug, könnte er daraus schließen, dass ich interessiert war,
und das sei, Dakota zufolge, ein Anfängerfehler. Andererseits
schrien meine Levis 501 und das kanariengelbe T-Shirt danach,
dass ich eben nicht interessiert war – Ashley zufolge ein
strategisch noch schlimmerer Fehler.

Verwirrt durch die gegensätzlichen Meinungen meiner Freundinnen und so gestresst, dass ich seit zehn Uhr wahrscheinlich zehn Jahre an Lebenserwartung verloren hatte, wandte
ich mich an Scarlett.

»Und was hältst du davon?«

Scarlett fuhr sich mit den Fingern durch ihren dunkelblonden
Schopf. Das war noch, bevor sie alle Farbtöne des Regen-
bogens ausprobierte. Ließ ich meine Haare offen, sahen sie
immer unordentlich aus. Scarlett hingegen konnte ihre Haarpracht mit den Fingern durchkämmen, und sie floss dann
einfach säuberlich und natürlich zu beiden Seiten ihres Gesichts herab, was ungemein sexy aussah.

»Ich denke, dass Joshua Richardson ein armer Vollidiot ist
und du nicht hingehen solltest.«

Tiefes Schweigen folgte dieser Bemerkung, die ebenso absurd
war wie Turnschuhe mit Keilabsätzen.

»Ein armer Vollidiot wäre kaum Kapitän eines Football-
Teams«, erwiderte ich zu seiner Verteidigung.

Scarlett lachte verächtlich auf.

»Letztes Jahr ging er mit Jessica aus. Sie haben miteinander geschlafen, und am nächsten Tag hat er sie sitzen gelassen und überall herumerzählt, er wolle nichts mehr mit ihr zu tun haben, weil sie Haare unter den Achseln hatte.«

Natürlich kannte auch ich diese Geschichte. Jeder wusste über Jessica Beckers Behaarung Bescheid, und alle fanden es saukomisch, als Joshua ihr in den folgenden Wochen verschiedene Rasierer, Enthaarungs-Creme und -Wachs ins Schließfach schob, für den Fall, sie habe den Wink mit dem Zaunpfahl nicht verstanden. Niemand hatte sich gewundert, als sie mitten im Jahr die Schule wechselte.

»Dann reicht es doch, wenn sich Alice enthaart«, fand Dakota, der offenbar die Quintessenz der Geschichte entgangen war, unterstützt von Ashley, die auch nicht gerade Feministin war.

»Geh nicht hin!«, wiederholte Scarlett.

Und nach einer Pause fügte sie hinzu:

»Bitte!«

»Nicht hinzugehen, wäre der Fehler ihres Lebens«, meinte Dakota.

»Wenn du nicht gehst, gehe ich«, sagte Ashley.

»Ich gehe hin«, beschloss ich, »schon allein aus Neugier.«

Scarlett verdrehte die Augen und klappte lautstark ihre Lunchbox zu.

»Er interessiert sich nicht für dich«, ließ sie verlauten.

»Es ist gemein, so etwas zu sagen!«, rief Ashley entsetzt.

Scarlett zuckte die Achseln.

»Es stimmt aber.«

»Woher willst du das wissen?«

»Ich weiß es, und das reicht. Und wenn du mir vertraust, gehst du nicht hin.«

Eine Hälfte von mir gab ihr recht, die andere Hälfte, die ganze Tage damit verbracht hatte, sich unter der Mansarde unseres Zimmers alle möglichen Liebesszenen mit Joshua Richardson auszumalen und dabei Savage Garden zu hören, lehnte sich gegen ihren Rat auf. Dakota und Ashley warfen sich einen Blick zu, sagten jedoch nichts. Entweder dachten sie, dass Scarlett recht hatte, oder sie wussten, dass sie meine kleine Schwester in meiner Gegenwart besser nicht kritisierten.

Joshua holte mich mit einer halben Stunde Verspätung vor der Turnhalle ab. Er begleitete mich zu seinem Auto und hielt mir die Tür auf. Ich fiel fast in Ohnmacht. Wir tranken bei Bob's einen Milkshake, und zu meiner Erleichterung ließ er mich gar nicht erst zu Wort kommen und sprach ausgiebig über sein Lieblingsthema: sich selbst. Andächtig sog ich seine Worte und meinen Vanille-Milkshake ein. Dann bot er mir an, wieder in sein Auto zu steigen, was wir auch taten. Aus dem Handschuhfach holte er billigen Wodka, trank ein paar Schlucke direkt aus der Flasche und hielt sie mir hin.

»Ich habe einen falschen Ausweis«, erklärte er den Besitz der Flasche. Er war noch keine einundzwanzig und konnte deshalb nicht legal Alkohol kaufen.

Ich trank, meine Gurgel brannte, und ich musste husten. Zum ersten Mal trank ich etwas Härteres als einen Schluck Bier. Um nicht als das kleine Mädchen durchzugehen, das ich war, trank ich tapfer noch einen Schluck. Diesmal wurde ich eine richtige Rebellin. Ich hatte vor gar nichts mehr Angst. Als er den Arm um mich legte und mich küsste, drehte sich alles in meinem Kopf. Das war neu und interessant, aber sein Mund war voller Spucke, was ziemlich unangenehm war, außerdem bohrte sich mir der Gangschaltungsknüppel in die Rippen, was höllisch wehtat. Ich ließ ihn dennoch seine Hände unter mein T-Shirt schieben und an meinen Brüsten herumkneten, was sich ähnlich anfühlte wie eine industrielle Teigknetmaschine. Allmählich geriet ich in Panik und fürchtete, nicht mehr aus dem Auto zu kommen, als er plötzlich von mir abließ und in seinen Sitz zurücksank.

»Ich wollte was mit dir besprechen.«

Ich antwortete nicht, und er fuhr fort: »Ich möchte mit deiner Schwester ausgehen.«

Hätte man mir den Inhalt eines Müllcontainers über den Kopf gekippt, hätte ich kaum schockierter sein können. Um Fassung ringend, zog ich mein T-Shirt glatt. Gleichzeitig sagte ich mir, dass er wirklich gut aussah, echt schade! Er starrte mich an und wartete offensichtlich auf eine Antwort.

»Warum weinst du denn?«

»Ich bin allergisch gegen Alkohol«, stammelte ich.

»Ach so.«

Ich war wie gelähmt. Zum ersten Mal zog man Scarlett mir vor. Joshua brachte mich schweigend nach Hause. Vor meiner Haustür sagte er:

»Du sprichst mir ihr, ja?«

Wahrscheinlich glaubte er, sich damit mein Wohlwollen einzuhandeln, jedenfalls lehnte er sich aus dem Wagenfenster, als ich bereits zum Haus ging, und rief mir hinterher:

»Und wenn sie nicht will, dann gehe ich gern mit dir aus.«

Als Maman mich aus der Küche fragte, woher ich so spät käme, antwortete ich nicht, sondern stieg sofort die Treppe zu unserem Zimmer hinauf. Scarlett saß im Schneidersitz auf ihrem Bett und lernte ein neues Stück auf der Gitarre. Sie schaute zu mir auf und wirkte leicht beunruhigt.

»Nun?«

»Joshua Richardson will mit dir ausgehen.«

Sie schien nicht überrascht. Sie wusste es wohl bereits und hatte mich warnen wollen. Gedankenverloren spielte sie weiter. Ich legte mich aufs Bett und beobachtete, wie ihre kurzen, blau lackierten Nägel an den Saiten zupften. Nach einer Weile fragte ich sie:

»Was soll ich ihm sagen?«

Sie lächelte und wischte mit dem Daumen eine Träne von meiner Wange:

»Sag ihm, ist okay, aber unter der Bedingung, dass er sich den ganzen Körper mit Wachs enthaart, Kopfhaar und Augenbrauen inbegriffen.«

Wir bekamen einen solchen Lachanfall, dass ich aus dem Bett fiel.

Jetzt, da ich das alles aufschreibe, frage ich mich, Bruce, ob Joshua Richardson trotz aller Blödheit nicht vor allen anderen begriffen hatte, was ich schon lange wusste und was eines Tages viele Menschen erkennen würden, nämlich dass es im ganzen Staat Rhode Island kein cooleres Mädchen gab als Scarlett Smith-Rivière.

Von: Erika Spencer
An: Alice Smith
Datum: 10. Oktober 2018
Gegenstand:

Alice,
Sie haben auf keine meiner E-Mails geantwortet. Ich war bei Ihrer Arbeitsstelle und habe zu meinem Erstaunen erfahren, dass Sie nicht mehr an der Wall Street arbeiten. Eine Ihrer Kolleginnen hat mich informiert, Sie seien nach Frankreich ausgewandert.
Ich muss mit Ihnen sprechen. Wie Sie wissen, können Sie es sich nicht erlauben, meine Bitte abzuschlagen. Mit der Annahme, nur die Anschrift wechseln zu müssen, um mich loszuwerden, liegen Sie falsch.
Rufen Sie mich an!
Erika Spencer

2018

Winter

»They say time heals everything,
But it's been many years now,
and I am still not healing.
I smile, I sing, I dance, I flirt,
And every time I think of you, it hurts.«

SCARLETT S. R. AND THE BLUE PHOENIX, »MOTHER«

Sorgfältig trage ich Mascara auf und prüfe das Ergebnis im Spiegel. Ich schminke mich fast nie, aber ich habe Angela versprochen, mir für Saranyas Lichterfest Mühe mit meinem Äußeren zu geben. Ich ziehe ein schwarzes, extra für diesen Anlass gekauftes Kleid an und krame aus den Tiefen eines meiner Kartons ein Paar rote Schuhe mit hohen Absätzen hervor, die Art Kleidung, die ich wunderbar an Weihnachten tragen könnte. Ich ziehe meinen Mantel über und laufe zur Métro.

Der November neigt sich dem Ende zu, und der Dezember klopft an. Die Bäume auf den Boulevards sind kahl, und die Bürgersteige liegen voller feuchter, glitschiger Blätter. Saranya hat mich für neunzehn Uhr eingeladen, und ich treffe pünktlich am Restaurant ihrer Eltern ein. Dort brennt Licht, und hinter den Gardinen sehe ich Bewegung, doch die Eingangstür ist verschlossen. Ich muss mehrmals klopfen, bevor man mich hört.

»Du bist sicher Alice!«

Eine in einen wundervollen orangefarbenen, mit Gold und Silber bestickten Sari gehüllte Frau öffnet mir die Tür. Sie sieht genauso aus wie Saranya, auch wenn die beiden dreißig Jahre und dreißig Kilo trennen dürften. Sie drückt mich an ihren üppigen Busen.

»Herzlich willkommen, Alice! Saranya hat mir viel von dir erzählt.«

Ich erwidere schüchtern ihre unerwartete, aber warmherzige Umarmung und reiche ihr den mitgebrachten Blumenstrauß.

Jetzt sind alle elektrischen Lampen gelöscht, Hunderte Kerzen und unzählige Girlanden erhellen das Restaurant mit weichem und gedämpftem Licht. Die Tische sind an den Wänden zu einem Büfett zusammengestellt und lassen einen Platz in der Mitte des Saals frei, wo nachher getanzt werden soll. Der angenehme Duft nach Gewürzen und gegrilltem Fleisch liegt in der Luft.

Ein paar Gäste, vor allem Frauen in traditioneller Kleidung, drapieren Teller mit verschiedenen farbenfrohen Speisen auf den weißen Tischdecken. Ich bin die einzige Hellhäutige hier, die Einzige in westlicher Kleidung. Wo soll ich hin? Was kann ich tun? Um mich herum sind alle in Bewegung.

»Kann ich helfen?«

»Auf gar keinen Fall!«, antwortet Saranyas Mutter, »du bist unser Gast. Wo bleibt nur Saranya?«

Aus einer Falte ihres Saris zaubert sie ein iPhone hervor und ruft ihre Tochter an. Diese Sprache habe ich noch nie gehört. Ich erinnere mich, dass mir Angela erklärt hat, dass in Indien mehr als hundertzwanzig Sprachen gesprochen werden, keine Ahnung, ob es sich hier um Hindi handelt.

»Sie kommt sofort runter.«

Tatsächlich, ein paar Minuten später steht Saranya als Prinzessin aus *Tausendundeiner Nacht* vor mir. Sie trägt einen türkisfarbenen, mit großen silbernen Blumen bestickten Sari. Ein durchscheinender Schal windet sich von der Hüfte bis über die linke Schulter und lässt ein wenig Bauch frei. Ihr rechter Arm ist unbedeckt, aber Silberreifen, in die blaue Steine eingelassen sind, schmücken ihren linken Arm fast bis zum Ellenbogen. Dazu passend trägt sie Ohrringe, die bis zu den Schultern reichen. Sie ist noch stärker als sonst geschminkt. Die akkurate Linie ihrer vollen Augenbrauen und der Diamant im Nasenflügel verleihen ihren Augen, die wie zwei Edelsteine in ihrem Gesicht mit dem pfirsichmatten Teint leuchten, noch mehr Ausdruck.

»Du siehst traumhaft schön aus«, sage ich ihr ehrlich bewundernd.

»Ja, ich weiß, und ich würde dir gern dasselbe sagen«, entgegnet sie und nimmt mich bei der Hand. »Offenbar glaubst du, auf einer Beerdigung zu sein.«

Zeit, mich zu verteidigen, lässt sie mir nicht, und zieht mich in einen hinteren Raum und zur Treppe, die in den zweiten Stock und zu ihrer kleinen Wohnung führt.

Dort angekommen, betrachte ich entsetzt die rundum aufgetürmten Haufen changierender Stoffe und die Mengen an überall verstreuten Schminkutensilien, die jeden Quadratzentimeter sämtlicher Möbelstücke im Raum bedecken.

»Du hast alles ruiniert, was wir so mühsam geordnet hatten!«

Saranya blickt in die Runde und scheint wirklich perplex.

»Ich habe doch nur rausgeholt, was ich brauchte. Aber genug geschwatzt, jetzt müssen wir für dich ein anständiges Outfit finden.«

Es hat gar keinen Sinn zu protestieren. Sie versucht fast mit Gewalt, mich auszuziehen, ich wehre mich, und sie akzeptiert schließlich, dass ich mich im winzigen Duschbad – kleiner als eine Telefonzelle – aus meinem Kleid schäle. Da sie meint, ich sähe nach nichts aus, holt sie ihre Schwestern zu Hilfe. Die Erste wickelt mich wie eine Frühlingsrolle in eine meterlange Stoffbahn aus gelber und goldener Seide, die Zweite bürstet, glättet und lockt dann wieder mein dunkelblondes Haar, und Saranya, ausgerüstet mit Unmengen an Tuben, Tiegeln und Utensilien, die dem Beautycenter der Schönheitsabteilung bei Bloomingdale's alle Ehre gemacht hätten, beginnt, mein Gesicht neu zu schminken.

»Nicht zu viel Schwarz an den Augen«, bitte ich sie schon panisch. »Ich hasse übermäßig geschminkte Augen, und ich mag es auch nicht, wenn mein Haar offen ist, ich trage es lieber zusammengebunden.«

»Nun vertrau mir doch!«, ruft sie, eine Wimpernzange in der einen, falsche Wimpern in der anderen Hand, was bedeutet, dass ich ihr im Gegenteil besser nicht vertrauen, die Beine in die Hand nehmen und verschwinden sollte.

Aber es gibt keinen Weg, Saranya von ihren Plänen abzubringen, wie eine Pitbull-Mama lässt sie nicht locker. Ich gebe es auf und sehe zu, wie man auch mich in eine indische Prinzessin verwandelt.

»Klingeling«, ruft sie, als sie fertig ist. Ihre Schwestern mustern mich und nicken wohlwollend.

»Nicht übel«, sagt die eine.

»Da fehlt noch was«, sagt die andere und bringt an

meiner Stirn ein vergoldetes Schmuckstück an, passend zu dem Ohrgehänge, das sie mir auch, ohne zu fragen, verpasst hat.

Als ich mich im Spiegel sehe, brauche ich drei Sekunden, um mich wiederzuerkennen. Das ist der Grund, weshalb ich mich nie schminke. Abgesehen von meiner helleren Haut sehe ich wirklich wie eine Inderin aus. Aber auch wie ein überladener Weihnachtsbaum. Der golden bestickte Sari, der Schmuck, die offene und gelockte Haarpracht, der *Bindi*, der rote Punkt auf der Stirn, und vor allem die Augen. Trotz ihres Versprechens hat Saranya meine Augen schwarz umrandet, Kajal und dunkler Lidschatten lassen meine Augen riesig und sehr ausdrucksvoll erscheinen.

»Na, gefällst du dir?«

Nein, ich gefalle mir nicht. Das Mädchen im Spiegel hat nichts mit mir zu tun. Und diese übertriebene Schminke erinnert mich an jemanden, den ich vergessen möchte. Doch Saranya sieht so glücklich und stolz auf ihr Werk aus, dass ich lieber schwindele.

»Ich danke dir. Wirklich sehr gelungen.«

»Super! Dann können wir jetzt runtergehen.«

Die Schminkaktion hat gute fünfundvierzig Minuten gedauert, und als wir endlich im Restaurant erscheinen, ist es gerammelt voll. Musik spielt, die Gäste speisen und diskutieren vergnügt, und im weichen Licht der Girlanden und Kerzen erstrahlen ihre Gesichter. Zum ersten Mal sehe ich die Kolams am Boden, die bunten geometrischen Blumenzeichnungen, von denen Saranya gesprochen hatte.

»Bediene dich!«, ruft mir Saranya zu und drückt mir einen Pappteller in die Hand.

Sie erklärt mir die vielen Speisen auf dem Büfett: Dal auf Linsenbasis, Kichererbsen Masala mit Curry und Kümmel, Hühnchen Tandoori in Koriandersoße, verschiedene Naans, indische Pfannkuchen, die man wie Brot isst, dann Samosas mit Krabben, Gemüse oder Fleisch. Ich verstehe nicht alles, aber ich fülle meinen Teller im Zuge von Saranyas Erklärungen und koste begeistert. Das Glas Wein, das sie mir diskret anbietet, lehne ich ab, aber eine Tasse Tee nehme ich gern.

»Ein Teil meiner Familie trinkt keinen Alkohol, ich zum Beispiel ... zumindest nicht offiziell«, sagt sie, zwinkert mir zu und gießt sich ein Glas ein.

Wir setzen uns an einen Tisch. Saranya stellt mir ihre Vettern vor, unmöglich, alle Namen zu behalten. Ich tunke ein Stück Naan in eine rote cremige Soße. Der Geschmack ist fantastisch, aber mein Gaumen ist nicht an scharfe Speisen gewöhnt, und ich spüre, wie mein Gesicht errötet.

»Wenn es dir zu scharf ist, nimm dir aus dem Kühlschrank ein wenig Quark«, rät mir eine Cousine lachend.

»Danke, es schmeckt köstlich.«

Ich habe immer gern würzige Speisen gegessen. Angela hat mich oft zum Abendessen eingeladen, aber nie indisch gekocht. Das einzige Rezept, das ihr wirklich gut gelang, war ein Chai-Tee mit Milch und Gewürzen. Ein Gedicht! Doch was ihre Kochkünste anging, so hoffte ich immer, dass Abbie sich um das Essen kümmerte, wenn ich bei ihnen eingeladen war, denn Angelas vegane Küche erwies sich manchmal als eine echte Katastrophe.

»Wir haben in Indien ein Sprichwort«, wirft Saranya mit vollem Mund ein. »Tu deinem Körper Gutes, damit deine Seele keine Lust hat, ihn zu verlassen.«

»Ich bin nicht sicher, dass man seinem Körper Gutes tut, wenn man fünf Kilo Chicken Tikka Masala in sich hineinschaufelt«, kommentiert eine Cousine lachend.

»Du irrst! Meine Seele liebt Chicken Tikka Masala«, entgegnet Saranya, »und mein Körper ist perfekt, so wie er ist.«

Die Zeit verfliegt unglaublich schnell. Ich habe zu viel gegessen, und die Musik ist mir zu laut. Ich flüstere Saranya ins Ohr:

»Ich bin gleich wieder da.«

Unterwegs zur Toilette muss ich mir im Slalom einen Weg durch schwitzende Tänzer bahnen. Dort angekommen, fällt mein Blick beim Händewaschen wieder auf mein Spiegelbild, und ich erschrecke.

Am liebsten würde ich mir die Haare schnell wieder zusammenbinden, aber das Gummiband habe ich in Saranyas Zimmer vergessen. Besser, ich schaue woanders hin. Auf dem Weg aus der Toilette sehe ich eine angelehnte Tür am anderen Ende des Gangs. Ich öffne sie, nicht aus Neugier, sondern um ein wenig Ruhe zu finden. Ich befinde mich in einem Lagerraum voller Kartons. Saranyas Familie hat wahrscheinlich die Kolams für die Dekoration des Hauses hier hergestellt. Auf einem Klapptisch stehen Säcke mit Pulver in allen

Farben neben Schablonen aus Karton. Mit Kreide wurden Kreise auf Bretter gemalt sowie die Strukturen geometrischer Zeichnungen von Blumen, Bäumen und Vögeln. Interessiert betrachte ich den Stapel ausgedruckter Modelle, die wahrscheinlich von einer Webseite stammen. Ich zögere, aber ich kann nicht anders, setze mich auf einen Klappstuhl, nehme eine Pappe und beginne zu zeichnen. Die Tür habe ich offen gelassen. Musik und Gelächter dringen gedämpft zu mir herüber. Als Modell nehme ich einen vorgefertigten Pfau, dann lasse ich meine Fantasie walten. Mit den Fingerspitzen verteile ich vorsichtig den bunten Sand in die Schablonen, um Federn darzustellen. Ich bin so konzentriert, dass ich vergesse, wo ich bin, und gar nicht bemerke, wie die Zeit vergeht.

Jemand räuspert sich, und ich schrecke hoch.

»Entschuldigen Sie, ich suche ...«

Ich hebe den Kopf, und als mein Gesprächspartner mein Gesicht sieht, stockt er mitten im Satz. Flüchtig blitzt Überraschung in seinen blauen, sonst eher ausdruckslosen Augen auf.

»Hallo, Jeremy, ich wusste nicht, dass du kommst.«

»Entschuldige, ich habe dich nicht sofort wiedererkannt«, antwortet er nach einer Weile.

Plötzlich habe ich das eigenartige Gefühl, dass er mich trotz der Schminke, des Schmucks, des Saris und der ungewöhnlichen Frisur zum ersten Mal wirklich sieht. Er betrachtet mich derartig intensiv, dass ich nervös an meinem Sari zupfe. Das ungute Gefühl verlässt mich nicht.

»Ich habe die Toilette gesucht«, sagt er.

»Am Ende des Gangs rechts«, kläre ich ihn auf.

Er nickt, bewegt sich aber nicht. Ich frage mich, ob er vielleicht zu viel getrunken hat. Diese zögerliche Art kenne ich bei ihm gar nicht. Natürlich erinnere ich mich, dass Saranya mich um seine Telefonnummer gebeten hatte. War es nur, um ihn für heute Abend einzuladen und um sich zu bedanken oder um mit ihm auszugehen? Sind die beiden jetzt ein Paar? Seit einiger Zeit erzählt sie übrigens erheblich seltener von ihren Tinder-Rendezvous.

»Das ist sehr hübsch«, sagt er auf einmal und weist mit dem Kinn auf meine fast fertige Zeichnung. »Ich wusste gar nicht, dass du eine künstlerische Ader hast.«

»Nein, habe ich auch nicht, ich bin alles, nur keine Künstlerin … Das ist nur ein Pfau.«

»Hm, ich habe ihn eher für einen Phönix gehalten.«

»Aber nein! Es ist ein Pfau.«

»Na gut … Bis später dann.«

Er verlässt den kleinen Raum. Ich konzentriere mich auf die Zeichnung und stelle fest, dass er recht hat. Ich hatte mich von der Originalzeichnung entfernt. Der blaue Vogel mit den geöffneten Flügeln steht in einem roten, orangefarbenen und gelben Flammenmeer. Ja, das ist durchaus eher ein Phönix. Ich zucke die Achseln und lege meine Hände mitten auf den Kolam. Mit wenigen Bewegungen zerstöre ich das Gemälde, an dem ich so lange gearbeitet hatte, und der blaue Vogel löst sich in einem Magma aus buntem Sand auf. Das sind doch nur Geschichten für kleine Kinder: Nein, der

Phönix steigt nicht aus der Asche. Zufrieden betrachte ich meine Hände voll buntem Sand. Genau das geschieht mit dem Phönix. Er vergeht in seiner ganzen Herrlichkeit, denn sein eigener Glanz hat ihn erblinden lassen, und er stirbt, weil er sich unsterblich glaubte, von den Flammen verschlungen, mit denen er die anderen verbrannt hatte.

Als ich in den Saal zurückkehre, sind alle auf der Tanzfläche, sogar Jeremy, umringt von Saranyas Cousinen. Sie tanzen um ihn herum. Mit zusammengelegten Händen machen sie schlängelnde Bewegungen, sodass ihre Armreifen aufblitzen. Richtig wohl scheint sich Jeremy dabei nicht zu fühlen, er versucht aber recht und eher schlecht, ihre Tanzschritte nachzuahmen. Über diesen Anblick muss ich lächeln. Saranya ergreift plötzlich meine Hand.

»Alice, wo warst du denn?«

»Ich habe einen Kolam angefertigt.«

Saranya verdreht die Augen und zieht mich auf die Tanzfläche. Ich versuche mich zu wehren, vergebliche Liebesmüh. Ich brülle ihr ins Ohr, um die Musik zu übertönen: »Du hast Jeremy eingeladen?«

»Ja, natürlich!«

»Hast du ihn, seit wir einkaufen waren, wiedergesehen?«

»Ja. Ein Mal. Ich brauchte mal wieder jemanden, um einen meiner alten Pfleglinge an seinem Geburtstag zur Comédie-Française zu fahren, und ich kenne sonst niemanden mit Auto. Er ist wirklich supernett.«

Ohne mir die Zeit zu lassen, darüber nachzudenken,

was ich davon halten soll, reißt sie mich mit, um bei einer wilden indischen Rap-Choreografie mitzutanzen. Die Gäste singen den Refrain im Chor. Ich konzentriere mich auf die komplizierte Schrittfolge, die alle anderen perfekt zu beherrschen scheinen. Eine Discokugel an der Decke tupft lauter Lichtpunkte auf die bunten Saris. Ich komme mir vor wie in einem Musical. Wenn ich die lächelnden Gesichter um mich herum betrachte, bin ich erstaunt über den Ausdruck von so viel Lebensfreude. Wie lange habe ich schon nicht mehr dieses Gefühl der Leichtigkeit gespürt, diese Lust zu tanzen?

»Jerem!«, ruft Saranya und zieht Jeremy von ihren Cousinen fort, um ihn in unseren Kreis zu holen.

»Du machst wirklich nur Quatsch. Nun konzentriere dich mal ein bisschen!«

»Du hast mir zu viel zu trinken gegeben«, schimpft er, »alles bebt!«

Saranya zeigt ihm jetzt ganz bedächtig die Schritte der Choreografie. Aufmerksam verfolgt er ihre Bewegungen und lächelt einen Tick spöttisch, wobei sich kleine Fältchen um seine Augen bilden, während sein Mund ernst bleibt. Nach einer Weile wird die Musik leiser, und es folgt ein langsames Stück. Ich blicke auf meine Uhr. Schon vier Uhr morgens, stelle ich überrascht fest. Die Aufregung des Abends legt sich, und ich fühle, wie jede Energie aus meinem Körper weicht. Diskret verlasse ich den Saal, steige die Treppen zu Saranyas Apartment hinauf, ziehe mich um und lege den Sari liebevoll zusammengefaltet auf das Bett. Ich nehme meinen Mantel und gehe zurück in den Saal. Ich suche

Saranya in der Menge, um mich zu verabschieden, aber sie tanzt mit Jeremy und sieht mich nicht. Lieber störe ich sie nicht und bahne mir den Weg nach draußen. Die Kälte überrascht mich, also knöpfe ich zitternd den Mantel bis zum Kragen zu. Ich zücke mein Smartphone, um einen Uber zu bestellen. Dreizehn Minuten Wartezeit. Ich seufze und atme weißen Dunst aus. Hätte ich das eher gewusst, hätte ich den Wagen noch im Restaurant bestellt und nicht unnötig Zeit vertan. Hinter mir fällt die Tür ins Schloss, und Jeremy gesellt sich zu mir, eine Hand in der Tasche seiner Bomberjacke vergraben, einen Motorradhelm in der anderen.

»Alice? Fährst du nach Hause?«

»Ja, ich warte auf meinen Uber.«

»Ich bin mit dem Motorrad hier. Soll ich dich bringen?«

»Ganz sicher nicht! Du hast zu viel getrunken und solltest überhaupt nicht fahren.«

Er kichert.

»Stimmt, Mama ...«

»Ich meine es ernst. Das ist gefährlich. Du kannst mit mir im Uber nach Hause fahren.«

»Auf keinen Fall lasse ich das Motorrad die Nacht über hier auf dem Bürgersteig stehen.«

Ich schaue seufzend auf die Uhr, der Uber kommt in drei Minuten.

»Wo steht das Motorrad?«

»Gegenüber. Warum?«

Ich öffne die App und annulliere den Uber.

»Weil ich dich nach Hause bringe.«

Halb überrascht, halb belustigt fragt er:

»Und wie willst du mich nach Hause transportieren?«

»Mit dem Motorrad, da du es nicht hierlassen willst.«

Verblüfft schaut er mich an und beginnt leise zu lachen.

»Hast du denn einen Motorrad-Führerschein?«

»Ja. Gib mir deine Schlüssel.«

Ich strecke die Hand aus. Er zögert, doch dann händigt er sie mir aus. Seine Finger berühren meine Hand, und hastig ziehe ich sie zurück, denn diese unerwartete Berührung löst so etwas wie einen elektrischen Schlag aus, und das ist mir peinlich. Es war besser, als wir uns nicht mochten.

»Na gut, Boss«, sagt er, »aber du setzt den Helm auf. Und fahr vorsichtig! Du weißt ja, dass ich die Verantwortung für das Schicksal der verwaisten Strümpfe trage, und wenn du mich umbringst, wird es mit der App nie mehr was ...«

Ich lächle, schwinge mich auf das Motorrad, und er setzt sich hinter mich.

Dann klappe ich das Visier des Helms herunter und lasse den Motor aufheulen. Jeremy klammert sich an die hinteren Haltegriffe. Ich brause los. Alle Straßen sind leer, das diffuse Licht der Laternen und die Geschwindigkeit berauschen mich. Meine Müdigkeit ist verschwunden, und ich habe keine Lust mehr, sofort nach Hause zu fahren. Wir fahren den Canal Saint-Martin entlang. Jeremy beschreibt mir den Weg, aber ich höre nicht auf ihn und fahre ziellos durch kleine

Gassen. Er beugt sich zu mir und brüllt, um den Motorenlärm zu übertönen:

»Okay, wenn du meinst, das ist der richtige Zeitpunkt für Sightseeing, fahr die nächste Straße links, dann kommen wir ans Seine-Ufer.«

Ich folge seinem Rat, und wir erreichen den Fluss. Um diese Zeit sind keine Schuten oder Boote mehr unterwegs, die tagsüber das Wasser der Seine aufwirbeln. Jetzt ist die Oberfläche spiegelglatt und mit Lichtreflexen, dem Widerschein der antiken Straßenlaternen, übersäht. Jeremy deutet auf Notre-Dame, die Rosette und die beiden Türme, auf die Conciergerie, die Pont Neuf und die Pont des Arts. Ich höre ihm schweigend zu, und es ist, als schwinge da so etwas wie ein Lächeln in seiner tiefen Stimme mit. Zum ersten Mal sehe ich das Paris der Verliebten ohne die Touristenströme und ohne die übellaunigen Pariser. Es ist, als bestehe die Stadt nur noch aus Haussmann-Gebäuden, breiten, baumbestandenen Avenuen, den altertümlichen Schildern, auf denen »Métropolitain« grün auf gelbem Grund geschrieben steht, dem majestätischen Eiffelturm und der transparent widerscheinenden Glaskuppel des Grand Palais. Der Wind fängt sich in meinem Mantel, aber die Kälte stört mich nicht mehr. Wir jagen durch die leeren Straßen, und mich überkommt ein Gefühl der Freiheit, als würden wir weit draußen auf dem Ozean segeln. Dann erinnert mich das grüne Kreuz einer Apotheke mit Zeitangabe daran, wie spät es bereits ist, und ich drehe mich zu meinem Co-Piloten um:

»Pardon für den Umweg, jetzt geht es nach Hause.«

Innerlich bedauernd, schlage ich – Jeremys Anweisungen folgend – den Weg bis zum 9. Arrondissement ein und halte vor seinem Haus an.

»Die Geschwindigkeitsbegrenzung in der Stadt liegt bei fünfzig, nicht bei hundertzwanzig Stundenkilometern«, belehrt er mich, als er absteigt, und verzieht den Mund zu einem kurzen Grinsen.

Ich kichere, setze den Helm ab, und schüttele mein braunes Haar. Die hübschen, von Saranyas Schwestern gedrehten Locken dürften nun ruiniert sein. Jeremy blickt mir tief in die Augen.

»Ich fasse zusammen: Du hast mir angeboten, mich nach Hause zu bringen, hast mich auf eine romantische Spazierfahrt an der Seine mitgenommen, dann ist jetzt wohl der Moment, in dem ich dich auf einen letzten Drink bei mir einladen müsste …«

Ich lasse seine Schlüssel in den Helm fallen und reiche ihn Jeremy.

»Da ich aber nicht trinke, du im sechsten Stock ohne Aufzug wohnst und mit Sicherheit zu wohlerzogen bist, mitten in der Nacht Kollegen zu dir einzuladen, bestelle ich mir jetzt einen Uber, und du wirst drei große Gläser Wasser trinken und zu Bett gehen. Morgen wirst du mir dankbar dafür sein.«

»Der Aufzug ist repariert worden, ich habe eine Flasche Perrier ohne Kohlensäure im Kühlschrank und ganz großartiges Leitungswasser aus bester Lage.«

»Klingt traumhaft …«

»Und ich bin nicht so wohlerzogen, wie es den Anschein hat.«

Er meint es ernst. Seine Augen sind dunkler geworden, und er schaut weiterhin tief in meine. Einen Augenblick lang bin ich sprachlos. Er schlägt mir ernsthaft vor, mit ihm nach oben zu gehen! Ist er doch nicht so ungesellig wie gedacht? Oder hat der Alkohol ihn wagemutig gemacht?

»Ist das dein Ernst?«

Ich hätte meinen Schutzwall bröckeln und mich entspannen sollen, wie eine normale Frau, die mit ihm die Nacht verbringen könnte, weil er ihr gefällt. Mache ich aber nicht.

»Wir hatten diese Unterhaltung bereits«, entgegnet er, »ich sage nie etwas, was ich nicht denke.«

»Und Saranya?«

Erstaunt über meine Frage, hebt er eine Augenbraue.

»Saranya ist eine tolle Frau, aber wenn sie hoffen würde, wir könnten ein Paar werden, würde sie mir nicht so viele Fragen stellen, wie man sich am besten einen Mann angelt. Sie hat mich übrigens heute Abend zu ihrem ›Rendezvous-Coach‹ ernannt und ist seit drei Wochen mit einem Landschaftsgärtner zusammen, der ihr auf Instagram Gedichte schreibt …«

Ein poetischer Landschaftsgärtner … Sie hatte mir von ihm erzählt, aber ich wusste nicht, dass die Geschichte immer noch aktuell war.

Ich nicke und hole mein Telefon aus der Handtasche.

»Du hast mir nicht geantwortet«, sagt Jeremy knapp.

Er lehnt am Eingangsportal und scheint nicht die geringste Absicht zu haben, nach oben zu gehen. Ich bin schrecklich nervös.

»Die Antwort ist Nein.«

Stille.

»Prinzipiell oder weil du keine Lust hast?«

»Weil ich keine Lust habe, weil wir zusammenarbeiten und ... ich ›so was‹ nicht mache.«

»So was?«

Mir wäre lieb, er würde mich nicht so anstarren.

»Aufreißen«, sage ich schroffer als beabsichtigt, »Paarbeziehungen, sporadische Treffen ...«

Er lächelt.

»Um das klarzustellen, das war kein Heiratsantrag, aber wie du willst.«

Er wartet ruhig ab, während ich den Wagen bestelle. Er wirkt nicht einmal enttäuscht. Ich denke, er ist noch betrunken und hat sein Glück bei mir versucht, der einzig verfügbaren Frau in der Runde. Morgen wird er sich freuen, dass ich sein Angebot abgelehnt habe.

»Wann kommt der Wagen?«

»In vier Minuten, aber du kannst schon gehen.«

»Ich warte.«

»Brauchst du nicht.«

Irgendwie bin ich enttäuscht, was absurd ist. Meine Kehle ist wie zugeschnürt, als sei er es gewesen, der mein Angebot, die Nacht miteinander zu verbringen, abgelehnt hätte und nicht umgekehrt.

»Keine Bange, es ist nicht mein Stil, auf etwas zu bestehen, und außerdem sind es nur noch dreieinhalb Minuten«, sagt er, vergräbt die Hände in den Jackentaschen, und wir schweigen. Hätte ich nachgegeben, wenn er beharrlicher gewesen wäre? Vielleicht. Nur ein

Mal. Um nicht allein einschlafen zu müssen. Werde ich verrückt? Ich dürfte nicht einmal daran denken, geschweige denn davon träumen. Er gefällt mir nicht. Niemand gefällt mir, und das seit Ewigkeiten. Vielleicht gefällt er mir doch, aber das ist nur vorübergehend, morgen ist alles vergessen. Aber ich würde ihm gerne mit der Hand über den braunen Bart streichen, den Seifenduft an seinem Hals einsaugen, in seine Augen eintauchen, so blau, dass man nicht mehr weiß, ob man Angst hat oder den Wunsch, dort irgendwie zu ertrinken. Aber nein, das liegt an Paris, an der Nacht, an dem Abend, der hinter uns liegt. Morgen wird mir das alles einerlei sein. Ebenso wie seine tiefe Stimme, die mir schamlose Dinge ins Ohr flüstern könnte, oder mein Verlangen, die Hände unter seine Lederjacke zu schieben, um die Wärme seiner Haut zu spüren.

»Woran denkst du?«, fragt er und gähnt. »Du siehst mich so seltsam an.«

Ich erschrecke und erröte.

»Ach nichts. An den Uber.«

»Da ist er.«

Ein schwarzer Wagen hält neben uns. Jeremy öffnet die Tür, und ich setze mich ins Auto.

»Steht dir gut, das Haar offen zu tragen«, sagt er. »Gute Nacht, Alice.«

Er schlägt die Tür zu, ohne auf meine Antwort zu warten, und wir fahren los.

Aus meiner Handtasche ziehe ich ein Gummiband und binde hektisch meine Haare zu einem strengen Pferdeschwanz zusammen. Aus irgendeinem mir unverständlichen Grund bin ich wütend und gleichzeitig unendlich traurig. Ich lehne mich im Ledersitz zurück und seufze ausgiebig. So unbegreiflich, unrealistisch und albern es auch sein mag, offenbar gefällt mir Jeremy.

Ich hätte Ja sagen sollen.

Das Tagebuch von Alice

London, 2. Februar 2012

Hallo Brucilein,
ich habe dir lange nicht geschrieben - ich war einfach nicht motiviert. Von Scarlett habe ich nichts mehr gehört, sie fehlt mir. Ich sollte sie anrufen, aber normalerweise ist sie diejenige, die sich zuerst meldet, wenn wir uns gestritten haben. Ich gehe nicht mehr zur Psychotherapeutin. Das Ganze nutzt ja doch nichts. Aber ich bin bei der Gynäkologin gewesen und habe gefragt, wie man das ganze Verfahren ver-einfachen könnte. Ich habe angefangen, mit dem Frühstücks-kaffee Hormone in Pillenform zu schlucken, um meinen Ein-sprung zu stimulieren.
Mit dem unerwarteten Nebeneffekt, dass meine Körper-behaarung dreizehnmal schneller als zuvor wächst, ich drei Kilo zugenommen und Akne im Stile Teenie mit Windpocken habe. Abgesehen davon habe ich ständig schlechte Laune und bin so müde, dass mir schon vormittags fast die Augen zu-fallen, dabei ertrinke ich schier in Arbeit.
Alles andere habe ich aufgegeben: die Therapeutin, das Fruchtbarkeitsyoga, das Nachtkerzenöl und meinen Eier-stock-Coach.
Ich schreibe dir jetzt wieder, Bruce, weil ich das Gefühl habe, es hilft mir, meine Gedanken zu ordnen. Nicht dass du dabei

eine große Hilfe wärst, beileibe nicht, aber man tut, was man kann, nicht wahr?

Oliver und ich haben gestern über die Möglichkeit einer In-vitro-Fertilisation diskutiert. Er hatte sie bereits angesprochen, und ich hatte abgelehnt. Ich wollte, dass mein Baby in einem Liebesakt gezeugt wird, nicht in einem Reagenzglas. Vielleicht weil ich selbst das Ergebnis einer IVF bin? Ich weiß es nicht. Gerade bin ich siebenundzwanzig geworden und nicht etwa dreiundsechzig. Aber leider muss ich mir eingestehen, dass ich nicht schwanger werde und Oliver auf die siebenunddreißig zugeht … Also habe ich versprochen, darüber nachzudenken.

Ich mag meinen Körper nicht, Bruce. Mir ist, als würde er mich verraten, als würde er nicht das tun, was er sollte, etwas nicht hinbekommen, was alle anderen ganz leicht und seit Urzeiten schaffen. Ich habe mir nie die Frage gestellt, ob ich überhaupt Kinder bekommen kann, bevor ich mir welche wünschte. In Anbetracht der Geschichte meiner Eltern hätte ich vielleicht darüber nachdenken sollen, aber seit ich mit Oliver zusammen bin, habe ich uns stets als Familie gesehen. Kinder mochte ich schon immer, und bereits mit dreizehn habe ich in unserem Viertel oft als Babysitter gearbeitet, mehr zum Vergnügen, als um Taschengeld zu verdienen. Besonders die ganz Kleinen und ihre bedingungslose Zuneigung, ihr Vertrauen und ihr fröhliches Gebrabbel haben mich dahinschmelzen lassen. Ihr Geschrei hat mich nie gestört, und ich konnte sie stundenlang in meinen Armen wiegen.

Meine erste Regelblutung hatte ich voller Ungeduld erwartet. Aber eher, weil sie das Ende der Kindheit bedeutete, als dass ich ab jetzt Mutter werden konnte. Die Idee kam mir mit vierzehn nicht. Maman sprach mit uns nicht darüber, es schickte sich nicht. In der Zwischenzeit hatte ich bei Walmart mit meinem Verdienst als Babysitter ein Paket Damenbinden gekauft (die billigsten zu zwei Dollar zehn Cent), und ich hatte – in der Toilette versteckt – mehrmals geübt, eine Binde an meinem Schlüpfer zu befestigen. Seit ich elf Jahre alt war, hatte ich in meinem Rucksack stets eine kleine hellblaue Tasche mit einem sauberen Schlüpfer, einem Paket Papiertaschentüchern und zwei Binden dabei. Dakota meinte, dass man mit Tampons nichts anfangen könne, solange man Jungfrau sei, und Ashley verdrehte die Augen. Immer wieder nahm ich mir das Täschchen vor und ordnete den Inhalt sorgfältig neu, stets in Gedanken an den Tag, an dem ich ihn endlich benutzen würde. Mit vierzehn ist man so blöd! Bruce, seit ich tatsächlich meine Tage habe, würde ich meine Sammlung französischer Romane und meinen rechten Eierstock hergeben, um sie wieder los zu sein.

Im Januar 1999 war es immer noch nicht so weit, obwohl ich vierzehn geworden war. Im Mai nutzte mein hellblaues Täschchen wenigstens einer Person: Scarlett. Alle Welt wusste von Scarletts körperlicher Entwicklung, denn sie sah keinen Grund, ein völlig normales Ereignis zu verheimlichen, das immerhin die Hälfte der Menschheit ereilte. Ich habe nie gesehen, dass sie sich die Mühe gemacht hätte, einen Tampon in ihrem Ärmel oder in einer Tasche zu verbergen, wie wir anderen Mädchen es taten, und sie erfand auch nicht irgendwelche anderen Gründe für ihre Perioden-bedingten Bauchschmerzen. Sie hatte sich eines Tages sogar eine Moralpredigt beim Schulleiter und eine Stunde Nachsitzen eingehandelt, weil sie die Schamlosigkeit besessen hatte, während des

Geschichtsunterrichts den Finger zu heben und laut und deutlich darum zu bitten, ihre Binde wechseln gehen zu dürfen. Die ganze Klasse brach in Gelächter aus, und in diesem Augenblick schämte ich mich für sie. Heute schäme ich mich, mich geschämt zu haben.

Ebenso wie ich immer dafür gesorgt hatte, dass Scarlett über Papiertaschentücher, Kulis oder ein Deo nach der Sportstunde verfügte, so versorgte ich sie ab jetzt mit Damenbinden und Tampons. Über lange Zeit trug ich in meinem Kalender ein blaues Kreuzchen für mich ein, um die nächste Regelblutung zu kennzeichnen, ein grünes für Scarlett, denn sie konnte sich einfach nie an ihre letzte Blutung erinnern. Heute übernimmt das sicher ihr Smartphone. In jenen Jahren hatte ich ihr einen Mangel an Organisation vorgeworfen. Jetzt, da sie so weit weg ist, stimmt mich der Gedanke, dass sie mich nicht mehr braucht, ein wenig traurig.

Ich erinnere mich auch an ein besonderes Ereignis im Jahr 1999: Maman hatte endlich eine Internetverbindung in unserem Haus akzeptiert. Offiziell, um mit ihren Kunden zu kommunizieren, inoffiziell, weil ich sie seit mehr als sechs Monaten diesbezüglich gelöchert hatte und sie mir nichts abschlagen konnte. Unser Modem knisterte, pfiff und blinkte, sobald wir es anwarfen. Im Internet zu surfen, war teuer, nicht nur weil es so lange dauerte. Wir durften uns täglich eine Viertelstunde einloggen, doch erst, nachdem die Hausaufgaben gemacht waren und wir den Tisch gedeckt hatten. Maman stellte eine ausgebleichte Plastik-Eieruhr in Form eines Apfels aus der Küche neben dem Computer auf, die laut tickte, bis sie mit einem Pling das Ende unserer Entspannungspause ankündigte.

Scarlett suchte sich im Internet lediglich alle nötigen Informationen für ihre beginnende Karriere als Rockstar (na ja, Punkstar) zusammen. Damals konnte sie stundenlang die Besonderheiten der Punkbewegung beschreiben, von den Sex Pistols bis hin zu den Dead Kennedys. Ich hingegen fieberte meinen fünfzehn Minuten Internet den ganzen Tag lang entgegen. Ich hatte eine Mailbox, die ich mindestens zwei- bis dreimal pro Woche öffnete, damit sie nicht deaktiviert wurde, und verbrachte meine Viertelstunde beim Chatten mit Dakota, Ashley und vor allem mit Harry, einem schüchternen Jungen aus meiner Klasse in der Mittelstufe, der in der Schule kaum mit mir sprach, mich aber bei MSN Messenger eingetragen hatte. Dementsprechend wechselte ich von einer Mailbox zur anderen. Wir schickten uns verpixelte errötende Smileys, gebrochene Herzen und auch hin und wieder das sonderbare Pizzastück-Emoji.

In dieser Zeit begann Scarlett auch, ihre eigenen Lieder zu komponieren.

»Welche Art Musik willst du denn schreiben?«, fragte ich sie eines Tages.

Das Beach Café war eine Woche lang wegen Renovierungsarbeiten geschlossen. Wir lagen im Sand. Im Oktober waren die Touristen verschwunden, und der Strand war menschenleer. Im Meer spiegelte sich der graue Himmel, Möwen zogen ihre Kreise über unseren Köpfen und ließen sich vom Herbstwind tragen. Mit den Fingerspitzen fuhr ich durch Scarletts dunkelblonde Haarsträhnen, die ausgebreitet auf dem weißen Sand lagen. Ich dachte, sie würde antworten, dass sie Lieder wie Joan Jett, Alanis Morissette, Oasis oder sogar AC/DC und Nirvana schreiben wolle. Während sie Sand durch ihre

Finger rieseln ließ, antwortete sie stattdessen voller Ernst:
»Ich möchte Songs schreiben, die langsam anfangen und dann
schneller werden.«
»Ist das ein Musikstil?«
»Das ist mein Musikstil.«

Mit Jeremy habe ich seit dem Diwali-Fest nicht mehr gesprochen. Er hat sich mit Victoire in seinem Büro eingeschlossen, die beiden tragen Kopfhörer und codieren den ganzen Tag.

Treffe ich ihn auf dem Gang, grüßt er mich:

»Hallo, Alice!«

Genau wie vor dem Fest. Unmöglich herauszufinden, ob es ihm peinlich oder egal ist, oder ob er sich einfach nicht an das Ende jenes Abends erinnert. Aber was ist schon passiert? Eine vergängliche Minute, in der die Chemie stimmte, vielleicht die Reaktion auf das Masala-Hühnchen und unsere verrückte Motorradtour. Vielleicht habe ich mir das alles nur eingebildet, und es handelt sich um ein totales Missverständnis. Dennoch kann ich seinen Gesichtsausdruck nicht vergessen, als er mich zufällig dabei überraschte, wie ich den Phönix herstellte. Hatte er erkannt, wer ich wirklich bin?

Ich langweile mich gerade zu Tode über einer Excel-Tabelle mit den üppigen Ausgaben von Chris auf der einen Seite und der Liste der nicht existierenden Einnahmen – eine einzige Zelle mit einer Null – auf der anderen Seite und hebe in dem Augenblick den Kopf, als Zoé und ihre Mutter den Großraum durchqueren.

»Fuck, Alice!«, ruft die Kleine und winkt, während ihre Mutter sie am Arm hinter sich herzieht, ohne anzuhalten.

»Kuckuck, Zoé«, antworte ich lächelnd.

Neugierig betrachte ich die Frau, die sie begleitet. Zum ersten Mal sehe ich sie leibhaftig vor mir. Man kann sich niemanden vorstellen, der mir unähnlicher wäre. Nicht, dass ich einen Grund hätte, mich mit ihr zu vergleichen. Sie dürfte ein paar Jahre älter sein als Jeremy, ist platinblond mit schwarzen Haarwurzeln und unordentlicher Kurzhaarfrisur, hat hellgrüne Augen und ist stark geschminkt. Ihr Top lässt ein Vogel-Tattoo auf der rechten Schulter frei. Sie ist Bildhauerin, wie mir Victoire vor Kurzem erzählt hat.

Wieder einmal setzt sie Zoé hier mitten am Tag ab. Offenbar ohne Absprache. Aus den Augenwinkeln beobachte ich die Szene, während Reda und Victoire sie verfolgen, als wären sie Zuschauer in einem Zirkuszelt. Jeremy setzt das kleine Mädchen in eine Ecke seines Büros und gibt ihr ein Buch. Dann zieht er seine Ex am Arm in den Versammlungsraum. Sobald er die Tür geschlossen hat, wird seine Miene eisig. Die beiden streiten. Oder besser, er scheint fuchsteufelswild zu sein, sie jedoch zieht frech lachend die Schultern hoch und lässt hin und wieder ihre Finger mit den dunkelrot lackierten Nägeln über seine Wange gleiten.

»Er wird sich wieder einmal über den Tisch ziehen lassen«, folgert Victoire scharfsinnig.

»In jeder Hinsicht«, bestätigt Reda und nickt.

»Es ist schon erstaunlich, wie sehr sich Männer von ihren biologischen Instinkten leiten lassen«, erwidert Victoire. »Dabei ist Jeremy ein intelligenter und talentierter Mann, er müsste doch mit Leichtigkeit eine sympathische und ehrliche Partnerin finden, stattdessen macht er immer wieder den gleichen Fehler, nämlich einer Person zu vertrauen, die ihn schlecht behandelt, in der Hoffnung, dass es beim nächsten Mal anders sein wird.«

»Ich kann mir vor allen Dingen vorstellen, dass er wieder mit ihr schlafen möchte«, antwortet Reda, »sie sieht klasse aus, eine wahre Bombe.«

Victoire knurrt verächtlich.

»Schönheit ist nichts anderes als eine Frage der sozialen Normen, die dazu noch einer Epoche, dem sozialen Milieu und den geografischen Ursprüngen entspringen, Normen, die einem schon als Kleinkind eingeimpft werden. Abgesehen davon ist das Äußere kurzlebig. Seinen Sexualpartner nach gutem Aussehen auszusuchen, ist also schlichtweg idiotisch.«

»Okay«, sagt Reda lachend, »wie soll man sonst seinen Sexualpartner aussuchen?«

»Indem man sich auf nützliche, objektive und messbare Eigenschaften stützt. Um mein Partner zu werden, muss man ein menschliches Wesen männlichen Geschlechts sein, zwischen vier- und sechsundzwanzig, über sexuelle Erfahrungen mit mindestens zwei verschiedenen Personen verfügen, wobei es auch nicht mehr als fünf sein sollten, um das Risiko von Geschlechtskrankheiten in Grenzen zu halten, er darf keine genetischen Krankheiten in der Familie haben, dafür aber einen IQ von mindestens hundertzwanzig und einen gesunden Body-Mass-Index, um Schlaganfälle zu vermeiden. Und er muss den Wunsch hegen, eine Familie zu gründen, da das unsere wichtigste soziale Bestimmung ist. Und zu guter Letzt muss er natürlich ein Netflix-Abonnement haben.«

»Ich bin zwar achtundzwanzig, aber ich habe ein Netflix-Abonnement.«

»Tut mir leid, aber du erfüllst nicht die erforderlichen Bedingungen, um mein Sexualpartner zu werden.«

Reda rückt seine Yankee-Kappe zurecht, in seinen Augen blitzt der Schalk.

»Ich habe mich auch nicht beworben …«

»Alice, auch du erfüllst nicht meine Kriterien, um meine Sexualpartnerin zu werden«, meint Victoire, klarstellen zu müssen, »da du kein männliches Wesen bist.«

»Schade«, murmele ich belustigt und versuche, das Gespräch von Jeremy und seiner Ex weiter zu verfolgen.

Genau wie es Victoire vorhergesehen hat, beruhigt sich Jeremy, seine Ex wirft ihm eine Kusshand zu und geht.

»Eigentlich teilen sie sich das Sorgerecht«, erklärt Victoire, als könne sie meine Gedanken lesen, »trotzdem drückt sie ihm Zoé immer außer der Reihe aufs Auge. Letztens war er wütend, weil sie ihn um Geld gebeten hatte, um die Mensa für die Kleine zu bezahlen. Hat sie aber nie gemacht, wie er hinterher erfahren hat.«

»Dann kann er doch gleich das alleinige Sorgerecht beanspruchen«, entgegnet Reda nach einer Minute.

Ganz offensichtlich hat er keine Lust zu arbeiten und möchte lieber Büroklatsch austauschen.

Victoire blickt von ihrem Computer auf und zieht die Schultern hoch.

»Er hat es schon mal versucht, aber sie will nicht, und er möchte damit nicht vor Gericht gehen. Man sollte meinen, er sei immer noch in sie verliebt.«

»Woher willst du das wissen?«

»Ich arbeite mit ihm zusammen. Um eine gesunde kollegiale Beziehung aufzubauen, passe ich auf ihn auf, höre seine Telefongespräche mit, beobachte ihn, lese seine E-Mails und SMS.«

Ich starre sie mit aufgerissenen Augen an:

»Was, du liest seine E-Mails und SMS?«

»Klar, ich habe seine Box gehackt. Es ist ungemein wichtig, die Personen, mit denen man arbeitet, richtig kennenzulernen, um dauerhafte soziale Beziehungen zu knüpfen.«

»Du kannst doch nicht einfach die E-Mails der Leute lesen, das ist indiskret.«

»Da hat Alice recht«, fügt Reda hinzu.

»Oh … ich wusste gar nichts von dieser gesellschaftlichen Regel«, lässt Victoire mit gerunzelter Stirn verlauten. »Na, in dem Fall lese ich eure E-Mails eben auch nicht mehr. Besonders interessant waren sie ohnehin nicht«, sagt sie abschließend.

Das Tagebuch von Alice

London, 27. Februar 2012

Bruuuuuce!!!
Ich habe mich mit Scarlett versöhnt!!! Habe ich genügend Ausrufungszeichen gesetzt, damit du siehst, wie sehr ich mich darüber freue?
Sie hat mich gestern gegen neunzehn Uhr angerufen. Oliver hat nichts gesagt, ich vermute, er wusste, wie sehr ich unter Scarletts Schweigen gelitten habe.
»Störe ich?«, fragte sie, als ich das Gespräch annahm.
»Überhaupt nicht.«
Auf dem Bildschirm wirkten ihre schwarz-blau geschminkten Augen riesig. Es war, als funkelten Pailletten in ihren Pupillen. Scarlett wirkte wie eine ägyptische Grunge-Prinzessin. Ihr Haar trug sie offen, nicht mehr platinblond, sondern hellrosa. Sie hatte eine schwarze ärmellose Lederjacke an, die ich noch nie gesehen hatte, und auf dem einen Arm war ihr Tattoo zu sehen, verschlungene Rosen mit Dornen.
»Ist das Rosa neu?«, fragte ich.
»Ja, magst du es?«
Ein Blick auf meine Uhr, es war dreizehn Uhr in den Staaten.
»Steht dir gut. Gehst du aus?«
»Ja, ich habe eine Verabredung«, murmelte sie.
Jetzt bemerkte ich, wie unruhig sie war. Nervös zog sie den

Reißverschluss ihrer Jacke rauf und runter und vermied es, mir in die Augen zu sehen.

»Ich will dich nicht damit belästigen«, sagte sie. »Es ist nur ... Ich bin unheimlich gestresst und musste einfach deine Stimme hören.«

»Scar, du belästigst mich nicht. Entschuldige bitte mein Verhalten beim letzten Mal. Ich war außer mir, diese ganzen Schwangerschaftsgeschichten machen mich verrückt. Ich verstehe nicht, wie Oliver mich noch ertragen kann ...«

»Nein, du hast recht, ich verlasse mich zu sehr auf dich, das sollte ich nicht tun. Du hast dein eigenes Leben, und ich verstehe das. Es ist nur ...«

Sie stoppte, und ihr Kinn zitterte fast unmerklich. Scarlett fürchtet sich doch sonst vor nichts, sagte ich mir. Was war los?

»Es ist nur ...«

»Was denn, mein Liebes?«

»Es ist nur – wenn selbst du nicht an mich glaubst, dann weiß ich nicht, warum ich noch weitermache. Ich ...«

»Ich bitte dich ... Ich habe nicht wirklich gedacht, was ich gesagt habe, natürlich glaube ich an dich. Scarlett, du bist das talentierteste, entschlossenste und stärkste Mädchen, das ich kenne. Eines Tages schaffst du den Durchbruch, davon war ich immer überzeugt. Was ist das für eine Verabredung?«

»Mit einem Typen ... Ich habe dir von ihm erzählt. Ich hatte ihn in der Bar getroffen, wo ich mittwochs singe. Er arbeitet für ein Label und fragte, ob ich ein Demotape von meinen Songs habe. Ich habe ihm einen USB-Stick mit den vier ersten Liedern für das Album gegeben, an dem ich arbeite.«

»Das hört sich doch großartig an.«

»Ich weiß nicht so recht ... Er hat mich am nächsten Morgen angerufen, aber nicht über meine Musik gesprochen, keine
Ahnung, ob er sie überhaupt gehört hat. Er hat mir am Telefon nichts sagen wollen, und ich weiß nicht einmal, für welche
Plattenfirma er arbeitet, unsere Unterhaltung hat gerade
mal zehn Sekunden gedauert. Alejandro meint, der Typ habe
nur einen Vorwand gesucht, um mit mir auszugehen.«
»Dann ist Alejandro immer noch aktuell?«
»Ja ... Ich mag ihn und habe an deine Worte über das Aufbauen einer Beziehung nachgedacht. Diese hier will ich etwas
ernsthafter angehen.«
Um diese erstaunliche Neuigkeit zu verdauen, brauchte ich ein
paar Sekunden. Meine kleine Schwester hatte einen Mann in
ihrem Leben ... Eine Beziehung, die sie tatsächlich etwas
sorgfältiger behandeln wollte. Ich freute mich für sie, auch
wenn es mir einen Stich ins Herz versetzte, dass er in diesen
Wochen des Schweigens ihr Ansprechpartner war, dem sie
ihre Hoffnungen, Befürchtungen und Träume erzählte.
»Ich freue mich für dich und hoffe, dass die Geschichte
hält.«
»Meinst du, ich sollte zu dieser Verabredung gehen?«
»Wo und wann hast du denn diesen Termin?«
»In der Bar vom Hotel Waldorf, um fünfzehn Uhr.«
Ich zögerte. Nun habe ich keine Ahnung von den Gepflogenhei-
ten in der Musikwelt, eine Hotelbar ist vielleicht kein gutes
Zeichen, andererseits ist eine Verabredung für fünfzehn Uhr
wiederum beruhigend. Außerdem glaube ich – in aller Objektivi-
tät –, dass Scarlett Talent hat. Das hat sogar Oliver zuge-
geben, allerdings meinte er danach: »Viele Leute haben Talent,
und wenn Talent ausreichte, um in dieser Szene zu bestehen,

wäre das allgemein bekannt.« Und ich weiß auch, dass Scarlett - warum auch immer - ziemlich verkorkste Typen magnetisch anzieht.

»Kannst du nicht mit Alejandro hingehen?«, schlug ich vor.

»Und du tust so, als sei er dein Manager.«

»Das wird er nicht wollen. Er will ja nicht, dass ich überhaupt hingehe.«

Ich kann mir nicht verkneifen, eine Augenbraue hochzuziehen.

»Es ist ja wohl nicht an ihm, das zu entscheiden, oder?«

Ich hätte nie erwartet, dass sich Scarlett in einen Mann verguckt, der ihr Befehle erteilt, und ich muss gestehen, dass mir das gar nicht gefiel.

»Deshalb rufe ich dich an, ich möchte eine weitere Meinung hören.«

»Gut«, beginne ich vorsichtig, »ich denke, du solltest hingehen, aber nicht mit ihm aufs Zimmer gehen und auf keinen Fall Alkohol trinken! Okay?«

Sie antwortete nicht und kaute auf ihrer mit Lipgloss geschminkten Lippe herum.

»Ich sehe doch, dass du hingehen möchtest, Scar«, fuhr ich sachte fort. »Sonst wärst du nicht zwei Stunden vor der Verabredung fertig angezogen und geschminkt. Solange du in der Öffentlichkeit bleibst, kann dir nichts passieren ...«

»Davor habe ich keine Angst«, erwiderte sie und verstaute eine rosa Strähne hinter ihrem Ohr. »Diese Affen, die dir sonst was versprechen, nur um dich ins Bett zu kriegen, die habe ich im Griff, und ich weiß, wie ich sie behandeln muss ... Aber ich habe momentan nur vier Songs für das Album ... Und für mich ist das Album etwas Besonderes. Ich habe alle Stücke selbst mit dem Synthesizer arrangiert, Nächte nicht geschlafen, für jedes Lied habe ich mich verausgabt, und da ist dieser fremde Typ, der sie vielleicht gehört hat, aber am Telefon absolut nichts darüber gesagt hat. Wenn ich das hier verbocke, weiß ich nicht, ob ich den Mumm habe, noch einmal von vorn anzufangen.«

Ich war verletzt, denn normalerweise war ich Scarletts erste Test-Hörerin. Sie hat mir jeden Song vorgespielt, sobald sie ihn komponiert hatte, und ich gab meinen Kommentar ab. Ich versuche, objektiv und konstruktiv zu sein und ihr so gut wie möglich zu helfen. Mir war durchaus klar, dass dies nicht der Zeitpunkt war, die beleidigte Leberwurst zu spielen. Es war das erste Mal, dass ich auf Scarletts Gesicht so etwas wie Mutlosigkeit entdeckte, und ein solches Gefühl durfte ihren unerschütterlichen Willen nicht überschatten.

»Geh hin, Scarlett! Wenn es der Mann nicht ernst meint, ist es nicht schlimm, danach kommt ein anderer. Ich kenne dich, seit Jahren kämpfst du, du wirst wieder aufstehen wie jedes Mal, wenn etwas nicht klappt. Ich glaube nicht, dass dich irgendetwas erschüttern kann.«

»Ich kenne keinen stärkeren Charakter als deinen«, entgegnete sie leise.

Ein absurdes Gefühl überkam mich.

»Ich habe eine Hormontherapie begonnen«, sagte ich plötzlich.

»Ach ja? Und wie fühlst du dich?«

»Ich habe schon zwei Zyklen hinter mir, aber bislang funktioniert es nicht. Wenn auch der nächste Zyklus nichts bringt, versuchen wir es mit künstlicher Befruchtung.«

Sie schüttelte langsam den Kopf.

»Ich hoffe sehr, dass es klappt, Alice.«

»Ich auch, aber auf jeden Fall hattest du recht ... Jetzt habe ich das Gefühl, etwas Konkretes zu unternehmen.«

»Ich bin sicher, dass du bald schwanger und unausstehlich sein wirst, alle Leute anbrüllst und mitten in der Nacht Lobster Rolls essen willst.«

Über ihren Optimismus musste ich lächeln.

»Bis dahin bist du ein Star und kannst mir jeden Tag Sachen von Burberry fürs Baby schenken.«

»Ich setze keinen Fuß in so einen versnobten Laden. Das Baby bekommt von mir zur Geburt die Gesamtausgabe der Beatles.«

Ich musste lachen. Scarlett kann ich mir beim Aussuchen von Babywäsche in der Luxusabteilung bei Bloomingdale's wirklich nicht vorstellen.

»Du, ich muss jetzt leider auflegen, Oliver hat das Abendessen fertig, es wird sonst kalt. Aber du musst mir erzählen, wie es gelaufen ist, ja?«

»Ja, versprochen.«

Sie warf mir eine Kusshand zu.

Meine kleine Rocker-Schwester mit den rosa Haaren ...

Warum, weiß ich auch nicht, jedenfalls hatte ich Tränen in den Augen.

Blöde Hormone!

Wenn ich mir wegen der Konten von EverDream weiter die Haare raufe, bin ich bald kahl. Geld wird ausschließlich ausgegeben, und natürlich steht die App immer noch nicht. Chris scheint offenbar zu denken, dass Geld auf den Grünpflanzen seines New-Age-Büros wächst. Er gibt es einfach aus. Schneide ich die Themen Budget, Rentabilität oder Umsatz an, schaut er so gelangweilt und betrübt drein wie ein verständnisloser Schüler, dem ich die Gebrauchsanweisung eines Kühlschranks auf Serbokroatisch vorlese.

Wieder einmal muss ich unserem Präsidenten-General-Direktor-Poeten auf die Füße treten und ihm erklären, dass er die Ausgaben einschränken muss, denn bei diesem Rhythmus überlebt die Firma keine sechs Monate. Diesmal lauscht er aufmerksam, die Brauen hinter seiner dicken Hornbrille zusammengezogen, und spielt mit einem Anti-Stress-Ball, der einem Hodensack ungemein ähnlich sieht.

Nachdem ich meine Ansprache beendet habe, schweigt er eine Weile, das Kinn in den Händen, Augenbrauen weiterhin zusammengezogen, dem »Denker von Rodin« – aber als Webversion – sehr ähnlich, dann klatscht er in die Hände und ruft triumphierend:

»Ich habe eine Idee!«

»Super, denn ich gestehe, dass ich nicht mehr weiß, was ich mir noch ausdenken soll, um zu sparen.«

»Wir organisieren ein Firmenseminar und bringen die App heraus.«

Er erhebt sich, rückt seine Hipster-Brille über seinem triumphierenden Lächeln zurecht, und ich schaue ihn mit offenem Mund an. Ich frage mich, wie ein Firmenseminar, das ein paar Tausend Euro verschlingen dürfte, unsere Ausgaben verringern könnte.

»Ich organisiere das Seminar!«, ruft er. »Wir brauchen einen netten Ort irgendwo im Raum Paris oder im Süden, und warum nicht mit einem Wellness-Bereich? Genau, Wellness wäre nicht schlecht. Und am Samstagabend machen wir ein Fest! Mit welchem Motto? Das soll wie seinerzeit bei Google werden, damit motivieren wir die Truppe neu.«

»Aber Chris, die Budget-Auflagen …«

»Ach was, keine Budget-Auflagen! Budget-Auflagen sind doch nur ein Zeichen von Mittelmäßigkeit! Wir stecken fest, weil wir nicht groß planen. Das ist die Realität, Alice. Ich habe ein gutes Gefühl, was Ever-Dream angeht. Ein sehr gutes Gefühl sogar.«

Ich bin so verzweifelt, dass ich ihn weiter in seinen Träumen schwelgen lasse. Sein Telefon klingelt. Es klingelt übrigens ständig. Wir haben keine Kunden, keine Partner, gar nichts, auch keine App, aber sein Telefon klingelt trotzdem immerzu. Unbegreiflich. Er bittet mich freundlich hinaus, und ich stehe im Großraumbüro. Warum nicht einfach aufgeben? Was geht es mich an, wenn die Firma scheitert? Doch dann fällt mein Blick auf Reda und Victoire, die in irgendeine Arbeit vertieft sind. Dort sitzt die Realität! Reda, Victoire und ich:

Wie hoch ist die Wahrscheinlichkeit, dass wir woanders einen Job finden? Arbeiten wir hier, weil wir nichts anderes gefunden haben, oder hat uns Chris eingestellt, weil er genau wusste, dass wir sonst nirgendwo unterkommen würden? Im Endeffekt hilft er nicht den verwaisten Strümpfen, sondern uns.

Ich beobachte Chris, der gestenreich telefoniert, denke daran, wie er mich ins Krankenhaus begleitet hat, und mich überkommt so etwas wie ein zärtliches Gefühl. Auch wenn er völlig unorganisiert und unfähig ist, egal was auf die Reihe zu bringen, so ist er doch ein wunderbarer Mensch, beständig und ehrlich. Und ich fühle ihm gegenüber die Verpflichtung, mich voll und ganz einzubringen, denn er hat mir, ohne mich zu kennen, die Chance gegeben, ein neues Leben aufzubauen, und dafür werde ich ihm ewig dankbar sein. Ich seufze und tippe »Wie organsiert man ein Seminar?« in die Suchleiste meines Computers.

Das Tagebuch von Alice

Lieber Bruce,

entgegen meiner Erwartung fehlt mir das Tagebuchschreiben sehr. Ich habe mich wohl daran gewöhnt. Viel nützen wird es nicht, aber vielleicht freue ich mich eines Tages, all diese Erinnerungen wieder zu lesen, insbesondere wenn ich alt und grau in einem Altersheim dahinsieche, mein Kinderwunsch nie erfüllt wurde und Oliver wegen seiner unmäßigen Arbeitszeiten und seiner Leidenschaft für Fish and Chips dann wahrscheinlich schon lange tot sein wird.

Wie du feststellen kannst, arbeite ich nicht hart genug an mir und meiner Fähigkeit, die Dinge positiv zu sehen.

Da ich weiß, dass du dir genau diese Frage stellst, wird es dich freuen, dass sich Scarletts Termin als absolut zufriedenstellend entpuppt hat. Der Mann, den sie getroffen hat, arbeitet bei Origin Records. Ich glaube, er ist Artdirector. Er ist mit einem anderen Typen gekommen, der Scarletts Agent werden soll. Stell dir vor, Bruce, Scarlett hat einen Agenten! Irre! Vielleicht wirst du ihr leibhaftig begegnen.

Sie muss noch mehr Songs schreiben, um das Album fertigzustellen, und damit ist sie jetzt vollauf beschäftigt.

Anscheinend bin ich die Einzige, die wegen dieser Neuigkeit ganz aus dem Häuschen ist. Scarlett hingegen meint vorsichtig, man solle sich besser nicht zu sehr mitreißen lassen, sie bringe zwar eine Platte heraus, was jedoch nicht bedeutet, dass sie auch Erfolg hat, und Origin Records sei nicht Universal. Maman scheint sich überhaupt nicht dafür zu interessieren und sagte zu Scarlett, dass sich diese letzte Hoffnung ja doch nur in Rauch auflösen werde und dass Scarlett besser daran täte, einen gescheiten Job zu finden.

Scarlett fehlt mir so sehr. Auch wenn ich zumindest einmal die Woche mit ihr skype und regelmäßig ihre SMS erhalte, im Stil: »Ich habe meinen Vertrag!« Oder: »Harry will, dass wir nächste Woche mit der Musteraufzeichnung beginnen.« Und: »Wir mischen jetzt.« Sie schickt mir noch andere Informationen, aber ich verstehe rein gar nichts davon. Es tut mir weh, sie in diesem Moment, dem sie so lange entgegengefiebert hat, in so weiter Ferne zu wissen.

Ich sehe sie immer noch als Teenager, als sie die eine Hälfte ihres Wochenendes damit zubrachte, Geld für ihre Gitarrenstunden zu verdienen, und die andere Hälfte in einer Ecke der Garage, die sie sich zum Üben eingerichtet hatte. In diesen Jahren waren ihre mal schwarz, mal blau lackierten Fingernägel ganz kurz geschnitten. Die Saiten hinterließen schmerzhafte Schnitte, die manchmal sogar bluteten, und sie hatte Blasen an den Fingerspitzen. Sie beklagte sich nie, aber abends desinfizierte sie ihre Wunden zu meinem Entsetzen unter augenscheinlichen Schmerzen mit neunzigprozentigem Alkohol.

Ich hatte ein auf Gitarren spezialisiertes Musikgeschäft in East Village angerufen und gefragt, was man gegen diese Verletzungen tun könne. Ich übersandte ihnen einen Scheck für Fingerkuppen-Schützer, die uns dann aus New York

zugeschickt wurden. Scarlett wollte sie nie benutzen. Sie
meinte, die Musik spüren zu müssen. Wer Künstler sein will,
müsse leiden, behauptete sie.

Damals arbeitete Maman sehr viel. Ihr Debüt hatte sie damals mit der Übersetzung von erotischen Romanen, doch
jetzt war sie auf Wirtschaftsübersetzungen spezialisiert.
Wenn ich es mir jetzt überlege, ist diese Entwicklung reichlich
sonderbar. Sie verbrachte Tage und teilweise auch Nächte
damit, Konten und Jahresberichte von Firmen aus dem Englischen ins Französische zu übersetzen. Das war sicher nicht
so amüsant wie die Abenteuer einer Sekretärin zu beschreiben, die sich in ihren milliardenschweren und mit Beton-Six-
pack ausgerüsteten Boss verknallt, aber es war weitaus besser bezahlt. Da Maman nicht mehr so sehr unter finanziellem
Druck stand, hatte sie mehr Zeit für uns. Sie schaute sich
meine Hausaufgaben an und beglückwünschte mich zu meinen
Noten. Sie hatte sogar beschlossen, mir drei Dollar Taschengeld die Woche zu geben. Gleichzeitig bat sie mich, Scarlett
nichts davon zu erzählen, was mir sehr unangenehm war. Ich
war alt genug, um zu begreifen, dass für meine Schwester die
Wahrheit verletzend sein würde. Nicht wegen des Geldes, das
war ihr egal, aber meine kleine Schwester, die sich nicht um
die Meinungen der anderen scherte, legte großen Wert auf
Mamans Urteil, und das tut sie heute noch.

Scarlett war noch sehr jung, als sie anfing, Geld zu verdienen.
Sie gab nie ihr wahres Alter an und akzeptierte alle Jobs, die
ihr ein paar Dollar einbringen konnten. Sie arbeitete als
Bedienung in den Hafenbars, strich im Sommer Boote an,
arbeitete hin und wieder im Garten von Ashleys Eltern und
half den Bauern samstagmorgens auf dem Markt beim Ver-

kauf ihrer Produkte; und das alles nur, um ihren Gitarren-
unterricht zu finanzieren und für eine elektrische Gitarre,
eventuell einen Verstärker und vielleicht auch für ein paar
Kleidungsstücke zu sparen, um endlich einmal nicht nur das
von mir abgelegte Zeug anziehen zu müssen. Ihren Lohn bewahrte sie in einer angerosteten Keksbüchse im Regal auf.
Um Mamans Ungerechtigkeit mit dem Taschengeld auszugleichen, teilte ich mein Taschengeld systematisch in zwei
Hälften und mogelte immer dann, wenn Scarlett gerade ihr
Gehalt bekommen hatte, eine davon in ihre Büchse. Sie gehörte nicht zu den Leuten, die ihr Geld ständig zählen, und
merkte dementsprechend nichts. Nur einmal war sie stutzig
geworden. Sie saß im Schneidersitz auf ihrem Bett und betrachtete mit gerunzelter Stirn den Inhalt ihrer Büchse.
»Warum ziehst du so ein Gesicht? Fehlt etwas?«
»Da ist viel mehr drin, als ich dachte.«
»Du hast dich vielleicht verzählt?«
Sie hatte zweifelnd den Kopf geschüttelt, doch dann
strahlte sie, als sei sie - Kajal und Lederjacke zum Trotz -
in die freudvolle Zeit ihrer Kindheit zurückversetzt worden,
als sie acht Jahre alt war.
»Vielleicht hat es mir Maman heimlich gegeben«, mutmaßte
sie hoffnungsvoll.
Ich habe ihr nicht widersprochen.
Sobald sie die nötige Summe beisammenhatte, kaufte sie
ihre erste elektrische Gitarre. Sie hatte sie bereits vor
anderthalb Jahren in einem Geschäft in Providence gesehen,
sie dort ausprobiert und versprochen, wiederzukommen. Seitdem sprach sie täglich über diese Gitarre. Sie nannte sie
»Star« und redete mit einer Hingabe von ihr, als wolle sie ein

Kind adoptieren, das bald Teil der Familie sein würde. An einem Samstagmorgen fuhren wir zusammen mit dem Bus bis nach Providence. Es war einer der seltenen Momente, in denen Scarlett schüchtern und fast sogar ängstlich wirkte. Sie sprach kaum, und ihre großen Augen waren auf die Landschaft gerichtet, die am Busfenster vorbeizufliegen schien. Man hätte meinen können, sie begäbe sich zu einem Blind Date mit der Liebe ihres Lebens.

Der Eigentümer des Geschäfts erinnerte sich gut an Scarlett.

»Da bist du ja, holst du sie jetzt ab?«, fragte er sie mit einem freundlichen Lächeln.

»Sie haben sie nicht verkauft?«

Er lachte und ging ins Lager. Plötzlich packte Scarlett meine Hand und drückte sie so heftig, als seien ihre Gefühle zu mächtig, um sie allein tragen zu können, als sei sie auf dem höchsten Punkt der Achterbahn angelangt, bevor es in die Tiefe geht, oder als ginge sie zu ihrer Hochzeit durch das Kirchenschiff.

Der Mann kam mit der Gitarre zurück. Dunkelblau und glänzend wie eine Weihnachtskugel! Unter den Saiten flimmerten silberne Strassflammen. Ich sehe Scarlett vor mir, nicht mehr Kind, aber auch noch nicht wirklich erwachsen, so zart in ihrer viel zu großen Lederjacke. Sie kam mir vor wie ein Spatz. Ihr Gesicht drückte den gleichen scheuen Respekt aus wie damals, als sie zum ersten Mal auf dem Klavier im College-Musiksaal spielen durfte. Zuerst traute sie sich nicht, die Gitarre überhaupt zu berühren. Doch dann ließ sie meine Hand los, nahm die Gitarre ganz vorsichtig in die Hände und betrachtete sie. Der Mann beobachtete sie schweigend mit über der Brust verschränkten Armen. Sein zärtliches Lächeln stand in starkem Kontrast zu seiner Erscheinung des hartgesottenen Motorradfreaks. Trotz beginnender Glatze trug er sein langes graues Haar zu einem Pferdeschwanz gebunden.

»Nun?«, fragte ich verwundert nach ihrem langen Schweigen, »gefällt sie dir immer noch?«

Sie nickte, doch dann verzog sie ihren Mund und schien bedrückt.

»Was ist denn los?«

»Ich habe mich vertan«, antwortete sie, »sie heißt nicht Star, sondern Phönix.«

Der Ladenbesitzer schenkte ihr einen Gitarrengurt mit Leopardenmuster. Dann fuhren wir wieder zurück nach Queenstown. Scarlett saß neben mir, der Verstärker stand zu ihren Füssen, die Gitarre hielt sie auf dem Schoß fest, ganz wie eine Mama, die gerade mit ihrem Baby die Entbindungsstation verlässt.

Ab diesem Augenblick verstaubte die arme klassische Gitarre Hamilton unter Scarletts Bett. Als das neue Schuljahr begann, pinnte Scarlett eine Annonce an das Schwarze Brett neben den Verwaltungsbüros. Sie schrieb, sie sei Gitarristin und Sängerin und gründe eine Band. Jedes Instrument sei willkommen, aber ganz besonders suche sie Schlagzeug und Bassgitarre.

In der Garage ließ Scarlett einen ganzen Samstag lang und sehr ernsthaft Kandidaten vorspielen, was für uns Normalsterbliche ohne Verständnis für die Schönheit von experimenteller Musik von neun bis zwanzig Uhr nichts anderes als unerträglicher Lärm war. Maman war aufgebracht, weil sie bei dem Krach nicht arbeiten konnte, und erteilte Scarlett

*Stubenarrest bis zur Volljährigkeit. Auch ich hielt es nicht
mehr aus und radelte zum Strand.*

*Die Sonne schien. Dummerweise hatte ich meinen Badeanzug
vergessen, und in meiner Erinnerung habe ich den Nachmittag
damit verbracht, auf dem Mäuerchen vor dem Beach Café zu
sitzen und missmutig die schäkernden Leute im glitzernden
Meer, die Kinder und ihre schiefen Sandburgen zwischen gestreiften Badelaken zu betrachten. Zum ersten Mal überkam
mich ein Gefühl der Nostalgie, und ich trauerte unserer vergangenen Kindheit nach. Ich spürte, dass Scarlett sich von
mir entfernen würde. Plötzlich befürchtete ich, dass ihr ein
interessanteres Leben als mir vorbestimmt war und ich
neben ihr nur eine nebensächliche Figur sein würde, dazu bestimmt, sie ins rechte Licht zu rücken. Bis zu diesem Zeitpunkt hatte ich nie darüber nachgedacht, und jetzt fiel es
mir wie Schuppen von den Augen: Ich würde allein in Queenstown bleiben, während Scarlett auf Tournee durch die Welt
reiste. Sie würde Liam Gallagher heiraten und im Fernsehen zu
sehen sein, während ich einen Nachbarn, Schulkameraden oder
Kinderfreund heiratete und wahrscheinlich wie Maman Übersetzerin wäre. Meine Kinder würden mit dem gleichen Bus in
die gleiche Grundschule, ins gleiche College und ins gleiche
Gymnasium wie ich fahren. Sonntagmittags würde ich Apfelkuchen backen, und einmal im Monat würden wir einen Fami-
lienausflug zum Hafen unternehmen und Lobster Rolls essen.
Ich dachte an das große Holzhaus am Meer mit dem Turm und
der Veranda, das Scarlett Jahre zuvor in diesem Café gemalt
hatte. Würde sie wirklich wiederkommen, um es zu bauen,
wenn sie einmal reich war? Wozu denn hierher zurückkommen,
wenn man in New York, Paris oder Sydney wohnen konnte?*

Würde ihr der heiße Kakao vom Beach Café fehlen, wenn sie
den ebenso gut im Café de la Paix haben konnte?
Ich ging nach Hause, nicht nur deprimiert, sondern auch mit
einem heftigen Sonnenbrand. Scarlett war aufgedreht und
hatte drei Musiker für ihre Band ausgewählt. Eine Schlagzeu-
gerin, einen Bassisten und einen Synthesizer-Spieler. Sie
hatte auch einen Namen für die Band gefunden, sie sollte
Blue Phoenix heißen. Ihre Augen blitzten vor Aufregung, wie
immer, wenn sie sich für etwas begeisterte. In ihrer Stimme
und in ihren Gesten lag eine geradezu elektrische Intensität,
ihre Augen sprühten förmlich vor Leidenschaft, sie nahm allen
Raum ein. Musik gab Scarlett eine unglaubliche Präsenz. Wenn
sie nicht spielte oder von Musik sprach und man von ihrer
übertriebenen Schminke, ihrer praktisch wöchentlich wech-
selnden Haarfarbe, von ihren zerfetzten Nylonstrümpfen
unter den verwaschenen Jeans-Shorts einmal absah, wirkte
sie eher unscheinbar. Vom Gitarrenspiel war ihr Rücken in der
alten Lederjacke sogar ein wenig krumm geworden. Aber die
Musik entzündete in ihren Augen ein Licht, ihr Lächeln war wie
ein Feuer, das ihren ganzen Körper erfasste, und mit einem
Mal war sie fesselnd, magnetisch und überstrahlte alle
anderen.
»Stell dir das doch bloß mal vor!«, sagte sie an diesem
Abend und ließ sich mit ausgebreiteten Armen auf ihr Bett
sinken: »Ich werde meine eigene Band haben. Wie Oasis.«
Ich saß an meinem Schreibtisch und tat so, als lernte ich
französische Grammatik. Sie sah nur meinen Rücken.
»Warum sagst du nichts? Freust du dich nicht für mich?«
»Doch, natürlich!«
Das schien ihr zu genügen. Sie erzählte mir detailgetreu von

allen Bewerbern des Nachmittags. Nicht ein einziges Mal fragte sie, wie ich den Nachmittag verbracht hatte oder nach dem Sonnenbrand, und sie wunderte sich auch nicht, dass ich auf ihren Monolog überhaupt nicht einging. Ich wusste nicht, wie ich ihr vermitteln sollte, dass ich mich wirklich für sie freute, was mich betraf, aber traurig war. Ab der Geburtsstunde von Blue Phoenix gingen die ohnehin schon schlechten Noten Scarletts erst recht den Bach herunter. Allerdings brauchte sie das Schuljahr nicht zu wiederholen, weil ich alle Hausaufgaben für sie machte, sie von mir abschreiben konnte und meine Notizen lesen durfte, die ich immer sehr sorgfältig anfertigte. Dabei fiel ihr vieles leicht: Erstaunlicherweise war sie vor allem in naturwissenschaftlichen Fächern gut, weniger in den literarischen. Auswendiglernen war für sie ein Albtraum. Mathematik machte ihr Spaß, was mir unbegreiflich war, und sie kam auch ohne Lernen gut zurecht, wohingegen sie in Englisch unter den Schlechtesten, in Geschichte und Erdkunde ein Totalausfall war.

In der neunten Klasse versuchte Scarlett, in der Turnhalle des Gymnasiums mit Blue Phoenix ein Konzert zu organisieren. Aus vielerlei Gründen, wie ihr Schwänzen, ihr freches Auftreten und ihre schlechten Leistungen, lehnte die Schulleitung das Vorhaben ab. Scarlett ließ sich dennoch nicht entmutigen, und als sie in die zehnte Klasse kam, versuchte sie es erneut. Dem Schulleiter ging es allmählich auf die Nerven, sie mehrmals pro Woche in seinem Büro zu sehen, entweder weil man sie aus einer Stunde geworfen hatte, sie zu spät gekommen war oder für ihr Konzert werben wollte, und lehnte all ihre Besuche über sein Sekretariat ab.

Eines Tages kam Scarlett wütend nach Hause, schmiss ihren Rucksack auf den Boden und warf sich auf ihr Bett.

»Dieser blöde Sack von Schulleiter sagt, dass ich ihn mit meinen Geschichten über Musik und das Konzert belästige. Seiner Sekretärin hat er strikt verboten, mir einen Termin zu geben oder mich in sein Büro vorzulassen.«

Ich hob den Kopf von dem Roman, den ich gerade las. Sie schien scharf nachzudenken und zog mit gerunzelter Stirn und vor Ärger schwarzen Augen an einer Strähne ihrer unordentlichen Frisur.

»Ich muss unbedingt eine Lösung finden. Wir proben jetzt seit mehr als einem Jahr. Wenn wir nicht vor Publikum spielen können, macht das alles keinen Sinn.«

»Vielleicht solltest du die Idee aufgeben, unbedingt im Gymnasium zu spielen. Vielleicht wäre es besser, ein oder zwei Jahre zu warten und es an der Uni versuchen oder …«

»Hör auf! Du weißt ganz genau, dass ich nie an die Uni gehen werde«, unterbrach sie mich.

»Andererseits kann dich der Schulleiter seit der sechsten Klasse nicht ausstehen. Wie willst du ihn dazu bringen, seine Meinung zu ändern? An deiner Stelle würde ich mich den Umständen beugen …«

»Nein, wenn man etwas wirklich will, muss man es mit allen Mitteln durchsetzen. Ich schwöre dir, dass ich es schaffe, auch wenn sich die ganze Schulverwaltung gegen mich stellt.«

Ich seufzte und klappte angesichts ihrer traurigen Kinderaugen mein Buch zu.

»Du kannst ja versuchen, ihm zu schreiben und deine Argumente präzise schriftlich darzulegen … Denn manchmal drückst du dich mündlich ein wenig zu … ungestüm aus.«

»Ich mag nicht schreiben, und etwas auf den Punkt bringen kann ich schon gar nicht. Das wird ihn nur noch mehr davon überzeugen, dass ich seiner Mühe nicht wert bin.«

»Wenn es weiter nichts ist, ich schreibe den Brief gern für dich.«

Ihre Miene hellte sich auf, und sie richtete sich auf ihrem zerwühlten Federbett auf. Im Gegensatz zu mir machte Scarlett morgens nie ihr Bett. Für sie war es nur ein Zeitverlust, da man es am Abend ja doch wieder aufschlagen musste.

»Oh ja, genial! Würdest du das für mich tun?«

»Was würde ich nicht für dich tun?«

Sie fiel mir um den Hals und warf mich aufs Bett.

»Danke, danke, danke! Was würde ich nur ohne dich machen, Alice?«

Ich verbrachte Stunden damit, diesen Brief zu schreiben. Darin sprach ich von dem kulturellen Beitrag, den ein solches Konzert für das Gymnasium leisten würde, unterstrich, dass die Künstler keine Gage forderten und dass eventuelle Gewinne komplett gespendet werden würden. Ich versprach, die Auswahl der Songs werde der Direktion vorgelegt. (Scarlett wollte, dass ich genau diesen Punkt streiche, weil er sich gegen das Prinzip der Kreativität und Freiheit von Blue Phoenix richtete.) Dennoch unterzeichnete sie enthusiastisch den fertigen Brief und versicherte mir, er sei perfekt und ich die beste Schwester der Welt.

Eine Woche später traf ich den Schulleiter im Gang an, und er sagte schlicht:

»Fräulein Smith-Rivière, Ihr Brief ist sehr überzeugend, und ich verstehe, warum Sie in Englisch die Klassenbeste sind.«

»Welcher Brief?«, fragte ich errötend.

»Es ist schon erstaunlich«, antwortete er, ohne auf meine Frage einzugehen, »dass jemand, der so ernsthaft und fleißig ist wie Sie, eine derart unreife und gewöhnliche Schwester haben kann.«

Und dann ging er seelenruhig davon, in seinem schlecht geschnittenen karierten Anzug, die Hände auf dem Rücken verschränkt und wahrscheinlich in dem Glauben, mir ein Kompliment gemacht zu haben. Ich hätte ihm am liebsten die kleine runde Brille mit dem Metallgestell, die ihm ständig von der fettigen Nase rutschte, heruntergerissen und in die Nasenlöcher gestopft.

Von dieser Unterhaltung habe ich Scarlett nie etwas erzählt, und auf den Brief kam nie eine Antwort. Ein paar Tage später hörte ich, dass im Gymnasium am 31. Dezember zum Wechsel in das Jahr 2000 ein Fest organisiert werden würde. Für dieses Ereignis und um Stimmung zu machen, war eine professionelle Band aus Queenstown engagiert worden. Ich fürchtete, diese Nachricht könnte Scarlett den Rest geben, und wagte nicht, ihr davon zu erzählen.

Es ist der Januar mit seinen grauen Tagen und den kurzlebigen guten Vorsätzen zum Jahreswechsel. Trotz Angelas Bitten bin ich zu Weihnachten nicht nach New York geflogen, sondern habe das Fest mit Saranyas Familie verbracht. Es war kein traditionelles Weihnachten, aber ein fröhliches und lebhaftes Abendessen im Kreise der ganzen Familie, was die mir so verhasste Zeit leichter machte. Reda hatte mich zu einem Silvesterfest bei sich zu Hause eingeladen, wo ich allerdings kaum zwei Stunden blieb. Victoire und ich gingen noch vor Mitternacht zu Fuß nach Hause. Ich brauche immer noch Schlaftabletten, aber Antidepressiva nehme ich kaum noch. Seit zwei Monaten hatte ich keine Panikattacke mehr.

Es ist eigenartig: In den Vereinigten Staaten habe ich mich immer ein wenig als Französin gefühlt. Aber hier erinnert mich alles daran, dass ich Amerikanerin bin. Meine Schwierigkeiten, Fahrenheit in Celsius oder Meilen in Kilometer umzurechnen, sind nur die Spitze des kulturellen Eisbergs, der mich bisweilen von meinen Kollegen trennt. Dank unserer englischsprachigen Kaffeepausen bin ich Reda nähergekommen. Ich habe ihn sogar zusammen mit Saranya an einem Sonntag zum Brunch bei mir zu Hause eingeladen. Er brachte Victoire mit, und ich hatte das gute Gefühl, hier in Paris doch Freunde gefunden zu haben.

Ich ziehe meinen Koffer quer durch den Bahnhof Montparnasse. Es ist 14:32 Uhr, und der Zug nach Brest fährt um 16:35 Uhr. Aufgrund meiner Erfahrungen mit Saranya und den Leuten, deren Raum-Zeit-Wahrnehmung aus zehn Minuten anderthalb Stunden macht, habe ich vorsorglich Reda gegenüber behauptet, wir würden um 14:45 Uhr abfahren, um sicherzugehen, dass er nicht erst dann am Bahnhof erscheint, wenn wir bereits in Brest ankommen.

Und da sehe ich ihn gerade in heller Aufregung mit einem riesigen Koffer durch die Halle rennen.

»Alice, wir sind spät dran und verpassen das Flugzeug«, stottert er völlig aus der Puste.

Ich mustere ihn in aller Ruhe und habe Mühe, nicht laut loszulachen.

»Reda, das Flugzeug ist ein Zug, und wir verpassen ihn bestimmt nicht, sondern haben sogar noch Zeit, einen Kaffee trinken zu gehen.«

Chris hatte sich geweigert, uns den genauen Ablauf des Firmenseminars auseinanderzusetzen, aber seit drei Wochen wiederholt er permanent, dass er einen perfekten Ort dafür gefunden habe, und steht unter mehr Spannung als ein Elektroschaltkasten.

Wir machen uns auf das Schlimmste gefasst.

In Brest regnet es in Strömen, und meinen Informationen zufolge soll es während der nächsten drei Tage unseres Aufenthalts auch nicht aufhören. Selbstverständlich bin ich die Erste, die im Zug sitzt. Chris hat trotz der katastrophalen Finanzlage von EverDream Fahrkarten für die erste Klasse gekauft.

Bei unserer Ankunft in Brest erwartet uns ein Minibus. In der kurzen Zeit, in der wir unser Gepäck in den Kofferraum werfen, sind wir bereits bis auf die Knochen durchnässt. Ich lasse die anderen zuerst einsteigen, denn sie haben nur eine Zeitung als Regenschutz. Als ich als Letzte einsteige, tropft es aus meinem Haarschopf auf meinen dünnen Regenmantel, der ebenfalls patschnass ist.

»Alice, man sollte meinen, dir mache der Regen gar nichts aus«, kommentiert Reda.

Ich öffne das Lüftungssystem über meinem Sitz, damit die warme Luft meinen Pferdeschwanz trocknen kann.

»Nein, ich bin nur total durchgefroren. Regen stört mich auch nicht mehr als Wind oder Sonne. Ich bin am Meer aufgewachsen, und wenn es regnete, kümmerte man sich nicht darum, sondern stülpte eine Kapuze über ...«

Victoire, die gerade ihren Blouson über der Lehne des Sitzes vor sich ausbreitet, beugt sich zu mir herüber und sagt:

»Ich dachte, du kommst aus New York.«

»Ich habe dort gewohnt, bin dort aber nicht geboren.«

»Und wo bist du nun genau geboren?«, fragt Chris. »Ich habe Freunde in Michigan!«

»In einem kleinen Ort, den niemand kennt«, entgegne ich verlegen. »Und ihr?«

Mir wäre es recht, wenn das Gespräch eine andere Richtung nähme.

»Paris«, antwortet Chris. »Und in welchem Staat liegt dein kleiner Ort?«

»Rhode Island.«

»Wo ist das denn?«, fragt Reda.

»Im Norden, an der Ostküste. Es ist der kleinste Staat der USA, weshalb ihn kaum jemand kennt ...«

Um Fassung ringend, löse ich die Haare und schüttele sie unter der warmen Luft des Ventilators. Zu meiner Erleichterung kommt mir der Busfahrer ungewollt zu Hilfe, indem er unsere Abfahrt ankündigt.

Jetzt bemerke ich Jeremy, der sich nicht an der Unterhaltung beteiligt hat und mich nachdenklich anstarrt. Ich blicke unangenehm berührt in eine andere Richtung. Ich hätte antworten sollen, dass ich in Kalifornien oder im tiefsten Texas oder auf einer Ranch in Wyoming geboren wurde. So weit wie möglich entfernt von Queenstown, Rhode Island, dem Geburtsort von Scarlett Smith-Rivière, wie man es ganz öffentlich bei Wikipedia nachlesen kann. Irgendwas, nur nicht die Wahrheit. Je mehr ich rede, umso mehr verplappere ich mich. Das ist das Problem, wenn man Leute an sich heranlässt. Man passt nicht mehr auf und gibt preis, was man verbergen wollte.

»Ich will versuchen, ein wenig zu schlafen«, sage ich, um weiteren Fragen auszuweichen.

»Du bist pitschnass. Du holst dir noch den Tod«, findet Victoire.

Ganz spontan reicht sie mir ihren Hoodie. Diese Geste rührt mich ungemein, und ich bin einen Augenblick lang wie gelähmt, doch dann nehme ich ihn gerne an und bedanke mich lächelnd. Ich muss unbedingt meinen inneren Stacheldraht-Schutzzaun wieder hochziehen und darf niemanden mehr zu nahe an mich rankommen lassen.

Ich sitze allein in der ersten Reihe und drehe mein Gesicht zum regenüberströmten Fenster. Der Fahrer schaltet das Radio ein. Oasis: »Don't Look Back in Anger«. Wieder überläuft mich ein Schauer. Ich werfe einen Blick nach hinten, Jeremy und Reda sind konzentriert über ihre Computer gebeugt, Victoire schläft, und Chris ist mit seinem Smartphone beschäftigt. Da ich in der Nähe des Fahrers sitze, kann ich mich diskret zu ihm hinüberbeugen und ihn bitten, das Radio auszuschalten. Jetzt sind nur noch das Regenprasseln und das Brummen des Motors zu hören. Wir verlassen die Autobahn und biegen in eine kleine Landstraße ein. Die Scheibenwischer kämpfen panisch und recht erfolglos gegen den Wasservorhang auf der Windschutzscheibe an.

Plötzlich breitet sich das Meer vor uns aus. Ich richte mich auf, kann mich kaum beherrschen und versuche reflexartig, die Tropfen vom Fenster zu wischen, die mir die Sicht versperren. Meine Hand umklammert das Armband, ich kann den Blick nicht von der Landschaft wenden. Ich habe Angst vor einer neuen Panikattacke, und der Gedanke, nicht anhalten, das Salz in der Luft und den regenfeuchten scharfen Wind spüren zu können, der die Dünengräser biegt, lässt mich schier verzweifeln. Die Straße führt am Meer entlang. Es ist gerade Ebbe. Natürlich muss ich daran denken, dass genau dieses Meer ein paar Tausend Meilen von hier entfernt gerade den Strand von Narragansett umspült. In der Ferne sehe ich dunkelblaue Wellen mit weißen Schaumkronen in eine einsame Sandbucht rollen, die sich über mehrere Hundert Meter erstreckt. Seit fünf Jahren habe ich das Meer nicht mehr gesehen. Erst jetzt, als ich an diesem wilden Ozean entlangfahre, fällt mir auf, wie sehr ich es vermisst habe. Ich war im schmuddeligen Großstadtgetümmel von New York gewesen, bis ich die Wolkenkratzer gegen die Gebäude von Paris eingetauscht hatte. Mir wird klar, dass es kein Zufall war, dass ich all diese Sommer ausschließlich in New York und in einem Büro ohne Klimaanlage verbracht hatte, anstatt mit Angela und ihrer Familie an die Strände in Long Island zu fahren … Ich habe das Meer gemieden, so wie ich alles gemieden habe, was mit der Vergangenheit, der Wirklichkeit, meinem Leben und meiner Verantwortung zu tun hatte. Ich wollte nicht nachdenken.

Ich fühle keine Panik, keinen Stress in mir aufsteigen, nur eine unendliche Traurigkeit, mir ist zum Heulen zumute. Ich kuschele mich dicht ans Fenster und ziehe mir die Kapuze von Victoires Hoodie tiefer ins Gesicht, um meine Gefühle zu verbergen. Ein paar Minuten später verlassen wir die Küste und fahren in eine Waldlandschaft. Zwischen Trauer und Erleichterung hin- und hergerissen, werfe ich einen letzten Blick auf das graue Meer im Licht des späten Nachmittags, bis es hinter uns verschwindet.

Das Tagebuch von Alice

London, 10. März 2012

Bruce, my love,

ich kann dir eine unglaubliche Neuigkeit ankündigen: Oliver und ich haben uns entschlossen, eine In-vitro-Befruchtung in die Wege zu leiten, IVF für Eingeweihte.

Ja, nachdem die Stimulierung der Ovarien nichts gebracht hat, war auch die künstliche Befruchtung ein Misserfolg. Wenn du wüsstest, Bruce, vor wie vielen Leuten ich die Schenkel geöffnet habe, was mir alles in meine intimste Höhle geschoben worden ist und wie viele Tabletten und Hormonspritzen man mir in den letzten Monaten verpasst hat! ... Allein beim Gedanken daran bin ich völlig erschöpft.

Ich werde jetzt im Queen Victoria Private Hospital betreut. Meine Gynäkologin heißt Dolores - angesichts ihrer vertieften Kenntnis meiner Vagina erlaube ich mir, sie bei ihrem Vornamen zu nennen. Dolores hat Fältchen, die sich wie Strahlen um ihre grünen Augen mit den goldenen Punkten ausbreiten. Ihr freundliches, geduldiges Lächeln gleicht dem einer vertrauenswürdigen und geduldigen Großmutter, was mir ungemein hilft, tapfer jeden Termin durchzustehen. Unter anderen Umständen würde ich ihr glatt verzeihen, dass sich ihr Kopf während unserer Termine fast ausschließlich zwischen meinen Schenkeln befindet. Doch ebenso, wie man seinen Zahnarzt

nicht mehr so recht mag, wenn er einem den Zahnstein entfernt, so kann ich nicht umhin, ihr das übel zu nehmen.
Vielleicht hat mich Scarletts Erfolg überzeugt, selbst einen
Schritt vorwärts zu gehen. Ja, es ist offiziell, Scarlett
nimmt gerade eine Platte auf. Ich verstehe nichts davon,
aber wie sie mir letztens mit aller Vorsicht gesagt hat,
»könnte das der Anfang von allem sein«. Ich fühle eine unglaubliche Erleichterung, als hätte man mir plötzlich die Last
der Verantwortung abgenommen. Vielleicht hatte die Psychotherapeutin doch recht. Ich fühle mich beruhigt wie damals
bei Scarletts erstem Konzert. Auch wenn ich meine kleine
Schwester immer grenzenlos bewundert habe, gab es doch
Phasen des Zweifels, Bruce. Übrigens, wenn ich jetzt so
darüber nachdenke, fällt mir auf, dass auf meine Zweifel
immer durchschlagende Erfolge folgten. Kurz nachdem
Scarletts Plan, ein Konzert im Gymnasium zu geben, geplatzt
war und wir gerade in der Kantine saßen, sagte Ashley zu ihr:
»Wir träumen doch alle davon, Schauspielerin oder Sängerin
zu werden, aber in der Realität schafft es nie jemand. Du
solltest lieber deinen SAT-Test vorbereiten, um auf die Uni zu
gehen.«
Scarlett hatte nur mit den Achseln gezuckt und ihr halbes
Sandwich heruntergeschlungen.
»Manche schaffen es aber«, antwortete sie mit vollem Mund,
»das sind aber nicht die, die ihre Zeit an der Uni vergeuden
und etwas studieren, das sie ihrem Ziel nicht näherbringt.«
»Und hast du keine Angst, als Loser dazustehen, in der
U-Bahn von New York zu singen und zu betteln?«
Scarlett legte nachdenklich den Kopf auf die Seite.
»Ich habe eher Angst, alles hinzuwerfen und mich den Rest

meines Lebens zu fragen, ob ich es vielleicht hätte schaffen können. Nichts ist schlimmer, als etwas zu bereuen.«

Solche Moralpredigten bekam meine Schwester häufig zu hören. Nicht nur von Maman, sondern auch von den Lehrern, die sie noch nicht als hoffnungslos abgehakt hatten und versuchten, aus ihr etwas zu machen. Ich bin überzeugt, dass sie über diese Frage ausgiebig nachgedacht hatte. Hinter der Fassade ihres Grunge-Outfits, ihrer Wutausbrüche, ihrer Künstlerallüren, der Unordnung, der Kraftausdrücke und der Aufsässigkeit war Scarlett schon immer ein ungemein intelligentes und gut organisiertes Mädchen gewesen. Als ich später auf der Brown University Wirtschaftswissenschaften studierte und sie mich abfragte, kam es vor, dass sie bestimmte Konzepte schneller verstand als ich, und ihre Erklärungen waren überraschend klar. Darüber hinaus habe ich nie erlebt, dass sie sich bei ihren Entscheidungen vom Zufall hätte leiten lassen. Auch heute noch denke ich, dass sie bei ihrer Intelligenz und Entschlossenheit egal welchen Beruf hätte erlernen können, vorausgesetzt, es wäre ihre Entscheidung gewesen.

Doch nach dieser Unterhaltung mit Ashley hegte ich zum ersten Mal Zweifel. Ich sah Scarlett seit drei oder vier Jahren Tag und Nacht arbeiten, und seit achtzehn Monaten versuchte sie, ihr erstes Konzert zu organisieren. Niemand unterstützte sie, und sie zerstritt sich mit der Schlagzeugerin, die Blue Phoenix daraufhin verließ. Zu viele Hürden, zu viele Schwierigkeiten! Und was wusste Scarlett schon von der Musikindustrie! Ich hatte sehr wohl Angst, sie könnte scheitern. Diese Gedanken ängstigten mich erheblich mehr als die Möglichkeit, dass Scarlett mich verlassen würde, wenn sie erst einmal ein Star geworden war. Allabendlich hinderte mich die Angst vor ihrem eventuellen Misserfolg daran, einzuschlafen. Ich glaube, ich habe mich für Scarletts Glück immer ein biss-chen verantwortlich gefühlt. Vielleicht, weil mir bewusst war, dass ich im Herzen unserer Mutter so viel Raum einnahm, dass für meine kleine Schwester dort kein Platz mehr war. Also brauchten wir einen Plan B. Es musste eine alternative Lösung her, damit Scarlett ihr großes Haus am Strand bauen konnte, falls sie nie die Sängerin und Musikerin ihrer Träume werden würde. Ich musste hart arbeiten und Geld verdienen. Nur für den Fall. Und um sie zu beschützen.

Bis dahin plante ich, wie Maman Übersetzerin zu werden. Ich war perfekt zweisprachig, und mein Schriftfranzösisch war perfekt, weil ich seit Jahren Romane im Dutzend verschlang. Wegen meiner Liebe zu Frankreich, der Literatur, den Traditio-nen und der Geschichte waren die Französischkurse für mich eine wahre Freude. Aber wie viele erotische Romane oder Jah-resberichte hätte ich übersetzen müssen, damit Scarlett das Traumhaus am Strand bauen konnte? Ich dachte an Maman, die nie in Urlaub fuhr und spät abends und auch am Wochenende arbeitete, und an unser kleines Holzhaus, in dem wir im Winter Heizkosten sparen mussten. Übersetzen und reich werden passten nicht zusammen. Ich musste etwas anderes finden. Ich kannte nur eine wirklich reiche Person: Ashleys Vater. Also entschloss ich mich, dem Ursprung seines Vermögens auf die Spur zu kommen.

Zum ersten Mal war ich bei einem der traditionellen Freitag-Dinner bei Ashley eingeladen, weil wir gemeinsam einen Vor-trag über die Geschichte der amerikanischen Nationalparks vorbereiten wollten. Ashley hatte vorgeschlagen, dass ich bei ihr übernachte. Trotz unseres ganz offensichtlichen Standesunterschieds fanden mich ihre Eltern wohl annehmbar, vielleicht wegen meiner französischen Staatsangehörigkeit, denn ich wurde auch danach noch mehrmals eingeladen. Es war mir eine große Ehre, und ich fühlte mich geschmeichelt, zumal Dakota beispielsweise nie einen Fuß in Ashleys Haus gesetzt hat. Scarlett meinte, Ashleys Eltern seien offensichtlich Rassisten, wobei mir diese Erklärung nie in den Sinn gekommen wäre. Nur ein einziges Mal ist Scarlett mit mir gemeinsam an einem Nachmittag dort eingeladen worden, danach nie wieder. Ich habe nie erfahren, warum.

Ashleys Familie bewohnte ein riesiges Haus im Kolonialstil im besten Viertel von Queenstown. Allein die Diele war größer als unser ganzes Wohnzimmer. In Ashleys Zimmer hingen Poster von Mariah Carey und von Buffy und den Vampiren. Dort gab es einen Fernseher, ein Doppelbett mit einer rosa Tagesdecke und Kissen mit Blumenmuster. Zu ihrem dreizehnten Geburtstag hatten ihre Eltern Ashley ein Mobiltelefon geschenkt, das in etwa so sperrig wie eine Telefonkabine war. Es nützte nicht viel, andere Handybesitzer waren äußerst selten, aber sie konnte uns wenigstens auf dem Festnetz anrufen.

Ashley hatte eine zwölf Jahre ältere Schwester, Kelly, die in Boston in einer großen Kosmetikfirma arbeitete. Ihr Bruder Oliver war zehn Jahre älter als wir und beendete gerade sein Studium an der Brown University in Providence. Er hatte bereits einen Posten bei einer Bank, in einem verspiegelten Wolkenkratzer an der Wall Street, wie sein Vater. Er arbeitete viel und kam nur selten nach Queenstown.

Die Dinner hatten mich sehr beeindruckt – das Leben von Ashleys Familie war so ganz anders als das unsere. Nicht wegen der erlesenen Speisen, die im Esszimmer auf dem polierten Tisch serviert wurden, dem Silberbesteck oder dem elegant geschnittenen Kostüm von Susan, Ashleys Mutter, sondern eher wegen ihrer - im Vergleich zu unserer Familie - guten Organisation. Ashleys Vater, Richard, war ein sehr gut aussehender Mann. Mit seinen grau melierten Schläfen ähnelte er George Clooney. Bis er seine Frau verließ und mit einem jungen Mädchen im Alter seiner Tochter Kelly nach Kalifornien durchbrannte, war Richard für mich ein Halbgott. Seit er mein Schwiegervater ist, bewundere ich ihn erheblich weniger. Anzumerken wäre, dass er in der Zwischenzeit noch zweimal die Frau gewechselt hat und jetzt mit einer sehr jungen Frau - jünger als ich - zusammenlebt. Er hat sich inzwischen aufseiten der Republikaner und der NRA (National Rifle Association) geschlagen und kämpft für das Recht, in den USA Schusswaffen zu tragen. Jedenfalls leitete er bei Tisch die Gespräche und erteilte jedem Familienmitglied das gleiche Recht, sich zu Wort zu melden. Wir sprachen über Aktuelles oder Politik, und jeder erzählte von seinem Tag, jeder durfte Fragen stellen und Kommentare abgeben. Man konnte frei sprechen, jedes Thema war von Belang, und es gab keine Hierarchie unter den Kindern.

Die Eltern interessierten sich freundlicherweise für meine Zukunftsprojekte, meine Studienpläne, meine Hobbys, für die Bücher, die ich gerade las, und die Jobs, für die ich vorsprach. Mit diesen Themen konnte Maman nicht umgehen, trotz ihrer Versuche, mich in meiner Ausbildung zu unterstützen. Als ich begann, mir um Scarletts Zukunft Sorgen zu machen, beschloss ich, so reich zu werden wie Ashleys Vater. Ich war sechzehn, als ich Richard Thornton im Rahmen eines Freitag-

Dinners über seinen Beruf ausfragte. Und nach genau diesem Abendessen hatte Oliver, der dieses Wochenende zu Besuch gewesen war, Ashley um meine Telefonnummer gebeten. Wenn ich auch auf mein Ziel, reich zu werden, konzentriert war, so hatten mich doch das charmante Lächeln und die Schlagfertigkeit von Ashleys Bruder nicht kaltgelassen.

»Ich kümmere mich um Firmenankäufe und Fusionen«, antwortete Richard Thornton auf meine Frage. »Ich helfe Firmen, die andere Firmen aufkaufen oder mit ihnen fusionieren wollen, die Verhandlungen zu organisieren, die Preise auszuhandeln, die Forderungen zu formulieren, die Verträge aufzusetzen usw.«

»Und damit sind Sie so reich geworden?«

Er lachte.

»Ja. Interessiert dich das?«

»Ja.«

»Kommst du gut mit Zahlen klar?«

»Ja, ziemlich. Ich will Geld verdienen, viel Geld.«

Ich hoffte, er würde mich nicht fragen, warum. Abgesehen davon, dass er mein Projekt sicher kindisch finden würde, wagte ich nicht, meine Angst vor dem Versagen meiner Schwester laut auszusprechen, denn das wäre Verrat gewesen. Aber er fragte nicht. Augenscheinlich war es für ihn ein Ziel an sich, reich zu werden. Während des gesamten Dinners bombardierte ich ihn mit Fragen, auf die er sehr ernsthaft antwortete, und er schloss mit den Worten: »Wenn du willst, sprechen wir ausführlicher darüber. Komm nach dem Essen in mein Büro.«

An diesem Tag beschloss ich, im Finanzwesen Karriere zu machen. Ashleys Vater wurde mein Mentor. Regelmäßig lud er mich zu Gesprächen in sein Büro ein, und wenn ich wieder ging, war mein Kopf voll mit allen möglichen Wirtschaftsformeln, und in den Händen trug ich zahlreiche Exemplare des *Wall Street Journal*, die ich lesen sollte. Ehrensache, dass ich sie von der ersten bis zur letzten Seite durchackerte. Jetzt las ich seltener Romane auf Französisch, aber ich war erleichtert, denn ich hatte einen Plan B für Scarlett.

Scarlett, die recht viel Zeit im Sekretariat der Direktion verbrachte – ständig schickten die Lehrer sie wegen mangelnder Disziplin dorthin –, freundete sich schließlich mit der Sekretärin an. Auf diese Weise erhielt sie die Anschrift der Band, die bei der Feier zum Jahreswechsel 2000 im Gymnasium auftreten würde. Sie traf den Sänger – es stellte sich heraus, dass er der Neffe des Direktors war – und konnte ihn überzeugen, in unserer Garage vorbeizuschauen, um Blue Phoenix spielen zu sehen.

Ein paar Tage später rief besagter Neffe seinen Onkel an und überzeugte ihn, eine Band mit vielversprechenden jungen Musikern als Vorgruppe auftreten zu lassen. Und das für die lächerliche Summe von hundert Dollar. Der Direktor stellte den Zusammenhang zwischen Scarlett und den Blue Phoenix nicht her, und so durfte die von seinem Neffen empfohlene Band einen Song spielen.

Es gab die verrücktesten Theorien über alles, was zum Jahrtausendwechsel passieren könnte, und wir diskutierten darüber auf dem Schulhof. Man fürchtete den Millennium-Bug, das Ende der Welt oder gar einen Atomangriff ... Dakotas Eltern hatten für den Fall der Fälle genügend Wasser und Konserven in ihrem Keller gehortet, um über ein Jahrzehnt ein ganzes Regiment zu versorgen.

Der Dezember war in diesem Jahr besonders mild. Es lag noch kein Schnee am Strand, und der von kahlen Bäumen umstandene See auf dem Schulweg war noch nicht zugefroren. Deshalb war Mitte Dezember das Beach Café immer noch geöffnet. Ich erinnere mich daran, weil wir mit Scarlett zu ihrem Geburtstag dort heißen Kakao getrunken haben. Sie war völlig überdreht beim Gedanken an ihr bevorstehendes Konzert. Aber sie wollte mir nichts verraten, weder über das einzige Stück, das sie auf ihrer Phönix spielen würde, noch über ihr Bühnenoutfit, das sie sich auf der alten Nähmaschine geschneidert hatte, die Maman ihr als Gegenleistung für ein paar Stunden Ruhe im Haus geliehen hatte. Seit Tagen schon hatte ich von meinem Bett aus bis spät in die Nacht hinein das regelmäßige Rattern der Maschine aus der Küche gehört. »Das wird eine echte Überraschung«, sagte sie mit vor Freude leuchtenden Augen. Ihre Hände umschlossen die Tasse Kakao, den sie vor Aufregung ganz vergessen und nicht getrunken hatte.

Der 31. Dezember 1999 war ein Freitag. Ich verbarg meine Ängste vor dem Jahrtausendwechsel so gut es ging hinter ironischen Witzchen. Für Scarlett, mit der für sie damals typischen Unbescheidenheit, symbolisierte dieses Datum nur eines: An diesem Tag und am Anfang des dritten Jahrtausends würde auf der Behelfsbühne der Turnhalle unseres Gymnasiums ihre Karriere starten, ähnlich wie die von Jesus Christus, zweitausend Jahre und ein paar Tage zuvor.

Ich habe noch die Girlanden auf den Holzständern und die Banderole »Welcome 2000« und »Happy New Year« über der Bühne vor Augen, das Büfett (natürlich ohne Alkohol) auf einer Papiertischdecke in den Farben der amerikanischen

Flagge und die roten Plastikbecher. Vor ein paar Jahren habe ich ein ausgeblichenes Foto von Scarlett und mir gefunden, aufgenommen an besagtem Tag, kurz bevor Maman uns zur Schule brachte. Eingezwängt in ein bodenlanges rosa Kleid, sah ich aus wie eine Knackwurst. Scarlett hatte ihr Bühnenoutfit noch nicht angezogen, weil es niemand vor ihrem Auftritt sehen sollte. Auf dem Foto trägt sie eine zerrissene Jeans und ein zu kurzes T-Shirt mit der Aufschrift »Aerosmith«, unter der sie stolz ihren Bauchnabel mit einem Totenkopf-Piercing zur Schau stellt. Sie hatte sich kurz zuvor zu Mamans Unwillen piercen lassen.

An Scarletts erstes Konzert erinnere ich mich, als wäre es gestern gewesen. Ich rede von »ihrem Konzert«, weil auch Scarlett es so nennt, dabei durfte sie nur einen einzigen Song singen.

Sie trug einen offenen silbernen Blouson, darunter nur einen BH. Wegen dieser Schamlosigkeit musste sie in der folgenden Woche vier Stunden nachsitzen. Ihr Zusammenstoß mit dem Direktor war diesmal besonders heftig, weil er den Trick mit Scarletts Auftritt gar nicht gut fand. Abgesehen davon trug Scarlett an dem Abend eine Hose aus schwarzem Kunstleder, die so eng war wie die von Olivia Newton-John im Film Grease, und dazu quietschgelbe Converse-Stiefel. Das Haar fiel ihr bis auf die Schultern, und ihre Augen waren übertrieben schwarz, lila und silberfarben geschminkt.

Als sie mit ihrer Phönix und der Band, den drei schlaksigen und schüchternen Youngstern, auf der Bühne erschien, beachtete sie niemand außer mir. Scarlett wirkte wie ein Teenager, der sich zum Singen in ein Schulfest gemogelt hatte. Mit ihrem Mikro in der Hand wirkte sie so eindrucksvoll wie eine kleine Cousine, die gleich Karaoke singen würde. Ich hätte am liebsten alle um Ruhe gebeten. Sie sollten Scarlett spielen lassen. Ich hätte sie am liebsten dafür bezahlt, ihr zu applaudieren. Aber die wenigen, die sie überhaupt bemerkten, buhten sie aus und forderten sie lautstark auf, ihren Krempel zu nehmen und die richtige Band zu holen.

Scarlett hatte keine Angst, sie lächelte zuversichtlich und schien sich sicher, im richtigen Moment am richtigen Ort zu sein. Dann berührten ihre Finger die Gitarrensaiten, und sie begann zu spielen. Sie sang »Wonderwall« von Oasis, und schlagartig änderte sich alles. Sämtliche Anwesenden, die Erwachsenen inbegriffen, verstummten plötzlich – berauscht von Scarletts warmer Stimme, die den von Girlanden erleuchteten Raum ausfüllte und Gänsehaut verursachte wie im spannendsten Augenblick eines Superbowl-Spiels. Jetzt wusste ich, dass es sich hier nicht um die Laune eines Kindes handelte, einen vorübergehenden Traum, der ein paar Nummern zu groß für sie war. Das war ihre Wahrheit, ihre Berufung, und einen Plan B würde sie niemals akzeptieren. Statt einer Antwort auf die Anfeuerungsrufe des Publikums, sie solle weitersingen, ließ sie das wegen der Rückkopplung quietschende Mikro auf den Boden sinken und verließ die Bühne, arrogant wie ein Superstar, ohne sich zu verabschieden oder auch nur umzudrehen.

Bei Einbruch der Nacht erreichen wir einen mit Baumstämmen abgetrennten Parkplatz mitten im Wald. Ich steige aus dem Minibus, und die Absätze meiner Stiefel versinken im Matsch.

»Ich kann Sie leider nicht bis zum Schloss fahren, der Boden ist zu aufgeweicht. Die Rezeption ist dort drüben«, sagt der Fahrer.

Im fahlen Licht der Scheinwerfer erkennen wir einen von Farn gesäumten Waldweg, der in die tiefste Nacht zu führen scheint. Jeder greift etwas furchtsam nach seinem Gepäck.

»Was hast du uns diesmal eingebrockt, Chris?«, fragt Jeremy seufzend.

»Damit hatte ich nicht gerechnet«, erklärt Chris mit etwas angekratztem Pfadfinder-Enthusiasmus, »aber wo wir schon mal hier sind, nichts wie los, einen Rückzieher zu machen, wäre pure Mittelmäßigkeit.«

Das Gesicht und die regennasse Brille von der Kapuze seiner Wetterjacke umschlossen, stapft er tapfer den schlammigen Weg entlang. Angesichts des Budgets für das Seminar hatte ich eher ein Luxus-Wellnesshotel in Tunesien erwartet als Wildcamping. Bis auf die Knochen durchnässt, bleibt uns nichts anderes übrig, als Chris zu folgen, vor allem, da der Fahrer des Minibusses soeben die Tür zuschlägt, wieder anfährt und uns zuruft, dass er uns nächsten Freitag abholt, was sich unter diesen Umständen so anfühlt wie der Anfang des Films *Blair Witch Project 4*.

Schweigend trotten wir den Pfad entlang und zerren unsere Rollkoffer zwischen Wurzeln und Furchen durch den Matsch, bis wir tatsächlich ein flackerndes Licht erkennen. Es dringt aus einem hohen dunklen Gebäude, dessen Konturen sich vage hinter dem Regenvorhang abzeichnen. Es sind die erhellten Fenster einer Art Festung mitten im Wald. Am Eingang angekommen, betätigt Chris den Türklopfer. Es hört sich an, als schalle es dumpf aus einer Grotte. Erst eine gute Minute später öffnet sich die Tür, nachdem wir uns schon fast damit abgefunden hatten, draußen zu schlafen, um dann mit Bronchialkatarrh und Lungenentzündung nach Paris zurückzukehren. Ein Mann um die fünfzig empfängt uns mit offenen Armen, als gehörten wir zur Familie.

»Herzlich willkommen im Öko-Lodge von Schloss Plouderec!«, ruft er, »ich bin Jehan d'Aiglemont de Montalemberg, genannt der Tapfere.«

»Ich bezweifle, dass das Ihr richtiger Name ist«, meldet sich Victoire, scharfsinnig wie immer.

Jehan d'Aiglemont de Montalemberg, genannt der Tapfere, sieht aus wie Lanzelot, Version militanter Greenpeace-Aktivist, ein nobler Herr des Mittelalters, allerdings von Kopf bis Fuß in Grün. Er bittet uns in ein weitläufiges Vestibül, wo eine verrostete Ritterrüstung an einer monumentalen Steintreppe Wache steht. Im Kamin, größer als Saranyas ganze Wohnung, lodert ein Feuer. Verblichene Wandteppiche bedecken die Mauern.

»Das Schloss stammt aus dem 12. Jahrhundert«, erklärt unser Gastgeber und führt uns zum Empfangstresen aus geschnitztem Mahagoni.

»Wir freuen uns, EverDream in Plouderec begrüßen zu dürfen.«

Er teilt uns mit, dass das Abendessen (das wir verpasst haben) um 19:30 Uhr im Garde-Saal serviert, der Strom um einundzwanzig Uhr abgeschaltet wird. Frühstück gibt es ebenfalls im Garde-Saal um 8:30 Uhr, und die vorgesehenen Aktivitäten für das Seminar beginnen um zehn Uhr.

»Noch Fragen?«

»Ja«, rufen Jeremy, Victoire und Reda gleichzeitig.

»Wie lautet das WLAN-Passwort?«, fragt Jeremy.

»Wollte ich auch wissen«, fügen Victoire und Reda wie aus einem Mund hinzu.

»Hier in Plouderec gibt es kein WLAN und auch kein Netz«, antwortet Jehan d'Aiglemont voller Stolz. »Dies ist ein Ort, an dem man sich erholt und auf die wesentlichen Dinge konzentriert, wie zum Beispiel die Natur.«

Ich glaube nicht, dass Jeremy und Victoire ein anderes Gesicht gemacht hätten, hätte man ihnen gesagt, dass in Plouderec Delfinbabys mit Buttermessern geköpft werden.

»Ich habe euch ja gesagt, dass uns hier etwas Besonderes erwartet«, ruft Chris entzückt.

»Und ich hatte gerade viertausendzweihundertsiebenunddreißig Punkte bei Candy Crush erreicht!«, flucht Victoire.

»Allerdings stellen wir unseren Gästen ein Festnetztelefon zur Verfügung«, erklärt Jehan und weist theatralisch auf einen Apparat auf dem Empfangsschalter, mit Drehscheibe aus den Sechzigern, als könnte das Ding mit dem verhedderten Kabel Victoire helfen, weiterhin bei Candy Crash Punkte zu sammeln.

»Das Mittelalter ist totale Scheiße«, stellt Victoire fest.

»Hoffentlich gibt es was Gescheites im Fernsehen«, meldet sich Reda zu Wort.

»In den Zelten gibt es keinen Fernsehanschluss«, sagt Jehan lachend, als mache er den besten Witz aller Zeiten, aber niemand lacht.

»Zelte?«, fragt Reda und sieht besorgt aus.

Niemand antwortet, doch als wir uns anschicken, die Steintreppe hinaufzusteigen, bricht Jehan erneut in Gelächter aus:

»Nein, nein, liebe Freunde, hier geht es lang.«

Chris setzt eine geheimnisvolle Miene auf, die nichts Gutes verheißt. Unser Gastgeber öffnet die schwere Eingangstür, und der Wind vom Meer fegt den Regen in die Halle aus grauem Gestein.

Als wir aus der Tür treten, gibt Jehan jedem von uns eine Art batteriebetriebene Piratenlaterne. Und wir stapfen erneut durch den Regen, der sich inzwischen in einen unangenehmen Nieselregen verwandelt hat. Ein paar Minuten später landen wir am Fuß eines Baums, neben dem ich eine kleine, in den Boden gerammte Holztafel mit einer Nummer entdecke.

»Zimmer Nummer sieben ist hier!«

»Das ist meins«, sagt Reda mit der Stimme von

jemandem, der aufgefordert wird, sich bitte auf einen elektrischen Stuhl zu setzen.

Jehan d'Aiglemont richtet den Lichtstrahl seiner Funzel auf eine Leiter, die bis in die Baumkrone reicht.

Reda bleibt reglos stehen.

»Das ist nicht Ihr Ernst!«

»Seht mal, da sind Blasen in den Bäumen!«, ruft Chris und kann seine kindliche Aufregung kaum noch im Zaum halten. »Drei Tage lang werden wir in vollständiger Harmonie mit der Natur leben, abgeschottet von der Hektik der Großstadt.«

»Ich glaube es nicht! Der Typ hat uns in ein Pfadfinderlager entführt!«, ruft Victoire am Boden zerstört.

Im Halbdunkel meine ich zu sehen, wie sich Jeremy das Lachen verkneift.

»Nun gut, es ist kalt«, sage ich, »und wenn du jetzt nicht raufgehst, gehe ich.«

Jammernd erklimmt Reda die Leiter und zieht seinen viel zu schweren Koffer hinter sich her.

»Ich hatte doch gesagt, leichtes Gepäck!«, merkt Chris an, »soll ich dir helfen?«

»Ganz bestimmt nicht«, entgegnet Reda wutentbrannt.

»Die Blasen sind beheizt, und es gibt dort Strom«, klärt uns Jehan auf. »Alles ist umweltfreundlich, dank der Solaranlage auf dem Schlossdach produzieren wir unseren eigenen Strom. Es gibt auch Duschen, aber nur Kompost-Toiletten.«

»Ich möchte nicht einmal wissen, was das ist«, mault Victoire.

Ein Stück weiter bin ich an der Reihe. Jehan erzählt uns, dass meine Eiche mehrere Hundert Jahre alt ist, und bereits König Arthur in ihrem Schatten geschlafen habe. In Anbetracht der mindestens fünfhundert Eichen in diesem Waldabschnitt frage ich mich, wie er so sicher sein kann, dass ausgerechnet mein Baum der Schattenspender war, aber jetzt ist nicht der Zeitpunkt für Streitgespräche über Botanik.

»Dann treffen wir uns zum Frühstück um 8:30 Uhr!«, erinnert uns Chris. »Und seid pünktlich! Zu spät kommen ist ein Zeichen von Mittelmäßigkeit!«

Ich antworte nicht. Meiner Meinung nach hätte er uns von diesem merkwürdigen Plan in Kenntnis setzen müssen. Ich klettere die Holzleiter hoch, und auch wenn ich Chris' Ratschlag befolgt und nur das Allernotwendigste mitgenommen habe, so wiegt mein Koffer doch ungefähr so viel wie ein toter Esel. Erleichtert betrete ich eine Plattform zwischen den mächtigen Ästen der Eiche. Zu meiner Rechten ist ein rundliches, vollständig durchsichtiges Zelt, zu meiner Linken eine Art Holzhütte. Ich öffne die Tür: Es ist das Badezimmer. Ich mache das Licht an. Alles ist einfach, aber blitzsauber. Ich mache das Licht wieder aus und begebe mich in meine Blase. Tatsächlich, hier ist es warm. Eine bequeme Matratze mit einem weichen Federbett liegt direkt auf dem dicken Teppichboden. Ein niedriges Bord bietet Stauraum. Hier ist es klein, aber gemütlich, die Luxusversion von Camping. Seufzend ziehe ich T-Shirt und Jogginghose an und lege mein nasses Kostüm zum Trocknen auf das Bord.

Sorgfältig räume ich Schlaftabletten, Beruhigungs-mittel und die Wasserflasche in Reih und Glied auf den Nachttisch. Dann packe ich den Rest aus, lege die Klei-dung ordentlich zusammen, verstaue sie auf dem Bord, schließe meinen Koffer und stelle ihn in eine Ecke. Da-nach setze ich mich ratlos aufs Bett. Ohne Netz kann ich nicht nachschauen, was bei Instagram los ist, oder mit Angela auf Facebook chatten. Ein Buch mitzubrin-gen, ist mir nicht einmal im Traum eingefallen. Bis zum Abschalten des Stroms habe ich noch fünfundvierzig Minuten Zeit. In meiner Verzweiflung hole ich meinen Laptop hervor und studiere die Konten von EverDream, doch nach nicht einmal fünfzehn Minuten ist der Akku leer. Ich hatte den Computer nicht vollständig aufgela-den, und in der Blase gibt es keine Steckdose. Seufzend lege ich mich aufs Bett. Nervös. Die Lampe zeichnet einen gelben Lichtkegel auf den Teppich. Mir fällt nichts ein, was ich tun könnte. Ich mag weder das Nichtstun noch die Stille. Sie zwingen mich zum Nachdenken. Wieder einmal spiele ich mit den Anhängern des Arm-bands, und erstaunlicherweise spüre ich keine Gefahr, auch keinen Stress, als ob mich die alte Eiche mit ihren riesigen Ästen tatsächlich beschützt. Ich werfe einen Blick auf die Tablettenblister mit dem Schlafmittel auf dem Nachttisch und zögere. Doch dann schließe ich die Augen, horche auf die Regentropfen, höre die Eulen rufen und lausche dem Rascheln der Zweige und Blät-ter im Wind.

Das Tagebuch von Alice

London, 12. März 2012

Hey Bruce,

ich habe dir lange nicht geschrieben ... Scarlett ruft mich jeden Abend völlig aufgelöst an, denn was ihr augenblicklich widerfährt - sie verwirklicht ihren Lebenstraum -, stresst sie mehr als alles, was sie bisher erlebt hat. Ihr Album ist fast fertig. Die Demo mit vier Titeln auf einem USB-Stick hat ganz Amerika begeistert, und Origin Records setzt große Hoffnungen in sie. Ich dachte, Oliver würde sich über ihre häufigen Anrufe beschweren, aber stell dir vor, vor ein paar Tagen sagte er: »Seit deine Schwester dabei ist, ein Star zu werden, sprichst du wenigstens mal von etwas anderem als von deiner Schwangerschaft.«

Maman glaubt nicht an Scarletts Erfolg. Sie ist der Ansicht, dass dieses Album nichts als ein Strohfeuer ist, was sie ihr gegenüber auch genauso wiederholt hat. Ich, lieber Bruce, bin jedenfalls vom Gegenteil überzeugt. Und würdest du meine kleine Schwester so kennen wie ich, würdest du mir zustimmen. Nicht eifersüchtig sein, aber in Kürze wird ihr Name bekannter sein als deiner. Wie dem auch sei, Maman hat Scarlett schon immer für völlig unfähig gehalten.

Der Beweis, dass das nicht stimmt, ist ein Abend, den ich nie vergessen werde. Ich schloss gerade mein Studium an der prestigeträchtigen Brown University ab, wo ich zu den wenigen Studentinnen gehörte, die ein Vollstipendium hatten. Bei meinem Praktikum an einer Investmentbank in Boston hatte ich etwas Geld verdient, und bevor ich nach Providence zurückging, um mein letztes Jahr an der Brown zu absolvieren, wollte ich Maman und Scarlett in ein Restaurant einladen. Zu diesem Zeitpunkt arbeitete Scarlett pausenlos, nicht nur als Kassiererin von sieben Uhr morgens bis vier Uhr nachmittags im Target-Supermarkt in Queenstown, sondern auch noch anschließend am Wochenende als Bedienung. Einen Großteil der Nacht verbrachte sie mit ihrer Gitarre, spielte oder komponierte, entschlossener als je zuvor. Seit dem Frühjahr hatte ich Scarlett nicht mehr gesehen. Auch ich hatte den ganzen Sommer über hart gearbeitet, und Neuigkeiten über Scarlett bekam ich von Maman nur mitgeteilt, wenn ich sie danach fragte. Sie beklagte sich oft über die finanzielle Last, die Scarlett für sie darstellte, über ihren Traum, der eine Nummer zu groß für sie wäre, über ihren aufmüpfigen Charakter und über die Jungs, die sie nach Hause brachte, immer andere, keinen öfter als dreimal. Da ich Scarlett nicht erreichen konnte, hatte ich Maman gebeten, ihr zu sagen, dass ich kurz nach Hause kommen würde, damit wir zu dritt zum Abendessen ausgehen konnten, doch sie sagte sofort, Scarlett habe keine Zeit.

Also lud ich stattdessen Ashley ein. Ashley studierte französische Literatur, sprach unendlich gern mit Maman Französisch, und Maman korrigierte sie mit dem gleichen Vergnügen. Sie passten gut zusammen. Ich hätte die beiden gern zum Italiener am Hafen eingeladen, doch in letzter Minute wollte Maman doch lieber zu Bob's Burgers. Ich dachte, sie wollte

vor allem, dass ich nicht zu viel Geld ausgebe, deshalb willigte
ich ein.

Als wir im Restaurant ankamen, war Scarlett gerade dabei,
Ketchup und Senf neben den Serviettenständer auf einen
frisch gesäuberten Tisch zu stellen.

»Ich wusste nicht, dass Scarlett hier arbeitet«, sagte ich
erstaunt zu Maman.

»Man weiß nie, was deine Schwester treibt«, lautete ihre
Antwort. »Sie lässt sich nicht dazu herab, mich zu informieren. Außerdem, kaum habe ich den Namen des Ladens behalten, in dem sie eingestellt wurde, hat sie es auch schon
geschafft, wieder entlassen zu werden.«

Scarletts Beine unter dem zu kurzen Uniformrock sahen
magerer aus als früher, sie hatte tiefe Augenringe, und ihre
dunklen Augen mit dem schwarzen Lidschatten wirkten riesig.
Erstaunt blickte sie mich an, und in ihrem Kindergesicht ging
plötzlich die Sonne auf. Ihr Lächeln ließ ihr ganzes Gesicht
erstrahlen, als hätte man eine Glühbirne angeknipst.

»Alice!«

Sie fiel mir um den Hals, ihr feuchtes Wischtuch immer noch
in der Hand. Sie roch nach heißen Fritten, aber ich drückte
mein Gesicht in ihr offenes Haar, um den gewohnten Duft
nach ihrem Kamillenshampoo wiederzufinden.

»Du hast mir so gefehlt«, rief sie und hielt mich dann auf
Abstand, um mich betrachten zu können.

Sie rückte ihr Namensschild über dem aufgestickten »Bob's
Burgers« auf ihrer Bluse zurecht, und mir fiel ein neues
Tattoo am Halsausschnitt auf.

»Du hast mir auch gefehlt, Scar.«

Nun waren wir aber nicht allein, und nach einem kurzen, etwas peinlichen Schweigen nahm Ashley Scarlett in die Arme und beteuerte, es sei schon viel zu lange her, seit sie sich das letzte Mal gesehen hätten. Ich bemerkte allerdings ihren Blick, der etwas anderes ausdrückte. Natürlich verstand ich, dass sie nicht erwartet hatte, Scarlett hier zu treffen, zumal ich ihr erzählt hatte, dass sie ihre musikalische Karriere aufbaute. Auch Ashley sah in Scarlett nur die liebe kleine, etwas weltfremde Verliererin, auch wenn sie sich seit dem Kindergarten kannten.

Maman meldete sich zu Wort: »Siehst du, Alice lädt mich ins Restaurant ein. Dir würde so etwas nicht einfallen!«

Daraus schloss ich, dass die beiden sich wieder einmal gestritten hatten, und ich fragte mich, ob Scarlett überhaupt von meiner Einladung wusste.

Scarlett antwortete nicht und führte uns zu einem Tisch, händigte uns die Speisekarten aus und setzte uns eine Karaffe Wasser vor.

»In fünf Minuten komme ich wieder und nehme eure Bestellung auf«, sagte sie.

In diesem Augenblick erschien eine Gruppe Männer im Restaurant.

Ich verfolgte mit den Augen, wie Scarlett sie in die Nähe unseres Tisches führte und dabei die aufdringliche Bemerkung ignorierte, mit der sie ein wie ein Holzfäller gebauter, bärtiger Mann im karierten Hemd anmachte. Er ließ sie nicht aus den Augen. Dass sich Scarlett nicht zu uns setzen durfte und uns bedienen musste, war mir extrem unangenehm. Dennoch freute ich mich, wieder zu Hause zu sein und den einmaligen Geschmack der Soße von Bob's Burgers und das hiesige Bier zu kosten.

»Scarlett hat wirklich ein bezauberndes Lächeln und eine gewisse natürliche Eleganz und ... wie soll ich sagen, sie strahlt
etwas Besonderes aus«, bemerkte Ashley.
Sie beobachtete Scarlett, die sich lächelnd durch die Tisch-
reihen bewegte und in ihrer roten Uniform sehr sexy aussah.
Ashleys Kompliment war ernst gemeint, und sie schien
darüber selbst erstaunt. Aber ich kannte sie zur Genüge und
wusste, was sie im Grunde dachte: Deine Schwester ist ordi-
när geschminkt, trägt unmögliche Klamotten, ihre Piercings
und Tattoos sind ätzend, und dennoch – sie ist hübsch.
»Ja, sie hat Charisma«, antwortete ich stolz, »aber du hast
sie noch nicht singen gehört.«
»Vor allem ist sie provokant. Sie würde alles tun, nur um auf
sich aufmerksam zu machen«, entgegnete Maman.
»Maman, hör doch endlich auf!«, seufzte ich.
»Aber es stimmt nun mal! Du bereitest mir keinen Kummer,
aber Scarlett ... Du kannst es dir nicht vorstellen! Ich
hoffe, sie findet bald eine feste Anstellung. Ich kann sie
schließlich nicht ihr ganzes Leben bei mir wohnen lassen.«
»Lass ihr doch die Zeit, bis ihre Karriere Fahrt aufgenommen
hat. Nächstes Jahr arbeite ich und kann euch helfen.«
Seit fast einem Jahr war ich nun mit Oliver zusammen. Wir
konnten uns aber nur jedes zweite Wochenende treffen, und
er fehlte mir sehr. Sobald ich mein Diplom in der Tasche
hatte, wollte ich mit ihm zusammen nach New York ziehen.
Bei meinen Noten und meiner Vita würde ich an der Wall
Street mit Leichtigkeit einen Posten als Finanzanalytikerin in
egal welcher Investmentbank finden.
»Mit dir war es immer leicht, du hast alles erreicht, was du
dir vorgenommen hast, aber Scarlett ...«

»So schwierig ist es nun auch wieder nicht, mit ihr auszukommen«, unterbrach ich Maman.

Damit war unsere Unterhaltung beendet, denn am Nebentisch
begann ein Streit. Ich drehte mich um und sah, wie Scarlett
einen Erdbeer-Milkshake über dem Kopf des Bärtigen aus-
goss, der sie vorhin angemacht hatte. Er sprang auf und
beschimpfte sie, woraufhin sie ihm mit einem Tritt zwischen
die Beine antwortete.

Bob stürzte aus der Küche und packte Scarlett am Arm. Er
flüsterte ihr wütend etwas ins Ohr, und bevor sie ging, warf
sie einen letzten Blick auf den Typen, dem Bob und eine
andere Serviererin entschuldigend Servietten reichten.

»Das nächste Mal kratze ich dir die Augen aus«, fauchte
Scarlett.

Maman und Ashley waren sprachlos. Ich erhob mich.

»Ich bin gleich zurück!«

Im allgemeinen Aufruhr konnte ich Scarlett unbemerkt in die
Küche folgen. Aber dort war sie nicht mehr, und ich ging
durch den Hinterausgang, wo sie an der Betonmauer lehnte
und neben den Mülltonnen eine Zigarette rauchte, die Augen
starr auf den Parkplatz gerichtet. Ich legte ihr meine
Strickjacke um die Schultern.

»Du holst dir noch eine Erkältung.«

»Ist mir scheißegal«, knirschte sie.

»Ich dachte, du rauchst nicht, weil das deiner Stimme schadet.«
Sie zuckte entmutigt die Achseln, drückte die kaum gerauch-
te Zigarette an der Mauer aus und warf sie in die Mülltonne.

»Ich hab sie mir aus einem herumliegenden Päckchen genommen.«

»Scarlett, was ist denn eigentlich passiert?«

Sie drehte sich zu mir um, und der Ausdruck ihrer stark geschminkten Augen wirkte noch intensiver als sonst. Sie wollte gerade zu sprechen anfangen, als sich krachend die Metalltür öffnete und Bob in den Hinterhof stürmte. Die kleine Mütze, die er in der Küche trug, saß schief, auch seine weiße Chefkoch-Schürze war verrutscht, und er hätte ziemlich lächerlich gewirkt, wäre dieser Riese nicht so beängstigend wütend gewesen.

»Scarlett!«

Sie schien wenig beeindruckt, unterbrach ihn sofort und sagte mit eiskalter Stimme: »Er hat mir an den Hintern gefasst, Bob. Statt diesem Proleten das Hemd abzuputzen, hättest du ihn vor die Tür setzen sollen.«

»Das ist mir egal! Das ist ein Kunde, und du kannst Kunden keine Milkshakes über den Kopf gießen.«

»Was hätte ich denn machen sollen?«

»Du hättest ihn ruhig zur Ordnung rufen sollen – wie es jedes wohlerzogene Mädchen getan hätte!«

Scarlett baute sich vor ihm auf. Sie war deutlich kleiner als er, aber ihre Augen funkelten gefährlich.

»Verstehe ich dich richtig? Ich soll mich von fiesen Kerlen befummeln lassen, damit du keine zwanzig Dollar Umsatz einbüßt?«

Bob war im Grunde kein schlechter Mensch und hatte selbst eine achtzehn- oder neunzehnjährige Tochter. Er seufzte.

»Natürlich nicht, aber warum hast nur du ständig diese Probleme? Vielleicht, wenn du etwas ... weniger provokant wärst ...«

»Ich werde belästigt, und es ist meine Schuld?«

»So meine ich das nicht«, murmelte Bob. »Hör zu! Das

nächste Mal schick jemand anderes an den Tisch, aber schlag nicht gleich zu, okay?«

»Nein.«

»Wie, nein?«

Scarlett nahm die weiße Schürze ab, riss sich das Schiffchen vom Kopf und warf beides zu Boden.

»Ich kündige. Such dir ein anderes Mädel, mit dem sich diese perversen Mistkerle amüsieren können!«

»Nun stell dich doch nicht so an. Du brauchst diesen Job, Scarlett«, sagte Bob seelenruhig, »du solltest lernen, auch einmal Kritik anzunehmen.«

Scarlett lächelte ihn an, nahm meine Jacke ab und reichte sie mir. Also war ich seit Beginn dieses Disputs doch nicht ganz unsichtbar für sie.

»Und noch etwas. Du weißt genau, dass du, bevor ich bei dir gearbeitet habe, nie so viele Gäste hattest, auch wenn ich provokant wirke, wie du sagst.« (Während sie sprach, knöpfte sie die Bluse ihrer Uniform auf, zog sie über den Kopf und knallte sie dem verblüfften Bob wütend vor die Füße). »Du bezahlst mich schlecht, weil ich mittwochs hier singen darf, wie du sagst, und genau dann hast du volles Haus. Deine väterliche Art kannst du dir sparen, Bob. Ich brauche weder dich noch den Job.«

Sie zog nun auch den Rock aus und fügte hinzu:

»Es ist umgekehrt, du brauchst mich! Und eines Tages wird es dir leidtun, mich so behandelt zu haben.«

Und so stand sie auf dem Parkplatz, die Arme über der Brust verschränkt – ein Abbild der Arroganz –, in einer ausgeleierten lila Unterhose aus einem Mehrfachpack für fünf Dollar bei Walmart und einem schwarzen, denkbar schlecht dazu passenden Spitzen-BH. Seit unserem letzten Treffen hatte sie eine ganze Menge neuer Tattoos.

Bob, wie ich übrigens auch, stand ein paar Sekunden sprachlos da, dann bückte er sich, hob die Uniform auf und verschwand hinter der Metalltür. Er wirkte gebeugter als sonst. Ich legte meine Jacke wieder um Scarletts Schultern.

»Du bist verrückt, du holst dir noch den Tod.«

»Du solltest lieber zu Maman und Ashley zurückgehen«, sagte sie mit verschlossener Miene, »ich gebe dir die Jacke morgen wieder.«

»Musst du nicht deine Sachen holen? Du wirst doch nicht halb nackt nach Hause gehen!«

»Ich setze keinen Fuß mehr in diesen Schuppen.«

»Ich hole sie, sag mir, wo sie sind!«, schlug ich seufzend vor. Sie zögerte, vielleicht fragte sie sich, ob es ihrem heroischen Kraftakt schaden könne, wenn sie ihre Schwester vorschickte, um ihre Sachen zu holen. Doch der materielle Aspekt gewann die Oberhand, ihre Wut verrauchte. Ihren Anweisungen entsprechend, holte ich ihre Tasche und ihre Kleidung aus dem Spind und teilte Maman und Ashley in diesem Zuge mit, dass unser Abendessen leider abgekürzt werden müsse. Maman war außer sich.

»Und wieder einmal verdirbt uns Scarlett den Abend, und das, obwohl sie gar nicht eingeladen war. Ich hätte gern noch den Apfelkuchen probiert.«

»Wir können doch beide noch einen Nachtisch bestellen, wenn Sie wollen, und ich bringe Sie danach nach Hause. Ich habe es nicht eilig«, schlug Ashley netterweise vor.

Ich nahm ihr Angebot an, und zehn Minuten später saß ich allein mit Scarlett im überheizten Auto.

»Fährt Maman nicht mit nach Hause?«, fragte sie.

»Ashley bringt sie nachher zurück.«

Und jetzt geschah etwas Außergewöhnliches: Scarlett begann zu weinen. Sie derart am Boden zerstört zu sehen, erschreckte mich, denn Scarlett brach nie zusammen. Ich hasste Bob dafür, meine kleine Schwester derartig beschämt zu haben. Ich nahm sie in die Arme und wiegte sie, bis sie sich beruhigte, wie früher, als sie noch klein war. Was sie dann sagte, werde ich nie vergessen. Ihre Lippen waren blau vor Kälte, ihre Schminke war verlaufen, und sie rieb sich die Hände vor dem Gebläse.

»Alice, kannst du mir etwas versprechen?«

»Natürlich ...«

»Eines Tages werde ich es schaffen, auch wenn ich zwanzig oder dreißig Jahre lang jeden Tag meines Lebens dafür kämpfen muss. Aber die Leute werden denken, der Erfolg wäre über Nacht gekommen. Die Journalisten werden sagen, dass ein Song rein zufällig ein Hit wurde. Und das macht mich krank. Alle, die mich heute verachten, werden sagen: ›Sie hatte Glück.‹ Oder: ›Es ging ausnahmsweise mal gut.‹ Phrasen von Leuten, die nichts aus ihrem Leben gemacht haben. Aber du sollst immer in Erinnerung behalten, was man mir vorenthalten hat und dass alles, was ich geschafft haben werde, nur meinem Talent und meinem Willen zu verdanken ist. Wenigstens ein Mensch auf dieser Welt soll wissen, was ich dafür geleistet habe. In all diesen Jahren werde ich Tag und Nacht gearbeitet haben, Risiken eingegangen sein, meine Gesundheit und mein Studium geopfert haben, Fehlschlag um Fehlschlag erlebt haben. Und ich werde die Blicke derer ertragen haben, die genau wie Maman und Ashley denken, dass ich eine ver-

blödete Versagerin bin. Versprich mir, dass du das nie vergessen wirst!«

In diesem Augenblick verwendete ich meine ganze Energie
darauf, sie zu überzeugen, dass Ashley sie nicht verurteilte
und Maman sie nicht für eine Versagerin hielt. Doch bis heute
sehe ich ihren starren Blick vor mir und höre ihre Worte, als
seien sie ein Teil von mir. Ich ahnte, wie wichtig ihr Ausbruch
war. Und das Verrückte daran ist, lieber Bruce, dass sich ihre
Worte gerade bestätigen.

Ich schrecke aus dem Schlaf hoch und brauche ein paar Sekunden, bis ich wieder weiß, wo ich bin. Über meinem Kopf sehe ich die knorrigen Eichenäste durch das transparente Dach voller Regentropfen. Es ist hellichter Tag. Ich bin vor einundzwanzig Uhr einfach eingeschlafen, und jetzt ist es ... Ich schaue auf mein Telefon: 8:12 Uhr! In achtzehn Minuten gibt es Frühstück. Ich springe aus dem Bett, kämpfe mit dem Reißverschluss des Zeltes, bevor ich zur Dusche rase. Eilig ziehe ich eine Jeans, einen schwarzen Rollkragenpulli und Converse-Sneakers an. An das schwarze Kostüm ist in dieser Umgebung gar nicht zu denken. Meine Haare binde ich zu einem Pferdeschwanz zusammen und bringe mich beim Abstieg fast um, weil es schnell gehen muss. Bei Tageslicht ist die Landschaft nicht so beängstigend wie des Nachts, aber ich beachte sie nicht. Außer Atem erreiche ich den Frühstückssaal, wo eine fremde Gruppe gemütlich plaudert. Von den EverDreamern keine Spur.

Eine Frau in mittelalterlicher Tracht und Häubchen kommt mit einem Tablett an mir vorbei. Es duftet nach Kaffee und warmen Croissants. Auf der Brust trägt sie ein Namensschild: »Guenièvre«.

»Ihre Kollegen sind noch nicht da, aber Ihr Tisch dort hinten im Saal ist gedeckt«, sagt sie und lächelt freundlich.

Vorsichtig setze ich mich auf einen geschnitzten Stuhl am angewiesenen Tisch vor einem gewaltigen Kamin, in dem ein mächtiges Feuer lodert.

Besorgt blicke ich auf mein Telefon. Es ist bereits 8:37 Uhr. Ich habe mich sieben Minuten verspätet, das ist mehr als alle meine Verspätungen der letzten vier Jahre zusammen. Dabei bin ich die Erste, und die Welt ist nicht untergegangen. Der Flügelschlag des Schmetterlings hat nicht immer Konsequenzen. Diesmal jedenfalls nicht.

Chris setzt sich mir gegenüber. Er wirkt müde, und ich frage mich, ob ihm die digitale Entgiftung wirklich guttut.

»Alice, hast du gut geschlafen?«

»Sehr gut«, antworte ich spontan, »fast zwölf Stunden am Stück.«

Im selben Augenblick wird mir die Bedeutung des Satzes klar. Ich habe geschlafen wie ein Baby. Zwölf Stunden ohne Unterbrechung. Ohne Schlaftablette, ohne Ängste. Das habe ich seit fünf Jahren nicht mehr erlebt. Ein Lächeln schleicht sich auf mein Gesicht.

»Hallo, alles gut bei dir, Alice?«, fragt Jeremy und zieht sich einen Stuhl heran. »Du wirkst heute Morgen richtig entspannt.«

Er scheint überrascht, und ich weiß nicht, ob er seine Bemerkung auf mein Lächeln, meine Kleidung oder mein ausgeruhtes Gesicht zurückführt, jedenfalls setze ich wieder eine neutrale Miene auf, was Chris zum Lachen bringt.

»Das muss die Verbindung zu Mutter Natur sein.«

»Ich habe dreißig Sekunden geschlafen!«, ruft Victoire und lässt sich auf einen Stuhl fallen. »Ich habe geträumt, dass mir die Weißen Wanderer von *Game of Thrones* die Glieder rausgerissen haben. Ergebnis: Mir ist, als hätte ich einen toten Kraken auf dem Kopf.«

Zwar sehe ich keinen Zusammenhang zwischen *Game of Thrones* und dem Kraken, aber Victoire hat tatsächlich tiefe Augenringe. Sie trägt einen Jogginganzug, und ihre zahlreichen Zöpfchen, normalerweise hübsch auf ihrem Haupt zusammengebunden, hängen traurig herab.

»Ich nur achtzehn Sekunden«, toppt Reda, der gleichzeitig mit Victoire eingetroffen ist, »da war Tiergeschrei. Ich hatte solche Angst!«

»Zum Kotzen!«, findet Victoire.

»Vielleicht Eulen?«, fragt Jeremy und lächelt.

Guenièvre unterbricht die Debatte, indem sie eine Kaffee- und eine Teekanne sowie einen Korb mit frischen Croissants auf den Tisch stellt, deren appetitlicher Duft die Truppe aufmuntert.

»Möchte jemand Crêpes?«, fragt sie, »wir machen sie auf Wunsch.«

»Natürlich, gern!«, ruft Chris, dessen Enthusiasmus wieder Hochform erreicht hat.

»Und du, Chris, hast du gut geschlafen?«

»Absolut herrlich«, antwortet er. »Es tut ungemein gut, mal ganz abzuschalten – keine Netzwerke, keine E-Mails, kein Internet ...«

Irgendwie hört er sich nicht überzeugend an, und ich verkneife mir ein Lachen.

Das Frühstück ist wunderbar, und ich verschlinge mit Hochgenuss dreimal mehr Crêpes mit Marmelade, als mein Magen verkraften kann. Ich hebe den Kopf und sehe, dass Jeremy mir belustigt zuschaut.

»Na, besser als amerikanische Pancakes?«, fragt er.

Die Pancakes, die mein Vater manchmal sonntags buk, fallen mir wieder ein: das Knistern der Butter in der Pfanne und der süße Geruch nach warmem Teig, den er aus einer Kelle in die Pfanne fließen ließ. Er versuchte, Herzen zu formen, die jedoch misslangen. Ungeduldig, aber kichernd traten wir von einem Fuß auf den anderen. Die Pancakes waren locker wie kleine Wolken, golden wie die Sonne und trieften vor Ahornsirup, der uns beim Essen das Kinn hinunterlief. Der Geschmack nach Kindheit, die nicht wiederkehrt. Nichts wird jemals besser sein.

»Anders«, antworte ich ein wenig traurig und schaue in eine andere Richtung.

Wie vorgesehen begeben wir uns um zehn Uhr in den in einer alten Waffenkammer eingerichteten Versammlungsraum. Eine ultramoderne Leinwand hängt zwischen zwei blitzenden Ritterrüstungen, von denen die eine ein Schwert, die andere eine nagelbeschlagene Keule schwingt. Der Projektor steht auf einem komplizierten verrosteten Folterinstrument, auf dem ein Schild mit der Aufschrift »Kopf-Zertrümmerer, 11. Jahrhundert« angebracht ist.

»Was meinst du? Ist das eine Allegorie zum Thema Firmenwelt, oder versucht Chris uns eine Nachricht zu übermitteln?«, flüstert mir Reda zu, während ich das

Gerät studiere und mich frage, wie zum Teufel es funktioniert haben mochte.

»Dieses Konzept, in einer mittelalterlichen Öko-Lodge Firmenseminare zu organisieren, ist einfach genial«, meint Chris bewundernd.

Auch wenn der Rahmen ungewöhnlich ist, so ist die Ausrüstung durchaus klassisch: in der Mitte ein Tisch, eine Kaffeekanne, Wasser und Plastikbecher und vor jedem Stuhl ein Notizblock und ein Kuli, in einer Ecke ein Flipchart. Ich gebe zu, dass alles gut durchdacht ist.

Chris versucht fünf Minuten lang seine Präsentation zu projizieren.

»Setzt euch«, sagt er feierlich, obwohl wir bereits seit fünf Minuten sitzen. »Wir sind heute hier versammelt, um über die Zukunft von EverDream zu sprechen. Im Vorfeld habe ich das immense Vergnügen und die große Ehre, euch offiziell anzukündigen, dass die App fertig ist. Ab jetzt können die verwaisten Strümpfe ihre Partner wiederfinden. Dank unserer App werden Millionen Euro gespart werden, weil die Verschwendung von Textilien drastisch vermindert wird.«

Nach dieser guten Neuigkeit ertönt Applaus.

»Ab nächsten Montag kann die App heruntergeladen werden. Wir müssen jetzt alles tun, um sie erfolgreich auf den Markt zu bringen. Diese Woche werden jeden Morgen Brainstorming-Sessions stattfinden, um den Marketingplan zu definieren, und am Nachmittag kümmern wir uns um das Teambuilding.«

»Wann kriegen wir endlich WLAN?«, meldet sich Victoire.

»Will ich auch wissen!«, fügt Reda hinzu.

»Ich habe mir schon einen Werbespot überlegt«, unterbricht Chris. »Ich würde gern wissen, was ihr davon haltet. Schließt jetzt bitte die Augen und stellt euch vor, ihr wärt eine verwaiste Socke.«

Ich werfe einen Blick in die Runde, nur um zu sehen, ob alle ernsthaft versuchen, sich als Socke zu fühlen. Victoire und Reda sehen nicht so aus. Jeremy hat die Arme über der Brust gekreuzt und sieht irgendwie traurig aus.

»Macht die Augen zu«, beharrt Chris, »und jetzt stellt euch zwei Strümpfe vor. Sie erscheinen auf dem Bildschirm. Eine Stimme aus dem Off sagt: Euer ganzes Leben lang, seit eurer Geburt auf einer Produktionsanlage bis heute, wart ihr immer zu zweit. Ihr seid eine Seelengemeinschaft.«

»Sockengemeinschaft!«, berichtigt Victoire hilfsbereit.

»Ja. Sehr schön! *Sockengemeinschaft*, ich liebe diese Idee!«, ruft Chris und schreibt in Riesenlettern »Sockengemeinschaft« auf den Flipchart. »Aber weiter. Also, euer ganzes Leben habt ihr neben eurer Sockenschwester verbracht, habt gemeinsam Waschmaschinen, Trockner, die unfaire Konkurrenz von Flipflops überlebt, seid im Sommer im Schrank geblieben ...«

»Oder in stinkenden Turnschuhen«, schlägt Reda vor.

»Ja, warum nicht ...« (Chris schreibt »stinkende Turnschuhe« auf den Flipchart.) »Und ihr Sockenschwestern wart euch immer ähnlich oder, besser, habt euch ergänzt. Sicherlich ist es vorgekommen, dass ihr euch trennen musstet, je nach Waschmaschinenzyklus oder weil man eine von euch stopfen musste … Doch diese Trennungen währten nie lange, und ihr habt immer wieder zueinandergefunden, denn jeder hat schließlich nur eine Sockenschwester. Und dank dieser Sockenschwester, eurer Sockengemeinschaft, wart ihr in eurem Leben nie einsam.«

Ich öffne die Augen. Warum habe ich eiskalte Hände? Warum diesen steifen Rücken? Mir fällt auf, dass niemand lacht. Alle haben die Augen geschlossen und konzentrieren sich. Sogar Jeremy.

»Und eines Morgens – ihr wart völlig ahnungslos –«, fährt Chris leise fort, »wacht ihr auf, und eure Sockenschwester ist nicht mehr da. Ihr konntet euch nicht mal vorbereiten, nicht einmal verabschieden, niemand hat euch vorgewarnt, dass ihr euch vielleicht das letzte Mal gesehen habt, möglicherweise habt ihr euch sogar im Bösen getrennt und euch gesagt: ›Dafür entschuldige ich mich morgen.‹«

»Sag mal, redet er immer noch von Strümpfen?«, flüstert mir Reda zu, »übertreibt er nicht ein wenig?«

Ich gebe ihm zu verstehen, dass ich es auch nicht weiß. Ich habe einen Frosch im Hals und umklammere das Armband. Meine Hände sind immer noch eiskalt.

Chris haut mit der Faust auf den Tisch und ruft: »Niemand hat euch gesagt, dass Sockenschwestern getrennt werden können. Oder habt ihr ganz naiv geglaubt, ein solches Unglück treffe nur andere Socken? Von heute auf morgen seid ihr Waisen geworden. Nutzlos. Verlassen liegt ihr in der Trocknertrommel. Allein.«

Stille. Alle öffnen die Augen und starren Chris schockiert an.

»Und was macht ihr jetzt?«, fragt Chris lächelnd, voll neu entfachter Begeisterung, »ihr ladet die App von EverDream runter und könnt – wenn auch nicht unbedingt die unersetzbare Sockenschwester – eine fast gleiche Socke finden, die so gut passt, dass der verwaisten Socke die Mülltonne erspart und die immense Verschwendung von allein zurückgebliebenen Strümpfen verhindert wird. Und jetzt erscheint unser Logo mit dem Slogan: ›EverDream vereint verwaiste Strümpfe.‹«

Erwartungsvoll steht Chris mit seinem Filzschreiber vor dem Flipchart. Wir schauen uns schweigend an.

»Was haltet ihr davon?«

»Marketing ist nicht mein Bereich. Ich passe«, sagt Jeremy.

»Das Ganze ist eher symbolisch gemeint, oder?«, fragt Reda. »Ich konnte mich jedenfalls nicht wirklich in das Leben einer Socke hineinversetzen. Ich habe nichts begriffen.«

Chris schreibt »Symbol?« auf den Flipchart.

»Also wirklich«, meldet sich Victoire (wie immer ehrlich), »ich dachte zuerst, du hast dich mit irgendeinem Zeugs zugeknallt, das Ganze ist ziemlich bescheuert … aber auch irgendwie niedlich.«

»Und du, Alice?«

Alle blicken zu mir. Ich klammere mich an das Armband. Ich schaue zu Chris, sehe sein sympathisches Lächeln und habe das Gefühl, als ob ein schweres Gewicht auf meine Brust fällt und mich erdrückt.

»Ich muss hier raus.«

Wahrscheinlich habe ich so leise gesprochen, dass mich niemand gehört hat. Jedenfalls stehe ich auf und stürze aus dem Raum.

Das Tagebuch von Alice

London, 26. März 2012

Bruce,

tut mir leid, ich habe dich eine Weile vernachlässigt. Ich habe alle vernachlässigt. Selbst wenn mich Maman oder Scarlett anrufen, gehe ich nicht mehr ans Telefon. Ich antworte per SMS, dass ich keine Zeit habe. Ich bin derart müde, du kannst es dir nicht vorstellen. Abends, wenn ich zu Bett gehe, schlafe ich sofort wie ein Stein. Aber heute Abend kann ich nicht einschlafen und muss dir schreiben.

Wir sind jetzt am Ende der Vorbereitungen für die In-vitro-Fertilisation. Ich werde dir erzählen, wie die beiden letzten Wochen verlaufen sind. Ich habe den Eindruck, als wären es fünfeinhalb Jahrhunderte gewesen.

Ich verzichte auf Details: ständig Spritzen unterhalb des Bauchnabels, damit meine Eizellen-Fabrik auf Hochtouren läuft. Dolores kann ich nicht mehr ertragen. Es ist nicht ihre Schuld, aber jedes Mal, wenn ich sie sehe, bekomme ich Angst. Mein Bauch ist voller blauer Flecke – rötlich bis violett –, als wäre ich verprügelt worden oder als wolle man meine Gebärmutter dafür bestrafen, dass sie nicht von allein arbeiten will. Ich bin aufgeblasen wie ein Ballon, meine Fesseln sind verschwunden, und ich kann keine Ringe mehr tragen, weil meine Finger geschwollen sind.

»Das sind die Hormone«, wiederholte Dolores.

Ständig werden Ultraschall- und Blutuntersuchungen vorgenommen, reine Routine. Meine Genitalien sind stärker überlastet als die Autobahn zur Rushhour, und meine Armbeuge sieht aus, als sei ich ein Junkie am Ende der Suchtkarriere. Ich bin so daran gewöhnt, auf dem Untersuchungsstuhl die Beine zu spreizen, dass ich bei der letzten Blutprobe meinen Schlüpfer ausgezogen habe. »Reflex«, erklärte ich verstört der Krankenschwester.

»Machen Sie das nicht in der U-Bahn«, kommentierte Dolores mit ernster Stimme. Das sollte mich eigentlich zum Lachen bringen, aber ich musste weinen. Momentan bin ich so dicht am Wasser gebaut, dass mir sogar beim Anblick eines Salzstreuers die Tränen kommen.

»Das sind die Hormone«, wiederholte Dolores.

Heute Morgen wurden mir unter örtlicher Betäubung Eizellen entnommen - »als würde man reife Äpfel pflücken«, sagte Dolores. Wobei es da einen enormen Unterschied gibt, denn wer pflückt schon mit einer einen Kilometer langen Nadel Äpfel in einer Vagina? Du verstehst, Bruce, dass es mir immer mehr Mühe bereitet, Dolores' Humor zu ertragen. Natürlich sind es die Hormone. Aber alles zu seiner Zeit, reden ist eine, die Beine spreizen und zu hoffen, dass es schnell vorbeigeht, eine andere Sache. Ich war seit gut sechs Monaten nicht mehr bei meiner Kosmetikerin und wundere mich, dass Dolores noch keinen dummen Witz darüber gemacht hat. Am Dienstag sind die Spermien von Oliver eingefroren worden (siehst du, Bruce, für ihn sind die Dinge einfacher als für mich). Dolores zufolge waren sexuelle Beziehungen während der vier Tage davor verboten. Das traf sich gut, denn ich hatte etwa ebenso viel Lust, mit Oliver zu schlafen, wie mir ein Spekulum ins Auge zu rammen.

Das war gestern. Seitdem hat mich Dolores dreimal angerufen. Gestern, um 16:10 Uhr, um mir mitzuteilen, dass acht Embryonen lebensfähig sind, heute Morgen um neun Uhr waren es noch fünf, und heute Abend sind es nur noch drei. »Drei sind nicht viel«, hatte sie enttäuscht hinzugefügt. Ich entschuldigte mich für meine Unfähigkeit, Embryonen herzustellen, habe aufgelegt und so geheult, dass ich eine ganze Zisterne hätte füllen können.

Doch ich muss etwas sehr Wichtiges erwähnen, an das ich in schweren Momenten immer denke: Oliver ist einfach perfekt. Schweigend hält er meine Hand und hat mich in den letzten achtundvierzig Stunden bestimmt tausenddreihundertmal in die Arme genommen, er hat nicht ein einziges Mal versucht, mir zwischen die Beine zu schauen, blieb immer auf Augenhöhe und tat, als sei die ganze Situation völlig normal. Er hat mir achttausendfünfhundertmal gesagt, dass er mich liebt, und Unmengen Papiertaschentücher in sämtlichen Taschen gehortet, um jederzeit und überall meine Weinkrämpfe abfangen zu können. Er hat netterweise über meine eigenen völlig unangebrachten Witzchen gelächelt, nicht aber über die von Dolores. Als wir aus dem Krankenhaus nach Hause kamen, hat er Champagner aus dem Kühlschrank geholt, mir ein Glas eingeschenkt, eine Marlboro Light angeboten und Feuer gegeben. »In zwei Tagen darfst du das nicht mehr«, meinte er.

Ich habe einen Schluck getrunken und einen Zug genommen, aber die Angst, alles zu verderben, war zu groß. Wir hockten den ganzen Abend eng umschlungen auf dem Sofa, verliebt wie am ersten Tag.

Ich habe Jehan d'Aiglemont de Montalemberg, genannt der Tapfere (in Wirklichkeit Thomas, wie seine Frau Guenièvre-alias-Jacqueline gestanden hat) gefragt, wie weit das Meer entfernt ist. Er schlug mir einen Weg zwei Kilometer zu Fuß durch den Wald vor. Der Himmel war verhangen, aber einen Regenschirm mitzunehmen, kam mir gar nicht in den Sinn, und ich bin bis zum Meer gewandert. Eigentlich hätte ich keine Wegbeschreibung gebraucht, der salzige Geruch, das Geschrei der Möwen im Wind und das bis in den Wald hinein hörbare Wellenrauschen hätten mich geführt.

Am Ende des Pfads habe ich den Eindruck, langsam aus einem Tunnel herauszutreten. Vor mir liegt der Atlantik, wild und von Tiefenströmungen aufgewühlt, als würde sich unter seinen dunklen Wellen ein Tier aufbäumen. Ich fühle einen ähnlichen Schock wie im Minibus, nur noch intensiver.

Ich zücke mein Handy, um zu sehen, wie spät es ist. Ich habe das Brainstorming geschwänzt. Zumindest zum Mittagessen sollte ich wieder zurück sein. Mein Handy ist tot, der Akku leer. Eine Uhr habe ich auch nicht und damit keine Ahnung, wie spät es sein mag. Und auf einmal, entgegen aller Erwartungen, ist es, als würde mir eine riesige Last von der Brust genommen, meine Lungen scheinen sich zu weiten und füllen sich mit Luft. Zum ersten Mal seit Ewigkeiten atme ich tief und wirklich frei. Ich löse meinen Pferdeschwanz und lasse mein Haar in der jodhaltigen Brise flattern. Das Dünengras auf der Steilküste knistert unter meinen Füßen. Hier gibt es keinen Strand. Nur scharfkantige Felsen, schwarz wie Kohle. Das tosende Meer bedeckt sie mit seinen schaumgekrönten Wellen wie mit einem weißen Leichentuch, bevor es sich langsam, in seiner Majestät und Macht zurückzieht. Gebannt starre ich auf die Wasserwirbel – eher weiß als blau – zwischen den nassen Felsen zu meinen Füßen.

Wie früher setze ich mich mit Blick aufs Meer, ohne das stechende trockene Gras an meinen Fußknöcheln zu bemerken, und zum ersten Mal lasse ich mich von den Erinnerungen überwältigen, lasse sie heraus, nachdem Chris mit seiner Rede eine Bresche geschlagen hat, die meiner Wahrheit doch sehr nahe gekommen ist. Als ginge es um mich und meine eigene Geschichte und nicht um eine idiotische Reklame für eine absurde App. Wie sehr ich auch kämpfe, wie stark ich auch sein will, die Realität holt mich immer wieder ein, kaum merklich trägt sie Tag für Tag, Krise um Krise meine Substanz ab, so wie die schäumenden wirbelnden Wellen kaum sichtbar die unbezwingbar scheinenden Felsen abtragen. Mir ist, als würde eines Tages, sehr bald sogar, nichts mehr von dem Menschen übrig sein, der ich wirklich bin.

Ich liebe das Meer über alles. Das Meer ist wie das Leben. Es kümmert sich nicht um Plankton, Algen, Steine und die Milliarden Tiere, die es in seinen Strömungen und Wellengängen mitreißt. Es verschlingt sie, schüttelt sie durch, nimmt sie mit, gibt ihnen an einem Tag Nahrung und ertränkt sie am nächsten. Dem Meer ist das egal, es gibt und nimmt, schlägt mit unglaublicher Gleichgültigkeit zu. Sein Dasein ist zu wichtig, als dass es sich mit den zerbrochenen Muschelschalen abgeben würde, die zu Milliarden auf dem Meeresboden liegen wie auf einem Friedhof.

Ich weiß nicht, wie spät es ist, habe ohne Tabletten geschlafen, eine Versammlung geschwänzt und sonderbarerweise sehe ich – momentan zumindest – nicht die kleinste Panikattacke auf mich zukommen. Ich bin nicht einmal nervös. Da ist nur das Meer – soweit das Auge reicht – und der von der salzigen Brise angewehte Duft nach Freiheit. Unendliches Marineblau. So ähnlich stelle ich mir die Möglichkeiten für mein neues Leben vor. Zum ersten Mal seit Jahren geht es mir fast gut.

Ich muss zurück. Mit einem letzten Blick aufs Meer binde ich meine Haare wieder zu einem Pferdeschwanz zusammen und schließe fröstelnd die Jacke. Als ich den Weg nach Plouderec zurücklaufe, ist mir schwindlig.

Das Tagebuch von Alice

London, 28. März 2012

Scarlett hat mich in den letzten beiden Wochen mehrmals
vergeblich angerufen. Ich muss sie unbedingt zurückrufen,
aber ich war derartig mit meinen Eizellen und Embryonen be-
schäftigt, dass ich mit niemandem außer mit Oliver sprechen
mochte.
Ein letztes Mal habe ich für mein Ziel die Beine gespreizt.
Ein letztes Mal habe ich mir einen Katheter einführen lassen.
Hat gar nicht wehgetan.
Sie haben mein Baby schön in meinen warmen Bauch gelegt
und den Katheter wieder herausgezogen.
Alle Sorgen sind vergessen. Nichts ist mehr wichtig.
Bruce, ich bin schwanger.

Niemand stellt Fragen, nicht einmal Victoire. Bei meiner Ankunft steht das Mittagessen bereits auf dem Tisch. Ich habe mehr als zwei Stunden am Meer verbracht. Mehr als zwei Stunden, in denen ich nicht bemerkt habe, wie schnell die Zeit vergangen ist. Abhandengekommene Zeit.

»Gegrilltes Hühnchen oder Barsch?«, fragt Jehan alias Thomas, »ich rate Ihnen zu unserem frischen, in einer Salzkruste gebratenen Barsch. Er schmeckt köstlich.«

Alle meine Kollegen haben Fisch auf ihren Tellern.

»Hühnchen, bitte!«

Er geht, und die Unterhaltung lebt wieder auf, als sei es ganz normal, dass ich mitten in einem Seminar davonlaufe, erst drei Stunden später zurückkomme und mit meinem zerzausten Haar aussehe, als hätte ich die Finger in eine Steckdose gesteckt. Ich habe Lust, sie alle zärtlich in den Arm zu nehmen und zu drücken, natürlich halte ich mich zurück. Ich fühle mich wie im Fieber, möchte endlich ausbrechen, laufen, mich verausgaben, meine Schutzmauer vergessen, mich verändern, irgendetwas Ungewöhnliches tun, aber was?

Zum Nachtisch gibt es einen hausgemachten »Kouign-amann«, einen bretonischen Butterkuchen, den ich mir auf der Zunge zergehen lasse, ohne jegliche Schuldgefühle gegenüber Angela. Sie würde mich glatt umbringen, wenn sie wüsste, wie ich mich ernähre, seitdem ich in Frankreich lebe.

»Unglaublich! Da ist mehr Butter drin als in der Butter selbst«, findet Reda und nimmt noch ein Stück.

Ich stehe auf und wende mich an meine Kollegen: »Wer möchte Kaffee? Ich hole welchen.«

»Ja, gern«, antworten Victoire, Reda und Chris im Chor.

»Ich helfe dir tragen«, schlägt Jeremy vor, der nicht ein Wort von sich gegeben hat, seit ich von meinem Ausflug ans Meer zurück bin.

Wir gehen zu einem Holztisch, wo wir uns Kaffee und Tee holen können.

»Ist alles okay, Alice?«, fragt Jeremy.

Ich habe das Gefühl, dass seine Frage keine Floskel ist, dass ich mit Nein antworten könnte, ja, dass er eventuell sogar erwartet, dass ich Nein sage, und dass er sich aus genau diesem Grund die Mühe gemacht hat, sie zu stellen. Er mustert mich, und sein heller, aufmerksamer Blick weckt in mir das eigenartige Gefühl, er ziehe mich bis auf die Seele aus.

»Alles okay. Der Vortrag von Chris hat mich ziemlich durcheinandergebracht«, sage ich.

Schweigend reiht er fünf Pappbecher auf dem Büfett auf und greift nach der Kaffeekanne, während ich Zucker und Plastiklöffel für alle bereitstelle.

»Du sollst wissen, dass Chris ...«

Er unterbricht sich, um Kaffee in die Becher zu gießen, und scheint Mühe zu haben, die richtigen Worte zu finden, was mich neugierig macht.

»Was ist mit Chris?«

»Chris hat mit zwanzig seine Freundin verloren. Roller-Unfall … Und seine Ansprache über die Trennung, diese Geschichte mit den verlorenen Strümpfen war eine Art Spiel zwischen den beiden. Ich weiß, das klingt absurd, aber dieses Unternehmen ist eine Art Selbstheilung.«

»Gut … Aber warum erzählst du mir das?«

Er füllt den letzten Becher und blickt mich direkt an.

»Weil du so heftig reagiert hast, wollte ich dir verständlich machen, warum Chris so redet.«

Heftig reagiert. Ich halte seinem Blick lange genug stand, um in seinem Gesicht einen Ausdruck von Unsicherheit zu wecken.

»Wenn du reden möchtest …«, bietet er mir an.

»Ich verstehe ihn jetzt besser, danke, alles okay.«

Einen Augenblick lang ist mir, als wolle er noch etwas hinzufügen, dann nimmt er das Tablett mit den Bechern.

»Jeremy?«, setze ich an, ohne zu überlegen.

Er hält inne und dreht sich überrascht zu mir um. Ich schaue ihm in die Augen.

»Gilt dein Angebot vom Diwali-Abend immer noch?«

»Mein Angebot?«

Vielleicht hatte er an dem Abend doch mehr getrunken, als ich dachte, da er nicht zu verstehen scheint, was ich meine. Die Zuckertütchen in der Hand, komme ich mir blöde vor und mache einen Rückzieher.

»Ach nichts, vergiss es!«

Das Tagebuch von Alice

London, 31. März 2012

Nun lebe ich tatsächlich seit drei Tagen mit dir zusammen. Ich wage nicht mehr zu husten, oder gar auf die Toilette zu gehen, aus lauter Angst, du könntest in die Kloschüssel fallen. Meinen Schlüpfer untersuche ich mit der Lupe, jedes Mal, wenn ich ihn ausziehe. Die Vorstellung, dort einen Blutstropfen vorzufinden, terrorisiert mich. Ich trinke literweise Ananassaft, das soll bei der Einnistung helfen. Täglich lasse ich mein Blut untersuchen, nur um sicherzugehen, dass es dir gut geht. Im Labor hält man mich für gaga.

Dolores, wie immer praktisch veranlagt, wiederholt, dass die Erfolgschancen einer In-vitro-Fertilisation bei fünfundzwanzig Prozent liegen. Aber keine Bange, fügt sie hinzu, im schlimmsten Fall haben wir immer noch zwei lebensfähige Embryonen zur Verfügung. Sie sind in flüssigem Stickstoff bei hundertsechsundneunzig Grad eingefroren. Olivier rät mir, mich nicht verrückt zu machen und genau wie immer zu leben. Wie immer.

Sie alle verstehen überhaupt nichts.

Du bist da. Nichts wird jemals wieder so sein wie zuvor. Die ganze Welt hat sich verändert. Du bist nicht einmal einen Millimeter groß, und dennoch lege ich die Hände auf meinen Bauch und spüre deine Gegenwart, so stark und so leuchtend,

als hätte ich die Sonne verschluckt. Ich habe dir einen Kose-
namen gegeben und murmele ihn regelmäßig vor mich hin,
wenn Oliver nicht da ist. Niemand wird ihn je erfahren.
Ich schlafe zehn Stunden pro Nacht, esse gesund und lächele
jeden an. Ich habe sogar Dolores Blumen geschickt. Ich gehe
mit dir im Green Park spazieren, atme die frische Luft für
dich ein und lasse dich Beyoncé hören. Ich versuche dich zu
überzeugen, stark zu sein. Du sollst wachsen und dich fest-
klammern. Letzten Sonntag auf dem Markt von Camden Town
habe ich ein winziges Paar Söckchen gekauft. Du sollst im
Dezember geboren werden. Man weiß ja nie ... Du könntest an
den Füßchen frieren.

Das Teambuilding findet heute Nachmittag unter der Aufsicht von Jehan d'Aiglemont de Montalemberg, genannt der Tapfere, im Kletterpark statt. Victoire hält ständig ihr Handy in die Luft und erinnert an eine Freiheitsstatue 2.0, findet aber kein Netz. Sie ist dermaßen damit beschäftigt, dass sie vergisst, die Sicherheitsleinen mit den Karabinerhaken an ihrem Klettergurt zu befestigen. Jehan, der doch nicht so tapfer ist, wie sein Name verspricht, schreit entsetzt auf, als sie fast ins Leere stürzt, glücklicherweise aber von Chris festgehalten wird. Reda ist nicht schwindelfrei und brüllt von oben, dass er Legastheniker sei und deshalb die Seilrutsche nicht benutzen könne, abgesehen davon die Firma beim Arbeitsgericht wegen versuchten Mordes verklagen werde, während Chris, der seine Brille abgenommen hat, aus Angst, sie könnte kaputtgehen, gleich beim ersten Versuch von einem Ast getroffen wird und eine mächtige Beule auf der Stirn davonträgt. Jeremy hat sich unter dem Vorwand abgeseilt, irgendetwas an der App verbessern zu müssen, damit sie bis Montag endgültig fertig ist. Mit Muskelkater, Gliederschmerzen, schlammbedeckt und erschöpft treten wir den Rückzug an, während Jehan die Geschichte des Waldes erzählt. Er kennt jeden Baum persönlich und ist so besessen von dem Thema, dass er uns einen Umweg von zwei Kilometern laufen lässt, nur um uns eine Buche zu zeigen, die genau wie die Eiche von Plouderec bereits König Arthur kannte. Er bleibt unter ihrer Krone stehen und gibt die hiesigen Legenden zum Besten. Victoire hält es nicht mehr aus:

»Das ist doch völlig egal! Das ist ein Baum, der bewegt sich nicht. Wen soll das interessieren?«

Jehan starrt sie erschrocken an.

»Das ist völlig egal?«, stottert er wütend. »Wissen Sie überhaupt, Mademoiselle, dass es Pflanzen schon vor allem menschlichen Leben gab? Und wenn wir auf sie achten, werden sie auch nach uns noch da sein. Wissen Sie, dass achtundneunzig Prozent unserer Medikamente aus Pflanzen gewonnen werden? Dass Bäume unsere besten Verbündeten gegen die Erderwärmung sind? Im Gegensatz zu Ihnen können Bäume unsterblich sein. Wissen Sie, dass sie ihr Wachstum im Winter stoppen, um ihre Gene neu zu beleben und den Alterungsprozess zu verlangsamen? Der King's Holly in Tasmanien ist über 43 000 Jahre alt und hat bereits die Neandertaler gekannt! Und das soll völlig egal sein? Das hätten Sie mit Ihrem WLAN nicht erfahren!«

»Technisch sehr wohl«, murmelt Victoire, »aber ich sehe ein, dass das Thema interessanter ist, als ich dachte.«

Sie nähert sich der Buche mit zusammengezogenen Augenbrauen und untersucht misstrauisch ihren Stamm, doch Jehan, außer sich vor Wut, hat bereits den Weg zurück nach Plouderec eingeschlagen.

Wegen der Führung durch den Wald von Plouderec können wir den Zeitplan nicht einhalten, und die Freistunde zwischen Teambuilding und Abendessen ist auf siebzehn Minuten geschrumpft. In aller Eile dusche ich heiß, bevor ich zum Garde-Saal laufe.

Alle Tische sind besetzt, und im Gewölbe hallen die Stimmen der Gäste. Auch andere Gruppen scheinen Firmenseminare abzuhalten, offenbar ist das Konzept der mittelalterlichen Öko-Lodge von Jehan und Guenièvre gar nicht so absurd. Das Feuer lodert im hohen gemauerten Kamin. Unsere Gruppe ist die letzte. Heute Abend gibt es Raclette. Das habe ich noch nie gegessen. Platten mit Wurst und Käse sind auf dem Tisch angerichtet, und das Raclette-Gerät heizt bereits inmitten von Tellern und Weinflaschen auf.

Ich spiele mit meinem Pfännchen und beobachte den Tanz der Flammen im Kamin, bis meine Kollegen eintreffen.

Sie füllen sich die Gläser, und selbst Reda lässt sich zu einem Gläschen Wein verführen.

»Möchtest du wirklich keinen, Alice?«, fragt Chris.

Ich schüttele den Kopf, lächele und nehme mir noch etwas Schinken.

»Ich wusste gar nicht, dass es im Mittelalter Raclette gab«, flüstert Reda Victoire ins Ohr.

»Ach was, das weiß man doch. Das ist eine bretonische Spezialität«, antwortet sie und bricht in Gelächter aus.

»Ich esse zum ersten Mal Raclette«, sage ich.

»Du sprichst so gut Französisch, dass man leicht vergisst, dass du Amerikanerin bist«, meldet sich Chris. »Und, magst du es?«

Ich nicke mit vollem Mund. Während der Käse knisternd in den Pfännchen schmilzt, trifft eine Gruppe Troubadoure ein. Guenièvre ist als Menestrel verkleidet und spielt Laute, Jehan begleitet sie mit dem Tamburin. Ein Märchenerzähler geht von Tisch zu Tisch und erzählt Legenden über Merlin und den Wald von Brocéliande, während ein Jongleur mit zweifelhafter Begabung jeden dritten Ball in einen Teller am Nebentisch fallen lässt. Es ist sehr laut, und ich habe Mühe, der Unterhaltung von Chris und Jeremy mir gegenüber zu folgen. Es ist zu heiß, und ich ziehe meinen Pullover aus, dabei höre ich Reda und Victoire zu.

»Ich denke, ich lasse mich tätowieren«, sagt Reda.

»Ach ja? Und was für ein Tattoo?«

»Einen Albatros. Ich habe eine wunderschöne Zeichnung von einem Comic-Autor, den ich super finde, aber ich fürchte, dass ich es hinterher bereue. Bereust du deine Tattoos?«

Victoire mustert ihre Handgelenke voller unverständlicher Symbole.

»Och, keine Ahnung, darüber denke ich nicht nach.«

Reda dreht sich zu mir um: »Und du, Alice?«

Die Frage überrumpelt mich: »Ich weiß nicht ... Im schlimmsten Fall kann man Tattoos weglasern lassen. Wenn sie nicht bunt sind, klappt das ganz gut.«

»Die Idee mit dem Albatros gefällt mir. Er würde dir gut stehen«, findet Victoire.

Reda errötet bei dem Kompliment und füllt sein Pfännchen mit Käse. Die Gäste klatschen im Takt der musizierenden Troubadoure, die von Tisch zu Tisch gehen und uns zu einer lustigen Polonaise auffordern.

»Auf keinen Fall«, ruft Victoire und schüttelt die Hand eines rotnasigen Menestrels ab: »Und was kommt als Nächstes? Irgendeine alberne Nummer wie in einer blöden Fernsehshow?«

Ich lasse mich kichernd zwischen Reda und Jeremy quer durch den Saal ziehen. Die am Tisch verbliebenen Gäste klatschen (bis auf Victoire, die sicher wieder auf der Suche nach Netz ist). Viele singen die Refrains von Liedern mit, die ich nicht kenne.

Als wir uns später wieder setzen, hält Jeremy eine Sekunde meine Hand fest und schaut mit seinen strahlend blauen Augen tief in meine.

»Um auf deine Frage und deinen Vorschlag von vorhin zurückzukommen: Ich bin in Zelt Nummer neun und jederzeit für dich da.«

Sein warmer Atem an meinem Ohr lässt mich erschaudern. In meinem Kopf dreht sich alles, als hätte ich getrunken. Halb belustigt kontere ich:

»Es war dein Vorschlag, das möchte ich klarstellen ...«

Er lächelt.

»Wenn du meinst ...«

Das Tagebuch von Alice

London, 4. Mai 2012

Jetzt sind wir seit fünf Wochen zusammen.
Jede Nacht schlafe ich dreizehn Stunden.
Heute habe ich deinen Herzschlag gehört, mein Sonnenschein!
Ich glaube nicht, in meinem Leben jemals etwas so Schönes
gehört zu haben. Ein zartes Klopfen, schnell und regelmäßig,
so zart wie das Herz eines Spätzchens. Fast hätte ich die
Hand deines Papas zerquetscht, so heftig habe ich sie ge-
drückt.
Zum ersten Mal habe ich Oliver, von seinen Gefühlen über-
wältigt, weinen gesehen.

Ich lausche den Regentropfen auf dem Zeltdach über mir. In der Ferne vernehme ich in der Stille des Waldes leise Musik. Immer noch habe ich keine Ahnung, wie spät es sein mag, aber ich vermute, dass ich das Fest vor einer guten Stunde verlassen habe. Ich hätte mein Handy im Schloss aufladen können – aber das wollte ich gar nicht. Das Zeitgefühl zu verlieren, gibt mir einen Hauch von Freiheit zurück.

Was soll ich tun? Theoretisch ist es einfach: Ich könnte Jeremy in seinem Zelt aufsuchen, denn dazu habe ich wirklich Lust. Doch in der Praxis ist es kompliziert und vor allem zu gefährlich. Doch gerade die Gefahr erregt mich, zieht mich unausweichlich an wie ein Leuchtturm in der Nacht. Ich bin schon viel zu lange viel zu brav. Seit Ewigkeiten sehne ich mich zum ersten Mal danach, mich endlich wieder lebendig zu fühlen.

Ich stehe auf, ziehe meinen schwarzen Wollpulli über und verlasse das Zelt. Die Taschenlampe zwischen den Zähnen, rutsche ich die Leiter hinunter und bewege mich auf das Zelt Nummer neun zu. Es ist finsterste Nacht, und die vom Schauer von heute Nachmittag noch feuchten Blätter sind glitschig. Ich klettere zum Zelt Nummer neun hinauf. Im Innern brennt Licht, und durch die transparente Zeltplane sehe ich Jeremy auf seinem Bett, der etwas in sein iPad tippt. Irgendwie fühle ich mich unwohl, als würde ich ihn ausspionieren, und räuspere mich.

»Jeremy?«

Sofort springt er auf, geht zum Zelteingang und öffnet den Reißverschluss. Wir stehen uns ein paar Sekunden lang gegenüber.

»Komm rein«, sagt er schließlich.

Ich bücke mich, trete durch die Öffnung, und er schließt das Zelt hinter mir. Wieder Schweigen. Ich entscheide mich, mit offenen Karten zu spielen.

»Es wäre gut, wenn du die Dinge in die Hand nehmen könntest, ich bin außer Übung ...«

Er lächelt. Ein offenes Lächeln ohne den leisesten Anflug von Ironie.

»Ich würde dir gern ein Glas anbieten, aber zum einen – so habe ich es verstanden – trinkst du keinen Alkohol, zum anderen habe ich auch gar nichts da.«

Er fährt sich mit den Fingern durchs Haar und sieht mich an.

»Aber wenn du willst, können wir Musik hören, ich habe das WLAN vom Nachbarschloss geknackt.«

»Nein, bloß keine Musik!«

Er antwortet nicht, und ich gehe langsam auf ihn zu. Ich nehme seine Hand und schaue zu ihm auf, unsere Münder sind so nah, dass ich seinen Atem auf meinen Lippen spüre. Der Dreitagebart betont sein energisches Kinn, und ich bin selbst überrascht, dass er mich so magnetisch anzieht, wie ich es seit Ewigkeiten nicht mehr erlebt habe.

»Wenn wir es machen«, flüstere ich, »dann ohne jede

Verpflichtung oder Bindung, ich will keine Beziehung oder Familienleben, das alles ist nicht mein Ding.«

»Einverstanden«, antwortet er knapp.

Ich schließe meine Augen und drücke meinen Mund auf seinen. Er legt die Hände auf meine Hüften, und durch die Kleidung hindurch fühle ich seine Wärme. Er küsst mich, zunächst sanft, dann stürmischer. Er streichelt meinen Nacken und zieht mich an sich. Meine Hände gleiten unter sein T-Shirt, seine unter meinen Wollpullover. Er streichelt meinen Bauch bis zum zarten Stoff meines BHs. Mein über den Kopf gezogener Pullover landet auf dem Boden, gefolgt von seinem T-Shirt, wobei wir beide nicht mehr genau wissen, wer wem was ausgezogen hat. Er nimmt mich bei der Hand und führt mich zum Bett.

»Komm!«, sagt er.

Und ich folge ihm.

Seine Finger berühren meine Hüften, als er mich aus der Hose schält. Dabei hebt er den Kopf und betrachtet mich. Das Verlangen gibt seinen Augen die dunkle Färbung des Meeres vor einem Gewitter, sein brennender Blick hat den gleichen betörenden Effekt wie seine Hände auf meiner Haut. Ich falle aufs Bett, und er beugt sich über mich. Als sich unsere Lippen finden, steigt Hitze in mir auf, so intensiv, dass ich das Gefühl habe, als ob mein Brustkorb nach innen gezogen würde. Ich bekomme keine Luft mehr. Als er merkt, dass sich mein Körper versteift, löst er sich urplötzlich von mir. Mir ist eiskalt.

»Geht es?«, fragt er mit rauer Stimme.

»Ich … Es tut mir leid … Ich brauche Luft.«

Ich schiebe ihn von mir, stürze zur Zeltöffnung und ziehe den Reißverschluss auf. Nur mit Unterwäsche bekleidet, trete ich auf die Holzterrasse. *Atmen!* Tränen laufen mir übers Gesicht. Soll ich nie wieder das Recht auf ein normales Leben haben? *Atmen!* Mein Herz klopft zum Zerspringen. Dann fühle ich die leichte Bettdecke auf meinen Schultern, und mir wird bewusst, dass ich friere. Jeremy hüllt mich vorsichtig in das Federbett, ohne mich zu berühren.

»Wir müssen gar nichts«, sagt er, »alles ist gut.«

Seine Stimme ist tief, und sie klingt beruhigend. Ich nicke und muss weinen. Wie eine zerkratzte Schallplatte wiederhole ich: »Es tut mir so leid. Es tut mir so leid …«

»Du musst dich nicht entschuldigen, so schlimm ist es nicht.« Er zögert, zieht mich an sich und nimmt mich vorsichtig in den Arm. Jetzt füllt sich meine Lunge mit einem Mal wieder mit Luft, so kraftvoll, als würde ein Strudel einen Damm einreißen. Ich kann wieder atmen. Da stehe ich nun, in Unterwäsche unter dem am Boden schleifenden Federbett, und heule auf Jeremys Schulter. Er streichelt mir übers Haar und flüstert in mein Ohr: »Alles gut.« Das ist eine Lüge. Eine, mit der man kleine Kinder tröstet.

Trotz allem habe ich den Eindruck, dass sich die Knoten in meinen Rückenmuskeln allmählich lösen. Mein Atem geht wieder regelmäßiger. Ich fühle mich in seinen Armen sicher, was mich verwundert. Meistens wirkt Jeremy so unnahbar. Ein paar Minuten später sagt er:

»Du erkältest dich noch, entweder kommst du wieder zu mir ins Zelt oder ich bringe dich in deins ...«

Nach dieser peinlichen Szene habe ich keine Lust, allein in meinem Zelt zu liegen.

»Lass uns reingehen!«

»Leg dich unter die Decke, du frierst sicher«, sagt er und zieht den Reißverschluss zu.

Ich kuschele mich – immer noch in Unterwäsche – ins Federbett und ziehe es bis zum Kinn hoch. Meine Zähne klappern. Er setzt sich an die Bettkante und schaut mich an. Was er wohl denkt? Wahrscheinlich hält er mich für verrückt und weiß nicht, wie er mich loswerden soll.

»Möchtest du darüber reden?«

»Worüber?«

»Ich weiß nicht ... Du hast jemand verloren, nicht wahr?«

So viel Offenheit hatte ich nicht erwartet. Ich will nicht darüber sprechen, jedenfalls nicht unter diesen Umständen. Er wirkt zwar aufrichtig und scheint mir nichts vormachen zu wollen, ein seltener und wertvoller Zug. Aber ich kann nicht. Würde er wissen, was ich getan habe, würde er kein Mitleid mehr mit mir haben und sich nicht mehr für mich interessieren. Ich weiß nicht, warum, aber ich habe Angst, ihn zu enttäuschen.

Meine Stimme klingt schneidender als beabsichtigt: »Nein, ich habe nur hin und wieder Angstzustände, das ist alles. Tut mir leid, deinen Abend ruiniert zu haben.«

Er schüttelt den Kopf, zieht sein T-Shirt wieder an und knöpft seine Jeans zu.

»Du hast überhaupt nichts ruiniert. Möchtest du einen Film sehen?«

Einen Augenblick lang starre ich ihn mit offenem Mund an. Dass er mir einen Kinoabend vorschlägt, hatte ich nun wirklich nicht erwartet, aber seine Gelassenheit beruhigt mich auf eigenartige Weise.

»Hier gibt es doch gar keinen Fernseher.«

»Auf meinem iPad.«

Meine Antwort kommt zögerlich: »Kommt drauf an. Was hast du denn?«

Er greift nach dem iPad auf dem Bett und scrollt durch die Filme. Er ist wieder ganz Herr seiner selbst, sein Atem geht ruhig und gleichmäßig. Ich sitze mit angezogenen Knien im Bett. Wie sehr ich mich auch bemühe, ich kann nicht einmal ahnen, was ihm durch den Kopf gehen mag. Auch wenn er nicht viel spricht, fühle ich mich bei ihm unerklärlicherweise geborgen.

»Also, ich habe bereits *Requiem for a Dream*, alle *Matrix*-Filme, *The Sixth Sense* und *Frozen* hochgeladen.«

Ich hebe eine Augenbraue.

»*Frozen*?«

»Es gibt Eltern, die immer ein Schmusetier oder den Schnuller dabeihaben müssen. Zoé braucht hin und wieder zehn Minuten *Frozen*.«

»Du brauchst deine Tochter nicht verantwortlich zu machen! Von mir aus darfst du gern ein *Frozen*-Fan sein«, sage ich grinsend.

Er lächelt schwach.

»Wenn du einen anderen Film sehen möchtest, können wir einen hochladen.«

»Keine illegalen Sachen, Kreativität muss bezahlt werden, sonst gibt es bald keine Filme, keine Bücher und keine Musik mehr, die man kopieren kann …«

»Okay, du maskierter Racheengel. Welchen Film schauen wir?«

»*Frozen*. Alle anderen sind zu traurig oder machen Angst.«

»Wirklich?«

»Wirklich!«

Jetzt sehe ich wieder das amüsierte Funkeln in seinen Augen, das mir langsam vertraut wird. Er klickt und reicht mir das iPad, dann legt er sich auf das Federbett. Er lässt einen beruhigenden Sicherheitsabstand von zehn Zentimetern zwischen uns. Mein Nacken entspannt sich, und ich lasse meinen Kopf auf das Kissen sinken.

»Ich mag sie gern«, sage ich eine halbe Stunde später und gähne, »sie sind wenigstens nicht so naiv wie Schneewittchen oder Aschenputtel.«

»Ja, das wird es sein, was kleinen Mädchen so gut gefällt, das gilt jedenfalls für Zoé.«

Ich weiß nicht, ob es die Zärtlichkeit ist, mit der er Zoés Namen ausspricht, die mich so berührt, auf jeden Fall rücke ich immer näher an ihn heran und lege meinen Kopf auf seine Schulter. Wortlos legt er seinen Arm um mich und deckt mich mit dem Federbett zu. Langsam sinke ich in den Schlaf und atme dabei seinen Duft nach Kernseife und Zedernholz ein.

Ich erwache, immer noch in Unterwäsche und ganz ins Federbett eingerollt. Das iPad liegt ausgeschaltet auf dem Nachttisch, und neben mir schläft Jeremy, er dreht mir den Rücken zu und ist vollständig bekleidet. Ich bestaune die durchsichtigen Tautropfen auf dem Zeltdach über mir und lausche den im Wind rauschenden Eichenblättern. Es ist die zweite Nacht, in der ich ohne Unterbrechung und ohne Medikamente durchgeschlafen habe. Ich fühle mich ungewohnt entspannt. Jeremy atmet ruhig und gleichmäßig. Ich lege das Federbett über uns beide und zögere. Ich habe zwei Nächte hintereinander wunderbar geschlafen, keine Ahnung, wie spät es ist, und frage mich, was denn so kompliziert ist, dass man es nicht überwinden kann. Ich hole tief Luft, entledige mich meiner Unterwäsche und schmiege mich vorsichtig an Jeremy. Ich streichle seine warme Haut unter dem weißen Baumwollstoff seines T-Shirts. Er rührt sich nicht. Ich fahre mit meiner Entdeckungsreise fort, meine Hand rutscht langsam zu seinem Bauch und berührt den Gürtel seiner Jeans. Er zuckt zusammen.

»Willst du dich dafür entschuldigen, dass du mir die ganze Nacht die Decke geklaut hast? Das ist und bleibt unverzeihlich!«, murmelt er verschlafen.

Ich antworte nicht und streichle weiter. Er dreht sich um und sieht, dass ich nichts mehr anhabe. Verlangen blitzt in seinen Augen auf. Aber er bewegt sich nicht, schaut mich nur an. Sein Gesicht ist ein paar Zentimeter vom meinem entfernt. Zum ersten Mal stelle ich fest, dass seine Pupillen einen hellgrauen Rand haben, der sich mit dem kristallklaren Blau seiner Augen mischt und mich an einen Gebirgssee im Sommer denken lässt. Diese kleine Entdeckung löst bei mir Lust zu lächeln aus, als habe er mir gerade ein intimes Geheimnis verraten. Ich ziehe ihm das T-Shirt über den Kopf und knöpfe dann seine Jeans auf. Er lässt es geschehen, berührt mich nicht, schaut mich nur unverwandt an, vielleicht um rechtzeitig ein Anzeichen von Stress bei mir auszumachen. Ich höre die Vögel singen, die Geräusche des Waldes und Jeremys Atem, der immer schneller geht. Vorsichtig legt er eine Hand auf meine Hüfte, und ich erschaudere. Sofort will er sie zurückziehen, aber ich halte sie fest, lege sie wieder zurück.

»Wir haben alle Zeit der Welt«, sagt er leise, »und nichts zwingt uns.«

Ich antworte nicht, schließe die Augen und küsse ihn. Die Alarmglocke klingelt irgendwo in meinem Kopf, ich bringe sie zum Schweigen. Das Warnlicht blinkt immer schneller: Sofort den Schutzwall wieder hochziehen! Gefahr! Ich ignoriere die Warnung. Ich sage mir: »Nur einmal!« Ich will ein normales Mädchen sein. Ohne Heckmeck. Ein Mädchen, dem nie etwas Besonderes widerfährt und dessen unglaublichste Erinnerung des Jahres genau dieser Augenblick sein wird. Jeremy erwidert meinen Kuss und zieht mich an sich, nicht mit drängendem Verlangen wie gestern, sondern so vorsichtig, als sei ich zerbrechlich wie eine Porzellanpuppe. Hitze durchflutet mich.

Es hat erneut zu regnen begonnen, und die Tropfen trommeln auf das Zeltdach. Die Warnblinkanlage in meinem Gehirn beruhigt sich nach und nach, bis sie ganz erlischt.

Das Tagebuch von Alice

London, 5. Mai 2012

Heute Nacht hatte ich Krämpfe. So schmerzhaft, dass ich davon aufwachte. Heute Morgen waren zwei braune Flecken in meinem Schlüpfer, der eine kleiner als der andere. Der größere hatte die Form der Türkei, fand ich.

Auf dem Weg ins Krankenhaus habe ich geweint. Oliver sagte, ich solle mich beruhigen, Dolores habe uns doch gesagt, dass es zu Blutungen kommen könne. Vielleicht hätte das Ganze gar keine Bedeutung.

Dreimal musste Dolores ihm wiederholen, dass das kleine Vogelherz nicht mehr schlug. Ich sagte nichts, ich hatte es bereits geahnt.

Gestern hatte ich dein Herz zum ersten Mal gehört. Jetzt weiß ich, dass es deine Art war, dich zu verabschieden.

Du bist in tiefster Stille davongegangen. Niemand außer mir wird dich je kennenlernen, meine kleine Sonne! Ich hasse meinen Körper, weil er nicht in der Lage war, dich zu behalten. Oliver denkt praktisch und fragte sogleich, wann wir einen neuen Versuch starten könnten.

Ich habe geschwiegen. Es gab nichts, womit ich meinen Kummer hätte ausdrücken können. Dabei habe ich es wirklich versucht.

Unendlich oft haben sie wiederholt, dass eine von vier

Schwangerschaften nicht bis zum Ende ausgetragen wird. Und ich frage mich jetzt, ob auch eine von vier Frauen das Gleiche fühlt wie ich. Ein Fragment meines Herzens, in das ich deinen Namen eingraviert hatte, den niemand je erfahren wird, ist durch dein Verschwinden vereist, und ich bin überzeugt, dass ab jetzt - ohne meine kleine Sonne - ein kleiner Teil in mir für immer ein wenig frieren muss.

Ich öffne die Augen. Heute ist Abreisetag. Die letzten drei Nächte habe ich mit Jeremy verbracht. Mir wird die Tragweite meines Irrtums anhand der Reue klar, die ich am Ende dieses absurden Seminars empfinde. Eine Nacht hätte doch gereicht! Waren es die Endorphine nach dem Sex oder Jeremys Gegenwart? Jedenfalls bin ich danach jedes Mal in seinen Armen eingeschlafen wie ein Baby. Doch jetzt hat mich die Wirklichkeit schlagartig eingeholt. Was während des Seminars geschehen ist, bleibt beim Seminar. Ein nettes Souvenir, verstaut zwischen einem Album mit Urlaubsfotos und einem Eiffelturm aus Plastik.

Ich stehe auf und ziehe mich an, ganz leise, damit Jeremy nicht aufwacht. Auf Zehenspitzen schleiche ich feige zum Ausgang.

»Bist du sicher, dass wir nicht reden sollten, bevor du dich wie eine Diebin davonstiehlst?«

Ich zucke zusammen. Pech gehabt. Auf einen Ellenbogen gestützt, beobachtet Jeremy ungerührt meinen Fluchtversuch. Ich muss wohl oder übel anhalten. Schweigend schauen wir uns an. Seine forschenden blauen Augen scheinen bis in mein Inneres zu schauen.

»Deine Entscheidung. Was sollen wir deiner Meinung nach tun?«, fragt er.

Ich atme tief durch. Wenn alles doch nur so einfach wäre wie seine Frage. Aber das ist es leider nicht.

»Es war cool ...«, beginne ich.

(Glücklicherweise sind wir in einem Zelt, sonst hätte ich mir wegen dieses dämlichen Satzes den Kopf an der Wand eingeschlagen.)

»Aber?«

»Aber ich will keine Beziehung.«

»Das ist dein Problem. Solltest du dich eines Abends langweilen, melde dich, du hast ja meine Nummer ...«

Ich spüre einen Stich im Herzen. Hinter seiner zur Schau gestellten Lässigkeit meine ich so etwas wie Enttäuschung herauszuhören.

»Oder aber ...«

Er hebt eine Augenbraue, während ich überlege, welchen Kompromiss ich vorschlagen könnte.

»Jede zweite Woche ist deine Tochter bei dir, stimmt's?«

»Ich verstehe zwar nicht, was das damit zu tun hat, aber ja.«

»Wir könnten uns alle zwei Wochen donnerstags treffen, wenn Zoé nicht da ist.«

»Alle zwei Wochen donnerstags. Tatsächlich!«, wiederholt er amüsiert.

»Wenn dir ein anderer Tag lieber ist, ist das auch okay, aber an diese Regel sollten wir uns dann halten.«

In meinem Kopf wirkte alles ziemlich logisch und durchdacht, aber laut ausgesprochen, fehlt meinem Vorschlag vielleicht etwas Spontaneität. Ich füge hinzu:

»Noch etwas: Wir können die Sache beenden, wann immer wir wollen. Eine SMS genügt: ›Wir beenden es.‹ Keine Erklärungen.«

Jeremy antwortet nicht sofort. Er macht den Mund auf, als wolle er etwas sagen, überlegt es sich dann aber anders. Er legt sich wieder hin und verschränkt die Hände hinter dem Kopf.

»Na gut, bleiben wir dabei: donnerstags, jede zweite Woche.«

»Ja, jede ungerade Kalenderwoche.«

Er lächelt, aber seine Augen bleiben ernst.

2019

Frühling

»Some days I'm so tired, I think of giving up,
Mornings get so gloomy, I can't even wake up.
And then I hear something, the sound of a melody,
They say it's not music,
just the wind blowing through a tree,
But they're wrong,
I can hear it and it's playing just for me.«

SCARLETT S. R. UND THE BLUE PHOENIX, »DON'T GIVE UP ON ME«

Von: Erika Spencer
An: Alice Smith
Datum: 2. März 2019
Betreff:

Guten Tag Alice,

nach ein paar Recherchen weiß ich jetzt, dass Sie in Paris arbeiten, in einem Start-up namens EverDream. Rufen Sie mich zurück, meine Geduld hat Grenzen, und die sind erreicht.

Das Tagebuch von Alice

Lieber Bruce,

ich habe eine dunkle Zeit hinter mir, aber ich glaube, jetzt geht es ein wenig besser. Ich trauere, meint Dolores. Maman ruft mich dreimal täglich an. Sie hat gesundheitliche Probleme und konnte deshalb nicht kommen, aber gestern ist Scarlett bei uns eingetroffen.

Oliver und Scarlett hatten vereinbart, mich zu überraschen. Ich weiß nicht, wer genau die Idee hatte, aber du wirst zugeben müssen, dass ich riesiges Glück habe, die beiden in meinem Leben zu haben. Scarletts Kater David Bowie ist bei einer Freundin untergebracht (Scarlett hat sich von Alejandro getrennt), und sie ist in den nächsten Flieger gestiegen. Anscheinend hat sie kategorisch abgelehnt, sich von Oliver den Flug bezahlen zu lassen.

Ich habe die Wohnungstür aufgemacht, und da stand sie, in ihren quietschgelben Converse-Sneakers und der zerfetzten Jeans. Sie hat ihre Arme ausgebreitet, und ich habe mich hineinfallen lassen. Ich weiß nicht mehr, wer von uns beiden zuerst angefangen hat zu weinen.

Während ich heulend auf dem Sofa saß, hat Scarlett Tee gekocht, mir Taschentücher gereicht und wiederholt, wie ungerecht das alles sei, es täte ihr so leid für mich. Und wieder schloss sie mich in ihre Arme und wiegte mich. Sie hat gar nicht erst versucht, schlaue Argumente zu finden, um mein gebrochenes Herz zu kitten, weder davon gesprochen, dass eine von vier Frauen nach einer In-vitro-Fertilisation eine Fehlgeburt erleidet, noch von der Erfolgsrate der Befruchtung. Oder über die Anzahl der Schwangerschaftswochen gesprochen, ab der man nach einer Fehlgeburt trauern darf, weil dann das Baby »wirklich« existiert. Sie sagte auch nicht, dass es schließlich nicht meine Schuld sei, um gar nicht erst eventuelle Schuldgefühle in mir zu wecken.

Dafür streichelte sie mein Haar und summte ein Lied. Ein Lied, das sie im Flugzeug speziell für mich komponiert hatte, voller Liebe und Zärtlichkeit. Es begann ruhig und leise, wurde dann immer lauter und rhythmischer, bis die Melodie in einem Feuerwerk endete. Zuerst dachte ich, dieses Lied passe gar nicht zu Scarlett, doch dann spielte sie es mehrmals auf ihrer Phönix und verbesserte es nach und nach. Da erinnerte ich mich daran, dass sie damals als junges Mädchen am Strand von Narragansett gesagt hatte, sie wolle Songs schreiben, die leise und langsam beginnen und dann immer schneller werden. Und dieses Lied, Bruce, ist genau so. Es ist einfach wunderschön. Du ahnst ja nicht, wie stolz ich auf meine kleine Schwester bin.

Sie hat bis heute Morgen gewartet und mich erst jetzt vorsichtig nach den beiden verbliebenen Embryonen gefragt und ob ich sicher sei, aufgeben zu wollen. Ich weiß nicht, ob Oliver ihr zu verstehen gegeben hatte, dass ich darüber nicht sprechen wollte. Wir gingen gerade im leeren Green Park spazieren. Nur ein alter Mann saß auf einer Bank und las *The Sun*, während Eichhörnchen den beginnenden Frühling begrüßten.

»Ich habe solche Angst vor einer weiteren Fehlgeburt, ich bin so müde … Es sind nur noch zwei Embryonen. Dolores ist der Ansicht, wir sollten beide gleichzeitig einpflanzen, aber wenn es wieder nicht klappt, dann weiß ich nicht, ob ich die Kraft aufbringe, das alles noch einmal durchzustehen mit all den Hoffnungen, Enttäuschungen und der Erschöpfung …«

»Dann könnten es ja Zwillinge werden, wie würdest du sie nennen?«, fragte sie leise.

Ich schüttelte den Kopf.

»Ich will mich nicht mehr an die Kleinen binden und ihnen Namen geben. Zu wissen, dass da wirklich zwei Menschen heranwachsen, macht die Sache nur noch komplizierter.«

»Oh, okay.«

Scarlett wirkte traurig, und ich fragte mich, welche Mutter es wohl ablehnt, über die Vornamen ihrer zukünftigen Kinder nachzudenken.

»Vielleicht Fred und George«, schlug ich aufs Geratewohl vor.

»Fred und George?«

»Ja, nach den Zwillingen bei *Harry Potter*.«

»*Harry Potter* habe ich nie gelesen … Also werden es Jungs?«

»Ich weiß nicht, warum, aber ich bin ganz sicher.«

Genauso, wie ich davon überzeugt bin, dass meine kleine verlorene Sonne ein Mädchen mit den blauen Augen ihres Papas war. Aber es fehlt mir der Mut, darüber zu sprechen, selbst Scarlett gegenüber.

Ich schaue von meinem Computer auf, denn soeben habe ich entsetzt die Anzahl der Downloads von Ever-Dream überprüft. Neununddreißig in vier Wochen! Bei der Vorstellung, Chris diese Nachricht zu überbringen, bin ich jetzt schon deprimiert.

Vier Wochen sind vergangen, seit wir aus der Bretagne zurück sind. Jeremy habe ich nur zweimal gesehen, an den beiden Donnerstagen, genau wie vorgesehen. Normalerweise beruhigen mich solche Regeln, aber wenn ich ehrlich bin, warte ich während der Zeit dazwischen auf diese Donnerstage. Drei Millionen Mal wollte ich ihm schreiben, um ihm einen weiteren Abend vorzuschlagen, aber ich halte mich zurück. Schließlich muss ich den Stacheldrahtverhau um mein Herz wieder aufbauen, der sich kaum merklich auflöst. Und wenn das Verlangen zu groß wird, nehme ich eine Schlaftablette und gehe ins Bett. Dann muss ich nicht nachdenken.

Natürlich begegnen wir uns auf dem Flur, und er grüßt mich, als sei nichts geschehen, er diskutiert mit Victoire neben der Kaffeemaschine, streitet sich mit Chris im Büro: nichts Neues unter der Sonne. Bei Ever-Dream setzt er wieder seine distanzierte, nicht zu deutende Miene auf. Nur an den besagten Donnerstagen ist es anders. Einmal sind wir ins Kino gegangen, das andere Mal waren wir essen. Am nächsten Morgen habe ich seine Wohnung bei Sonnenaufgang unter dem Vorwand verlassen, ich müsse mich um David kümmern. Jeremy stellt keine Fragen.

Dienstag habe ich mit Victoire und Reda zu Mittag gegessen. Victoire ließ verlauten, Jeremy habe schlechte Laune, weil Zoé die Ferien bei ihrer Mutter verbringt. Ich war schrecklich enttäuscht, dass er nicht mit mir darüber gesprochen hatte, wir hätten uns zwei Donnerstage hintereinander treffen können. Aber er hat mir die ganze Woche weder geschrieben noch mit mir gesprochen. Alle zehn Sekunden konsultierte ich mein Smartphone, bei jeder SMS zitterte ich vor Vorfreude und ärgerte mich gleichzeitig über mein kindisches Verhalten. Freitags gab ich schließlich auf. Jeremy befolgt nur die Regeln, die ich selbst aufgestellt habe, da kann ich ihm schlecht böse sein.

Als ich meine Sachen zusammenpacke, um ins Wochenende zu starten, vibriert mein Telefon. Ich schaue reflexartig auf das Display und erschrecke, als ich den Absender sehe.

> **JEREMY MILLER**
> Hallo, was machst du am
> Samstagabend?

Ungläubig starre ich auf das Display. Obwohl die knappe Nachricht klar und deutlich ist, muss ich sie dreimal lesen und frage mich, ob sie eher ehrlich, kühl, überlegt oder impulsiv ist. Darüber zermartere ich mir eine Viertelstunde lang das Hirn, bis mir klar wird, dass ich jetzt wohl oder übel antworten muss. Und da mein Gehirn nicht mehr funktioniert, sobald es um Jeremy geht, treffe ich wieder einmal die schlechtere Entscheidung:

> **ALICE SMITH**
> Nichts. Und du?

> **JEREMY MILLER**
> Ich wollte mir den *König der Löwen* anschauen (legal und in der Originalsprache gemietet). Jetzt brauche ich unbedingt Beistand, um den Tod von Mufasa zu überwinden, und Zoé ist an diesem Wochenende bei ihrer Mutter ...

Ich antworte nicht sofort. Dabei hatte ich die ganze Woche auf diese Nachricht gewartet. Aber ich habe Angst. Das hier war nicht vorgesehen. Damit könnte alles aus dem Takt geraten. Ich fürchte, mich an ihn zu binden, etwas zu beginnen, was ich sicher nicht zu Ende bringen kann. Er könnte sich in dem Glauben wiegen, dass es mit mir eine Zukunft geben kann. Und dann erinnere ich mich an Angelas kurzen Satz, den sie ständig wiederholte: *Das Leben besteht aus unvorhergesehenen Ereignissen.* Also atme ich tief durch und beschließe, ausnahmsweise das Unvorhergesehene zu akzeptieren.

> **ALICE SMITH**
> OK.

Das Tagebuch von Alice

London, 10. Mai 2012

Hallo Bruce, tut mir leid, ich habe dich vernachlässigt, aber Scarlett fährt morgen wieder ab. Sicher verzeihst du mir, dass ich lieber Zeit mit meiner kleinen Schwester verbringe, als dir zu schreiben, ob du nun der berühmte Bruce Willis bist oder nicht.

Scarlett hat uns sämtliche Schulden zurückgezahlt. Ehrlich gesagt habe ich nie aufgeschrieben, was ich ihr geliehen hatte, sie hingegen hat alles akribisch notiert! Sie hatte eine Excel-Tabelle mit der Liste aller Raten, Daten und Summen dabei. Oliver war platt. Wer hätte je gedacht, dass Scarlett eine Excel-Tabelle ausfüllen könnte! Ich wäre nicht weniger überrascht, wenn ich plötzlich entdeckt hätte, dass sich Oliver zum Experten für chinesische Kalligrafie auf Porzellan gemausert hat. Ich wollte ablehnen, aber Scarlett bestand darauf, alles zurückzuzahlen.

»Ich habe es versprochen, und jetzt kann ich zahlen. Mit dem Vorschuss, den ich für das Album bekommen habe, kann ich dir alles wiedergeben.«

Einen Moment lang war ich war sprachlos.

»Haben sie dir viel Geld gegeben?«

»Ja, zu viel.«

Erst jetzt fiel mir auf, dass Scarlett während der drei Tage, die sie mit mir verbracht hatte, nicht ein einziges Mal von sich gesprochen hatte. Ich war so auf meine Trauer und meine eigene Geschichte konzentriert, dass es mir überhaupt nicht in den Sinn gekommen war, sie nach ihrem Leben auszufragen.

»Wie weit bist du jetzt? Du hast gar nichts erzählt!«

»Das Album ist im Grunde fertig, aber ich werde noch den Song hinzufügen, den Song, den ich im Flugzeug geschrieben habe. Origin Records habe ich bereits informiert. Wir nehmen den Titel auf, wenn ich zurück bin. Ich möchte, dass dieses Lied als Single herausgebracht wird.«

»Das Lied, das du für mich geschrieben hast?«

Ich fühlte mich unendlich geschmeichelt. Es ist, als würdest du mir einen Film widmen, Bruce. Das wird wahrscheinlich nie passieren, aber man darf ja wohl noch träumen.

»Selbstverständlich nur, wenn du nichts dagegen hast. Ich habe den Song wirklich nur für dich geschrieben und ...«

»Nein, nein, natürlich stört es mich nicht, im Gegenteil, es rührt mich sehr. Wie soll er heißen?«

»›Sisters‹«, antwortete Scarlett.

Ein paar Wochen sind vergangen. Ich klingele an der Sprechanlage zu Jeremys Wohnung, in dem Bewusstsein, dass wir die Regeln immer häufiger durchbrechen, ich bin ins Schleudern geraten, meine Kontrolle ist weg. Es kommt mir vor, als würde ich vorsichtig über einen zugefrorenen See laufen. Ich weiß, dass das Eis zu dünn ist, um mich zu tragen, gehe dennoch weiter und sage mir bei jedem Schritt: »Bis jetzt ging alles gut.« Und wage den nächsten Schritt. Trotz der kleinen Stimme, die in mir brüllt: *Jede Handlung hat Konsequenzen, wie kannst du nur so dumm sein, das zu vergessen, nach allem, was passiert ist?*

Ich habe Jeremy am späten Nachmittag eine SMS geschickt. Ich wusste von Victoire, dass Zoé heute Abend nicht bei ihm schlafen würde. Es war nicht das erste Mal, dass ich die Donnerstagsregel brach. Seit jenem bis zum Sonntagnachmittag ausgedehnten Samstagabend häufen sich unsere Treffen. Dazu gehörte ein sonniges Wochenende, das wir mit Dingen verbracht haben, die dem kleinen elfjährigen Mädchen, das von Paris geträumt hatte, Sternchen in die Augen gezaubert hätten: Radeln am Seine-Ufer, Picknick im Jardin du Luxembourg, romantisches Dinner im Quartier Latin mit Blick auf das Panthéon – und Jeremy, der sich angesichts meiner Begeisterung beim Anblick der touristischen Klischees liebevoll über mich lustig machte. Hand in Hand schlenderten wir den Montmartre hinauf. Jeremy hat mir sogar einen kleinen Schlüsselanhänger mit einem Eiffelturm aus Plastik geschenkt und ihn mir so feierlich überreicht, als handele es sich um einen Verlobungsring. Ein Knie am Boden, strafte das belustigte Funkeln seiner Augen seine Miene Lügen. Ich musste so lachen, dass Passanten stehen blieben und uns lächelnd nachblickten, als wir die Straße bis zur *Sacré-Cœur* hinaufliefen.

Es war das schönste Wochenende seit Ewigkeiten! Kurz: eine Katastrophe!

Als Jeremy mich am Sonntagabend nach Hause brachte, hätte ich ihm beinahe alles erzählt. Schließlich sagte ich dann doch nichts und zog es vor, ihn zehn Tage lang aus Angst vor der immer enger werdenden Beziehung nicht mehr zu treffen, aber mit der Einsamkeit kehrten auch Panikattacken und Schlaflosigkeit zurück.

Sich nur einmal alle zwei Wochen zu sehen, wenn Zoé nicht da ist, ist wie ein Deich, der meine Wirklichkeit abschotten soll, aber er wird immer brüchiger. Seit ich mit Jeremy zusammen bin, brauche ich praktisch keine Schlaftabletten mehr. Wenn ich Mühe habe, einzuschlafen, beruhigt es mich, seine SMS nochmals zu lesen. Ich weiß nicht, warum, denn er spricht nicht viel, aber der mich beschützende Stacheldrahtverhau wird immer löchriger, je öfter wir zusammen sind. Dementsprechend ignoriere ich die leise Stimme in mir, die mir zuflüstert, dass nichts gefährlicher ist, als mich dem süchtig machenden Wohlbehagen der Intimität mit

Jeremy hinzugeben, und wage trotz allem den nächsten Schritt auf dem dünnen Eis.

Jeremys Wohnungstür ist offen, und ich stoße sie ganz auf. Alle Lampen brennen, aber in der Diele ist niemand. Ich höre Stimmen und gehe den Flur entlang, in dem es nach gebackenem Käse riecht. In der Küche angekommen, sehe ich Zoé vor einem dampfenden Nudelauflauf mit Schinken sitzen, im Mund ein Ohr ihres Plüschesels. Sollte ich wieder gehen? Der Tisch ist für drei Personen gedeckt. Damit hatte ich nicht gerechnet.

»Fuck, Alice«, sagt Zoé, als sie mich sieht.

»Kuckuck, Zoé!«

Jeremy nähert sich und versucht, mir einen Kuss auf den Mund zu drücken, aber ich drehe den Kopf weg und gebe ihm einen Kuss auf die Wange. Auf der einen Seite habe ich das Gefühl, in eine Falle getappt zu sein, auf der anderen das angenehme Gefühl, Teil eines einfachen Familienessens zu sein. Wie immer stelle ich reflexartig das Radio aus.

»Sag mal, Alice«, beginnt Zoé, »was ich dich fragen wollte. Wie kommt es, dass du Amerikanerin bist und trotzdem Französisch sprichst?«

»Weil ich halb Amerikanerin und halb Französin bin.«

Meine Stimme ist sehr leise. Vorsichtig setze ich mich auf den Rand eines Hockers.

»Wie die Königin in *Frozen*. Die ist nämlich auch Amerikanerin.«

»Ich hatte dir doch schon erklärt, dass die Eiskönigin keine Amerikanerin ist, die Geschichte kommt ursprünglich aus Dänemark«, sagt Jeremy und nimmt ihren Teller, um ihr etwas Auflauf aufzutun.

»Kenne ich nicht«, entgegnet Zoé, »sie soll lieber Amerikanerin sein.«

Jeremy grinst und füllt ihren Teller mit einem großen Löffel überbackener Nudeln. Der geschmolzene Käse und der Duft der Béchamelsoße lassen mir trotz meines wachsenden Unbehagens das Wasser im Mund zusammenlaufen. Ehrlicherweise freue ich mich über die nette Atmosphäre mit Nudelauflauf und einem kleinen Mädchen im Schlafanzug. Und diesem kleinen Mädchen scheint meine Gegenwart gar nicht unangenehm zu sein, fährt sie doch mit ihrer Befragung fort:

»Dann magst du auch Hamburger?«

»Ja.«

»Und Coca-Cola?«

»Ja.«

»Und Donald Trump?«

»Nein.«

Sie pustet auf ihren schwer beladenen Löffel, bevor sie ihn in den Mund schiebt, dabei bleibt etwas Käse an ihrer Nase kleben.

»Aber Donald Duck!«, ruft sie plötzlich mit vollem Mund, »den mögen doch alle, denn er ist nett, nicht wie Donald Trump. Der ist eine böse Ente.«

Ich greife nach dem Teller mit dem Nudelauflauf, den mir Jeremy reicht, und breche in Gelächter aus.

»Du hast du völlig recht. Ich mag Donald Duck auch.«

Jeremy mustert mich nachdenklich.

»Warum schaust du mich so an?«

»Einfach so«, antwortet er freundlich, »du solltest öfter lachen, das steht dir.«

Seine Bemerkung versetzt mir einen leichten Stich ins Herz, und mein Lächeln verschwindet. Ich bin peinlich berührt. Zoé hingegen schwatzt das ganze Abendessen lang und lässt regelmäßig ihren Plüschesel ins Gespräch eingreifen. Hin und wieder erhasche ich Jeremys belustigten Blick, während wir den Nudelauflauf essen. Schließlich räumt er ab und schickt sich an, Zoé ins Bett zu bringen.

Ich setze mich auf das Sofa im Wohnzimmer, während Jeremy Zoé eine Geschichte vorliest, ich höre ihre Fragen und Antworten. Er ist ein anderer, wenn seine Tochter da ist, er lächelt häufig und lacht oft schallend auf. Ich stütze den Kopf in die Hände. Dieses Wohlbehagen, das ich spüre, dieses gute Gefühl, wenn ich bei ihm bin, das darf einfach nicht sein! Damit muss Schluss sein.

Jeremy taucht mit einer Cola Light und einer Limettenlimo wieder auf und setzt sich neben mich. Er hat sich die Mühe gemacht, die Limo extra für mich besorgt, weil er weiß, dass ich sie mag, und diese selbstverständliche Fürsorglichkeit rührt mich ebenso, wie sie mir Angst macht.

»Du hättest mich vorwarnen sollen, dass Zoé da ist.«

»Es ist ihre Woche, und außerdem hast du mich gefragt, ob du vorbeikommen kannst …«

»Victoire hat mir gesagt, sie sei bei ihrer Mutter.«

Jeremy hebt eine Augenbraue, führt die Cola-Dose

an die Lippen und trinkt einen Schluck. Unser Schweigen dauert etwas zu lange und wird bedrückend.

»Was willst du wirklich?«, fragt er mich ruhig.

»Ich möchte, dass wir die Regeln einhalten, die wir aufgestellt haben.«

»Die Regeln, die du aufgestellt hast!«

»Du warst damit einverstanden: keine ernsthafte Beziehung. Keinen Streit und große Liebeserklärungen im Regen.«

Er zuckt die Achseln, sein Kiefer mit dem dunklen Dreitagebart verkrampft sich, er steht auf, geht zum Schrank mit dem Plattenspieler, in dem sich auch der hochprozentige Alkohol befindet. Er nimmt die Whisky-Flasche heraus und gießt sich ein Glas ein. Vor mir trinkt Jeremy sonst nie Alkohol. Auch das ist Teil seiner Fürsorge, wie der Kauf von Blaubeermarmelade nur für mich oder die Tatsache, dass er das Radio ausschaltet, sobald ich eintreffe. Das ist der Grund, weshalb ich mich in seiner Gegenwart so sicher fühle. Er trinkt einen Schluck, betrachtet das goldbraune Getränk und lächelt traurig.

»Weißt du was? Zu Anfang fand ich deine Idee einer Beziehung ohne Bindung und ohne Einfluss auf mein oder das Leben meiner Tochter recht passend ... Aber das ist vorbei. Jetzt sage ich dir, was ich wirklich möchte: Ich will mehr! Ich will dich in meinem Leben, jeden Tag, ganz und gar, ich will neben dir einschlafen und aufwachen, ich will, dass Zoé dich besser kennenlernt, dass wir alle gemeinsam ins Wochenende fahren. Ich will, dass wir uns streiten, weil ich den Müll nicht runtergebracht oder die Hälfte der Einkäufe vergessen habe. Ich will, dass wir sonntags auf dem Sofa sitzen und uns blödsinnige Serien reinziehen ... So, nun weißt du, was ich will.«

Er ist wütend, seine Augen sind so blau und kalt wie die Gletscher der Antarktis. Er erinnert mich an den Tag unserer ersten Begegnung. Ich kann seinem Blick nicht standhalten, lasse den Kopf hängen und starre auf das Bettelarmband. Mit zittrigen Fingern betaste ich die Anhänger.

»Du kennst mich doch gar nicht. Was weißt du schon von mir?«

Er zuckt wieder die Achseln.

»Ich weiß, dass du keine Autorenfilme magst, keine Meeresfrüchte, dass du nicht gern über deine Kindheit sprichst, dass du frierst, sobald die Temperatur unter zwanzig Grad sinkt, dass du unter der Dusche singst, auf dem Bauch schläfst und schnarchst, wenn du übermüdet bist, und dass du trotz des Abstands, den du verzweifelt zu den anderen halten willst, ein ungemein sensibles und großzügiges Mädchen bist, dass du Stunden damit zubringst, Reda, dem schlechtesten Schüler aller Zeiten, Englisch beizubringen, dass du Victoire so nimmst, wie sie ist, ohne ihr je wegen ihrer extremen Ehrlichkeit böse zu sein, dass du Chris trotz seiner wahnwitzigen Ideen unterstützt, nur um ihm eine Freude zu bereiten. Du findest leicht Anschluss, auch wenn du es gar nicht möchtest. Du kannst noch so sehr kämpfen, um all das zu verbergen, aber ich weiß, dass du in deinem Verhalten aufrichtig bist, in deinen Worten aber nicht, und ich wünschte, du könntest etwas aus deiner Deckung herauskommen und mir vertrauen. Im Grunde willst du das auch, das weiß ich.«

Ein Detail in dieser Liste hat mich aufhorchen lassen, und meine Finger beginnen unmerklich zu zittern.

»Reicht dir das nicht?«, fragt er, da ich schweige.

»Soll ich weitermachen? Ich weiß, dass du hin und wieder Beruhigungsmittel nimmst oder irgendwelche Medikamente, um deine Angstzustände zu kontrollieren, und dass du nur dann ruhiger wirst, wenn du mit deinem Armband spielst. Und du hast so schreckliche Albträume, dass du im Schlaf weinst. Ich weiß von deinen sonderbaren Zwangshandlungen, wenn du nervös bist, dass alles perfekt sein muss, akkurat aufgereiht und aufgeräumt. Doch in letzter Zeit hatte ich den Eindruck, dass es dir besser geht. Ich weiß, dass du keinen Alkohol trinkst, vielleicht weil du irgendwann einmal damit übertrieben hattest, ich weiß, dass deine Familie ein sensibles Thema ist, wenn nicht sogar tabu, weil du zu Tränen gerührt warst, als du *Frozen* gesehen hast, und sofort von etwas anderem sprichst, sobald man sich auch nur diesem Thema nähert. Und ich weiß, dass dich Musik, besonders Rock und bestimmte Songs krank machen. Und da ich nicht total verblödet bin, weiß ich, dass du jemanden verloren hast.«

»Glaub mir, Jeremy, du kannst gar nicht mit mir zusammen sein wollen!«

Trotz meiner bebenden Stimme drücke ich mich noch recht entschlossen aus. Er leert das Glas in einem Zug und stellt es geräuschvoll auf den Tisch.

»Sag mir, dass nichts geht, dass du jemanden anderen liebst oder einfach nur, dass ich dir auf den Geist gehe, das kann ich ertragen, aber hör mit den Mutmaßungen über das auf, was ich will oder nicht! Das Einzige, was ich will, das bist du! Ich verstehe, dass du ein paar Probleme aus deiner Vergangenheit lösen musst, aber wenn du möchtest, dass es dir besser geht, lass dir von mir helfen, gemeinsam können wir …«

Ich falle ihm ins Wort:

»*Wenn ich möchte, dass es mir besser geht?* Was willst du damit sagen? Glaubst du, mir wäre es nicht auch lieber, wenn alles einfach wäre? Du hast ja nicht die leiseste Ahnung von den ›Problemen, die ich lösen muss‹, wie du sagst, von der Last, die ich bis zu meinem Lebensende zu tragen habe.«

»Ich habe keine Ahnung, weil du nicht mit mir darüber sprichst!«, entgegnet Jeremy empört, »und das ist umso absurder, weil ich schon lange verstanden habe, was du so verzweifelt verbergen willst.«

Ich bearbeite mein Armband so heftig, dass sich das Metall in meine Handflächen gräbt, und wiederhole wie ein Automat:

»Das stimmt doch gar nicht.«

»Erinnerst du dich an dein Vorstellungsgespräch bei EverDream?«

Jeremy hat sich beruhigt und spricht leise und besonnen, ganz Herr seiner selbst, seine Gefühle sind in den Hintergrund getreten. Ich schüttele den Kopf, doch mir ist bereits klar, dass es zu spät ist. Unter meinen Füßen bricht das Eis, ich kann nicht mehr zurück. Ich hätte besser aufpassen sollen, hätte ihn sofort zurückweisen müssen, als ich spürte, dass er alles begriffen hatte.

»Bitte …, hör auf!«

»Ich habe gefragt, ob Smith-Rivière etwas mit Scarlett Smith-Rivière zu tun hat.« (Er macht eine Pause.) »Du hast geantwortet, dass es statistisch viele Smith-Rivières in den USA gäbe und hinzugefügt, dass man dir diese Frage seit dem Kindergarten stellte, was doch sehr sonderbar klang, weil niemand *die* Scarlett Smith-Rivière kannte, als du im Kindergarten warst. Und als ich bei Wikipedia nachgeforscht habe, stellte sich heraus, dass ihr im gleichen Jahr geboren seid, soweit man Wikipedia Glauben schenken darf.«

»Das war doch nur so eine Floskel.«

Meine Stimme klingt ausdruckslos, zittrig, lächerlich. Ohne mich aus den Augen zu lassen, fügt Jeremy hinzu:

»So weit, so gut. Aber was steht noch auf der Wikipedia-Seite über Scarlett Smith-Rivière? Sie wurde in Rhode Island geboren, genau wie du, in einem kleinen Ort am Meer, genau wie du. Sie hatte eine Schwester, die sie sehr liebte, und das ihr gewidmete Lied ›Sisters‹ hat Scarlett berühmt gemacht. Ich brauche wohl nicht hinzuzufügen, dass diese Schwester Alice heißt, nicht wahr? … Nun gut, ich respektiere, dass du nicht über deine Vergangenheit sprechen willst, aber um ehrlich zu sein, habe ich doch etwas Mühe damit, dass du nicht mal daran denkst, mich ins Vertrauen zu ziehen.«

Ich schüttele den Kopf, kann kaum noch atmen. Ich habe ihn all das verstehen lassen, mich tausendmal verraten, mich nach und nach immer tiefer verstrickt. Es schmerzt. Es schmerzt, ihn verlassen zu müssen. Es schmerzt, was er aus den Untiefen der Vergangenheit hervorgeholt hat.

Ich atme tief durch. Ich habe nichts mehr zu verlieren, also spiele ich meine letzte Karte aus und sage mit eiskalter Stimme:

»Erspare mir deine Psychologie. Was willst du? Applaus für deine Ermittlungen als Sherlock Holmes? Jeder kann auf die Wikipedia-Seite gehen und daraus schließen, dass ich meine berühmte Schwester unter traurigen Umständen verloren habe … Aber ehrlich gesagt hat das nichts mit uns zu tun, aber offensichtlich wollen wir beide nicht mehr das Gleiche.«

Er gießt sich nochmals Whisky ein, trinkt einen Schluck und lässt mich nicht aus den Augen. Ich habe verloren. Ich hätte doch von Anfang an erkennen müssen, dass er viel mehr in mir sah als die anderen. Ich hätte es sofort begreifen müssen, und wenn ich ehrlich bin, muss ich mir eingestehen, dass ich mich gerade deshalb von ihm angezogen fühlte.

»Das ist absolut nicht das, was ich daraus abgeleitet habe«, sagt er ruhig.

Er erhebt sich, geht zu der Truhe mit den LPs und beginnt zu suchen. Mir gefriert das Blut in den Adern, als er zurückkommt und das Album auf den Couchtisch legt. Meine Lunge zieht sich zusammen.

»Als du zum ersten Mal hier warst, hast du sie gesehen, und ich habe dir gesagt, dass ich ein großer Fan war.«

Auf der Plattenhülle starren mich zwei freche, zu stark geschminkte Augen an.

Ich kenne sie nicht, ich kenne sie nicht mehr.

Atme!

Ich antworte nicht, ich bin nicht mehr dazu in der Lage: Ich habe einen Kloß im Hals, und mir ist, als würde ich im Treibsand ersticken. Jeremy sieht plötzlich besorgt aus, und als ich taumele, fängt er mich auf. Ich zittere am ganzen Körper. Meine Finger krallen sich in seine Arme, und ich weiß nicht mehr, ob ich mich an ihn klammern oder ihn wegstoßen soll. Ich stottere:

»Du irrst dich ...«

Er unterbricht mich leise – mit dieser tiefen Stimme, die mich normalerweise so beruhigt, mich diesmal jedoch endgültig fertigmacht.

»Die Nacht an Diwali ... deine offenen Haare und die stark mit Kajal geschminkten Augen ... Die Ähnlichkeit war frappierend!«

Der Gedanke, dass ich ihn nie wiedersehen könnte, bricht mir das Herz. Ich bin wie versteinert. Ich sollte jetzt, solange es noch nicht zu spät ist, davonlaufen. Aber meine Gliedmaßen gehorchen mir nicht, ich bin nicht einmal mehr in der Lage, zu antworten.

»Und dann sind da noch all diese Kleinigkeiten, du willst nie Musik hören oder die erstaunliche Unterhaltung mit Reda, als du ihm erklärtest, Tätowierungen könne man mit Laser wieder entfernen, deine Unfähigkeit, in Celsius-Graden zu rechnen, obwohl du theoretisch in London gelebt hast, was bei einem so intelligenten Mädchen wie dir doch recht erstaunlich ist ...«

Und dann wiederholt er einen simplen, scheinbar harmlosen Satz, der mich schon vorhin erschüttert hatte, der jetzt jedoch alle seit fünf Jahren sorgfältig aufgebauten Schutzwälle auf einmal niederreißt, alle säuberlich ausgeklügelten Lügengeschichten entlarvt. Und ich frage mich, in welchem Moment das Flattern der Schmetterlingsflügel meine Welt zerstört hat. Das Eis unter meinen Füßen ist gebrochen, und ich stürze in den Abgrund der Wirklichkeit.

»Und selbst ohne all das wusste ich, wer du bist, seit du das erste Mal bei mir geschlafen hast: Wie gesagt, du singst unter der Dusche, Scarlett!«

Das Tagebuch von Alice

Da bin ich, Bruce. Scarlett ist wieder abgereist. Natürlich bin ich unendlich traurig und deprimiert. Ich habe sie vorhin zum Flughafen Heathrow gebracht. Bevor sie durch die Sperre ging, drückte ich ihr in aller Eile ein kleines Päckchen in die Hand.
»Ein Geschenk für dich!«
Sie hat es geöffnet und ein Bettelarmband mit drei kleinen Anhängern vorgefunden. Ein Fisch, ein Schiff und ein Leuchtturm in Miniaturformat. Furchtbar kitschig, machen wir uns nichts vor! Ich hatte es vorgestern auf dem Markt von Camden Town gefunden, und es erinnerte mich an Queenstown.
»Ich wollte dir etwas schenken, das dich an unsere Kindheit und Rhode Island erinnert, wenn du erst einmal ein Star geworden bist.«
»Sehr niedlich«, log sie.
Ich musste laut lachen.
»Meine Gute, du glaubst doch nicht, dass ich nicht merke, wenn du lügst? Dazu kenne ich dich zu lange.«
Auch sie musste lachen und legte das Armband an, zu den unzähligen anderen Armbändern, die ihre Tattoos weitgehend verdeckten.
»Wenn du dich traurig oder allein fühlst, dann soll es dich daran erinnern, dass ich immer bei dir bin.«

Scarlett nahm mich in die Arme und drückte mich fest an sich.

»Danke, Alice«, flüsterte sie, »es ist ein wunderbares Geschenk.«

Um meine Tränen zu verbergen, kuschelte ich mein Gesicht in ihre rosa und platinblond gefärbten Haare. Sie dufteten nach Kamille, genau wie zu Kinderzeiten. Und ich dachte, dass ich die einzige Person auf der Welt sein würde, die davon wusste, wenn sie erst einmal berühmt war.

»Ich weiß ja, dass es hässlich ist«, fügte ich lachend hinzu, »und ich erlaube dir, es nur zu tragen, wenn ich dir fehle.«

»Ich werde es ständig tragen, weil du mir ständig fehlst«, antwortete sie.

Dann lächelte sie mir zu, ihr strahlendes warmes Lächeln, so hell und besonders wie ein Sonnenstrahl im Dezember. Dieses Lächeln, das sie von unserem Vater geerbt hat und das Maman an ihn erinnert, was sie Scarlett wohl nie verziehen hat. Es erhellte kurz die ganze Abflughalle. Und dann verschwand sie oben auf der Rolltreppe, um auf die andere Seite des Atlantiks zu fliegen und dort ein Lied aufzunehmen, das mir gewidmet ist. Vor Weihnachten werde ich Scarlett nicht wiedersehen, und bis dahin müssen noch mehr als sechs Monate vergehen ... Sie will mit Maman nach London kommen. Wer weiß, Bruce, vielleicht ist meine kleine Schwester dann ein berühmter Rockstar. Das wäre doch was, oder?

Ich weine und zittere nicht mehr. Ich löse mich aus Jeremys Armen, die mich bis jetzt umschlungen hielten, und trete einen Schritt zurück. Er spricht zu mir, aber ich höre ihn nicht. Wir starren uns einige Sekunden lang an, die mir wie eine Ewigkeit vorkommen. Ich könnte so tun, als hätte ich ihn nicht verstanden. Aber dazu ist es zu spät. Wortlos gehe ich zur Tür und ziehe meinen Mantel an.

»Wohin willst du?«

Ich ziehe den Reißverschluss hoch. Meine Finger zittern kaum noch. Ich stehe unter Schock. In ein paar Minuten, wenn ich die ganze Tragweite dessen begriffen habe, was soeben passiert ist, wird die nächste Panikattacke kommen. Vielleicht aber auch nicht. Vielleicht ist die Wahrheit doch weniger beängstigend als das permanente Lügen. Ich war noch nie so klar.

»Ich gehe«, sage ich nur.

»Meinst du nicht, wir sollten reden?«

»Nein.«

»Bitte hör mir zu …«

»Wir haben vereinbart, dass wir jederzeit und ohne Erklärungen Schluss machen können. Also bitte: Ich will dich nicht mehr sehen.«

Ich habe ihn mit ausdrucksloser Stimme eiskalt abserviert und setze dem Ganzen noch eins drauf, indem ich ihm direkt in die Augen schaue und hinzufüge:

»Nie wieder.«

Ich sehe, dass ich ihn verletzt habe. Unter normalen Umständen würde es mir leidtun, aber sonderbarerweise fühle ich überhaupt nichts. Nichts als Grabeskälte. Ich würde so gern bleiben, dennoch öffne ich die Tür. Dabei könnte ich mein Geheimnis mit jemandem teilen, der so zuverlässig und loyal ist wie Jeremy. Noch einmal spricht er meinen Namen aus, meinen echten Namen, den ich nie wieder hören wollte. Eine Faust aus Eis schlägt mir ins Herz, als würde Alice ein zweites Mal sterben. Und wieder bin ich schuld. Ich blicke mich nicht um. Ich weiß, dass Jeremy mir nicht folgt. Er kann Zoé nicht allein lassen. Ich brauche nicht einmal die Treppe herunterzurennen. Ich ignoriere einfach seine Stimme, die mich von oben ruft. Es gibt keine Verfolgungsjagd, keine Versöhnung im Regen. Nichts als eine neue Seite im Buch. Die nächste.

Als ich die Haustür öffne, regnet es in Strömen. Die prasselnden Regentropfen auf dem Asphalt dämpfen den Lärm der Großstadt. Jetzt, denke ich, jetzt kommt die Panikattacke, jetzt bin ich allein und stehe auf der Straße. Das macht nichts. Irgendjemand wird mich in die Notaufnahme eines Krankenhauses bringen. Oder aber ich höre auf zu atmen. Das wäre nicht das schlimmste Ende der Geschichte.

Aber die Krise kommt nicht. Reglos stehe ich im Regen und warte darauf, von der Panik überrollt zu werden. Nichts. Also gehe ich zu Fuß nach Hause und achte nicht auf den Regen, der mir den Nacken herunterläuft. In meiner Handtasche vibriert mehrmals das

Handy. Wahrscheinlich Jeremy. Jeremy, den ich nie mehr wiedersehen werde. Bei diesem Gedanken ist meine Kehle wie zugeschnürt.

Irgendwo zwischen dem Ufer des Canal Saint-Martin und der Métro-Station Bonne Nouvelle bleibe ich stehen. In einer Nische spielt ein Mann Gitarre. Das Universum verspottet mich, weil ich seine Regeln nicht eingehalten habe. Es ist eine zärtliche, wehmütige Melodie, ich kenne sämtliche Noten auswendig. Sie dringt unter der Arkade hervor wie ein Kirchenlied im Gewölbe einer Kathedrale. Oasis. »Wonderwall«. Ich halte an und singe die Worte mit, die mir so leicht und natürlich über die Lippen kommen wie mein Atem:

By now you should've somehow
Realized what you gotta do
I don't believe that anybody
Feels the way I do, about you now.

Der Gitarrist mit dem grau melierten Bart dürfte um die fünfzig sein. Er hebt den Kopf, sieht mich an, lächelt mir zu und spielt weiter.

Und plötzlich passiert etwas. Irgendetwas, das ich seit Jahren nicht mehr erlebt habe: Die Regentropfen, die rhythmisch in die Pfützen prasseln, die Motorengeräusche der Autos und das gelegentliche scharfe Hupen, der Takt der Schritte der Passanten auf den nassen Pflastersteinen: Um mich herum ist ein lebendiges Orchester. Die Musik hüllt mich ein, die Musik von damals, die am 22. Dezember 2012 verstummt ist, als mich meine große Schwester Alice, meine Seelenschwester, in dieser schwarz-weißen Welt allein gelassen hat.

Ich bleibe, bis das Lied endet. Jetzt räumt der Musiker seine Gitarre in den Kasten, und ich suche in meiner Tasche nach Geld. Ich habe nur einen Fünfziger-Schein, den ich ihm reiche. Er mustert mich, zu überrascht, um sich zu bedanken.

»Danke«, sage ich.

Reflexartig greife ich wieder nach meinem Handgelenk und suche unter dem Ärmel nach dem Armband. Nichts. Ich ziehe den Ärmel hoch, schaue unter dem Pullover nach. Panisch ziehe ich trotz des Regens den Mantel aus, dann den Pullover, zwanzigmal greife ich nach meinem Handgelenk, drehe alle Ärmel mit zitternden Händen immer wieder um, ohne zu bemerken, dass der Regen durch den feinen Baumwollstoff meiner Bluse dringt. Ich schaue mich um wie eine Drogensüchtige auf der Suche nach ihrer Nadel. Nichts. Ich habe das Armband verloren. Aber wann? Keine Ahnung! Jedenfalls habe ich es nicht ein einziges Mal abgelegt, seit Alice es mir am Flughafen als Erinnerung an meinen Aufenthalt in London geschenkt hat. Verstört und bis auf die Knochen durchnässt, stehe ich – wer weiß, wie lange – im fahlen Licht einer Laterne und kann den Blick nicht von meinem nackten Handgelenk lösen. Ist das ein Zeichen? Das Zeichen, dass mich Alice nun endgültig verlassen hat? Habe ich sie so verraten, dass sie mir nicht verzeihen kann? Jetzt bin ich wirklich allein. Die Realität trifft mich wie ein Schlag. Der Vorteil, entdeckt worden zu sein, ist, dass ich mich nicht länger verstecken muss. Ich brauche keine Regeln mehr einzuhalten, nicht mehr so zu tun, als sei ich jemand anders. Endlich kann ich wieder ich selbst werden.

In Zeitlupe sammele ich die auf dem Boden liegende Kleidung, meinen Pullover und den Mantel, auf und ziehe sie wieder über, ohne mich um die Feuchtigkeit oder den Schlamm zu kümmern, mit dem sie jetzt bedeckt ist, und gehe weiter.

Ich gehe in den Supermarkt Franprix im Untergeschoss und direkt zur Kasse.

»Absolut!«, sage ich und deute auf die Vitrine hinter dem Kassierer. Er mustert aus den Augenwinkeln meine nasse, verschmutzte Kleidung. Ich muss wie eine Verrückte aussehen. Dennoch öffnet er das Schloss der Vitrine, schiebt die Glasscheibe beiseite, holt eine Flasche Wodka heraus und legt sie auf das Band, bevor er die Vitrine wieder verschließt.

»Ich möchte alle«, sage ich.

Er hält inne und betrachtet mich. Er dürfte um die zwanzig sein, seine Wangen sind noch kindlich rund und voller Pickelnarben.

»Wie das, alle?«

»Sämtliche Flaschen Wodka Absolut«, erkläre ich.

Er kann den Blick nicht von mir wenden, ist verwirrt und wird plötzlich rot wie eine Tomate. Er sagt kein Wort, und ich seufze.

»Ist das hier ein Supermarkt oder ein Museum?«

»Ein Supermarkt«, stammelt er.

»Dann möchte ich bitte alle Flaschen Wodka Absolut aus der Vitrine kaufen, es sind acht.«

Ich war immer gut in Mathe. Das einzige Kompliment, das mir mein Vater je gemacht hat.

Jetzt zücke ich meine Kreditkarte und lege sie auf das Band. Nachdem der Kassierer eine Weile geschwiegen hat, kehrt er mir den Rücken zu und holt die Flaschen aus der Vitrine, verstaut sie in zwei großen Plastiktüten, die, wie er sagt, je dreißig Cent kosten. Ich zahle und verlasse den Laden. Er erwidert meinen Abschiedsgruß nicht.

In der Wohnung knipse ich alle Lampen an und stelle eine der Wodkaflaschen auf den Couchtisch. Ich leere das Eisfach, werfe den Inhalt ins Spülbecken und fülle es stattdessen mit den restlichen Flaschen. David Bowie sitzt in einer Ecke der Küche und beobachtet mich. Seine schrägen Katzenaugen blicken misstrauisch. Ich drücke ihm einen Kuss zwischen die Ohren, und er miaut fragend.

»Dir das alles zu erklären, würde zu lange dauern, mein Kätzchen.«

Im Badezimmer schlucke ich zwei Lexotanil mit einem großen Glas Wasser, gehe wieder ins Wohnzimmer, zur Stereoanlage, die immer noch nicht vom Makler abgeholt worden ist, krieche auf allen vieren zur Steckdose hinter dem Sofa, um sie einzustöpseln. Ich ziehe den Stoff von den Kartons, die ich nie geöffnet habe, ich suche nach einem bestimmten. Er steht ganz oben und ist sorgfältig verschlossen. Gekennzeichnet ist er nur mit einem roten Klebeband »zerbrechlich« und einem mit Filzschreiber aufgemalten P. Ich reiße das Klebeband ab und beuge mich darüber. Ich zittere wie bei hohem Fieber, warte ein paar Sekunden und wage es nicht, die Gitarre zu berühren. Schließlich hebe ich sie vorsichtig aus dem Karton, setze mich auf das Sofa, öffne den mit Stickern beklebten Gitarrenkasten. Zärtlich streichen meine Hände über die Pailletten schlechter Qualität, dann über die mit Tipp-Ex aufgemalten sechs Buchstaben, die mit den Jahren verblasst, aber noch immer leserlich sind:

Phönix.

Ich habe keine Angst vor großen Emotionen. Auch nicht vor einer Panikattacke. Auch das Gefühl, ersticken zu müssen, quält mich nicht. Im Gegenteil, ich habe noch nie so frei geatmet. Ich schnappe mir die Flasche Wodka, lasse den Verschluss auf den Boden fallen und trinke drei große Schlucke direkt aus der Flasche, bevor ich sie wieder absetze. Der Alkohol ist lauwarm, was mir eine Grimasse entlockt, Hitze durchflutet mich. Seit Jahren habe ich keinen Alkohol mehr getrunken, die verführerische Milde dieses Gifts gekostet, das sich jetzt in meinem Körper ausbreitet. Ich weiß, wie feige diese Flucht ist. Ich zupfe eine Note auf der verstimmten Gitarre. Die erste Saite, die tiefste. Sie klingt total falsch in diesem schlohweißen Wohnzimmer. Aber ich lächle unter Tränen und flüstere:

»Welcome back, Baby.«

Auszug aus einem Interview mit Scarlett Smith-Rivière, Rock Collections, September 2012

»Woher kommt deine Inspiration?«

Scarlett S. R.: (lacht) »Wenn ich ehrlich antworte, wird es wieder heißen, ich sei verrückt ...«

»Versuch es, keinerlei Urteil ...«

Scarlett S. R.: »Okay ... Es gibt einen Ort, an dem ich mich nach dem Weltuntergang sehne. Eine Art Strand, aber alles ist schwarz, der Sand, der Himmel und der Ozean ... Ich weiß nicht, wo die Erde aufhört und wo der Himmel anfängt. Ich bin allein und friere. (Schweigen.) Ich denke an nichts und niemanden ... Und dann, plötzlich, höre ich eine Brandungswelle, die den Himmel zu erschüttern scheint ... Eine riesige schwarze Welle. Sehen kann ich sie nicht, aber ich spüre sie, und ihr eisiges Grollen dringt bis tief in meine Seele. Gewaltig wie sämtliche Wutanfälle meines Lebens zusammen, wie alles, wogegen ich mich seit Ewigkeiten auflehne, wie alle Demütigungen, die du im Leben ertragen musst. ... (Schweigen.) Nicht nur meine Qualen, auch die aller anderen ... Um ehrlich zu sein: Ich habe nie wirklich verstanden, wie aus so viel Wut und Finsternis Kunst geboren werden kann, aber ich weiß, dass daraus auch Schönheit entsteht. Ich muss kämpfen. Wenn ich keine Angst habe, wenn ich mir nicht in die Tasche lüge, dann kann ich die schwarze Welle zähmen, etwas Gutes daraus schaffen,

Musik, Poesie. Doch wenn ich mich eines Tages von ihr überrollen lasse ...«
»Was dann?«
Scarlett S. R. (lacht): »Dann verschlingt mich die Finsternis ... und es wird nichts mehr geben außer Stille.«

Von: Saranya Godhwani
An: Alice Smith
Datum: 3. April 2019
Betreff: Joggen

Hallo!
Ich habe heute Morgen am Gitter des Tuilerien-Gartens auf dich gewartet, dich viermal angerufen, aber da war nur der AB.
Ruf mich zurück!
Kuss

Von: Angela Srinivasan
An: Alice Smith
Datum: 4. April 2019
Betreff: News

Hallo, Wunderland, hier Erde ...
Hast du meine letzte E-Mail erhalten? Du hast mir nicht geantwortet :-(
Halt mich auf dem Laufenden, ich sehe dich nicht mehr bei WhatsApp ...

Hoffentlich geht es dir gut!
Love
Angela

Von: Jane Thompson
An: Alice Smith
Datum: 6. April 2019
Betreff: Miete

Guten Tag, Frau Smith,
ich habe Ihre Miete für den Monat April nicht erhalten.
Da Sie normalerweise pünktlich am Ersten jedes Monats
zahlen, erlaube ich mir, Sie daran zu erinnern.
Mit freundlichem Gruß
Jane Thompson

2019

Sommer

»Safe and happy are the only things I can be,
I can't lose, I can't fail, I can't be lost or lonely.
There's nothing I'm scared of, with you by my side,
'Cause I know you'll save me when I fall, every time.«

SCARLETT S. R. UND THE BLUE PHOENIX, »SISTERS«

Ich öffne die Augen und sehe den Himmel. Nirgends ein Schornstein, keine Pariser Zinkdächer, kein Beton, kein Blumentopf mit Geranien. Nur ein Stückchen Sommerhimmel, perfekt und blau. Ebenso klar wie der Himmel über Narragansett im Monat August.

Bin ich tot? Die Migräne ist verheerend, und mir ist, als sei mein Gehirn in seiner Schale geschmolzen, mir ist speiübel. Vielleicht ist sie genau das, die Hölle: der schlimmste vorstellbare Kater, und das bis zum Ende aller Zeiten.

Ich breite die Arme aus und streiche mit den Handflächen über die Decke. Ich liege in meinem Bett. Das Wetter scheint prächtig zu sein. Das ist die einzige Information, die ich von der Außenwelt habe. Keine Ahnung, welcher Tag heute ist, auch nicht, ob es die Morgen- oder die Nachmittagssonne ist, deren Strahlen durch das Dachfenster zu mir dringen. Keine Ahnung, ob es eine Kriegserklärung gab, seit ich die Tür hinter mir und den acht Flaschen Wodka geschlossen habe. Allein die Tatsache, dass ich mir Fragen stelle, bedeutet, dass ich immer noch viel zu klar im Kopf bin. David hopst aufs Bett und miaut klagend. Ich streichle ihn.

»Hallo, mein Baby.«

Meine Stimme klingt rau. Ich taste mit der Hand zum Nachttisch nach irgendwelchen Medikamenten. Die erste Packung ist leer, ich suche weiter, stoße Plastikbehälter um, die auf den Boden rollen. Genervt schäle ich mich aus dem Deckbett und hebe die auf Nachttisch und Teppichboden verteilten Röhrchen auf. Ich schüttele sie und muss zu meinem Entsetzen feststellen, dass sie alle leer sind. Ich wälze mich aus dem Bett. Auf allen vieren krieche ich auf der Suche nach wenigstens einer rettenden Pille, die bis hierher gerollt sein könnte, über den Boden. Nichts. Ich schnappe mir eine der Wodkaflaschen. Leer! Langsam setze ich mich auf die Bettkante und reihe die Pillenbehälter ordentlich auf dem Nachttisch nebeneinander auf. Zum ersten Mal werfe ich einen Blick auf meine Umgebung. Offene Flaschen überall, eine halb volle Konservenbüchse mit Ravioli ist vom Tisch bis zum Schrank gerollt und hat eine lange blutrote Spur Tomatensoße auf dem Teppichboden hinterlassen. Eine der Nachttischlampen liegt mit zerrissenem Schirm auf dem Boden. Chaos! Und dennoch fühle bei diesem Anblick überhaupt nichts. *Diesen Zustand kenne ich bereits. Ich versetze mich in die Zeit von vor fünf Jahren zurück. Ich hatte mir geschworen, dass so etwas nie wieder vorkommen dürfe. Ich hatte Alice versprochen, nie mehr Alkohol zu trinken.* Ja, ich bin zu klar im Kopf. Ich stehe auf. Im Bad finde ich in der Badewanne das umgedrehte Medizinschränkchen. Abgesehen von einem Blister Paracetamol ist es leer. Es kostet mich eine geradezu übermenschliche Anstrengung, aber ich schleiche bis zur Küche und öffne das Tiefkühlfach. Auch leer. Stumpfsinnig starre ich in die leere Schublade.

Davids Miauen erschreckt mich. Er knabbert an seinem Trockenfutter, das aus der aufgerissenen Tüte auf die Fliesen gerollt ist. Glücklicherweise habe ich in meinem Delirium wenigstens nicht vergessen, das einzige Lebewesen mit Nahrung zu versorgen, auf das ich wirklich zählen kann.

Er brummt unzufrieden, lässt es jedoch zu, dass ich ihn an mich drücke. Dann fülle ich seine Trinkschüsseln je mit Milch und Wasser und stelle sie auf die Fliesen. Er springt aus meinen Armen, um zu trinken.

Wie viel Zeit ist vergangen? Ich führe die Hand an meine Stirn. Sie ist schweißbedeckt, obwohl ich friere. Meine Hände zittern. Hinter der Küchenbar sehe ich Phönix auf dem Sofa liegen und zwei leere Flaschen auf dem Couchtisch. Ich reibe mir die Augen, fühle mich, als hätten meine Neuronen einen Schleudergang hinter sich. Die Kopfschmerzen sind derart quälend, dass ich nicht mehr denken kann. Wie kommt es, dass ich keine Angstzustände hatte? Nicht einmal einen Anflug von Atemnot, nichts.

Jetzt höre ich, dass jemand an der Tür klopft, dazu eine Unterhaltung im Treppenhaus. Ich erinnere mich an wiederholtes Klingeln, Stimmen, die mich immer wieder gerufen haben, Fäuste, die gegen die Tür hämmerten. Das kann Tage wie auch Wochen her sein. Ich weiß es nicht. Jedenfalls habe ich die Tür nicht aufgemacht. Jemand fummelt am Schloss herum. Ich seufze. Jetzt kommen sie gleich rein. Ein absurder Gedanke geht mir durch den Kopf, wie ein Blitz, der kurzfristig einen finsteren Raum hell erleuchtet.

Vielleicht ist es Alice.

Ganz offensichtlich bin ich immer noch betrunken! Dennoch stolpere ich zur Wohnungstür, sehe mich im Spiegel und erschrecke. Ich erinnere mich, dass ich mir viel Kajal um die Augen geschmiert habe, so wie damals, ganz viel Schwarz ... Jetzt ist die Schminke unter dem rechten Auge verlaufen. Ich lege den Kopf auf die Seite, erstaunt, nicht angewidert zu sein, auch nicht wütend, im Gegenteil, es ist die Erleichterung, die man empfindet, wenn man eine gute alte Freundin wiedersieht, von der man lange nichts mehr gehört hat. Wieder höre ich Geräusche hinter der Tür. Diesmal reiße ich die Tür auf, und der davor kniende Schlosser fällt mir fast vor die Füße. Um Engel vor meiner Tür zu sehen, muss ich wohl tot sein. Doch dann wird mir klar, dass ich eher in der Hölle schmoren würde, und Schlosser dürften im Himmel auch eher selten sein.

Keiner sagt ein Wort. Angela, extrem elegant in ihrem blauen, zu den Sandaletten passenden Kleid, den Mund halb geöffnet, starrt mich mit einer Mischung aus Erleichterung und Verblüffung an. Dann scheint sie sich wieder zu fangen, geht festen Schrittes um den immer noch knienden Schlosser herum und nimmt mich in die Arme.

»Alice, ich hatte solche Angst um dich«, flüstert sie.

Erst reagiere ich nicht, doch dann lege ich den Kopf auf ihre Schulter, schließe die Augen und atme ihren zarten Duft nach Zitrusfrüchten und Vanille ein, der mir so vertraut ist, und sofort bin ich beruhigt. Wie es scheint, verliert man beim übermäßigen Genuss von Tafil-Wodka-Cocktails jedes Zeitgefühl, denn ich habe keine Ahnung, wie lange wir so im Hausflur stehen. Der Schlosser räuspert sich und bringt uns in die Wirklichkeit zurück.

»Entschuldigen Sie bitte! Ich bezahle Sie sofort«, sagt Angela mit ihrer warmen und autoritären Stimme auf Englisch.

Sie geht in die Wohnung, zieht mit der einen Hand ihren Rollkoffer hinter sich her und schubst mich mit der anderen in den Flur. Sie zückt ihr Portemonnaie, bezahlt, bedankt sich und wirft die Tür zu.

Jetzt legt sie ihre kühle Hand auf meine Stirn, zieht ihre dichten Augenbrauen zusammen, und ihre dunklen Augen blicken besorgt.

»Du hast Fieber«, stellt sie fest.

Sie geht durchs Wohnzimmer, und ich folge ihr, voller Angst, sie könnte wieder verschwinden. Sie bleibt kurz an der Schlafzimmertür stehen, und ich schäme mich wegen der ganzen Unordnung, der auf dem Boden liegenden Wodkaflaschen und dem Schmutz.

»Was dein manisches Ordnen und Aufreihen von Gegenständen angeht, scheint sich einiges getan zu haben«, sagt sie trocken und seufzt kaum hörbar.

»Gut. Eins nach dem anderen.«

Sie geht ins Badezimmer, ich höre die Schranktüren auf-und zuklappen und Wasser in die Badewanne plätschern. Ein paar Minuten später kommt sie zurück und reicht mir ein Glas Wasser und Paracetamol. Nachdem ich die Tablette geschluckt habe, führt sie mich ins Badezimmer.

»So, ich lasse dir ein Bad einlaufen, aber du brauchst

mir nicht zu danken, denn ich mache damit nicht dir eine Freude, sondern mir. Du riechst wie jemand, der sich seit der Erfindung des Wasserhahns nicht mehr gewaschen hat.«

Daraufhin lässt sich mich allein, und ich ziehe mein schweißnasses Tanktop über den Kopf, die Jeans lasse ich auf den Boden fallen, meine Zähne klappern vor Kälte. Ich gleite ins heiße Wasser, in das Angela, wie es scheint, den gesamten Badezusatz gekippt hat. Ich schließe die Augen, und die Wärme entspannt meine verkrampften Muskeln ein wenig. Ich höre, wie Angela nebenan aufgeregt telefoniert.

Sie klopft zweimal an die Tür.

»Darf ich reinkommen?«

Sie legt ein sauberes Handtuch, das sie im Schrank gefunden hat, auf das Waschbecken und spricht weiter.

»Abbie lässt dich grüßen«, ruft sie mir zu, bevor sie die Tür wieder schließt, als wäre die ganze Situation völlig normal.

Ich bleibe in der Badewanne liegen, bis das Wasser lauwarm ist, dann wickele ich mich in meinen Bademantel und gehe zu Angela ins Schlafzimmer. Die Flaschen, Pillendosen und offenen Konserven sind verschwunden. Angela hat das Bett frisch bezogen und einen Pyjama aus dem Schrank geholt. Sie kniet in ihrem perfekt geschnittenen Kleid und meinen rosa Gummihandschuhen am Boden und schrubbt energisch die Tomatensoße aus dem Teppichboden. David schaut ihr dabei interessiert zu. Er konnte Angela schon immer gut leiden. Aber wer könnte Angela nicht mögen!

»Hast du Hunger?«, fragt sie mich, »seit wann hast du nichts mehr gegessen?«

Ich schüttele den Kopf:

»Ich habe wirklich keine Ahnung.«

»Okay, leg dich hin, ich besorge etwas.«

Ich ziehe den Schlafanzug an und kuschele mich in die wunderbar nach Waschmittel duftende Bettwäsche. Ich achte darauf, dass ich wieder das blaue Rechteck des klaren blauen Himmels durch das Dachfenster sehen kann. Jetzt ist es dunkler geworden, woraus ich schließe, dass es Abend wird. Eine Viertelstunde später erscheint Angela wieder und stellt eine braune Papiertüte vor mich hin, die ich mit offenem Mund anstarre.

»Was, du hast mir tatsächlich einen Burger mitgebracht?«

»Ich habe der veganen Suppe in dem Feinkostgeschäft nicht zugetraut, dass sie deinen Super-Kater auskurieren kann. Und falls du Abbie jemals erzählst, dass ich einen McDonald's betreten habe, hacke ich dir den Kopf ab!«

Zum ersten Mal seit einer gefühlten Ewigkeit habe ich wieder die Kraft, zu lächeln. Ich klaube einen Big Mac aus der Tüte, stelle fest, dass ich einen Bärenhunger habe und verschlinge das ganze Menü »Maxi Best of« bis zum letzten Frittenkrümel. Angela sammelt die Verpackungen ein und wirft sie in den Müll, nachdem sie das Dachfenster über meinem Kopf geöffnet hat, um den Frittiergeruch zu vertreiben.

Als sie zurückkommt, setzt sie sich auf die Bettkante und streichelt über mein Haar.

»Versuch, ein wenig zu schlafen«, flüstert sie. »Morgen gehen wir zum Arzt.«

»Kannst du bleiben?«

»Ja. Wo soll ich auch sonst hingehen?«

»Wie hast du es erfahren?«

»Dein Freund Jeremy hat Saranya angerufen, die wiederum mir Bescheid gesagt hat, und da ich seit zwei Wochen nichts mehr von dir gehört hatte, bin ich panikartig in die nächste Maschine nach Paris gestiegen.«

Zwei Wochen Blackout! Das ist echt beängstigend.

»Kann ich mal die Phönix haben?«

»Wen?«

»Meine Gitarre.«

Wortlos erhebt sich Angela, holt meine Gitarre aus dem Wohnzimmer und platziert sie neben mich. Ich lege eine Hand auf den Gitarrenhals. Angela, perplex, schüttelt den Kopf.

»Ich habe nie Fragen gestellt, mein Liebes, aber irgendwann müssen wir ernsthaft miteinander reden.«

Ich bin immer noch so benebelt, dass ich kaum die Kraft habe, mit dem Kopf zu nicken.

»Morgen … Und noch etwas, Jeremy ist nicht mehr mein Freund«, murmele ich, bevor ich in einen Tiefschlaf falle.

»Freut mich, Sie wiederzusehen, Alice.«

»Danke.«

»Ich vermute, dass Sie diesmal nicht nur wegen eines Rezepts hier sind, oder?«

»Nein.«

»Gut, dann sagen Sie mir, worüber Sie sprechen möchten!«

»Über ... meine Schwester ...«

»Ich höre.«

»Ich weiß nicht, wo ich anfangen soll.«

»Wie bei allen Geschichten. Am Anfang. Wie heißt Ihre Schwester?«

»Alice.«

Die Therapeutin blinzelt verständnislos und prüft in ihrem Terminkalender, ob sie sich mit ihrem Eintrag auch nicht geirrt hat.

»Meine große Schwester hieß Alice«, versuche ich zu erklären, »und ich bin Scarlett.«

Diesen einfachen kurzen Satz auszusprechen, der so eng mit den Schuldgefühlen verknüpft ist, die blei-schwer auf meinem Herzen lasten, ist eine unglaubliche Erleichterung. Auf diesen Augenblick habe ich seit Jahren gewartet.

»Scarlett. Gut ... Aber ...«

Die Therapeutin scheint verwirrt.

»Es war am 22. Dezember 2012, ich ... Alice ...«

Weiter komme ich nicht, Tränen schießen mir in die Augen. Sie reicht mir eine Box mit Papiertaschentüchern und versucht eine neutrale Miene zu wahren, aber ich sehe sehr wohl, dass sie nichts versteht.

»Was ist am 22. Dezember 2012 passiert, Scarlett?«

»Meine Schwester ist gestorben«, schluchze ich. »Und das ist meine Schuld.«

»Aber wie denn? Und warum?«

Geräuschvoll putze ich mir die Nase, und unendliche Müdigkeit überfällt mich. Ich fragte mich beim letzten Besuch bei ihr, wie man bei einem Psychotherapeuten weinen kann, jetzt weiß ich es. Am liebsten würde ich mich bis zu meinem Lebensende unter einem Federbett verkriechen, aber ich muss diese Geschichte zu Ende bringen. Kommt die Wahrheit nicht ans Licht, werde ich daran ersticken. Meine Stimme ist kaum hörbar:

»Weil ich zu spät gekommen bin.«

Das Tagebuch von Alice

Queenstown, 12. Dezember 2012

Bruce, ich bin zu Hause!

Maman und Scarlett sollten zu Weihnachten nach London kommen, aber wir mussten in aller Eile in die USA fliegen, um Richard, Olivers Vater, zu beerdigen, der ganz plötzlich an einem Herzinfarkt gestorben ist. Mein armer Oliver ist sehr traurig, aber seine Schwestern wiederzusehen, hat ihn etwas getröstet.

Er ist mit Ashley und Kelly in Kalifornien geblieben, um die Erbschaft ihres Vaters zu regeln. Netterweise hat er darauf bestanden, dass ich bei dieser Gelegenheit nach Queenstown fahren könnte. Scarlett ist ebenfalls vor ein paar Tagen zu Hause eingetroffen, und Oliver weiß, dass ich mir Sorgen um sie mache. Ich habe ihm erklärt, wie traurig ich wäre, den siebenundzwanzigsten Geburtstag meiner kleinen Schwester nicht im Beach Café mit unserem traditionellen, von Jimmy spendierten heißen Kakao zu feiern.

Wir hätten unsere Pläne ändern und in Queenstown Weihnachten und Silvester feiern können, aber Maman hatte sich schon lange auf die Reise vorbereitet und wollte unbedingt zu Weihnachten in London sein.

Du kannst dir ja denken, wie kompliziert es ist, im letzten Moment Flüge zu buchen. Außerdem explodieren so kurz vor den Feiertagen die Preise. Natürlich musste ich mich um alles kümmern, Scarlett hing den lieben langen Tag im Schlafanzug vor dem Fernseher und schaltete sofort das Radio in der Küche aus, sobald eines ihrer Lieder gesendet wurde, was etwa stündlich geschah. Und das ärgerte Maman, die gern Hintergrundmusik hat. Es ist schon verrückt, Scarletts Album ist ein Bombenerfolg, sie hat erreicht, was sie sich schon immer erträumt hat ... und trotzdem ist sie nicht zufrieden. Ich werde Künstler wohl nie verstehen, Bruce ...

Da die Flüge von Boston aus erheblich teurer sind, fliegen wir von New York ab. Trotzdem konnte ich uns nicht alle im gleichen Flugzeug unterbringen. Zum Glück konnte ich für Scarlett einen Flug in Olivers Maschine buchen, denn sein Flug am 22. Dezember aus Los Angeles hat einen Stopover in New York. Am folgenden Tag fliege ich dann mit Maman, die partout nicht ohne mich reisen möchte, was, wie du dir denken kannst, mal wieder zum Streitobjekt zwischen Scarlett und Maman wurde. Ich bleibe gelassen und freue mich, einen Tag mit Dakota verbringen zu können. Ich finde es erheiternd, mir Scarlett und Oliver sieben Stunden lang nebeneinander im Flugzeug vorzustellen. Vielleicht sprechen sie ein für alle Mal ehrlich miteinander ...

Kurzum, die kleinen organisatorischen Details, aber deshalb habe ich mein Tagebuch wieder ausgegraben.

Seit Monaten habe ich nicht mehr geschrieben. Hoffentlich bist du mir nicht böse, Bruce. Aber da du ein berühmter Hollywood-Star bist, ein Multimillionär, dem alles gelingt, bis hin zum Glatzkopf, wäre es doch kleinlich, wenn du mir wegen einer solchen Bagatelle böse wärst. Ich habe dich mit dem festen Vorsatz in den Koffer gepackt, dir zu schreiben.

Es geht mir besser, denn Scarlett hat ihre Wette gewonnen. Auch wenn sie noch nicht so berühmt ist wie Liam Gallagher, ist sie doch auf dem besten Wege, der Rockstar ihrer Träume zu werden.

Noch etwas: Oliver und ich haben uns entschlossen, es noch einmal zu versuchen und mir nach Weihnachten die beiden noch vorhandenen Embryonen einpflanzen zu lassen. Schön, oder?

Und diesmal bin ich voll und ganz davon überzeugt, dass es klappen wird. Einfach weil ich trotz der Tausenden von Kilometern, die uns gerade trennen, ihre Existenz und ihren Lebenswillen spüre. Diese Überzeugung kann ich mir nicht erklären, und Oliver, der eher vernunftgesteuert ist, hat sonderbarerweise genau das gleiche Gefühl.

Seit ich ihnen damals, als Scarlett und ich in London spazieren gingen, Namen gegeben habe, sind Fred und George Bestandteil unseres Lebens. Endlich habe ich begriffen, dass alles, was hinter uns liegt, die Augenblicke der Mutlosigkeit und der Verzweiflung, zum Weg gehörten, der zu unseren Kindern führt. So wie das Zitat von Paul Éluard auf dem Deckel dieses Tagebuchs: »Es gibt keine Zufälle, nur Termine.« Und in all dieser Zeit hatte ich einen Termin mit Fred und George, nur dass ich es noch nicht wusste. Meine winzigen Babys. Mein Lebensinhalt. Wir haben es eilig, euch endlich kennenzulernen.

Angela sitzt auf dem Sofarand und umklammert einen Becher mit dampfendem Tee. Sie sitzt so steif und kerzengerade, dass sie völlig verspannt wirkt.

»Also bist du Scarlett Smith-Rivière«, wiederholt sie zum dritten Mal.

Ich nicke. Sie hat sich so weit wie möglich von mir weggesetzt, wirkt unsicher, und es ist, als sei ich ihr fremd, als hätten mich diese jahrelangen Lügen zu einer ihr unbekannten Person gemacht. Natürlich weiß ich, wie sehr ich sie verletzt habe. Ich habe meine beste Freundin betrogen, die einzige Person auf der Welt, die mich, seit mich Alice verlassen hat, immer unterstützt hat. Ich hole tief Luft. Angela könnte wegen der Lügen, die ich ihr jahrelang aufgetischt habe, einfach aufstehen, die Tür hinter sich zuschlagen und nie wieder etwas von mir hören oder sehen wollen. Doch sie bleibt. Sie hat Tee gekocht. Sie sitzt auf dem Sofa. Vielleicht ist doch nicht alles verloren?

»Die Scarlett Smith-Rivière, die ›Sisters‹ gesungen hat? Die so tragisch umgekommen ist? Die auf dem Weg war, eine Rocklegende zu werden? Die nach ihrem Tod mit zehn Grammys ausgezeichnet worden ist?«

»Vier, nicht zehn.«

»Ach so.«

Angela mustert mich, immer noch unter Schock. Sie öffnet den Mund, als wolle sie etwas sagen, überlegt es sich anders und starrt dann mit zusammengezogenen Augenbrauen auf ihren Tee. Vielleicht hofft sie, dort Antworten auf die tausend Fragen zu finden, die ihr durch den Kopf rasen.

Angela wusste, dass ich meine Schwester verloren habe. Diese halbe Wahrheit hatte ich preisgegeben, unter der Bedingung, dass sie dieses Thema nie wieder anschneiden dürfe. Jetzt sehe ich die Mischung aus Unverständnis und Kummer in ihren schwarzen Augen und begreife, dass ich sie von Anfang an hätte ins Vertrauen ziehen sollen.

»Aber ... Und Alice?«, fragt sie nach einer Weile. »Ist das ein Pseudonym, oder hast du wirklich eine Schwester namens Alice?«

Die Klingel auf dem Schulhof läutet schrill zum Pausenende. Lärm, vereinzeltes Kindergeschrei, dann ist alles still. Wieder habe ich Alice und ihren nach links und rechts schwingenden Pferdeschwanz vor Augen, als sie den Strand entlangrannte.

»Ja, ich hatte eine Schwester namens Alice, und sie ist wirklich gestorben.«

Meine Stimme bebt kaum merklich. Angelas Gesichtsausdruck wechselt spontan von Fassungslosigkeit zu tiefem Mitgefühl. Wortlos stellt sie ihre Tasse auf den Couchtisch, rückt zu mir heran und umschließt meine Hände mit ihren.

»Okay ... Dann erzähl mir alles!«, flüstert sie wohlwollend.

Ich nicke und trinke einen Schluck, um mich zu fassen. Den Blick auf unsere verschlungenen Hände gerichtet, berichte ich, was im Dezember passiert ist, als ich Alice, die Person, die ich mehr als jede andere auf der Welt geliebt habe, verloren habe.

Mein erstes Album kam Ende Juni heraus. Harry, mein neuer von Origin Records bestellter Manager war ungemein aufgeregt. Mein Song »Sisters« wurde vom damals populärsten Moderator gepusht und ständig im Radio gespielt. Ein paar Wochen später summte alle Welt »Sisters« unter der Dusche, und man schickte mich auf Tournee quer durch die USA. Ich erinnere mich kaum noch daran. Um dem Stress standzuhalten, trank ich viel Alkohol, sicher zu viel. Aber ich war überzeugt, dass es mir gut ging, das sagte ich auch Alice, wenn ich sie ans Telefon bekam. Alle Konzerte waren ausverkauft, aber ich habe mich nie einsamer gefühlt.

Eine scheinbar winzige Begebenheit hat alles verändert. Nach der wochenlangen Tournee kam ich völlig erschöpft in New York an. Harry wies mich ständig darauf hin, dass ich zunächst nur einen Hit gelandet hatte, das sei wie der Flügelschlag eines Schmetterlings. Ich könne zur Legende werden oder von heute auf morgen in Vergessenheit geraten. Irgendeine Anekdote, irgendein Vorkommnis, ein Detail, das sich die Presse zu eigen machen würde, könne mich wie einen Stern erstrahlen lassen oder ins Aus katapultieren.

Auch zu Hause trank ich immer noch ziemlich viel. Das sei nicht so schlimm, erklärte ich Alice via Skype, denn ich würde nur trinken, wenn ich ausging. Dass ich täglich ausging, erzählte ich ihr nicht. Alkohol bewahrte mich vor dem Nachdenken und half mir, einzuschlafen, denn im Gegensatz zu Alice schlief ich schon immer schlecht.

Jeden Tag gegen 13:30 Uhr holte ich mir einen Bagel und einen Milchkaffee im Coffee Shop an der Straßenecke in Greenwich Village, wo ich mit dem Vorschuss auf mein Album eine Wohnung gemietet hatte. Die Bagels erinnerten mich an die vom Beach Café am Strand von Narragansett. Es war ein festes Ritual geworden. Regeln, Pflichten und Zwänge konnte ich nie ertragen, fand jedoch, dass eine selbst auferlegte Routine etwas Beruhigendes hatte. So frühstückte ich, während ich eine halbe Stunde lang durch den Washington Square Park spazieren ging, danach blieb ich meist zu Hause, fläzte mich auf dem zerwühlten Bett und spielte lustlos Gitarre. Seit einiger Zeit quälte mich nur ein Gedanke: *Was soll ich jetzt machen?*

Eines Tages – ich befand mich auf dem Weg zwischen Coffee Shop und Park, an der Ecke der vierten und Mercer Street – erkannte mich plötzlich jemand auf der Straße. Dabei trug ich unscheinbare Kleidung, die Converse-Sneakers und eine alte Jeans, und ich hatte weder auf der Bühne gestanden noch verließ ich gerade einen Konzertsaal. New York war an diesem spätherbstlichen Tag besonders schön und sonnig. Zufrieden biss ich in meinen Bagel, als ich jemand meinen Namen rufen hörte. Ich erinnere mich an das bewundernde Lächeln einer Jugendlichen. Sie trug ein Jeanshemd unter einem offenen grünen Blouson und hatte ein Nasenpiercing. Sie sprach über die Phönix. Woher kannte sie denn meine Phönix? Der Bagel schmeckte plötzlich nach Asche. Das

Mädchen zückte ein Handy und fotografierte mich. Einfach so. Als wäre ich kein Mensch, sondern eine Statue oder ein Teller Pommes frites, den man auf Instagram postet. Ich hatte das Gefühl, als hätte man mir an diesem sonnigen Novembermorgen mitten auf der Mercer Street den Schlüpfer heruntergezogen.

Diese Szene wiederholte sich immer häufiger. Vom Bagel-Verkäufer bis zum Kassierer bei Whole Foods, alle Welt wusste, wer ich war. Ich begann, mich unwohl zu fühlen. Jedes Mal, wenn mich jemand zu lange anstarrte, war mir, als säße mein Hals in einem Schraubstock. Es hat lange gedauert, bis ich benennen konnte, was dieses permanente Unwohlsein auslöste, das an meiner Haut klebte wie ein ekelhafter Geruch: Angst! In all den vergangenen Jahren hatte ich ein Ziel. Ein einziges Ziel. Ich hatte mir keine Fragen gestellt. Ich hatte gearbeitet wie keine andere. Ich hatte alles geopfert, alles gegeben. Und das seit dem Tag, an dem ich Liam Gallagher »Wonderwall« habe singen hören. Mein ganzes Sein, Körper und Seele, waren nur auf dieses einzige Ziel gerichtet: ein »Rockstar« zu werden, wie Alice es nannte. Dieser Ausdruck erschien mir von jeher kindisch, egal ob Alice oder ich ihn benutzte, doch im Endeffekt brachte er die Lage ziemlich genau auf den Punkt. Seit ein paar Monaten schritt ich wie eine Seiltänzerin auf dem schmalen Grat zwischen dem Vorher und dem Nachher, zwischen den Jahren harter Arbeit und Ruhm. Ich hielt mich daran fest wie eine Schiffbrüchige an einem Rettungsring, in der Hoffnung, nicht von der Strömung mitgerissen zu werden. Die

Lust, aus dem Schatten ins Licht zu treten, war mir gründlich vergangen. Origin Records war Feuer und Flamme, die Leute schwirrten mit hungrigen Augen um mich herum wie ein Bienenschwarm, der eine Honigquelle aufgetan hat. Es musste ja so kommen. Ehrlich gesagt hatte ich weder an meinem Talent noch an meiner Fähigkeit, hart zu arbeiten, gezweifelt, ich musste Erfolg haben. Falsche Bescheidenheit war nie mein Ding, das habe ich immer als Scheinheiligkeit abgetan. Aber in meiner Situation wurde mir klar, was ich mir zuvor nie hätte vorstellen können: Der Erfolg war mir völlig egal. Schlimmer noch. Ich wollte ihn nicht! Ich hatte mich geirrt. Ich wollte kein »Rockstar« mehr sein. Ich wollte Musikerin sein. Und dieses Ziel hatte ich seit Jahren erreicht: Seit ich gelernt hatte, Noten zu benennen und sie auf dem Tastenfeld eines Klaviers aus Pappe zu üben, seit den ersten Atemübungen, die mir Mrs. Hamilton in der Gesangsstunde beigebracht hatte, um meine Stimme zu stützen. Mein ganzes Leben hatte nur noch aus Partituren, Noten und Melodien bestanden, nur die Musik zählte. Im Grunde wollte ich nichts anderes. Vor allem keinen Erfolg und keinen Ruhm. Ich konnte nicht mehr klar denken. Zu viele Leute, zu viele Veranstaltungen, zu viel Rampenlicht. *Und jetzt?* Ebenso beängstigend wie ein Messer an der Gurgel, begannen diese beiden Worte in meinem Gehirn zu kreisen. Zwei Aasgeier, deren Schatten mich verfolgten, wohin ich auch ging. *Und jetzt?*

Harry, mein Manager, gab auf diese Frage die einzig kluge Antwort: »Du bereitest das zweite Album vor!«

Zahlreiche Ratschläge, wie das zweite Album zu sein hatte, damit es erfolgreich würde, und das Datum, an dem es fertig zu sein hatte, begleiteten das Projekt. Jetzt verstand ich, dass ich dabei war, meine Seele zu verkaufen, meine kreative Freiheit zu verlieren, was mich in Panik versetzte. War ich überhaupt noch in der Lage zu schreiben? Was, wenn die Leute meine Musik nicht mehr mochten? Wenn ich sie enttäuschte?

Mir fiel nichts mehr ein. Meine Inspiration war weg. Die Angst lähmte mich. Ich hatte mir zuvor nie solche Fragen gestellt, war morgens aus dem Bett gesprungen und hatte mich meiner Musik gewidmet. Etwas anderes zählte nicht. Aber jetzt war ich nicht mehr in der Lage, auch nur einen Takt zu singen oder zu spielen, geschweige denn zu schreiben. Harry schickte mich zu einem Psychiater, der mir Antidepressiva verschrieb. Die Welt bekam wieder etwas mehr Farbe, allerdings eher verschwommen und künstlich. Doch ich meinte, mich besser zu fühlen. Zwei Lieder habe ich in der Zeit geschrieben. Alle Welt lobte sie, sie seien außergewöhnlich, brillant, hervorragend, ich wäre ein Genie, Derartiges habe man noch nie gehört. Überglücklich, mein Talent wiedergefunden zu haben, schickte ich sie Alice. Eine Stunde später kam ihr Anruf:

»Was ist das denn für ein Mist? Sag nicht, du hast das geschrieben?«

Ich habe sofort aufgelegt, wütend, weil Alice recht hatte. Die Songs waren schlecht. Jetzt, da ich eine Maschine zum Dollardrucken geworden war, sagte mir niemand mehr die Wahrheit. Diese Erkenntnis deprimierte mich noch mehr. Wieder ging ich zum Psychiater und dröhnte mich jeden Abend bis zur Bewusstlosigkeit mit Antidepressiva und Alkohol zu.

Im Dezember hielt sich »Sisters« immer noch unter den ersten fünfzig Plätzen der Charts. Harry rief mich täglich an und nannte mir die Zahlen. Ich konnte es kaum glauben. Wenn ich auflegte, hatte ich das Gefühl, unter Bergen von Banknoten begraben zu sein und keine Luft mehr zu bekommen. Damals hatte ich meine erste Panikattacke.

Ich musste mich wieder in den Griff bekommen. Also entschloss ich mich, nach Queenstown zu fahren, weit weg von den Exzessen und dem Trubel von Manhattan. Ich wollte meine Ruhe haben, am Strand spazieren gehen, auf der Terrasse des Beach Cafés heißen, von winzigen Marshmallows bedeckten Kakao trinken und den Möwen zuschauen. Ich wollte warten – wenn es sein musste zehn Jahre lang –, bis sich die Freude an der Arbeit wieder einstellte und die Inspiration zurückkam. Ich wollte mich vom Murmeln des Windes und der Musik der Wellen zum langsamen Rhythmus der Fähren, die Touristen nach Block Island schippern, tragen lassen.

Wieder daheim, färbte ich mein Haar dunkelblond, schminkte mich nicht mehr und hängte Lederjacke und alle Merkmale meiner Teenagerzeit an den Nagel. Jetzt hielten mich keine Unbekannten mehr auf der Straße an. Denjenigen, die ich von früher kannte, gab ich gern Autogramme, und sie wiederholten, was wir schon als Kinder ständig gehört hatten: Es sei erstaunlich, wie ähnlich wir uns sahen, etwas, das ich mit Leder, Kajal, Lidschatten und Tattoos zu vermeiden gesucht hatte.

Dann starb Olivers Vater. Auf dem Rückweg von seiner Beerdigung kam Alice nach Queenstown, um mich zu überraschen und wahrscheinlich auch, weil sie sich Sorgen machte. In diesem Meer des Erfolgs versuchte alle Welt, sich an mich zu klammern, sodass ich in die Tiefe gezogen wurde und zu ertrinken drohte. Meine Schwester war mein einziger Rettungsring, und das wusste sie auch.

Während der folgenden herrlichen zwei Wochen war es, als seien wir nochmals zwölf Jahre alt. Meinen siebenundzwanzigsten Geburtstag haben wir im Beach Café mit einem heißen Kakao gefeiert. In meiner Erinnerung war Alice ausgeruht und glücklich. Sogar ausgeglichen, vielleicht das erste Mal seit Jahren. Oliver und sie hatten sich entschlossen, im Januar die beiden Embryonen einpflanzen zu lassen. Die Fehlgeburt hatte sie als Paar zusammengeschweißt. Oliver war diesmal immer für sie dagewesen … und zum ersten Mal hörte ich sie sagen, das Baby sei ein gemeinsames Projekt. Alice hatte verstanden, dass es kein persönliches Versagen war, und wusste, dass sie in dieser Geschichte zu zweit waren.

Ständig sprach sie von den beiden tiefgekühlten Embryonen, für die sie bereits Namen ausgesucht hatte. Fred und … Ich erinnere mich nicht an den zweiten Namen. Oder sie nannte sie »die Zwillinge«, als wären sie bereits da und als sei ein Scheitern beim zweiten Anlauf unmöglich. Immer wieder sagte sie, sie seien ihr Lebensinhalt, ihr Lebenssinn ... Sie tat genau das, was man den Blogs zufolge nie tun darf, weil ein Misserfolg die Seele treffen würde.

Am 21. Dezember war ich zu einem Interview für das Magazin *Rolling Stone* eingeladen worden. Harry war ganz aus dem Häuschen und meinte: »Damit kommst du in die Top Ten.« Schon im Morgengrauen hatte er mich angerufen, was damals für mich irgendwas vor dreizehn Uhr bedeutete. Ich war noch im Schlafanzug, trank literweise Kaffee und sah *Desperate Housewives* im Fernsehen, in der Hoffnung, endlich den Kater loszuwerden, der mich nun bereits seit Tagen quälte. Ich war erschöpft und abgemagert. Den Druck dieses neuen Lebens ertrug ich immer weniger. Dennoch hatte ich Harry mein Kommen versprochen.

Am Vortag meines Fluges nach London fuhr ich für das Interview mit dem Zug von Queenstown nach New York. Meine Schwester würde ihre Freundinnen am Bahnhof Penn Station treffen. Maman weigerte sich, David zu hüten, auch nicht eine Nacht, also musste ich ihn in meine Wohnung in New York bringen. Ich hatte Zeit, der Termin war erst für den Spätnachmittag angesetzt. Ich weiß die Abfolge der Ereignisse nicht mehr genau, jedenfalls habe ich ein Bier getrunken, Gitarre gespielt und meinen Koffer für die anstehende Reise gepackt ... und nicht auf die Uhr geschaut – und kam deshalb eineinhalb Stunden zu spät in der Redaktion der Zeitschrift in der 6. Avenue an. Seitdem habe ich mir unzählige Male gesagt, dass alles anders gekommen

wäre, wenn ich mir nur dieses eine Mal die Mühe gemacht hätte, nicht zu spät zu kommen.

Harry war stinksauer. Zehnmal hatte er mich angerufen, aber mein Akku war wieder mal leer. Damals
dachte ich, Pragmatismus schade der Kreativität. Harry,
der immer ein verständnis- und respektvoller Mentor
für mich war, beschimpfte mich als verantwortungslose
Idiotin. Und was sollte diese Haarfarbe, dieser Streber-
look? Warum war ich nicht gleich im Kostüm erschie-
nen? Das wäre *Rolling Stone*, nicht *Psychologie Heute*,
verdammt! Die rosa Haare seien mein Markenzeichen,
und deshalb müsste ich am nächsten Tag sofort zum
Friseur!

Ich sagte ihm, er solle sich zum Teufel scheren, und
ging nach Hause. Alice, die sich auf ihr Treffen mit
Dakota am nächsten Tag freute, war schon da. Es tat
mir leid, Harry enttäuscht zu haben, und als er im
Laufe des Abends anrief und ich auf dem Display sein
Gesicht sah, fühlte ich mich seltsam erleichtert. Wie
durch ein Wunder hatte er den Termin für das Interview auf den folgenden Tag um siebzehn Uhr verlegen
können. Um sechzehn Uhr wollte er vorbeikommen
und mich abholen, aber bitte nicht als Kommunions-
kind, sondern als Künstlerin gekleidet.

Aber ich konnte am nächsten Tag um siebzehn Uhr
nicht zu einem Termin beim *Rolling Stone* erscheinen,
denn wenig später ging meine Maschine nach London,
und selbst mit meinem miserablen Zeitgefühl wusste
ich, dass das Risiko, sie zu verpassen, fifty-fifty stand.
Alice bestätigte, dass man das Ticket nicht umbuchen

könne. Sie habe uns alle nicht mal im gleichen Flugzeug unterbringen können. Ich blieb Harry eine ehrliche Antwort schuldig, denn mir war klar, dass er mir nie verzeihen würde, wenn ich diesen zweiten Termin in den Sand setzte.

Wir gingen ins Bett, um über die Sache zu schlafen. Mir würde schon was einfallen. Und am nächsten Morgen hatte ich den schlimmsten Einfall meines Lebens.

Das Tagebuch von Alice

Hallo Bruce!

Trotz aller guten Vorsätze habe ich dich schon wieder vernachlässigt. Heute ist mein letzter Tag in New York. Stell dir vor, heute Morgen stürzte Scarlett, nur mit einem Schlüpfer und einem Metallica-T-Shirt bekleidet, auf mich zu, als ich gerade meinen Kaffee trank.

»Alice, ich habe einen fucking good plan!«, rief sie genau wie mit achteinhalb.

»Ich bin aufs Schlimmste gefasst.«

»Du fliegst heute als Scarlett und ich morgen als Alice.«

Ich musste so lachen, dass ich mich an meinem Kaffee verschluckte.

»Na klar ... Gut, du fliegst nicht häufig, aber da gibt es Kontrollen, man kann sein Flugticket nicht einfach einer anderen Person geben.«

»Nein, nein, hör mir zu: Es ist ohnehin absurd, dass ich mit Oliver reise. Du ziehst meine Lederjacke an und schminkst deine Augen tonnenweise mit Kajal. Ich bin auf meinem Passfoto dunkelblond ... also ... Dieses Interview ist enorm wichtig, eine Riesenchance. Da muss ich nüchtern sein. Danach fliege ich mit Maman nach London, und dort treffen wir uns alle zu Weihnachten wieder. Bitte, Alice, wenn ich

den Flug heute verpasse, bin ich während der Feiertage
allein.«

Sie war begeistert von der Idee, eine Regel zu brechen.
Als würde diese Aktion etwas Schwung in die Lethargie bringen, in der sie trotz ihres Erfolgs verharrte. Sie bettelte so
sehr, dass ich nicht mal in Ruhe meinen Kaffee trinken
konnte. Schließlich verdrehte ich die Augen und seufzte:
»Na gut! Aber nur unter einer Bedingung.«
»Welche?«
»Ich möchte, dass du deinen Alkohol- und Pillen-Konsum in
den Griff bekommst. Ich mag dieses Milieu nicht und mache
mir Sorgen.«
»Okay, versprochen!«

Sie gab mir ihre Kleidung und den Reisepass. In einem Geschäft für Scherzartikel in Soho kauften wir ein grellrosa
Haarspray. Den ganzen Abend hatten wir großen Spaß damit,
uns Strähnchen zu färben. Scarlett, um bei ihrem Interview
mit *Rolling Stone* nicht wie eine Konfirmandin auszusehen,
und ich, um am Flughafen eine glaubwürdige Scarlett abzu-
geben.

Ich weiß, du findest diese Idee albern, Bruce, aber ich freue
mich schon darauf, Oliver zu überraschen, und er wird sicher
begeistert sein, mich anstelle von Scarlett an seiner Seite
zu haben. Und was soll schon passieren?

Auf dem Couchtisch steht Angelas Tasse mit dem schon seit Langem kalten Tee. Ich hatte meinen Bericht unterbrochen, um mehrmals tief durchzuatmen. Ich weiß, das Schwerste kommt noch, denn ich werde es zum ersten Mal laut aussprechen müssen. Noch einmal hole ich tief Luft und beginne, das Ende der Geschichte zu erzählen, das letzte Wegstück unseres gemeinsamen Lebens:

Als ich nach dem Interview nach Hause kam, war Alice schon weg. Sie hatte ein schwarzes Kleid und ihren Mantel auf dem Bett liegen lassen, dazu ein Paar Stiefel und ihren Reisepass, mit einem rosa Sticker, auf den sie in aller Eile mit Kuli ein Herz gemalt hatte. Den Sticker habe ich noch heute in meinem Portemonnaie.

Nachdem ich geduscht und meinen Koffer gepackt hatte, fand ich am Fußende des Betts ein dickes türkisfarbenes Notizbuch mit gelben Punkten und einem Spruch von Paul Éluard auf dem Einband: »Es gibt keine Zufälle, nur Termine.« Ich klappte es auf und sah die vielen Seiten, die Alice eng mit ihrer regelmäßigen Schrift gefüllt hatte. Ihr Tagebuch. Ich klappte es wieder zu und verstaute es in meinem Koffer, am nächsten Tag würde ich es ihr wiedergeben.

Gegen neunzehn Uhr erhielt ich eine SMS:

ALICE SMITH-RIVIÈRE
Super, es hat funktioniert!
Sie haben mich tatsächlich für
dich gehalten!
Wir haben sogar ein Upgrade und
fliegen Business!

Ich antwortete mit einem Daumen hoch und einem lächelnden Smiley.

Sie schickte ein Herz zurück.

Auch das habe ich nicht gelöscht.

Gegen zweiundzwanzig Uhr ging ich ins Bett. Eine für mich sehr ungewöhnliche Uhrzeit. Ich erinnere mich, irgendwann in der Nacht schweißgebadet aufgewacht zu sein, kurz darauf begann mein Herz zu rasen. Wie eine Schlafwandlerin bin ich aufgestanden und habe eine Lexotanil mit Wodka genommen, mein Herz hat sich beruhigt, und ich bin wieder eingeschlafen.

Der Flug vom Flughafen New York JFK nach London Heathrow ist in dieser Nacht um 23:56 Uhr über dem Atlantik abgestürzt. Bis heute ist die Ursache nicht geklärt. Mein einziger Trost ist, dass Alice und Oliver zusammen waren. Hand in Hand. Er war ihre große Liebe seit Schulzeiten und der einzige Mann, den sie trotz aller Höhen und Tiefen immer geliebt hat. Überreste hat man nie gefunden. Die Liste der vermissten Passagiere wurde am folgenden Tag in allen Zeitungen veröffentlicht. Natürlich erschien dort mein Name, nicht der meiner Schwester.

Auf diese Weise bin ich offiziell mit siebenundzwanzig Jahren gestorben, wie Janis Joplin, Jimi Hendrix, Jim Morrison und Kurt Cobain. Am falschen Ort zur falschen Zeit. Das war vielleicht der von Harry erwähnte Flügelschlag des Schmetterlings. Die Zeitungen griffen die Geschichte auf. Ein so tragischer Tod, so kurz vor der Verwirklichung eines Traums! Daraus konnte nur eine Legende entstehen. Und so war es auch. In der Woche meines angeblichen Ablebens stieg das Album »Sisters« auf Platz 1 in den Charts. Und in den folgenden Monaten erhielt ich vier Grammy Awards, verdiente Millionen von Dollars und war eine Rocklegende geworden. Und das alles posthum.

»Ironic«, würde Alanis Morissette sagen.

Angela hat konzentriert zugehört, ohne mich zu unterbrechen, und während der ganzen Zeit meine Hände fest umschlossen gehalten. Ein paar Sekunden lang schweigen wir.

»Du hast mein tiefstes Mitgefühl«, sagt sie.

Und ohne Vorwarnung zieht sie mich an sich. Ihre warme Umarmung und ihr Duft treiben mir die Tränen in die Augen. Dabei fällt mir auf, dass man mir zum ersten Mal Beileid zum Tod meiner Schwester ausgedrückt hat.

»Hast du mal dran gedacht … mit der Polizei zu sprechen?«

Ich zucke die Achseln und versuche, ihr die Absurdität meiner Lage klarzumachen. Das Leid hatte sich wie klebriger Schlamm in jeder Zelle meines Gehirns ausgebreitet. Ich hatte die Person verloren, die ich auf der ganzen Welt am meisten liebte. Nichts war mehr wichtig gewesen. Ich igelte mich tagelang zu Hause ein, abgestumpft, und fragte mich, was ich getan hatte. Ich ging nur raus, um Futter für David und Cornflakes für mich zu kaufen, die ich direkt aus der Packung in mich hineinstopfte, um nicht zu verhungern. Ich war schuld. Ich war für ihren Tod verantwortlich. Abgesehen davon gab es vor allem Papierkram zu regeln. Ein falscher Name auf einer Passagierliste hatte keine Bedeutung. Erst als ich mein Gesicht auf der Titelseite eines *People*-Magazins sah, wurde mir bewusst, dass ich ein kleines Detail vergessen hatte: Die ganze Welt hielt mich für tot.

»Aber … deine Familie?«

»Ich war bei meiner Mutter, sie ist vor Trauer fast verrückt geworden, und sie hat mir gesagt … dass …«

Ich schlucke trocken und versuche meinen Hals von dem Kloß zu befreien, der zu explodieren droht.

Natürlich ist meine Mutter an dem Tag nach dem Absturz nicht nach London geflogen. Ein paar Tage lang versuchte sie, Alice zu erreichen, bis ich endlich bei ihr auftauchte. Ihr die Wahrheit zu sagen, war wohl das Schwerste, das ich in meinem Leben tun musste. Zunächst war sie erleichtert, mich zu sehen, doch dann erschien das blanke Entsetzen in ihrem Gesicht, als sie begriff, was wirklich passiert war. Dass sie lieber mich an der Stelle ihrer Lieblingstochter im Flugzeug gewusst hätte.

Mit kaum hörbarer Stimme fahre ich fort:

»Sie hat gesagt, alles sei meine Schuld … und dass

ich nichts anderes als Probleme in diese Familie gebracht hätte ... Sie wollte nie wieder etwas von mir hören oder sehen.«

Wenn von meinem Herzen nach dem Tod meiner Schwester noch etwas übrig geblieben wäre, hätte meine Mutter es an diesem Tag vollständig zerstört. Angela ist entsetzt, und ihre Augen füllen sich mit Tränen. Ich denke daran, wie Abbie und sie sich um ihre Kinder kümmern, an ihre unendliche Geduld, ihre Zärtlichkeit, und wie sie ihnen abends Geschichten erzählen. Angela kann nicht verstehen, was ich viel zu früh begreifen musste: Ich erinnerte meine Mutter ständig an den Mann, den sie leidenschaftlich geliebt hatte und der nur einen Brief auf dem Küchentisch hinterlassen hatte und fortgegangen war. Sie hatte Freundinnen am Telefon gesagt, dass zwei Kinder, zu dicht hintereinander geboren, eine Ehe entzweien würden ... Man brauchte nicht in Harvard studiert zu haben, um die versteckte Botschaft zu verstehen.

»Und die ganzen Leute, die du kanntest? Die Familie deines Schwagers?«

Wieder zucke ich die Achseln.

»Ich bin umgezogen, habe die Telefonnummer gewechselt, mich bei Facebook abgemeldet und alle Brücken hinter mir abgebrochen. Ein paar Freundinnen von Alice schickten immer noch jedes Jahr zu ihrem Geburtstag eine E-Mail. Weil ich nie geantwortet habe, gaben sie nach einer Weile auf. Was Olivers Familie angeht, so hatten sie innerhalb weniger Wochen den Vater und den Sohn oder Bruder verloren. Womöglich hat es ihnen Alice' Schweigen leichter gemacht, denn damit gab es eine Trauernde weniger zu trösten. Ich hatte erwartet, dass mich irgendwann jemand erkennt und verrät. Aber nichts dergleichen ist passiert. Vielleicht, weil ein Teil meiner selbst nicht wirklich von den Toten auferstehen wollte. Also habe ich nichts gesagt und wurde meine Schwester.«

»Und dann?«

»Dann habe ich die Wohnung von Alice und Oliver in London gekündigt. Offiziell hatte ich auf tragische Weise beim Absturz meinen Mann verloren. Der Besitzer wollte mir gern alle persönlichen Dinge zusenden, ich sagte ihm, den Rest könne er behalten. Ich habe die Phönix in einem Karton verstaut und ab diesem Moment Musik gehasst. Ohne dieses Interview und ohne meinen Größenwahn wäre Alice noch am Leben.«

»Und dann bist du ins Finanzwesen eingestiegen ...«, fügt Angela hinzu.

»Ja ... Ein Jahr war ich zu Hause und habe gebüffelt. Sonderbarerweise hat genau das mich gerettet: die Gesetzmäßigkeit der Zahlen, die sauberen klaren Formeln mit den vorhersehbaren Ergebnissen. Dann habe ich einen Job gefunden und dich kennengelernt, und von diesem Augenblick an konnte ich so etwas wie ein fast normales Leben auf der Basis einer absurden Lügengeschichte aufbauen.«

Angela musste nach New York zurückfliegen. Andrew, ihr Vorgesetzter, hatte mich wegen einer Panikattacke fristlos entlassen, da war es nahezu ein Wunder, dass er ihr zwei Wochen Urlaub gewährt hat. Allerdings ruft sie mich jeden Abend an und will mich auch über die Webcam sehen, um sicherzugehen, dass ich das täglich gelieferte Bio-Menü aus einem veganen Feinkostladen, den sie im 8. Arrondissement aufgetan hatte, auch esse. Manchmal sage ich mir, dass mir Alice – wo immer sie sein mag – Angela als ihre Stellvertreterin geschickt hat. Angela hat Saranya aufgetragen, mich drei- bis viermal pro Woche zu besuchen. Saranya ist mindestens zweimal sogar pünktlich gekommen, ein höchst beunruhigendes Zeichen dafür, dass das gesamte Universum in Unordnung geraten ist. Alle sorgen sich um mich. Und ich bin zwischen Schuldgefühlen und der ungeheuren Erleichterung, nicht mehr lügen zu müssen, hin- und hergerissen. Auch Saranya habe ich die Wahrheit erzählt. Sie wirkte, als würde sie der Schlag treffen. Dann schwieg sie sage und schreibe mindestens vier Minuten lang. Danach hat sie mein Album bei Spotify heruntergeladen und mir versichert, es seitdem ständig zu hören.

Jetzt trete ich durch die Glastür von The Space, zum ersten Mal seit drei Wochen. Dafür war ich täglich bei der Psychotherapeutin, wie ich es Angela versprochen hatte. Anscheinend habe ich noch einige Probleme zu lösen.

Victoire und Reda sind schon da. Sie empfangen mich mit überschwänglicher Freude, wollen wissen, was passiert ist, und beteuern, dass ich mich unbedingt an sie wenden könne, wenn ich etwas brauche sollte.

»Schon gut, ich war nur völlig erschöpft«, sage ich und bin gerührt über ihre Aufmerksamkeit.

Reda drückt mir eine Papiertüte in die Hand. Ich bedanke mich überrascht, öffne sie vorsichtig und finde einen Bagel mit Zimt und Rosinen.

»In Wasser gekocht, wie in New York«, erklärt er. »Das ist ein waschechter Bagel, ich habe ihn heute in aller Frühe in einer Bäckerei im tiefsten 18. Arrondissement gefunden, dort gibt es die besten Bagels von Paris!«

»Und ich habe Frischkäse für dich gekauft«, meldet sich Victoire und kramt aus ihrem Militärrucksack eine Packung Frischkäse und ein Buttermesser hervor. Vor lauter Ergriffenheit habe ich Schluckbeschwerden und stammele ein Dankeschön.

»Wir holen schnell Kaffee und kommen dann wieder«, sagt Reda, der sieht, dass mich die Gefühle überwältigen.

»Aber nein, du siehst doch, dass sie den Tränen nah ist«, entgegnet Victoire.

»Genau deshalb ...«, sagt Reda und verdreht die Augen.

Victoire folgt ihm und grummelt, dass sie die sonderbaren Verhaltensnormen dieser absurden Gesellschaft wohl nie verstehen wird, während ich mir diskret mit der Papierserviette aus der Bagel-Tüte die Tränen aus den Augenwinkeln wische.

Der Bagel ist süß und vollmundig, er schmeckt nach Zimt und Freundschaft genau wie der aus dem Beach Café in Narragansett. Oder ist es das Kaffeetrinken mit Reda und Victoire, das mir dieses Gefühl von Süße und Zartheit vermittelt? Vielleicht kann ich jetzt endlich einmal aufhören zu kämpfen. Endlich den Stacheldrahtverhau rund um mein Herz niederreißen, endlich begreifen, dass er mir mehr Schmerzen bereitet, als dass er mir Schutz bietet.

Ich werfe meinen Plastikbecher in den Müll und frage beiläufig:

»Ist Jeremy nicht da?«

Victoire stößt Reda in die Rippen, was mir nicht entgeht. Sicherlich hat er sie auf diese Frage vorbereitet, da sie ausnahmsweise mal still ist.

»Er verbringt ein verlängertes Wochenende mit Zoé und kommt übermorgen wieder.«

Wir begeben uns in unsere Büros. Als hätte es die letzten drei Wochen nicht gegeben, beschäftige ich mich mit der Buchhaltung der Firma.

Etwas später klopfe ich bei Chris an. Durch die gläserne Trennwand sehe ich, dass er über den von ein paar Sonnenstrahlen erwärmten Schieferdächern ins Nichts starrt. Er reagiert nicht. Vorsichtig öffne ich die Tür.

»Chris?«

Er schaut in meine Richtung. Trotz des eleganten Kaschmirpullovers und der nagelneuen Stan-Smith-Sneakers wirkt er verloren. Er hat sich seit Tagen nicht mehr rasiert, ein paar Barthaare sprießen kreuz und quer auf seinen blassen Wangen. Es tut mir von Herzen leid, aber je früher ich ihm die Zahlen ankündige, umso schneller kann er das Notwendige veranlassen. Ich schließe die Tür hinter mir und setze mich ihm gegenüber.

»Alice, wie geht es dir?«

»Danke, viel besser. Es tut mir leid, dass ich drei Wochen ohne Vorwarnung verschwunden bin, ich ...«

»Deine Freundin hat mir gesagt, dass du krank bist. Mach dir deshalb keine Gedanken«, sagt er freundlich, aber er wirkt abwesend.

Auf seinem Schreibtisch herrscht ein heilloses Chaos, ein leerer Plastikbecher liegt neben dem Totem aus Tropenholz, einem Glücksbringer aus Guatemala, wie er mir erzählt hat. Sticker mit Notizen sind auf dem gesamten Bildschirmrand seines Computers verteilt und erinnern an verwelkte Blütenblätter. In diesem Wirrwarr fällt mein Blick auf ein gerahmtes Foto, das ich bis jetzt nie bemerkt hatte. Es ist etwas vergilbt und zeigt drei Jugendliche, wahrscheinlich in den Neunzigerjahren. Trotz ihrer noch runden und bartlosen Gesichter erkenne ich Chris und Jeremy, die etwa fünfzehn Jahre alt sein dürften. Die dritte Person ist ein junges Mädchen im Grunge-Look mit hellgrünen Augen und pechschwarzem Haar. Sie hat ihren Arm freundschaftlich um Jeremys Hals geschlungen, und ihr Kopf lehnt auf Chris' Schulter, der sie an sich drückt. Chris ist meinem Blick gefolgt.

»Das ist Sandra«, erklärt er. »Sie war Jeremys beste Freundin, im Gymnasium wurden wir dann ein Paar. Mit siebzehn ist sie bei einem Motorroller-Unfall ums Leben gekommen.«

Einen Augenblick lang versagt meine Stimme, und mein Herz krampft sich zusammen. Jeremy hatte mir nie erzählt, dass auch er sie gut kannte, sondern nur ihre Beziehung zu Chris erwähnt.

»Ihretwegen trugen wir ungleiche Strümpfe«, erklärt

Chris, »Sandra meinte, Leute, die sich lieben, bilden Paare, und niemand sollte einsam bleiben, nicht einmal ein Strumpf. Für sie wollte ich EverDream gründen.«

Jetzt weiß ich wenigstens, warum Jeremy in Ever-Dream investiert hat, obwohl er nicht an das Projekt glaubte. Es ging nicht nur darum, Chris zu helfen, sondern auch um das Gedenken an die grünäugige Kindheitsfreundin, die verwaiste Strümpfe vereinen wollte. Chris stellt das Foto vorsichtig neben den Bildschirm.

»Du bist hier, um mit mir die Buchhaltung zu besprechen, oder?«

Ich zeige ihm den ausgedruckten Kontostand des vergangenen Monats.

»Ich habe dir heute Morgen eine E-Mail geschickt und ...«

»Habe ich gesehen.«

Er weist auf ein Blatt auf einem Stapel Bücher über Selbstverwirklichung. Tatsächlich hat Chris meine E-Mail diesmal gelesen und sogar den Anhang ausgedruckt. Ich senke den Blick und hole Luft.

»Es tut mir wirklich leid, Chris, aber angesichts der Anzahl der Downloads seit der Einführung wird man ...«

»Siebenundfünfzig Downloads«, unterbricht er mich, »siebenundfünfzig Downloads! Vier davon stammen von E-Mails, die meine Mutter extra eingerichtet hat, um mich zu unterstützen, der Rest von Leuten aus der Firma und von Freunden.«

Er wirkt wie unter Schock, und ich versuche ihn zu trösten:

»Wenigstens unterstützt dich deine Familie.«

»Wie lange können wir noch durchhalten?«

»Wenn wir die Gehälter, die Miete und die verschiedenen Rechnungen für Fremdleistungen berücksichtigen, müssen wir spätestens in zehn Tagen dichtmachen. Danach kannst du die Angestellten von EverDream nicht mehr bezahlen.«

Er schließt die Augen, stützt den Kopf in die Hände und zerzaust seinen dichten unordentlichen Haarschopf noch mehr.

»Zehn Tage ...«, flüstert er.

Er tut mir leid, und ich zwinge mich, ihm meine Hand nicht tröstend auf den Arm zu legen.

»Ich weiß nicht, was ich sagen soll, vielleicht ist der Markt noch nicht ...«

»Da gibt es nichts zu sagen. Es war eine blödsinnige Idee, niemand hat daran geglaubt. Verwaiste Strümpfe sind den Leuten völlig egal. Kannst du dir vorstellen, was einer der Banker gesagt hat, als wir einen Kredit aufnehmen wollten?«

»Nein ...«

»Er sagte, er habe ausschließlich schwarze Strümpfe, die er nicht einmal paarweise aufbewahre, weshalb er nie Probleme mit verwaisten Socken habe ... Das war einfach das Traurigste, das ich jemals gehört habe. Ich bin ein Verlierer, so einfach ist das! Ich setze alles in den Sand.«

Mechanisch greife ich an mein Handgelenk, dorthin, wo sonst das Armband war, und antworte sanft:

»Nein, du bist ein Künstler, und alle Künstler sind so

lange Verlierer, bis sie eines Tages Erfolg haben. Weißt du, in den Medien erzählt man uns Geschichten von Leuten, die über Nacht groß rauskommen, moderne Märchen, nach dem Motto: Erfolg ist Zufall, ohne eigenen Verdienst oder Leistung. Das ist eine Lüge. Egal auf welchem Gebiet: Die Leute, die beim ersten Anlauf Erfolg haben, sind Ausnahmen. Übrigens spricht man nur deshalb über sie, weil ihre Geschichte wie ein Märchen klingt.«

Er seufzt mutlos auf.

»Wenn du wüsstest, wie viele Firmen ich gegründet habe ... Niemand will mehr in mich investieren. Ich bin das personifizierte Abbild der Mittelmäßigkeit. Ich bin lächerlich.«

»Weißt du, dass man im Silicon Valley dann gute Aussichten hat, einen Investor zu finden, wenn man viele Misserfolge vorzuweisen hat?«

»Das ist doch absurd.«

»Nein, das ist logisch. Je mehr Projekte du in Angriff nimmst, desto erfahrener bist du. Und jemand, der sich eines Tages entschlossen hat, etwas aufzubauen, ein Risiko einzugehen, sich ins Ungewisse zu stürzen, der weiß genau, dass der Erfolg, besonders wenn er leicht zu erreichen war, keinen Lerneffekt hat, wohingegen ein Misserfolg die beste Schule ist. Und Niederlagen sagen viel Positives über deinen Charakter aus ...«

»Ja, dass ich ein Verlierer bin.«

So ganz ist mir nicht klar, warum mir beim Anblick seiner Verzweiflung das Herz bricht, aber ich möchte, dass er sich wieder aufrappelt, sich beweist, dass nicht alles auf einen Misserfolg hinauslaufen muss, dass das Leben nicht nur aus Schicksalsschlägen besteht, sondern dass manches durchaus gelingen kann. Ich erhebe mich und antworte im Brustton der Überzeugung:

»Nein, das beweist im Gegenteil, dass du nicht lockerlässt, dass du mit Leidenschaft an die Dinge herangehst, hartnäckig und entschlossen bist, hart arbeitest und nach einem Absturz wieder aufstehen kannst. Du musst weitermachen. Chris, du bist dafür geschaffen, etwas zu kreieren, Firmen zu gründen ... Und eines Tages wird es klappen, du wirst sehen, du ...«

»Das ist doch alles Theorie! Der Blödsinn aus den Büchern über Selbstverwirklichung amerikanischer Art! Ich nehme Mittelmäßigkeit hin! Tag für Tag! Ständig! Ich bin eine Null!«

»Nein, das ist nicht die Theorie, das ist die Realität! Nicht der ist ein Verlierer, der etwas versiebt, sondern der, der erst gar nichts versucht. Verlierer sind Menschen, die ständig von ihren Plänen erzählen, aber nie damit anfangen, die bei der ersten Hürde alles hinschmeißen, die alles, was in ihrem Leben geschieht, Schicksal nennen, sich ständig beklagen, aber nichts unternehmen, um etwas zu ändern. Jetzt weißt du, was Mittelmäßigkeit ist! Und das hat nichts mit dir zu tun, Chris! Du bist nicht perfekt, aber du hast viele gute Eigenschaften, und bist gewiss kein Verlierer!«

Ich habe eindringlicher gesprochen als sonst und so fest meine Fäuste geballt, dass sich meine Fingernägel in die Handballen gegraben haben. Chris mustert mich mit einer Mischung aus Staunen und Neugier, als hätte er soeben eine neue, ungeahnte Facette an mir entdeckt.

Er nickt und sagt nach einer Weile leise wie zu sich selbst:

»Dann muss man davon ausgehen, dass es nicht genug Poesie auf dieser Welt gibt, um verwaiste Socken zu retten ...«, und fügt hinzu: »Kannst du den anderen Bescheid sagen, dass wir für Mittwoch, wenn Jeremy wieder da ist, ein Meeting im Versammlungsraum organisieren? Aber sag nichts von den Zahlen. Ich teile ihnen lieber selbst mit, dass unser Abenteuer vorbei ist.«

»Okay. Kann ich sonst noch etwas tun?«

Er schüttelt den Kopf und dreht sich wieder zum Fenster. Er sieht noch niedergeschlagener aus als bei meiner Ankunft. Mit hängendem Kopf verlasse ich sein Büro, meine Laune ist im Keller. Als ich gerade die Tür schließen will, ruft er mir – mit Blick auf das Foto neben seinem Computer – zu:

»Und danke, Alice, danke für alles.«

Der Mittwoch kommt gleichzeitig zu schnell und zu langsam. Ich warte mit einer Mischung aus Furcht und Ungeduld auf Jeremys Rückkehr. Der unendliche Reigen meiner widersprüchlichen Gefühle ermüdet mich. Morgens trinke ich mit Victoire und Reda Kaffee. Die beiden kabbeln sich ständig und benutzen mich als Schiedsrichter, wer recht hat und wer nicht. Ich habe ihnen nicht gesagt, dass Chris eine Versammlung einberufen hat, um uns mitzuteilen, dass das Abenteuer EverDream zu Ende geht. Es tut mir leid für sie, aber ich respektiere seine Entscheidung, es ihnen selbst zu sagen. Ich arbeite weiter, als sei nichts geschehen und als ob es noch irgendetwas nützen würde.

Als wir wieder an unseren Plätzen sitzen, höre ich eine fröhliche Stimme rufen:

»Fuck, Alice!«

Ich schrecke hoch und sehe Jeremy und Zoé, die ein dickes Buch unterm Arm trägt.

»Hallo«, murmelt Jeremy, offensichtlich ebenso verlegen wie ich.

»Hallo«, antworte ich leise.

Er bleibt nicht stehen, seine Jacke streift mich, und ich bin bis in die Tiefen meiner Seele aufgewühlt und wie gelähmt.

»Du, Alice«, beginnt Zoé, »ich ...«

»Lass Alice in Ruhe«, unterbricht sie Jeremy.

Er zieht sie hinter sich her.

Ich hole tief Luft und gehe in sein Büro. Es gibt so viel, was ich ihm zu sagen habe, dass ich kaum weiß, wo ich beginnen soll. Vielleicht sollte ich mich zunächst einmal entschuldigen.

»Kann ich mit dir reden?«

Er deutet auf den Stuhl ihm gegenüber. Er sieht gut aus, die Tage mit Zoé waren sicher schön, denn das kleine Mädchen strahlt über das ganze Gesicht.

»Maman ist wieder nach Hause gekommen, Alice!«, ruft sie und hopst begeistert durch das Büro. »Sie fährt nicht mehr nach Japan, sondern bleibt bei uns! Wir drei waren das ganze Wochenende zusammen, und das war so toll!«

Es verschlägt mir die Sprache, doch mit großer Mühe bringe ich ein Lächeln zustande.

»Das freut mich für dich, Zoé«, sage ich, »das ist eine sehr gute Neuigkeit!«

Jeremy zieht einen Euro aus der Tasche und reicht ihn ihr.

»Hol dir einen Orangensaft und sag Onkel Chris ›Guten Tag‹, Zoé!«

»Ja, ich weiß. Das ist, weil er heute traurig ist«, meint Zoé, als wiederhole sie eine Lektion. »Aber das ist nicht schlimm. Wenn man traurig ist, ist man bald nicht mehr traurig und freut sich wieder. So wie wir, wir waren erst traurig, und jetzt sind wir froh. So ist das Leben!«

»Genau so«, sagt Jeremy sanft.

Ganz überzeugt von dieser Analyse bin ich nicht,

aber ich schweige. Mir ist ohnehin so übel, dass ich nicht sprechen kann. Zoé verschwindet, das Buch immer noch unter dem Arm, und ich bleibe mit Jeremy allein zurück. Dass hinter der Glasscheibe des Büros Reda und Victoire gar nicht erst so tun, als seien sie beschäftigt, um ja nichts von unserer Unterhaltung zu verpassen, ist mir klar. Die beiden verbringen viel Zeit damit, das Leben im Großraumbüro zu beobachten, und wissen für meinen Geschmack bereits viel zu viel, aber ich kann ihnen nicht böse sein.

»Ich dachte, du wolltest mich nie mehr wiedersehen«, sagt Jeremy.

Verlegen zupfe ich an meinem Ärmel. Jeremy betrachtet mich mit ausdruckslosem Blick. Seine Augen sind so blau wie ein Gebirgssee. Ich weiß nicht mehr, was er denkt. Auch diese Erkenntnis tut mir weh. Davor hatte er mich in seinen Augen lesen lassen. Traurig denke ich an die Wochen zurück, in denen ich keine Medikamente brauchte und zum ersten Mal seit langer Zeit das Glück zum Greifen nahe glaubte.

»Ich wusste nicht … Sandra … dass ihr befreundet wart. Chris hat es mir erzählt.«

Es war mir so herausgerutscht. Es hat nichts mit unserem Gespräch zu tun. Warum, weiß ich nicht genau, aber jetzt, da ich ahne, wie verletzlich Jeremy ist, würde ich ihn gern trösten und ihm erklären, wie gut ich ihn verstehe. Ich kenne den stechenden Schmerz und die Art Narben, die nur die Illusion von Heilung vermitteln, sich aber über tiefen dunklen Abgründen und Einsamkeit nicht schließen wollen.

»Da sind viele Dinge, die wir uns nicht erzählt haben, fürchte ich«, entgegnet er nach einer Pause.

Dieses Mal bemerke ich das Bedauern in seiner Stimme. Ich nicke. Ich möchte ihm tausend Dinge gestehen, könnte monatelang mit ihm sprechen. Ich wünsche mir, dass er mich ausfragt, wissen will, was passiert ist. Wie gern würde ich meinen Kopf an seine Schulter lehnen, möchte, dass er mich tröstet, wie er es bereits mehrmals getan hat. Aber von ihm kommt nichts. Alles an ihm schreit förmlich heraus, dass er den Abstand zwischen uns wahren will: der verkrampfte Kiefer, der ausdruckslose Blick und sogar seine Jacke, die er immer noch anhat.

Es ist ohnehin zu spät. Wie oft hatte ich zur Mansardendecke unseres Zimmers in Queenstown gebetet, mein Vater möge zurückkommen. Ich möchte das strahlende Lächeln, das die Rückkehr von Zoés Mama auf das Gesicht des kleinen Mädchens gezaubert hat, nicht verschwinden lassen. Ich versuche zu lächeln, aber mir ist zum Heulen. Und schon wieder frage ich mich, ob es nicht Alice gewesen ist, die mir diesen Mann geschickt hat, mit blauen Augen wie die von Liam Gallagher.

»Ich wollte mich entschuldigen ... Ich wollte nicht, dass es so weit kommt. Unsere gemeinsamen Stunden waren mir wirklich wichtig.«

»Okay.«

Und dieses Wort erinnert mich an eine unserer ersten Unterhaltungen, als ich mich nach dem Vorstellungsgespräch entschuldigte und er mir auch mit einem Okay geantwortet hatte.

»Okay, wie ›nichts für ungut‹?«

Er lächelt, auch wenn sein Blick traurig wirkt.

»Okay im Sinne, dass ich Leuten, die ihre Meinung sagen, nicht böse bin, auch wenn sie unrecht haben.«

Ich nicke und murmele:

»Danke.«

»Was dein Geheimnis angeht, es ist bei mir sicher.«

Leise schließe ich die Tür hinter mir. Ich habe das Gefühl, mein Herz hinter dieser Glaswand gelassen zu haben. Zurück im Büro, begegne ich Zoé, die eine Dose Orangensaft auf ihrem Buch balanciert. Vorsichtig durchquert sie das Großraumbüro, murmelt vor sich hin und schielt unter dem zu langen Pony, der ihr bis zur Nase reicht, hindurch.

»Brauchst du Hilfe, Zoé?«

»Nein, aber ich habe etwas für dich.«

Mit begeisterter Miene vollführt das kleine Mädchen eine Bewegung, die das Buch-Tablett ins Wanken bringt, und ich fange die Dose gerade noch auf. Sie schlägt das Buch auf, und zwischen den Seiten liegt wie ein Lesezeichen mein Bettelarmband.

»Du hast es vergessen, und da habe ich es für dich aufgehoben«, erklärt sie und reicht mir das Armband.

Allein der Kontakt mit dem Metall weckt einen Strom von Gefühlen: »*Das Armband soll dich daran erinnern, dass ich immer ein wenig bei dir bin.*«

»Danke, Zoé, ich hänge sehr daran!«

Ich betrachte die feine Goldkette. Der Verschluss ist zerbrochen, lässt sich aber leicht reparieren. Ich verstaue das Armband sorgsam in meiner Brieftasche.

»Warte!«, rufe ich der Kleinen nach, »ich bastele dir ein neues Lesezeichen.« Mit einer Schere schneide ich aus einem Blatt Papier ein Lesezeichen und stecke es zwischen die Seiten ihres Buchs. Dabei entdecke ich einen Satz, oder besser, mir fallen zwei Vornamen auf.

»Geht es dir gut, Alice?«, fragt Zoé. »Du bist ganz blass. Ist das wegen *Harry Potter*? Magst du Fred und George auch am liebsten?«

Sobald ich zu Hause bin, gehe ich zu meinem Nachttisch und hole aus der Schublade Alice' Tagebuch hervor. Das Zitat auf dem Deckel erscheint mir wie Hohn: »Es gibt keine Zufälle, nur Termine.« Paul Éluard, ein französischer Dichter. Weshalb hat meine Schwester dieses Zitat ausgewählt? »Zufälle sind statistisch gesehen nichts anderes als ein Geschehen mit geringer Wahrscheinlichkeit«, pflegte sie zu sagen. Ich blättere auf der Suche nach einer bestimmten Seite durch das Buch. Nachdenklich streichle ich dabei David, der auf meinen Schoß springt.

»Und du? Glaubst du an Zufälle?«

Er miaut, gähnt, ganz offensichtlich ist ihm die Frage völlig egal. Seit Jahren habe ich nicht mehr in ihrem Tagebuch gelesen, auch wenn ich es abends öfter hervorhole und zärtlich über den Deckel mit der leicht verblassten Farbe streiche. Schließlich finde ich die Stelle. Fred und George, wie bei *Harry Potter*. Das waren die Namen, die Alice den beiden tiefgekühlten Embryonen gegeben hatte. Sie war so sicher gewesen, den beiden eines Tages wahrhaftig zu begegnen. Allerdings hatte sie die Embryonen nie einpflanzen lassen können, da sie nie nach London zurückgekehrt ist. Jetzt erinnere ich mich an das Schreiben des Krankenhauses, das ich kurz nach meinem Umzug nach Paris erhalten habe. Das Armband, *Harry Potter*, das Zitat … Was für andere Zufälle sind, können auch Zeichen sein. Das Leben ist überraschend genug, um Spielraum für andere Deutungen zu lassen. Aber das sind ziemlich viele Zufälle auf einmal, und alle weisen in eine Richtung: Fred und George. Natürlich fällt mir dabei etwas ein: gefährlich, illegal und eigentlich völlig absurd! Eine Idee, die das ganze Universum gegen mich aufbringen kann, und das über sehr lange Zeit. Eine Idee, die mir, wie es scheint, Alice schon lange einzuflüstern versucht. Das Einzige, was sich meine Schwester für sich und Olivier immer gewünscht hatte, war, dass Fred und George das Licht der Welt erblicken. Und irgendwie habe ich das Gefühl, dass das meine Chance ist, den Tod meiner Schwester wiedergutzumachen.

Von: Erika Spencer
An: Alice Smith
Datum: 22. April 2019
Betreff:

Alice,

diese E-Mail ist ihre letzte Chance. Ohne eine Antwort Ihrerseits und die Überweisung der verlangten Summe eröffne ich den Medien, wer Sie wirklich sind.
Angesichts der Überweisungsdauer sowie der eventuell notwendigen Genehmigungen seitens Ihrer Bank gebe ich Ihnen noch drei Wochen, nicht einen Tag mehr.

In diesem Sinne
Erika Spencer

Heute Nacht habe ich überhaupt nicht geschlafen. Die Möglichkeit, meinen Fehler wiedergutzumachen, lässt mir keine Ruhe, aber ich zögere wegen der Ungeheuerlichkeit meines Vorhabens. Wer würde etwas derartig Verrücktes tun?

Ich lese noch einmal Erikas E-Mail. Zum ersten Mal macht mir ihre Drohung keine Angst mehr. Erika Spencer erpresst mich seit mehreren Jahren. Erstaunlich, immerhin ist sie ein ehemaliger Fan. Sie schrieb einen Blog über Rockmusik, bevor sie Journalistin wurde. Nach meinem Tod wollte sie eine Reportage über mich schreiben, weshalb sie seinerzeit Kontakt mit Alice aufgenommen hatte, in dem Glauben, sie wende sich an meine Schwester. Ich vermied den Kontakt, doch sie ließ nicht locker, bis ich ein Interview akzeptierte, was ein großer Fehler war. Danach habe ich mir, aus Angst erkannt zu werden, die Tattoos weglasern lassen. Damals schminkte ich mich noch ein wenig und trug noch keinen Pferdeschwanz. Monatelang war Erika wie besessen von mir. Sie war ein Fan meiner Songs, hatte meinen Stil übernommen und kannte mein Leben fast besser als ich selbst, hatte meine ehemaligen Lehrer und Schulkameraden befragt und mir einen Blog gewidmet, in dem sie versicherte, mich persönlich gekannt zu haben. Verrückt! Als wir uns trafen, hat sie schnell kapiert, dass ich nicht Alice war.

Nachdem ich ein Jahr, mein famoses Sabbatjahr, zu Hause Finanzwesen studiert hatte, überzeugte Alice' Lebenslauf so manchen Headhunter, ich fand einen Job und verdiente gut. Damals schloss ich Freundschaft mit Angela. Mit meinem neuen Leben hoffte ich, Erika loszuwerden, und dummerweise schlug ich ihr vor, ihr für ihr Schweigen einen Scheck auszustellen. Ich wollte sie von dem Scheinleben, das ich mir gerade aufbaute, fernhalten. Doch sie kam immer wieder: einmal, zweimal, zehnmal – und verlangte immer mehr.

Eines Tages verfolgte sie mich bis zum meinem Büro in der Wall Street. Während ich einem Kunden eine Präsentation vorstellte, bekam ich eine Panikattacke. Und verlor meinen Job. Ich habe ihr meine gesamten Ersparnisse überwiesen und bin nach Frankreich geflüchtet, in der Hoffnung, sie würde mich dort nicht finden, aber ich hätte wissen müssen, dass sie ihren »Goldesel« so leicht nicht aufgeben würde.

Ich könnte ihr Geld überweisen. Die Autorenrechte für »Sisters« sammeln sich Jahr für Jahr auf einem Bankkonto an, das ich nie angetastet habe. Mein ehemaliger Manager, Harry, und ein Notar hielten mich für Alice und haben mehrmals versucht, mich zu erreichen, um mir mitzuteilen, dass ich dieses Vermögen geerbt habe. Allerdings habe ich nie zurückgerufen.

Mir bleiben drei Wochen, um alle Formalitäten zu erledigen, um das Geld ausbezahlt zu bekommen. In drei Wochen würde mich Erika verraten und ich wieder Scarlett werden.

Mit geschlossenen Augen streichle ich das Armband,

das sich nun wieder an meinem Handgelenk befindet. Und treffe die wichtigste Entscheidung meines Lebens, die einzig mögliche, die sich Alice von mir gewünscht hätte. Ich muss den Plan ausführen, bevor alle Welt von Erika erfährt, dass Scarlett Smith-Rivière von den Toten auferstanden ist. Denn zum ersten Mal seit Jahren habe ich einen »fucking good plan«, und um ihn auszuführen, muss ich noch eine Zeit lang Alice bleiben.

Im Eurostar schrecke ich aus dem Schlaf. Die Tropfen rinnen die Fensterscheibe hinab, und der Blick auf die Stadt ist verschwommen. Eine Mischung aus grauem Beton und roten Ziegeln im Regen. Der Zug fährt bereits durch die Vororte von London und wird in Kürze am Bahnhof St. Pancras eintreffen.

Noch kann ich zurück.

Ich fühle mich in die Enge getrieben und finde den Plan überhaupt nicht mehr »fucking good«. Aber ich mache keine halben Sachen und muss diese Schuld gegenüber meiner großen Schwester abtragen. Am Bahnhof nehme ich ein schwarzes Taxi. Zum tausendsten Mal hole ich den zerknitterten Brief aus meiner Handtasche, den ich vor Monaten vom Krankenhaus erhalten hatte.

»Da sind wir!«, verkündet der Chauffeur auf Englisch. Gedankenverloren reiche ich ihm meine Kreditkarte. Der Regen hat aufgehört. Vor mir erhebt sich das Queen Victoria Private Hospital, eingezwängt zwischen einer Kirche aus rotem Backstein und einem viktorianischen Haus, als sei das ultramoderne Gebäude mit den vielen riesigen Glasfenstern versehentlich hier hineingeraten.

Ich hole tief Luft und gehe zum Eingang. Die Türen öffnen sich automatisch, die Eingangshalle ist in hellen Farben gehalten, sehr sauber, es gibt eine Reihe komfortabler Sitze für Besucher, daneben ein Tisch mit Magazinen und eine Grünpflanze. Ärzte in weißen Kitteln unterhalten sich vor der Kaffeemaschine.

Am Empfang lächelt mir eine junge Frau zu, deren Haar zu einem akkuraten Knoten aufgesteckt ist. Ich sei mit Professor Stone verabredet, teile ich ihr mit und gebe ihr meinen Pass. Sie mustert ihn aufmerksam und schaut dann in ihrem Computer nach.

»Alice Smith-Rivière, 14:15 Uhr. Perfekt. Abteilung In-vitro-Fertilisation, zweiter Stock. Ich wünsche Ihnen noch einen schönen Tag.«

Sie gibt mir den Pass freundlich lächelnd zurück, ich danke ihr und begebe mich zum Aufzug. Ich bin nicht sicher, ob man an Zufälle glauben soll oder ob alles vorbestimmt ist, ob jeder sein Schicksal tatsächlich in den eigenen Händen hält oder ob das Universum aufs Geratewohl unsere unsicheren Lebenswege beeinflusst. Das Einzige, was ich sicher weiß, ist, dass ich ein Rendezvous mit Fred und George habe. Und diesmal komme ich nicht zu spät.

Von: Scarlett Smith-Rivière
An: Erika Spencer
Datum: 15. Mai 2019
Betreff:

Erika,
haben Sie gesehen? Ich habe eine neue E-Mail-Adresse und antworte hiermit auf die Fragen in Ihrer letzten E-Mail:

Ja, ich habe mein Geld erhalten (eine Menge! Erstaunlich, wie gut ein verstorbener Rockstar verdient! Mit diesem Vermögen hätten Sie sich glatt ein Gewissen kaufen können.)
Ja, mir ist klar, dass Sie auf meine Überweisung warten.
Nein, ich habe nicht vor, Ihnen Geld zu geben.
Machen Sie, was Sie wollen, es ist mir egal.
Sollten Sie hingegen nochmals versuchen, mit mir Kontakt aufzunehmen, verklage ich Sie.

Scarlett

PS: Ich vergaß das Wichtigste: Sie können mich mal ...

Ich bin seit fünf Monaten schwanger, die sich anfühlen, wie fünfeinhalb Jahre. Ich wiege annähernd 637 Kilo und verbringe den Großteil des Tages damit, die Hände auf meinen Bauch zu legen, um die Bewegungen der Zwillinge zu spüren, wenn ich ihnen Beatles-Songs vorsinge. Die IVF war nicht gerade angenehm, verlief aber ohne Zwischenfälle. Bei jedem Schritt wurde mein Reisepass kontrolliert, aber niemand kam auf den Gedanken, es könnte nicht meiner sein. Die für Alice zuständige Gynäkologin, Dolores, war mittlerweile in Rente, und somit war niemand mehr da, der mich hätte erkennen können.

Alice hatte in fast allen Punkten recht: Im Gegensatz zu ihrem kleinen Mädchen, das Jahre zuvor ein Sternenkind geworden war, würden Fred und George leben. Nur ein Detail war anders als erwartet. Es sind nicht zwei Jungs, sondern ein Junge und ein Mädchen. An der Namensgebung ändert sich nichts, da Fred im Französischen die Abkürzung des Mädchennamens Frédérique sein kann, was genauso schön klingt.

Alle, die von meinem Coup wissen (bis auf Victoire, die mich für pragmatisch und effizient hält) – Angela, Saranya und Reda –, sind der Ansicht, ich sei völlig verrückt geworden. Sie haben jedoch versprochen, mich in die Klinik zu begleiten und nach der Entbindung zu unterstützen. Jetzt weiß ich, welche Namen ich im Vordruck in der Spalte: »Kontakt für Notfälle« eintragen kann.

Erika Spencer hat ihre Drohung wahr gemacht. Die Klatschpresse hat den Stoff begeistert aufgegriffen. Einen Monat lang bin ich von der Bildfläche verschwunden, habe mein Haar kurz schneiden lassen und bin in eine andere Wohnung gezogen. Natürlich wurde die Geschichte aufgebauscht, aber schon bald fiel sie in sich zusammen wie Angelas vegane Soufflés. Wahrheit oder Fake News? Mit Sicherheit wusste das niemand. Seitdem habe ich nichts mehr von Erika gehört. Harry hat mir an Alice' Adresse gemailt, dass er mir Glück wünscht, falls die Gerüchte stimmen. Falls ich mich wieder der Musik zuwende, solle ich auf jeden Fall Kontakt mit ihm aufnehmen, er hoffe auf ein zweites Album.

Ich habe nicht geantwortet.

Gerade sitze ich auf der schattigen Terrasse eines Cafés am Canal Saint-Martin. Saranya sollte gleich kommen. Orangefarbenes Herbstlaub spiegelt sich im grünen Wasser wider, und ein Lastkahn schippert träge unter der kühlen September-Sonne den Kanal entlang. Immer noch versuche ich Paris mit den Augen der kleinen Amerikanerin zu sehen, die ich einst war, und meine Begeisterung für all die Schönheit zu bewahren, anstatt mich daran zu gewöhnen. Noch funktioniert es sehr gut.

Saranya trifft außer Atem und mit nur zwölf Minuten Verspätung ein, ein Wunder! Seit ich schwanger bin, behandelt sie mich, als sei ich sechseinhalb Jahre alt und müsse ständig umsorgt werden.

»Du bist allein?«, fragt sie mit einem Blick in die Runde.

»Ja. Wartest du auf jemanden?«

Die Bedienung fragt sie nach ihrer Bestellung, doch sie schüttelt den Kopf:

»Nein danke, ich möchte nichts.«

Sie strahlt von innen, ihre Augen in dem von schwarzen Locken eingerahmten Gesicht funkeln.

»Du scheinst ja besonders gut gelaunt zu sein ...«, stelle ich lächelnd fest.

»Ja, stell dir vor: Jeremy hat mir deinen ehemaligen Boss vorgestellt. Chris.«

Wie jedes Mal, wenn Saranya Jeremy, den sie regelmäßig trifft, erwähnt, ist es wie ein Stich ins Herz. Die Erinnerung an ihn schmerzt immer noch, auch wenn ich seit mehr als sechs Monaten nichts mehr von ihm gehört habe. Aber darum geht es nicht. Ich ziehe erstaunt eine Augenbraue hoch und frage:

»Bist du jetzt mit Chris zusammen?«

Überrascht mustert sie mich und bricht in Gelächter aus:

»Natürlich nicht. Wie kommst du denn darauf? Er redet mir zu viel. Erinnerst du dich an die Fragebogen, um meine alten Herrschaften im Heim zu verkuppeln?«

»Ja.«

»»Also, wir bauen gerade eine App auf, damit die Senioren in ihrem Viertel Gleichgesinnte finden können.«

»Ein Dating-Portal für ältere Menschen?«

Saranya antwortet nicht sofort, sondern schreibt eine SMS und schaut sich um, als erwarte sie jemanden.

»Ja, richtig. Ein Dating-Portal für Freundschaften auf der Basis ähnlicher Interessen ...«

»Und das willst du mit Chris aufziehen?«

»Genau. Wir sind Partner. Du hast eine brillante Unternehmerin vor dir, die in Zukunft das tägliche Leben älterer Menschen umkrempeln wird.«

»Kündigst du im Altersheim?«

»Nie im Leben! Ich liebe den Job mit meinen alten Leutchen. Beim Gedanken an die App sind sie schon ganz aufgeregt, du kannst es dir nicht vorstellen. Sie haben sogar einige Euros investiert und geben mir gute Ratschläge. Es ist unglaublich, dank des Projekts wirken sie zehn Jahre jünger.«

Ich lache laut auf und freue mich für Chris, Saranya und ihre alten Leute im Seniorenheim.

»Wie geht es Chris?«

»Es geht ihm blendend. Er hat meine Heimleiterin überzeugen können, ihn einen Vortrag mit dem Titel ›Der Kampf gegen die Mittelmäßigkeit und wie man nach einem Misserfolg wieder auf die Beine kommt‹ halten zu lassen. Das kam so gut bei den Bewohnern an, dass er jetzt sogar ein Buch über dieses Thema schreiben will. Er hat viele Ideen und ist mit Begeisterung dabei, das ist ansteckend, ehrlich. Es bräuchte mehr Leute wie ihn.«

Zum dritten Mal blickt sie sich um und sucht jemanden in der Menge.

»Wo steckt er bloß?«, murmelt sie.

»Wer? Hast du noch eine Verabredung?«

Kaum habe ich den Satz ausgesprochen, zucke ich

zusammen, denn der Schatten des Mannes auf unseren Bistrotisch ist mir sehr vertraut.

»Da bist du ja endlich!«, ruft Saranya.

Jeremey fährt sich verlegen durch den dunklen Haarschopf. Verblüfft starrt er auf meinen runden Bauch. Ich hatte den anderen verboten, ihm gegenüber etwas von meiner Schwangerschaft verlauten zu lassen, und er ist offensichtlich ebenso verwirrt wie ich.

Saranya steht auf.

»Setz dich!«, befiehlt sie.

Jeremy gehorcht, zu überrascht, um abzulehnen. Ich schweige und kriege keinen Ton heraus.

»So!«, meldet sich Saranya. »Ich brauche keinen Fragebogen, um zu sehen, dass ihr beide füreinander geschaffen seid, und ich irre mich nie. Ihr redet beide nicht viel, tauscht Blicke aus oder schweigt euch an. Aber es gibt eine Zeit, in der man sich verliebt anstarrt wie ein hypnotisiertes Kaninchen, und eine andere, in der man sich ausspricht. Jeremy ist wieder Single, und auch wenn er es nicht zugeben will, du fehlst ihm sehr. Alice ist mit Zwillingen schwanger. Und auch wenn sie es nicht zugeben will, denkt sie doch ständig an dich, Jeremy. Jetzt habt ihr Gesprächsstoff. Also los!«

Mit diesen Worten setzt Saranya ihre Sonnenbrille auf die Nase, dreht sich um und geht mit energischen Schritten davon, während wir ihr verblüfft nachschauen.

Ein paar endlose Sekunden lang mustern wir uns und sagen kein Wort. Jeremys Augen sind immer noch die gleichen, klar und blau. Er hat sich nicht verändert, sein Bart ist vielleicht kürzer und nur noch ein Schatten auf seinem Kinn. Er trägt ein hellgraues T-Shirt und Jeans. Passanten gehen an uns vorüber, am Nebentisch lachen sich zwei junge Mädchen kaputt, während sie Dialoge aus einem Film zitieren. Gleichzeitig öffnen wir beide den Mund, um etwas zu sagen, und schließen ihn wieder, um den anderen zu Wort kommen zu lassen.

»Ich freue mich, dich wiederzusehen«, sagt Jeremy endlich.

Fünf einfache Worte – ausgesprochen mit seiner ruhigen und tiefen Stimme –, und schon schmelze ich dahin. Ich nicke.

»In welchem Monat bist du?«, fragt er vorsichtig und deutet auf meinen Bauch.

Ich sehe in seinen blauen Augen förmlich, wie sein Gehirn nachrechnet, ob er der Vater sein könnte, und wenn nicht, in welcher Zeitspanne ich einen neuen Partner gefunden haben könnte. Mir ist klar, dass ich ihm dieses Mal eine Erklärung schuldig bin. Also hole ich tief Luft und beginne:

»Vor ein paar Jahren habe ich meine Schwester verloren, und du sollst wissen, dass ich seitdem etwas angeschlagen bin ...«

Meine Stimme versagt. Am Nebentisch unterhalten sich die beiden jungen Mädchen jetzt über Volleyball, ein Pärchen geht eng umschlungen an uns vorüber, gefolgt von einem kleinen Jungen, der fragt: »Wann sind wir endlich da?« Jeremy lehnt sich zu mir herüber und umschließt zärtlich meine Hände mit seinen, als wären sie für ihn das Wertvollste auf der Welt. Und ich erzähle ihm die ganze Wahrheit – von Anfang an.

Fünf Jahre später

Durch das Fenster des Beach Cafés beobachte ich die Fähren, die langsam aufs dunkelblaue Meer hinausfahren, lausche den Möwen und den an die Mole schlagenden Wellen. Ich führe die Tasse mit dem heißen Kakao an meine Lippen, trinke einen Schluck und lasse Erinnerungen in mir aufsteigen.

Nach drei Jahren in einem großen Unternehmen hat Reda seinen Traum verwirklicht und sich in die Vereinigten Staaten versetzen lassen. Er lebt in Odessa, im tiefsten Texas. Ich habe vergeblich versucht, ihm klarzumachen, dass Odessa nichts mit New York zu tun hat. Er tauschte seine Yankee-Kappe gegen einen Cowboyhut aus und flog nach Houston. Entgegen aller Erwartungen mag er die Texaner sehr ... Ich schließe daraus, dass sich sein Englisch seit unseren *Coffee-Pausen* nicht wirklich verbessert hat.

Victoire hat einen Algorithmus geschrieben, der soziale Verhaltensweisen analysiert und je nach Situation und Kultur die angemessene Reaktion vorschlägt. Sie benutzt ihr Programm nie, weil sie keinen Sinn darin sieht, die Dinge nicht bei ihrem Namen zu nennen, dennoch hat sie einen Riesenerfolg, insbesondere bei ins

Ausland versetzten Mitarbeitern, die die Kultur ihres Gastlands verstehen möchten.

Chris und Saranya haben ebenfalls eine App ins Netz gestellt, die unmittelbar nach dem Launch Zehntausende Downloads verzeichnen konnte. Allerdings verdienen sie damit nichts, weil sie kostenlos bleiben soll. Das sei auch eine Art, verwaiste Strümpfe zusammenzuführen, meint Chris, zum Erstaunen der Journalisten, die ihn zu dem Thema interviewen. Abgesehen davon zieht er weiterhin erfolglos Firmen auf. Jetzt erst recht, da er mit seinem Buch *Plädoyer für den Misserfolg, oder wie ich fast zum Opfer der Mittelmäßigkeit wurde* Millionen verdient hat. Das Buch wurde in neunzehn Sprachen übersetzt und weltweit millionenfach verkauft. Leider weigert er sich, ein zweites zu schreiben. Das liegt auch daran, dass er damals mit seinem Verleger um seinen Titelvorschlag gerungen hatte. Dieser hielt ihn für sinnlos und meinte, er würde in keinem Zusammenhang mit dem behandelten Thema stehen. Chris' Wunschtitel war nämlich: *Das Traumleben der verwaisten Strümpfe*. Schade, ich fand ihn sehr nett.

Vor zwei Jahren habe ich meinen französischen Pass mit meinem richtigen Namen erneuern lassen. Zur Freude des Standesbeamten, der meine Auferstehungsgeschichte aus der Presse kannte, wurde ich wieder offiziell Scarlett. Ich habe den Nachnamen meiner Mutter gewählt und den meines Vaters streichen lassen. Mit einem französischen Pass auf den Namen Scarlett Rivière bin ich zum ersten Mal wieder in die USA gereist. Am Einreiseschalter hielt ich den Atem an, aber alles lief glatt. Dass ich das System austricksen konnte, erfüllte mich mit einem gewissen Stolz, genau wie damals als Teenager, als ich alles Mögliche und Unmögliche durchprobierte, um die Regeln des Gymnasiums zu brechen.

Ich habe meine Mutter besucht, weil Fred und George ihre Großmutter kennenlernen sollten. Alice hätte es so gewollt, da bin ich sicher. Wie früher war die Eingangstür nicht verschlossen. Die Zwillinge an meinen Händen gaben mir Mut. Ich hatte schreckliche Angst. Nichts hatte sich verändert, weder die goldenen Blätter der hundertjährigen Ahornbäume noch die verblichenen Vorhänge an den Schiebefenstern und auch nicht das Quietschen der Hängematte, die immer noch auf der Veranda schaukelte. Nur die amerikanische Flagge wehte nicht mehr im Wind, seit Donald Trump gewählt worden war. Ich schob die Tür mit dem Fliegengitter auf und betrat die Küche. Meine Mutter saß am Computer und arbeitete, genau wie damals. Sie hob den Kopf und schaute erst mich, dann Frédérique an. Sie war erst zwei, aber Alice wie aus dem Gesicht geschnitten. Immer wenn sie lächelt, meine ich, meine Schwester vor mir zu sehen. Maman setzte ihre Brille ab und rieb sich die von der Bildschirmarbeit müden Augen, und als sie sicher war, dass sie nicht träumte, brach sie in Tränen aus. Unsere Beziehung ist immer noch kühl, aber im Laufe der Jahre fast freundschaftlich. Einmal im Jahr, im Herbst, bringe ich ihr die Enkelkinder. Sie ist ganz verrückt nach den Kleinen.

Durch das Fenster sehe ich Jeremy den Strand entlangrennen, gefolgt von Fred und George. Der Wind trägt ihr fröhliches Geschrei zu mir. Maman sitzt lächelnd auf der kleinen Steinmauer und sieht ihnen zu.

Jeremy hatte ein paar Tage gebraucht, um sich von der Neuigkeit meiner Schwangerschaft zu erholen. Zweieinhalb Tage, um genau zu sein, die längsten meines Lebens. Er kam zurück und klingelte an der Tür, um mir mitzuteilen, dass er sich mit der Tatsache abfinden müsse, nicht ohne mich leben zu können. Das Leben sei nun mal unvorhersehbar, und schließlich habe er auch eine Tochter. Wir würden ohnehin nur die x-te Pariser Patchworkfamilie sein. Er war es, der mich in die Klinik begleitete, der mir im Kreißsaal die Hand hielt, während ich die schlimmsten amerikanischen Flüche brüllte. Die nicht eingeweihte Hebamme legte ein paar Minuten nach der Geburt Fred und George in seine Arme. Es dauerte nur eine Viertelsekunde, und schon hatte er vergessen, dass wir nicht die biologischen Eltern waren. Den Ausdruck Patchworkfamilie haben wir nie mehr benutzt. Wir sind eine Familie, Punkt.

Wir wohnen im 18. Arrondissement in einer Dachwohnung mit Holzbalken und Blick auf *Sacré-Cœur*. »Ein richtiger Touristen-Nepp für Amerikaner«, meinte Jeremy, als wir die Wohnung zum ersten Mal besichtigten. Wir haben sie trotzdem genommen.

Die ersten beiden Jahre mit den Zwillingen waren schwierig. Das erste waren wir unter Wäschebergen und Windeln begraben und hatten dunkle Augenringe. Unsere Kleidung war ständig mit Flecken übersät: Kompott oder Erbrochenes. Im zweiten Jahr versuchten wir, unser Schlafdefizit auszugleichen. Ich glaube nicht, dass ich das allein durchgestanden hätte. Zoé war von ihren Halbgeschwistern sofort begeistert. Sie nennt sie die »zwei Hälften«, weil die beiden unzertrennlich sind. Sie hat beschlossen, ihnen jeden nur erdenklichen Blödsinn beizubringen, um dem Buch *Harry Potter* alle Ehre zu erweisen, dem sie ihre Namen verdanken. Was fucking good plans anbelangt, beweisen sie zu großen Einfallsreichtum. Das ist zwar lustig, aber auch reichlich ermüdend. Zoé tritt gerade in eine recht explosive Pubertät ein, die meiner zu ähneln verspricht. Ich sage nichts. Je mehr sie schreit, umso mehr Streicheleinheiten bekommt sie. Ich weiß, wie es ist, wenn man verzweifelt versucht, die Aufmerksamkeit einer gleichgültigen Mutter auf sich zu ziehen.

Ich denke oft an Alice. Ein Teil von mir wird sich ohne meine große Schwester für immer verwaist fühlen, und das erinnert mich an die Strümpfe, die Chris so gern vereinen wollte. Also streichle ich über das Armband an meinem Handgelenk und danke ihr, mir die schönste Gabe gemacht zu haben, die das Leben für mich bereithalten konnte: eine Familie. Eine Familie mit unendlich vielen verwaisten Strümpfen und unendlich viel Liebe, um das riesige Loch zu füllen, das Alice nach ihrem Tod hinterlassen hat. Eine perfekte Familie, meine ganze Welt. Ich würde Alice gern wissen lassen, wie wunderbar und vor allem wie glücklich unsere Kinder sind. Und wie schade es ist, dass sie Zoé nicht kennenlernen konnte, die große aufmerksame Schwester, die sich so gut um die Zwillinge kümmert, wie sie sich um mich gekümmert hat, als wir noch klein waren. Es wäre schön gewesen, hätte Alice als Erste erfahren können, dass ich wieder Gitarre spiele. Vorgestern traf ich Harry, meinen früheren Manager, in einer Bar in Brooklyn und gab ihm einen USB-Stick mit einem neuen Demo. Es soll das zweite Album werden, auf das er seit mehr als zehn Jahren gewartet hat. Ich möchte Alice wissen lassen, dass ich keine Ängste mehr habe und dass ich glücklich bin. Und sollte ich eines Tages wieder vor Kummer am Abgrund stehen, werde ich hierherkommen, dem murmelnden Wind lauschen und den Fähren zuschauen, die Touristen nach Block Island bringen. Jetzt weiß ich, dass ich mich hier auf der Terrasse des Beach Cafés von Narragansett immer heimisch fühlen werde, hier, wo ich damals mit meiner großen Schwester heißen Kakao teilte, und wo wir unsere Namen für alle Ewigkeit ins Holz geschnitzt haben.

Liste aller Supersongs, die langsam beginnen und dann schneller werden

(aufgestellt von Scarlett Smith-Rivière, 13 Jahre,
76 Fielwood Drive, Queenstown, R. I. 02879)

Tina Turner – »Proud Mary«
Queen – »Don't Stop Me Now«
Nirvana – »Lithium«
Supertramp – »C'est What«
Aerosmith – »Dream On«
Alanis Morissette – »Ironic«
Billy Paul – »Your Song«
Nina Simone – »Feeling Good«
No Doubt – »Don't Speak«
Queen – »Bohemian Rhapsody«
Deep Purple – »Child in Time«
Led Zeppelin – »Stairway to Heaven«
Lynyrd Skynyrd – »Free Bird«
Metallica – »Enter Sandman«
Foo Fighters – »This is a Call«

Green Day – »Basket Case«
Björk – »It's Oh So Quiet«
The Who – »Behind Blue Eyes«
Pulp – »Common People«
Bruce Springsteen – »Thunder Road«
Blur – »Song 2«

Danksagung

Mein Dank gebührt zunächst Vincent, meinem perfekten, wenn auch etwas hypochondrischen Ehemann, der stets fest, zuverlässig und feministisch auf beiden Beinen steht, der meine Sinuskurven-artigen Launen der verfluchten Künstlerin erträgt, akzeptiert hat, mit mir die Serie *The Hundred* bis zum Ende anzuschauen, und vor allem dafür, mir 2018 das schönste Baby der Welt gemacht zu haben.

Ich danke meiner Maman, nichts mit der Maman von Alice und Scarlett gemein zu haben, sondern dass sie die Liebe zu ihren Kindern vervierfacht hat, trotz des Zerstörungspotenzials, der Unordnung, des Krachs und der Wutausbrüche, zu denen meine drei Brüder fähig waren, wobei ich selbstverständlich jederzeit exemplarisch artig und die wandelnde Ausgeglichenheit war (Haha ...).

Ich danke auch meinem Papa, der mich gelehrt hat, dass alle Träume wahr werden können, unter der Bedingung, früh aufzustehen und ohne Unterlass zu arbeiten, um seine Ziele zu erreichen.

Danke, Olivier, Clement und Paul, seit jeher bis zum heutigen Tag die besten Brüder der Welt, die mich regelmäßig mit völlig absurden Ideen für meine Romane überschütten. Dank auch meiner Schwägerin Camille, die oft genug unsere alles überschwemmende Gegenwart in ihrem Zuhause erträgt, uns sogar regelmäßig einlädt und viele Beschäftigungen organisiert, ohne uns (allzu sehr) anzuschreien, wenn wir unerträglich sind.

Ich danke meinem Onkel und meiner Tante, Anne und Martin, dass ich sie so oft in Rhode Island besuchen durfte. Danke für die Cheesecakes, die Schifffahrten und die wunderbaren Dinner zu Thanksgiving, Gründe, weshalb ich mich in diesen unglaublich schönen Teil der USA gründlich verliebt habe. Und ein besonderer Dank gilt Anne für ihr Nachlesen und die Anmerkungen zu diesem Text, was mich davor bewahrt hat, Unsinn zu schreiben (soweit möglich).

Dank verdienen ebenfalls die Mitglieder meiner riesigen Schwiegerfamilie, insbesondere meine Schwiegereltern Maryse und Emmanuel für ihren Enthusiasmus bei jedem Erscheinen eines neuen Romans von mir.

Und natürlich danke ich dem Team der Editions Charleston: Laury-Anne Frut, meine Verlegerin, die mir mit Geduld auch bei den 72 029 028 Titel-Versuchen beigestanden hat. Ebenfalls spreche ich Karine Bailly de Robien und Pierre-Benoît de Veron meinen Dank für ihr Vertrauen aus, Caroline Obringer für ihre Energie und Leidenschaft, Christine Cameau und Alice Bercker für ihre aufmerksame und sorgfältige Verlagsarbeit, Virginie Lancia, Eglantine Gabarre, Aurélien Fleureau und Laure Paradis für die Werbe- und Vertriebsarbeit rund um meine verwaisten Strümpfe.

Weiteren Dank verdienen Sophie Henrionnet, Marianne Levy, Tonie Behar und Carène Ponte für ihr gewissenhaftes Lesen dieses Romans und ihre guten und wohlgemeinten Ratschläge, für ihre tägliche Unterstützung und die interessanten Diskussionen rund um die Schriftstellerei.

Vielen Dank auch an Frédérique Gay und Daphné Pollar, die sich die Zeit genommen haben, mir im Detail auf meine Fragen bezüglich einer In-vitro- Fertilisation zu antworten.

Ich danke allen, ob nah oder fern, die meine Geschichten und Protagonisten den Lesern nahebringen, denjenigen, die mir schreiben und mich im Alltag unterstützen und motivieren: passionierte Buchhändler, Blogger und Bloggerinnen, Freunde und mehr oder minder entfernte Verwandte, die meine Romane weiterempfehlen oder verschenken.

Und vor allem und zu guter Letzt danke ich meinen Lesern und Leserinnen, die ein paar Stunden mit Alice und Scarlett verbracht und den Gespinsten meines eigenwilligen Hirns bis zu dieser Seite gefolgt sind.

Ihnen ist es zu verdanken, dass ich heute den Beruf ausüben kann, den ich, seit ich ein kleines Mädchen war, als den schönsten der Welt ansehe.